KB154625

이데아
Idea

이데아

FEEL PREMIUM EDITION

이유월 장편 소설

Idea

이사벨라를 위하여

contents

Chapter Ⅰ.

에로스

최민주

한번 흘러간 강물이 되돌아온다고? 내가 물었다.
오지 말란 법 있어? 네가 되물었다.
나는 너를 비웃었다. 무슨 연어도 아니고.
너는 계속 억지를 부렸다. 물고기도 돌아오는데.

그 순간에도 우리의 눈앞에서 강물은 흐르고 있었다.
고요한 강.
침묵하는 강.
유유히 흐르는 강.
그 강물 속에 섞여 들던 너의 목소리.
'돌아와.'
나는 못 알아들은 척, 대꾸하지 않았다.

—

나는 십일월에 태어났다. 가을도 겨울도 아닌 애매한 계절이라 생일날은 매년 날씨가 변덕스럽다. 이른 첫눈이랍시고 진눈깨비가 날린 해가 있는가 하면 봄날처럼 푹해져서 스웨터 소매를 팔뚝까지 걷고 보낸 해도 있었다.

일관성 없고 변화무쌍한 생일의 날씨는 이를테면 내 인생의 전조 같은 게 아니었나 싶다. 휘청휘청, 삐걱삐걱, 갈팡질팡, 중심 못 잡고 덤벙대다 호되게 넘어지는, 경솔하게 달려들었다 보기 좋게 나가떨어지는. 돌이켜 보면, 중요한 길목을 만날 때마다 조금만 더 신중했더라면, 혹은 조금만 더 용감하게 솔직했더라면, 장담컨대 내 인생은 지금과 사뭇 달랐을 것이다.

간밤에 모처럼 밤샘을 하고 새벽녘에 겨우 잠들었다. 덕분에 이렇게 느지막이 깨어나 반질반질 닦아 놓은 듯 파란 하늘을 본다. 나는 뻑뻑한 눈꺼풀을 느리게 깜빡였다. 방 세 개짜리 아파트는 몇 달째 고요하다.

올해의 생일은 화창하다.

헤드테이블로 팔을 뻗어 스마트폰을 집어 들었다. 눈뜨자마자 전화기부터 확인하는 건 전 인류가 함께 앓는 의존증이니까. 화면에는 새로 들어온 메일과 메신저 알림 네댓 개가 떠 있었다.

[교수님, 다음 주 강의자료 올려 뒀습니다.]

검지 끝으로 화면을 넘겨 가며 클라우드에 새로 올린 자료를 확인했다. 조교의 솜씨는 취합도 정리도 늘 그렇듯 깔끔하다. 수고했어요. 간단히 답을 보낸 뒤 이메일을 열었다. 주말에 열릴 학회 일정 안내 메일을 건너뛰고 가장 최근 도착한 신규 메일부터 클릭했다.

법무법인 진입니다. 이혼신고 완료됐습니다.

나도 모르게 잠깐 숨을 멈췄다. 활자가 귀에 꽂힌 것 같았다. 변호사의 간결한 말투는 앓던 이라도 뺀 것처럼 속 시원해 차라리 축하 메시지처럼 들렸다.

숙려기간이 끝나고 확인서를 받은 지 두 달이 지났는데도 신고가 미뤄진 것은 순전히 저쪽 변호사가, 공사에 심히 바쁜 제 의뢰인의 스케줄상 도무지 시간 빼기 곤란하다며 뻗댄 탓이었다. 내 변호사는 황당한 눈치를 숨기지 않았으나 나는 그냥 두어라 했다. 삼 년 넘게 함께 산 남자가 원한다면, 그가 내게 마지막으로 바라는 것이 고작 그 정도의 인내력이라면 그쯤 해 주지 못할 까닭이 없었다.

삼 개월이라는 신고 시한을 찰랑찰랑 채우고서 하필 내 생일날 접수를 완료한 건 일종의 생일 선물인 건가. 아니면 남은 평생 이혼기념일을 꼬박꼬박 기억하라는 건가. 어느 쪽도 그답지 않았지만, 살다 보면 누구나 답지 않은 짓을 할 때가 있는 법이다.

'당신은 날 사랑한 적이 있어?'

그가 이혼을 요구했던 날, 대뜸 내민 서류보다 날 놀라게 한 것은 그 질문이었다. 날 사랑한 적이 있어? 남편의 입에서 나오리라고는 상상도 하지 못한 말. 그 말이 놀라웠던 까닭은 여러 가지였지만 그중 가장 먼저 나를 건드린 건 그의 목소리였다.

날 사랑한 적이 있어? 어린애 속살처럼 연약하고 말랑한, 무방비 상태의 토끼 같은 그 말에서 나는 분명한 떨림을 들었다. 그로부터 나는 그가 나를 원망하고 있으며, 나로 인해 상처 받았고, 또한 나를 사랑한다고 믿는다는 것을 알아차릴 수밖에 없었다.

당신은 날 사랑한 적이 있어?

그건 무척이나 간단하고 쉬운 질문이었다. 그러나 대답하기에 몹시 어려운 질문이기도 했다. 나는 무어라 답하지 못한 채 그의 눈만 마주 보다가 서류 봉투를 받아 책상 끝에 올려 두었다. 반쯤 완성된 논문이 떠 있는, 커서가 깜빡이는 모니터 화면만 쳐다보고 앉은 나를 향해 남편이 자조하듯 중얼거렸다.

'당신은 참…… 한결같네.'

그 말만을 남겨 둔 채 몸을 돌려 그는 퇴장했다. 이혼 서류와 나를 남겨 둔 채로 서재의 문을 정중히 닫았다. 그런 상황에서마저 침착한 태도에 나는 속으로 조금 감탄했던가. 끝까지 훌륭한 매너와 온도 없는 대화. 한결같은 것은 나뿐만이 아니었다.

사 년 차로 접어든 결혼 생활은 그것으로 종료되었다.

—

실패가 두렵지 않은 건 청춘의 특권이다. 등에 짊어진 것이 별로 없을 때, 무릎이 까지고 발목을 삐어도 가벼이 털고 일어설 수 있을 때, 왕성한 회복력이 보장된 그런 시절에나 실패가 성공의 어머니 노릇을 할 수 있다.

삶의 어느 지점을 지나고 나면 넘어지는 것이 점점 두려워진다. 덤불 같은 생을 지나며 어렵사리 얻어 낸, 자꾸만 늘어나는 등짐을 지고서 아슬아슬 조심스레 걷게 된다. 이제는 한 번의 헛디딤만으로 모든 것을 잃을 수 있다는 자각. 그 자각이 생기고 나면 단 한 번의 실패도 충분히 인생의 종말이 된다.

그러니까 솔직히 인정하자면, 나는 조금 두려운 것이다.

나의 두려움이란 누구에게나 그렇듯 아직 일어나지 않은 것들, 어쩌면 영영 벌어지지 않을 일들에 대한 때 이른 걱정이다. 시가의 후광을 업고 얻은 교수 자리를 곧 내놓아야 하지 않을까. 보수적인 학계에서 이혼 경력이 혹 오점이 되지는 않을까. 이혼한 딸에 대한 친정 부모의 실망과 동정은 또 어떻게 다뤄야 하나.

겉으로는 냉정한 척 담담히 굴어도, 나는 이미 온갖 잡다하고 시시하고 치사한 걱정들을 하고 있었다.

나의 결혼은 대단히 순조로웠다. 맞선이라는, 참으로 구태의연한 그 시장에 진출하자마자 첫 상대로 만난 것이 남편이었으니까. 모난 곳 없는 외모에 나무랄 데 없는 매너를 갖춘 그는 한마디로 잘 재단된 사람이었는데, 무엇보다 학계와 연줄이 없는 우리 집과 달리 대를 이어 교수들이 포진한 학자 집안 출신이었다.

내 눈에 그가 매력적으로 비친 결정적 이유가 현직 국립대 학장인 부친이라는 것을 나는 처음부터 부인할 생각이 없었다. 종신 교수로 정년 퇴임하고 싶다는 장래 희망도 숨기지 않았다. 아닌 척 내숭 떨 재간이 없어 솔직할 수밖에 없던 것을 순수함으로 오해했으니, 그때 남편은 이미 내게 지나친 호감을 품었던 모양이다. 그리고 명백한 속물근성이 보기 드문 순박함으로 둔갑한 순간 나는 자연스레 그의 청혼을 받아들였다.

'저는 생각하시는 것만큼 괜찮은 여자가 아닐지도 몰라요.'

'그건 저도 마찬가집니다.'

'집에서 결혼을 재촉하시나요?'

'독신주의자는 아니니까요.'

'낭만주의자도 확실히 아니신 것 같네요.'

'죽을 만큼 사랑한다, 그러니 결혼하자, 이런 말을 듣고 싶습니까?'

'저는 아직 낭만에 미련이 있는 모양이죠.'

'아시다시피 애정에는 여러 갈래가 있죠. 단기간의 열정에 국한한다면, 사랑은 연애의 충분조건이지 결혼의 필요조건은 아닐 겁니다.'

나는 내가 모르던 시절 남편이 몹시도 뜨거운 사랑을 해 보았다고 확신한다. 제 몫의 열정을 모조리 소진해 버리고 깡마른 껍데기만 남았다고 믿는다. 불가해한 충동. 무모한 정열. 이성과 이지마저 활활 태워 버리는 감정의 불꽃. 그가 결혼 상대로 하필 나를 택한 까닭은 아마 그 또한 내게서 같은 것을 보았기 때문일 것이다. 처음부터 우리가 서로에게 원한 건 유대의 대상이었다. 안정적인 제도로서의 결혼. 애정에 대한 기대도 상실에 대한 걱정도 없는 안전하고 건전한 부부 관계.

'당신은 날 사랑한 적이 있어?'

그러니 그가 나를 사랑한다 믿게 되었다면, 나로부터 사랑받길 원하게 되었다면, 우리의 암묵적 계약을 위반한 것은 오히려 남편 쪽이다. 당신은 참 한결같네. 어쩌면 그 말은 나에 대한 원망이 아니라 찬탄이었는지도 모르겠다. 나는 그러지 못했는데 당신은 잘 해냈네. 내게서 끝까지 아무것도 기대하지 않았네. 나만 혼자 기대하고 또다시 괴로워했네.

'당신은 참…… 한결같네.'

그는 숙련된 외과의사다. 가망 없다 판단되는 상황에 미련하게 매달리는 사람이 아니다. 남편은 자신이 변한 것에 당혹한 만큼 내가 변하지 않을 것을 확신했을 것이다. 어느 쪽이든, 이미 돌이킬 수 없도록 변해 버린 관계는 지속될 수 없다.

그가 나를 움키어 시작된 관계는 그가 나를 놓음으로써 종결되었다.

—

노파처럼 구부정하게 선 가로수가 행인들을 굽어본다. 새파랗게 차가운 하늘 아래 우수수 잎을 떨군 활엽수들. 어쩐지 가엾은 기분이 들어 갑작스런 감상에 빠진 사이 신호가 바뀌었다. 성미 급한 뒷차가 그새 빵빵 경적을 울려 댄다.

나는 조금 허둥대며 가속페달을 밟았다. 습관처럼 켜 둔 라디오에서 조그맣게 광고가 흘러나오고 있다. 이제부터 마음껏 네 꿈을 펼쳐 봐. 밝은 음색의 성우들이 낯선 대학교명을 힘차게 외쳤다. 수능 치르려면 아직 며칠 남았건만 벌써부터 신입생 유치 경쟁들인가. 대학에 갈 아이들은 자꾸 줄어드는데 캠퍼스는 꾸역꾸역 늘어나니 입시철 앞두고 담당 부서 마음이 조급하기도 할 것이다. 내 전공인 철학처럼 인기 없는 학과라면 통폐합의 수모도 각오해야 할 테고. 밥 벌어먹고 사는 게 어디 쉽나. 나는 입 속으로 중얼대며 오른쪽으로 차선을 옮겼다.

사직동 집에서 학교까지는 자동차로 십오 분 거리다. 내가 일하는 학교와 남편이 일하는 병원에서 공평하게 중간지점인 그곳에 나는 사 년째 살고 있다.

남편의 전공인 흉부외과는 환자 많고 일손 모자라기로 이름난 과목이라 그는 집에서 보내는 시간이 별로 없었다. 교수 소리 들을 경력인 지금까지도 당직은 물론 급하게 수술방이 비기라도 하면 비번에도 뛰쳐나가기 일쑤니까. 그는 산 사람의 가슴을 열고 심장을 들여다보는 것으로 삼십 대를 통째 보냈다. 밤낮없이 기계처럼 일하고 연구했다. 의학이든 철학이든 그 어떤 일이든, 밥 벌어먹고 사는 일이란 누구에게나 쉽지 않은 것이다.

방 세 개짜리 사직동 아파트는 이제 내 소유가 되었다. 펀드매니저를 고용해 불려 놓은 남편 명의의 금융자산도 분할이 가능하다고 변호사는 조언했지만 나는 저쪽 변호사가 보낸 재산분할 내역에 토씨 하나 바꾸지 않고 동의했다. 아파트는 결혼할 때 남편이 마련해 온 것이니 나로서는 그 정도도 감지덕지였다. 위자료는 도리어 내 쪽에서 지불해야 할 깃 같은 기분이었으니까.

합의 과정 내도록 우리는 대단히 신사적이고 교양 넘치는 이혼 예정 커플이었다. 귀책사유를 놓고 악을 쓰지도, 파탄의 책임은 상대에게 있노라 목청껏 하소연하지도, 면접교섭권과 양육비를 두고 닦달하지도 않는 점잖은 부부를 이혼 전문 변호사는 틈만 나면 슬쩍 추켜세웠다. 합의이혼이라도 보통은 양육권 때문에 힘들어지거든요. 우리에게 아이가 없는 걸 대단한 선견지명인 양 강조할 때마다 나는 그저 애매한 미소만 돌려주었다.

남편과 내가 처음부터, 이른바 딩크족에 가담하기로 합의한 건 아니다. 적극적으로 피임을 한 것도 아닌데 이렇게 된 이유는 실은 생물학적으로 당연한 귀결이라 할 수 있겠다. 나는 아이보다 논문을 만드는 데 힘을 쏟았고 남편에게는 아이를 만들 시간이 태부족했다. 우리는 각자의 빠듯한 세상을 살며 가끔씩 위로하듯 서로를 쓰다듬었지만, 상당한 의무감으로 몸을 맞댈 때조차도 매번 알맹이 없이 버석거렸다. 이미 소진되어 깡마른 껍데기처럼.

자동차가 캠퍼스 안으로 들어서자 익숙한 풍경이 눈에 들어왔다. 가방을 메고 이어폰을 낀 학생들이 스마트폰을 들여다보며 각자의 방향대로 걷고 있다. 나는 좁은 도로를 건너는 학생 무리를 기다렸다가 천천히 차를 몰아 연구실로 향했다.

올해부터 배정받은 연구실은 작지만 볕이 잘 드는 곳에 위치해 있다. 그 넉넉한 일조량조차도 시아버지 덕을 봤다는 말들이 나왔단 것을 나도 물론 알고 있었다. 철학과에 조교수를 둔 게 수십 년 만에 처음인 데다 정년트랙으로 여자를 임용한 것은 개교 이래 최초라니 사람들 입길에 오르내리기 딱 좋긴 했다. 그럼에도 나 스스로는 임용 자격을 충분히 갖췄다 자부할 수 있었지만, 임용 심사를 한 건 내가 아니므로 시부의 영향력이 전혀 없었다고는 나도 사실 자신할 수 없다.

그러나 증거 없는 부채감 때문에 간신히 쟁취한 교수 자리를 내놓아야 하나. 더 이상 국립대 학장의 며느리가 아니니 정교수 될 기대는 접어야 하는 걸까. 차라리 자진해 다른 학교로 옮겨 결백과 실력을 증명할까. 또다시 그렇게 치사한 생각들에 빠져 복도를 걷다가, 나는 내 연구실 앞을 기웃대던 학생 하나를 발견했다.

"어, 선생님 나오셨네요."

눈이 마주치자 안도하듯 웃는 얼굴은 낯이 익었다. 일 학년 학부생이라는 걸 상기하자 자연스레 이름이 떠올랐다. 김석준. 이름도 외모도 평범하지만 매번 강의실 맨 앞줄에 앉아 존재감이 특출한 남학생.

"오늘 강의 없으셔서 안 나오시나 했어요."

"수업이 없어도 할 일은 많죠. 나 기다리고 있던 거지? 시간 잘 맞았네."

열쇠를 꺼내 연구실 문을 열고 앞장서 들어갔다. 노트북 가방을 내려놓고 핸드백과 코트를 옷걸이에 거는 동안 뒤따라 들어온 학생이 조심스레 문 닫는 소리가 났다. 나는 코트 주머니에서 휴대폰을 꺼내 책상 위에 올려 두고 사무용 의자에 앉았다.

"아, 선생님, 오늘 생신 축하드립니다."

내 참, 대놓고 노인네 취급하네. 코웃음을 치며 투덜거리자 학생이 넉살 좋게 웃는다.

"어쨌든 고마워. 근데 내 생일 축하해 주러 여기까지 오진 않았을 테고."

"질문이 있어서요."

"질문. 좋지."

입구 가까이 놓인 원형 테이블 쪽을 가리키며 자리를 권했다. 질문이 생기면 언제든 내 방으로 오면 됩니다. 강의를 마칠 때마다 빠뜨리지 않고 되풀이한 덕인지 이렇게 찾아오는 학부생이 종종 있었다. 선생은 학생으로부터 더 많은 것들을 배우므로 그들과 보내는 시간은 결국 나를 위한 것이다.

"뭐가 궁금한데?"

"에로스의 해석이요."

에로스라.

"구체적으로?"

"그러니까 제 생각엔, 그리스 철학자들이 에로스를 사랑으로 정의한 것 자체가 잘못된 출발 아닌가 싶습니다."

나는 오른쪽 눈썹을 슬쩍 움직였다. 흥미로운 대상 앞에서 나오는 습관이다. 눈을 들어 저만치 떨어져 앉은 학생에게 시선을 주었다. 깔끔하게 다듬은 머리칼이며 계절에 비해 가벼운 옷차림. 그에게는 온통 젊음의 생기와 열기가 묻어 있다.

"플라톤한테 도전하는 거네."

"선생님께서 늘 선배들을 의심하라고 하셨잖아요."

"좋아. 향연에서 제시한 에로스의 근원이 뭐였지?"

"'결핍' 입니다. 원하는 대상을 가지지 못한 상태요. 그래서 부족한 것을 채우려는 욕망이 생기는 거고요."

"그렇지. 내가 갖지 못한 대상과 결합하려는 욕구가 에로스야."

"그 대상이 꼭 사람일 필요는 없는 거고요."

"그래. 에로스의 대상이 반드시 인간인 건 아니지. 남녀 관계에 국한된 건 더더욱 아니고. 아름답고 좋은 것을 원하는 마음이니까."

"그렇다면 에로스는 '사랑'이 아니라, '갈망'으로 정의해야 하는 거 아닌가요?"

그가 찾아온 이유를 알 것 같다. 나는 가볍게 고개를 끄덕이며 되물었다.

"향연에서 소크라테스가 아가톤에게 했던 논박 기억해?"

"갈망은 결핍을 전제로 한다는 거요?"

"응. 소크라테스의 논리대로라면 우리는 소유하지 못한 것만을 갈망할 수 있어. 맞아?"

"맞습니다."

"그렇다면 결핍됐던 것을 소유하는 순간 더 이상 갈망하지 않겠지?"

"네."

"만약 에로스를 갈망으로 정의한다면, 갈망이 충족됨과 동시에 에로스는 소멸한다는 논리가 가능한가?"

"그렇죠. 그래서 사랑이 변하는 거 아닙니까?"

나는 내 눈을 직시하는 청년과 잠시 시선을 맞댔다. 어쩐지 낯설지 않은 눈이었다. 문득 입 안에서 씁쓸한 맛이 났다.

"내가 볼 때 김석준 씨가 의심하는 건 에로스의 정의가 아니라 사랑 자체인 것 같은데."

"부인하진 않겠습니다. 하지만 어째서 에로스가 사랑으로 정의되는지 전 이해가 안 돼요. 사랑의 근원이 결핍이고, 우리가 결핍된 것만 갈망할 수 있다면,

더 이상 갈망하지 않는 대상을 계속 사랑할 수 있을까요?"

"갈망이 사랑의 시작이자 끝이라는 논리구나."

"저는 그렇게밖에 결론을 낼 수 없습니다."

"좋아."

나는 다시 한번 고개를 끄덕이고,

"사랑과 갈망의 관계를 논증해 봐. 에로스의 범주가 어디까지인지에 유의해서."

"레포트로요?"

"논문이면 더 좋고."

"예?"

적당한 답을 주는 대신 더 나은 답을 찾아오게 만드는 것은 선생질하는 이들의 단골 수법이다. 그러나 똘똘한 녀석이니 아마 간파했을 것이다. 사랑에 대한 모범 답안은 나도 갖고 있지 않으며 나 또한 무척이나 알고 싶어 한다는 걸.

"잘 써 오면 이빈 학기 내 과목은 만점 줄게. 기말 페이퍼 대체해서."

"알겠습니다."

그가 씩 웃으며 자리에서 일어섰다. 나는 꾸벅 허리를 굽힌 학생을 향해 가볍게 손을 들어 보이고 가방에서 노트북 컴퓨터를 꺼냈다. 기대할게. 흘리듯 말을 던지자 멋쩍게 웃는 소리와 함께 연구실 문이 닫히고, 아늑한 공간에 나는 다시 홀로 남았다.

노트북을 부팅시키며 창밖을 바라본다. 불길처럼 풍성하던 단풍잎들이 불과 이 주 만에 듬성듬성 비어 있었다. 십일월. 일기예보에서는 몇 년 만에 수능 한파가 닥친다며 벌써부터 호들갑이다. 시간이 유수 같네. 나는 생신을 맞은 노인네답게 고풍스레 입 속으로 중얼거렸다.

내가 수험생이었던 해에도 수능 날은 혹독하게 추웠다. 시험장 교문을 통과하며 하얗게 뿜어내던 입김. 코트 주머니 속 손난로에서 풍기던 쇳가루 냄새.

그 냄새가 밴 채 펜을 쥔 내 왼손의 모양까지 또렷이 기억난다. 부자유한 십 대의 끝. 자유와 행복을 향한 마지막 관문이라 굳게 믿었던 열아홉의 나.

'우리가 결핍된 것만 갈망할 수 있다면, 더 이상 갈망하지 않는 대상을 계속 사랑할 수 있을까요?'

그 시절 나는 어른의 삶을 갈망했다. 법적 성년이 곧 어른인 줄 알았던 나는 이미 지독한 사랑에 빠져 있었다. 달콤한 자유와 자립에 대한, 어른의 환상을 향한 열렬한 짝사랑이었다.

'그래서 사랑이 변하는 거 아닙니까?'

대학 사 년을 마치고 나자 짝사랑은 거짓말처럼 끝나 버렸다. 나는 어른이 되길 갈구하기는커녕 그들의 찌든 세상을 경멸했다. 어른의 삶이란 자욱한 안개 속에서 끝없는 평형대 위를 걸어가는 행위였다. 목적과 희망은 고사하고 한 치 앞조차 보이지 않는 세계. 모든 것이 불안하고 불확실한 그 세계엔 정답이 존재하지 않았다. 입시라는 선명한 체계에 평생 길들여진 나는 모범 답안도 정답 해설도 없는 진짜 세상을 처음부터 다시 배워야만 했다.

'너는 왜 하필 건축이야?'

'잘 보여서.'

'눈에 잘 보인다고?'

'어. 건축물은 실재하잖아. 말이나 글로만 떠드는 게 아니라.'

그제야 나는 항복하듯 너를 떠올리고 만다. 세월의 바위 아래 꾹꾹 눌러둔 너는 어느새 홀연히 내 눈앞에 서 있다. 활기에 찬 이십 대 청년. 깔끔하게 다듬은 머리칼과 계절에 비해 가벼운 옷차림. 젊음의 생기와 열기를 껴안은 눈동자.

'철학이니 문학이니, 난 그런 건 영 골치 아파서.'

계속하여 나는 너를 생각한다. 시간 속에 묻힌 너를 파헤치는 동안 나의 몸은 빠르게 너를 기억해 낸다. 모습과 목소리, 냄새, 온도. 생생한 감각으로 되살아난 너는 예전에 그랬듯 물끄러미 나를 바라보고 있다.

'너는…… 진짜 아무렇지도 않아?'

그리고 나는 또다시 할 말을 잃고 말았다.

'너 진짜로…… 나한테 할 말 없냐고.'

그러나 나는 아직도 무슨 말을 해야 할지 알 수 없다. 짧았던 시간과 길었던 세월, 냉정히 끊어 내고 당기듯 이어지길 반복해 오던, 그럼에도 끝끝내 어긋나고 말았던 사람. 너에 대한 이 감정의 실체가 무엇인지 나는 어른이 된 아직도 잘 모르겠다.

그것은 갈망이었을까. 끝내 충족되지 않아 여태 살아 있는 끈질긴 에로스인가. 그 긴 시간 움켜쥐고 놓기를 반복하면서도 너를 향한 갈망이 채워지지 않았다면, 내가 너로부터 얻기를 갈구한 것은 또한 대체 무엇이었을까.

'소크라테스의 논리대로라면 우리는 소유하지 못한 것만을 갈망할 수 있어.'

나는 긴 숨을 뱉으며 창가로부터 시선을 되돌린다. 일찌감치 부팅이 완료된 모니터에는 익숙한 바탕화면이 떠 있다. 나는 작업 중인 논문이 든 폴더를 멍하니 쳐다보았다. 그리고 또다시 길게 뱉는 한숨. 언뜻 콧김이 더워진 것 같은 착각이 인다.

실감하지 못하는 사이 시간이 흘러 날짜는 다시 십일월. 이도 저도 아닌 계절의 갈림길에서, 변덕스러운 시간의 틈바구니에서, 가을과 겨울의 기로에서 나는 또다시 번거로운 생일을 맞았다.

—

너를 처음 만난 것은 대학원 첫해 가을이었다. 그때 나는 석사과정에 돌입한, 덕분에 인생의 진리를 대강은 알았노라 착각에 여념 없던 철학도이자 첫사랑 실패의 대충격에서 채 벗어나지 못한 스물네 살이었다.

두 번째 학기에 들어서며 나는 대학원 생활에 완전히 적응한 상태였다. 낯선 캠퍼스의 지리와 건물 위치, 사 년간 몸에 익은 버스노선에서 몇 정거장 더 가 내리는 것도 이제 어색하지 않았다. 지도교수나 동기들과도 필요한 만큼 적당히 친밀해져 있었다.

대학원 동기 네 명 가운데 동 대학 학부 출신이 아닌 건 나 하나뿐이었다. 도로 하나를 사이에 둔 이웃이지만 엄연히 타교 출신이라 따돌림이라도 당하는 거 아니냐며 엄마는 걱정했지만, 어차피 박사과정을 독일에서 할 거면 일찌감치 나가라고 아빠도 권했지만, 다행히 내가 장담한 대로 왕따 같은 불미스런 일은 전혀 없었다. 동기들이 철학도답게 성숙한 인격을 연마했기 때문은 물론 아니고, 아마 정원의 절반도 채우지 못하는 비인기 학문을 하는 입장에서 일종의 호혜 정신이 발휘된 덕일 것이다.

석사과정은 대체로 재미있었다. 우리 과는 학부 규모도 소박한 데다 지도교수의 인격이 훌륭해서 남들처럼 조교 노릇 하느라 심신 다칠 일이 없었다. 나는 첫 학기에 잔뜩 독이 올라 죽어라 공부만 했는데, 본격적인 학문 세계에 발들였기 때문이라기보다는 실연의 괴로움을 누르기 위한 수단에 가까웠다.

익숙한 모교 대신 굳이 길 건너 타교로 진학한 까닭은 사실 남자 친구 때문이었다. 대학교 연합 동아리를 통해 만나 삼 년 넘게 사귄 그는 내 첫사랑이다. 행위를 포함한 것만을 사랑으로 친다면 그는 의심의 여지 없이 첫사랑이다. 사랑에 빠진 모두가 그렇듯 나는 그것이 내 일생의 사랑이라 생각했다. 신탁을 받은 무녀처럼 굳게 굳게 그리 믿고 있었다.

그러니 그가 나를 떠나기로 결정한 뒤, 필연적으로 일방적인 통보를 받았을 때, 나를 덮친 배신감과 실망과 충격이란 가히 인생 최대의 타격이었을밖에.

그와 나란히 진학하기로 했던 대학원에 기어코 혼자 입학한 것도 이를테면 허영심이었다. 너 따위 더 이상 존재하지 않아도 내 삶은 흔들림 없다는 선언. 나의 결정은 순전히 나의 의지였을 뿐 너와는 상관이 없었다는, 드높은 자존감을 뽐내려는 유치한 과시욕.

'워낙 사주가 좋대잖니. 너 이름 지으러 작명소 갔을 때부터 다 그 소리 했어. 워낙에 팔자가 너무 좋다고. 평생 맘고생 몸 고생 할 일 없는 팔자라고.'

어릴 때부터 엄마는 꼭 나를 세뇌시킬 것처럼 자주 그 말을 했다. 워낙에 팔자가 너무 좋다고. 그러니까 만일 사람마다 운명의 행로가 기록된 '팔자'라는 책이 있고, 그 책에 일생 일어날 모든 일들이 미리 적혀 있는 거라면, 전 남친의 학교에서 서사과정을 밟은 것이나 실연의 늪에 빠져 갖은 청승을 떤 것, 학교 앞 카페에서 돌연 아르바이트를 하게 된 것도 모두 내 원래 팔자에는 없던 일일 것이다.

그런즉슨, 나를 고생길로 이끈 모든 사건들은 내 완벽한 팔자에 낙서를 끄적인 주변인들 탓이라는 뜻.

'딱 일주일만. 알바생 구할 때까지만 도와주라. 이 가엾은 이모 좀 동정하면 안 되겠니, 조카야?'

막내 이모가 선처를 호소할 때까지만 해도 나는 길어야 일주일, 이모가 자리를 비운 오전 세 시간 동안만 가게를 지키면 되는 줄 알았다. 그러나 일주일이면 찾아낼 줄 알았던 알바생은 삼 주가 되도록 감감무소식이었고 나는 차츰 각종 커피 제조가 손에 익게 되었다. 이번 주까지만 해 주라, 제발 조카야. 그리고 이모의 우는소리를 더는 신뢰하지 않게 되었을 때 즈음,

'그, 오늘의 커피는 뜨거운 거예요?'

내 앞에 네가 나타났다. 아무런 예고도 징후도 없이. 너무나도 평범한 어느 보통 가을날.

'금요일부터 일하시나 봐요.'

완벽한 나의 팔자에 또다시, 큼지막한 낙서가 주욱 그어진 순간이었다.

2.

 유진욱

　자정이 지났다. 나는 여전히 모니터 앞에서 손가락만 꼼지락대고 있다. 흰 바탕 위 끈질기게 깜빡이는 커서를 바라보았다. 너에게 하고 싶은 말들이 참 많았는데, 막상 쓰려니 무슨 말을 해야 할지 까마득하다.

　네게 마지막으로 이메일을 보낸 게 언제였나 헤아려 보았다. 꼽아 볼 것도 없이 나는 팔 년이 지났다는 걸 안다. 팔 년. 초등학교에 입학한 꼬마가 사춘기의 절정을 보내고 있을 시간. 큼직하게 맞춘 교복을 입은 중학생이 전방을 지키는 군인 아저씨가 되어 있을 시간. 그때는 영원처럼 느리던 시간이 언제부턴가 차창 밖 풍경처럼 획획 지나기 시작했다. 나이가 든다는 건 그런 것인지도 모르겠다. 신기하던 풍경이 익숙해지고, 조금씩 아무렇지 않아지다가, 결국 서서히 권태롭게 표정이 굳어 가는 것.

　팔 년이 지난 지금도 나는 또렷이 기억한다. 그때도 한참을 망설이다 이메일을 보냈다. 길지도 않은 내용을 썼다 지웠다, 치밀하게 궁리하여 간신히 전송 버튼을 눌렀지만 네가 답장을 하지 않으리라는 걸 알고 있었다. 알고 있었으면서 왜 그랬냐고 물으면 어떻게 대답할까 생각해 본다. 네가 꼭 바지 주머니 깊숙이 굴러다니는 모래 알갱이처럼 까끌거려서, 라고 하면 넌 웃을까.

너는 내게 그런 사람이다. 작고 단단하고 까끌대는 결정. 한때는 바윗덩이처럼 숨통을 막았던, 막대한 질량에 눌려 어쩔 줄 모르게 했던, 오랜 세월 깎아 냈으나 아직도 다 털어 내지 못한 모래 알갱이.

그게 너다.

—

하루하루 나이가 쌓일수록 나는 독재자처럼 나를 검열한다. 감시하고 통제하고 압박한다. 위험한 것들은 상자에 담아 커다란 자물쇠를 철컥 채운다. 불온한 그 어떤 것도 튀어나오지 않게. 잔잔한 웅덩이가 진흙탕이 되지 않게. 간신히 이뤄 놓은 이 온건한 세상을 함부로 뒤집어엎어 버리지 않게.

—

사흘 전 모처럼 틈이 생겨 서점에 들렀다. 외부 미팅 때문에 느긋하게 머물 시간까진 없어서 베스트셀러 코너나 둘러보다 익숙한 이름을 발견했다. 국내에서 꽤 인기 있는 독일 철학자의 신작. 원색을 쓴 표지에서 내 시선을 잡아끈 것은 저자가 아닌 역자의 이름이었다.

혀가 꼬이는 발음의 저자명 오른쪽, 작은 폰트로 박힌 이름을 본 순간 나는 대번에 너인 줄 알았다. 너는 꽤나 흔한 이름이다. 학창 시절 한 학년에 동명이인이 꼭 있었을 정도로 흔한 이름이지만 나는 알았다.

그건 분명 너였다.

설렘과 긴장을 동시에 끌어안고 책 표지를 열었다. 책날개 하단의 역자 프로필에서 너의 근황을 찾아내려 나는 탐정처럼 눈을 빛냈다. 원하던 박사과정은 무사히 마쳤는지. 어디에서 무슨 일을 하고 있는지. 혹시 내가 모르는 사이 귀국한 건 아닌지.

그리고 너의 이름 아래 박힌 교수 직함을 본 순간, 재직 중인 교명이 너무나 익숙한 것을 알아챈 순간, 너와 나의 모교이기도 한 그 학교가 내가 일하는 곳에서 불과 오 분 거리라는 사실을 돌이킨 순간,

어찌해 볼 겨를도 없이 가슴이 뛰기 시작했다.

차분하려 애를 쓰며 계속해 프로필을 살폈다. 네 이름 아래엔 저서 한 권과 역서 여러 권의 타이틀이 나열돼 있었지만 사적인 내용은 전혀 없었다. 남편의 직업이라든가 자녀의 숫자, 얼마나 행복하게 꺄 볶으며 살고 있는지 따위의 정보야말로 내가 진정 알고 싶은 내용이었는데도.

건조한 프로필에서 너의 흔적을 찾는 것은 옷 위로 네 몸을 애무할 때처럼 감질이 났다. 너는 감쪽같이 책장 너머로 몸을 숨기고 있었다. 이렇게 떡하니 대형 서점에 진열된, 가장 좋은 위치에 여봐란듯이 놓인, 이 책을 발견한 내가 역자 프로필부터 뒤질 줄 분명히 알고 있었을 텐데도 너는 의미 있는 단어 하나 챙겨 넣지 않았다.

한국에 있단 말이지. 교수가 됐단 말이지. 소리 소문도 없이 돌아와 버젓이 같은 도시에 살고 있었단 말이지. 하. 저절로 입술이 일그러졌다. 치사한 계집애. 치사한 여자 같으니라고.

그런데 가만히 생각해 보니, 너는 원래 그런 여자였다.

—

처음 만났을 때부터 그랬다. 너는 내게 정면으로 호감을 인정하지 않았다. 짙은 암시가 스민 말이나 수많은 단어가 담긴 눈빛만 던져 놓고는 미련 없이

돌아섰다. 나 또한 오만과 유치함을 골고루 갖춘 이십 대 중턱이었으므로, 술래잡기와 숨바꼭질을 섞은 우리의 관계는 추진력을 얻기까지 꽤나 시간이 걸렸다.

너를 만난 것은 제대 후 갓 복학한 가을 무렵이었다. 이십사 개월 사이 낯설어진 사회에 연착륙하기 위해 내가 선택한 코스는 진부하게도 토익이었다. 퀴퀴한 수험생들에 점령당한 도서관은 도저히 기분이 나지 않아서, 대학가에서 조금 빗긴 구석의 카페를 공부방 삼기로 했다. 최전방에서 목숨 내놓고 이십사 개월이나 썩다 나왔는데 그 정도 호사는 누려도 될 것 같았다.

'주문하시겠어요?'

아침마다 카페에 드나든 지 나흘째 되던 날이었다. 정확히는 금요일. 주인으로 보이던 여자 대신 웬 알바생 하나가 카운터에 앉아 있었다. 읽고 있던 책을 덮고 일어선 너를 나는 한참이나 쳐다봤다. 나는 기억력이 별로 좋은 편이 아니다. 그러나 오랜 세월이 지났음에도 그 순간의 느낌은 아직까지 생생하다.

그건 몹시 낯설고도 충격적인 경험이었다.

눈앞의 광경이 제멋대로 일그러졌다. 너를 제외한 주위의 모든 사물이 윤곽을 흐리고 색채를 잃었다. 온 시야에 오로지 너 하나만 또렷했는데, 낯선 사람인지 알던 사람인지조차 나는 헷갈릴 정도였다. 우리 혹시 어디서 본 적 있지 않나요. 하마터면 진부하기 짝이 없는 소릴 중얼거릴 뻔했다. 근원을 알 수 없는 강렬한 기시감.

압도적이었다.

그러니까 나는 그때 너한테 반한 것이다. 검정 뿔테 안경 너머 마주 보는 눈동자. 감흥 없이 무심하게 나를 보는 눈동자에. 살다 살다 안경 쓴 여자한테 반할 줄이야. 그러나 그때 내 눈에 비친 네 뿔테 안경은 당혹스러울 정도로 섹시해서, 나는 이런 게 바로 군복무 후유증인가 싶었다.

'주문 안 하세요?'

거기다 대고 뭐라고 대답했는지는 기억이 나지 않는다. 뜨거운 걸 마셨던가 차가운 걸 마셨던가조차 가물가물하다. 아마 입에서 튀어나오는 대로 오늘의 커피 주세요, 혹은 아메리카노요, 쯤 지껄였겠지.

그러나 무뚝뚝하게 나를 보던 너의 얼굴과 음성은 아직까지 선명하다. 네 목소리는 여자치고 무척이나 낮았다. 새초롬한 입술과는 어울리지 않았지만 그마저도 환장하게 자극적이었다. 국방부가 멀쩡한 놈 하나 등신 만들어 놨네. 사춘기를 벗어난 후 처음으로, 나는 솟구친 호르몬을 잠재우려 안간힘을 써야 했다.

예고 없이 등장한 너는 그렇게 갑작스레 나를 덮쳤다.

너는 금요일부터 주말까지 사흘간 오전에만 일했다. 덕분에 나의 금요일은 날씨에 상관없이 늘 화창해졌다. 좀 더 솔직히 말하면 목요일 밤부터 설레기 시작한 것 같다. 새벽같이 일어나 옷을 고르고 애매하게 자란 머리에 헤어왁스를 발라 가며 씨름했다. 그러면서도 완전히 반한 것처럼 보이지는 말아야지, 우스운 작전을 펼치려 쉼 없이 머리를 굴렸다.

'금요일부터 일하시나 봐요.'

주문을 받고 영수증을 건네는 너에게 처음으로 말을 걸었다. 아무렇지 않게 툭 던졌지만 실은 며칠 전부터 시뮬레이션을 거듭해 가며 고르고 고른 멘트였다. 마구 들이댄다는 느낌이 없되 너무 딱딱하지도 않으면서 적절한 호감을 표출할 세련된 접근법. 그걸 알아내려 머리를 꾹꾹 짜냈건만 내 머리의 한계는 생각보다도 더 얕았다.

'그, 평일에는 안 보이시길래.'

공백에 소스라쳐 얼른 말을 덧붙였다. 물끄러미 나를 보는 네 표정을 읽어 낼 수가 없었다. 하지만 지금 생각하면 알 것 같기도 하다. '이게 어디서 개수 작이람' 또는 '애쓴다' 쯤 됐겠지. 이십 대는 위험한 시절이다. 설익은 경험들을 완숙으로 착각하게 되니까. 딴에는 세련되려 애를 썼지만 그건 그야말로 촌스런 수작이라는 걸, 그때의 나는 정말로 몰랐다.

'평일에는 수업이 있어요.'

'학생이에요? 대학생?'

'대학원이요.'

너는 어딘가 서늘한 얼굴을 하고 있었다. 냉대하진 않았지만 활짝 웃어 주지도 않았다. 그러나 커피를 내주는 그 짧은 찰나, 뿔테 안경 너머 내 눈을 똑바로 들여다보는 눈동자에서 나는 어떠한 의미를 읽어 낼 수 있었다. 네 눈은 감흥 없이 잔잔했으나 또한 감춰진 광휘가 불티처럼 번쩍였다. 바위틈에 몸을 숨긴 암호랑이의 눈 같은. 그래서 순간 나는 확신할 수 있었다.

그건 분명 호감이었다.

—

며칠 새 날씨가 좋아졌다. 십이월치고 제법 포근하기까지 하다. 뜨거운 커피한 잔을 사 들고 차까지 걸어가는 일 분여의 시간 동안 나는 모처럼 상쾌해졌다. 물론 모처럼 기분이 상쾌한 이유는 날씨 때문만은 아니고 진행 중인 프로젝트가 마무리 단계라서. 시공사 하나가 공사 도중 튀는 바람에 어지간히 애를 먹은 건이라, 입주 날짜를 맞출 수 있게 된 것은 우리 팀 막내 말마따나 기적에 가까운 일이었다. 혹은 소장의 너스레처럼 우주의 기운이 도왔거나.

운전석 문을 열고 컵 홀더에 커피를 끼우기 무섭게 휴대폰이 울렸다. 발신자명은 안 봐도 뻔한 '소장님'. 하여간에 잠시라도 상쾌한 꼴을 못 보지. 나는 픽웃으면서 통화 버튼을 누른 다음 스피커폰으로 돌렸다.

"예."

— 어디냐.

"이제 들어가는 중입니다."

— 몇 분.

"맥시멈 십오 분요."

— 오케이.

미니멀한 통화 종료와 동시에 가속페달을 밟았다. 오 년 전에 산 중형차는 여전히 펄펄 날아다닌다. 생애 처음으로 가진 이 차와 나는 셀 수 없는 길들을 함께 거쳤다. 취직 후 처음으로 대리를 달았을 때도, 건축사 자격시험을 치른 수험장에도, 자격증 수여식을 마치고 부모님과 들른 한우구이 전문점에도, 나는 그 모든 길을 이 차와 함께 다녔다.

물론 그중 가장 많이 오간 곳이라면 단연 여기. 팔 년째 근무 중인 건축사 사무소다.

빈 공간에 차를 대놓고 곧장 건물로 들어갔다. 빌라와 상가 건물 사이에 끼인 오 층짜리 건물은 주인의 취향대로 미니멀리즘의 화신 같다. 내가 다니는 이 사무소는 내도록 강남에 세 들어 있다가 재작년에 건물을 지어 강북으로 옮겨 왔다.

그래서 이제 건물주가 되신 사무소장은 내 대학 선배다. 오랫동안 부대낀 덕택에 단둘이 있을 때는 야 인마, 진욱아, 후배야, 이 자식아, 까지 다채롭게 써 주는 애틋한 상사지만 가끔씩은 이렇게 정색하고 부를 때도 있는데,

"유 실장."

소장이 날 그렇게 부른다면 이유는 딱 하나라고 보면 된다.

"단독주택 하나 안 할래?"

이 말은 번역하면 앞으로 두 달간 야근을 더 하란 소리.

"소장님."

"어."

"지금 나 보면서 뭐 느끼는 거 없어요?"

"음, 언제 봐도 참 잘생겼다?"

"땡. 어제와 오늘의 의상이 정확히 일치한다."

"그럼에도 불구하고 원빈 닮았다, 우리 유 실장."

허. 이제 진짜 헛웃음밖에 안 나온다.

"나 대전발 케이티엑스에서 내린 지 아직 삼십 분도 안 됐는데요."

"이 건은 위치도 안 멀어. 바로 요기야, 엎어지면 코 닿을 데."

"강 실장님 줘요."

"나도 그러고 싶은데 선태는 요새 판교 근생 때매 정신없잖아."

"아, 근생. 근생 하면 나도 할 말이 좀 있는데."

근린생활시설 설계 의뢰는 주택에 비해 수주 건수 자체가 적다. 덩치가 큰 만큼 예산도 넉넉한 프로젝트라 사무소에선 당연히 우선순위고, 설계 담당하는 건축사 입장에서도 욕심나는 포트폴리오감이다. 그러나 세상에 공짜는 없으므로 돈 되는 프로젝트는 살펴야 할 일도 당연히 더 많았다. 한 달 동안 나를 사우나에서 자게 만든, 사흘간 같은 셔츠를 입고 뛰어다니게 만든, 시공사 하나가 별안간 잠적해 꼭지까지 돌게 만든 그 프로젝트도 근생이었다. 카페부터 치과까지 다양하게 입점할 칠 층짜리 빌딩은 다음 주면 완공돼 입주를 시작할 것이다.

"내가 다 알지. 이번에 너 개고생한 거 알어. 근데 어쩌겠냐? 시공사는 계약금 먹튀 해 주시고 건축주는 맨 우는소리 하시고 이 바닥이 그렇지 뭐. 야, 나 신입 때는,"

"꼰대 멘트 사절입니다."

그제야 의자 하나를 빼내 앉아서 목뒤를 주물렀다. 아담한 회의실을 꽉 채운 회의 탁자엔 나와 소장 둘뿐이다. 주택을 하나 더 하라고? 지금 우리 팀이 돌리는 프로젝트가 몇 갠데.

"아까운 건 알겠는데 더는 무리예요. 애들 연말까지 야근시키면 우리 진짜 노동부에 신고당한다고."

무시무시하게 신고까지 운운했지만 사실 소장은 막무가내 스타일이 아니다. 웬만한 상식과 인간성은 갖춘 사람이다. 건축은 특성상 마감이 다가오면 누구나 야근을 피할 수 없다. 사무소에서 일 욕심 많은 사람이 소장뿐만인 것도 아니고.

하지만 가끔씩은 엄살을 부리거나 투덜거릴 필요도 있다. 맡기는 일마다 척척 해 놓으면 상대는 더 많은 것을 기대하기 마련이니까. 뭐가 됐든 그걸 해내려 죽을힘을 다했다는 건 오직 나밖에 모른다. 내가 아닌 남은 절대로 내 속을 알 수가 없는 것이다.

"말뚝박으면 후회 안 하게 해 준다면서요. 순진하게 내가 또 그 말을 믿었지. 각서라도 한 통 받아 놨어야 되는데."

"후회라니. 야, 진욱아, 너 설마 후회하냐?"

"행복지수 두 배로 만들어 준다면서요. 이럴 줄 알았으면 그때 그냥 독립하는 건데."

"너 안 행복해? 난 너랑 일해서 되게 행복한데?"

"사십 줄 전에 강남에 집 짓고 알콩달콩 살게 해 준다면서."

"알콩달콩 살 여자부터 좀 데려와 봐라. 그리고 너 사십 되려면 아직 삼 년 남았잖아."

"다음 달이면 이 년이고요."

"원빈도 마흔셋이래. 넌 한참 멀었어, 인마."

"거기는 결혼이라도 했지."

"너도 하면 되지."

"아, 다 망가지고 나서 누가 데려가요? 이 나이에 철야하다 원형탈모라도 오면, 소장님이 나 장가보내 줄 겁니까?"

기어이 필살기를 꺼내자 소장이 입을 꾹 다물었다. 농담인 줄 알면서도 이 말만 나오면 그는 당장 백기를 든다. 강남은 아니라도 집 짓고 처자식과 알콩달콩 살고 있는 입장이라 독신 후배한테 애끓는 동정심이라도 품고 있는 건지.

"알았어. 강 실장한테 물어볼게."

"그 팀도 아마 빠듯할걸요."

"아니면 내가 다 하든지."

"미리 말씀드리는데 우리 팀은 지원 못합니다."

"아, 자식 진짜 냉정하게."

"요새도 크리스마스 공휴일 맞죠? 쉬어 본 지가 하도 오래돼서 기억이 안 나네."

"알았다, 알았다고, 인마."

소장이 피시식 웃으며 탁자 위 인쇄용지를 집어 들었다. 투명 파일에 종이를 밀어 넣는 손길에서 아쉬움이 보인다.

"아, 너도 이거 보면 욕심날 텐데. 북아현에 있는 집인데 완전 골동품이더라고. 지은 지 육십 년이 넘었다니까."

그래서 나는 모른 척 묵묵히 듣고만 있었다.

"건축주가 다음 달 정년퇴직이래. 고향이 경남인데 거기 집을 하나 봐 둔 게 있나 봐. 이 집은 신축해서 외동딸한테 물려줄 거고."

"그 딸은 횡재했네."

"우리 학교 교수라던데?"

"은퇴한다면서요."

"아니, 건축주 말고 딸이 교수라고."

북아현동. 외동딸. 교수. 순간 끝내주게 한심한 생각이 머리를 후려쳤다. 나는 갑자기 입 안이 바짝 마른다.

"……전공이 뭐라는데."

"철학. 멋지지."

일순간 눈앞이 멍해졌다.

살얼음이 낀 것처럼 심장이 잠깐 멎었다가 다시 빠르게 뛰기 시작한다. 나는 그 소리가 소장의 귀에까지 들릴까 싶었다.

"신기하지 않냐?"

이럴 수도 있나.

"우리 학교 교수래. 철학과 교수."

정말로, 이럴 수도 있는 건가.

—

어떤 기억들은 불멸한다. 화석 속에 갇힌 나뭇잎처럼. 포르말린 속에 떠 있는 세포처럼. 추억의 형태로 굳어 버린 시간들.

—

지하 주차장에서 엘리베이터를 타고 올라가는 동안에도 나는 생각에서 벗어날 수 없다. 건축주랑 미팅이나 잡아 줘요. 눈을 동그랗게 뜨며 좋아하는 소장에게 연락처를 건네받은 직후부터 나는 줄곧 한 가지 생각뿐이다.

미쳤네.

소장은 클라이언트의 인간성을 몹시 따진다. 특히 주택 건을 수주할 때는 건축주와의 궁합이랄까 케미스트리, 그런 걸 무척 중요하게 생각한다. 집을 짓는다는 건 그 사람의 생을 담는 그릇을 빚는 것과 같다는 게 소장의 지론이라서, 상담하러 온 건축주가 본인 성향에 안 맞을 것 같으면 설계비를 높게 불러서 계약을 포기하게 만든다. 우리는 직능인이자 예술하는 사람들이야. 소장의 그 장인 의식과 낭만적인 자긍심에 나는 많이 공감하는 편이다.

그 까다로운 사람이 상담 한번 해 보고서 어떻게든 일을 맡고 싶어 한다는 것은 건축주가 어지간히 맘에 들었다는 뜻. 나는 키패드를 꾹꾹 눌러 집에 들어오자마자 소파에 주저앉아 명함부터 다시 빼 들었다.

최형식

모서리가 반듯한 명함에는 내 주거래은행의 본사 주소와 상무 직함이 찍혀 있다. 너의 아버지가 은행에서 근무하신다는 것은 당연히 몰랐다. 네가 한 번도 말해 주지 않았으니까. 우리는 그런 걸 서로 묻거나 이야기해 주는 사이가 아니었다. 좀 더 정확히 말하자면 나는 궁금했지만 묻지 않았고, 너는 물어도 이야기해 줄 것 같지 않았다.

나는 명함을 내려놓고 탁자 위에 놓인 책을 집어 든다. 두께가 제법 두툼한 철학 교양서. 사 와서 책날개만 수없이 들췄을 뿐 정작 내용은 펴 보지도 않았다. 최민주. 최민주. 최민주. 역자 이름과 프로필은 하도 많이 읽어서 이제 눈 감고 암송할 수도 있을 것 같다.

'우리 학교 교수래. 철학과 교수.'

이제 어떤 일이 펼쳐질지 나는 훤히 알고 있다. 너는 까맣게 모르는 사실을 나만 알고 있다는 건 묘한 쾌감과 긴장감을 가져왔다. 더불어 내가 알지 못하는 사실들이 또한 나를 불안하게 만든다. 그러니까, 역자 프로필에 나와 있지 않은 정보 같은 것들.

얼마나 불안했냐 하면 새 집에 입주할 가족이 몇 명이냐는 것조차 나는 소장에게 묻지 않았다. 교수가 독신이래, 그 말이 끝내 나오지 않은 것에 불안해하면서도 끝까지 묻지 않았다. 그저 미팅이나 잡아 줘요, 그 소리만 던져 놓고 도망치듯 회의실을 나와 버렸다. 집에 아이방이 두 개가 있어야 한다든가 남편이 쓸 서재가 따로 필요하다든가, 혹시나 그런 이야기들을 듣게 될까 봐서.

"미친놈."

날개만 닳도록 읽은 책을 내려놓고서 나는 기어이 자조하고 말았다.

'박사 따는 데 얼마나 걸리는데?'

그러고 보면 나는 별로 바뀌지 않은 것 같다. 십 년도 넘게 지나 어른이 되었는데도 여전히 그때처럼 유치하고 어리석다. 학위도 있고 면허도 있고 자동차도 있는 나는 아직도 이십 대 시절과 별반 다르지 않다. 학력이나 연봉 같은 것이 어른의 조건이 아니라는 것쯤이야 이제 알 만한 나이가 됐지만, 그렇다면 진짜 어른은 또 대체 언제쯤 될 수 있는 건가.

'그래, 철학은 독일이지. 거긴 학비도 공짜 아니냐?'

이십 대의 터널을 빠져나온 이후에도 나는 가끔 생각했다. 과연 그때 내게는 기회가 있었던 걸까. 내가 용기를 냈었더라면 우리는 뭔가 좀 달라졌을까. 거듭 생각해도 결론은 언제나 '아니'였지만 그럼에도 나는 꾸준하게 그런 생각들을 해 왔다.

만약 좀 더 솔직하게 굴었더라면 최소한 후회는 하지 않았을 거라고.

지저분하게 매달리는 꼴을 보였더라도, 고집껏 억지로 이별을 유예했더라도, 네가 나를 한심한 놈이라 생각했다 하더라도, 그때 조금 더 솔직했더라면 지금의 나는,

적어도 이런 생각에 시달리진 않았을 것이다.

"하아."

나도 모르게 탄식처럼 앓는 소리가 난다. 상념을 떨치듯 소파에서 일어나 주방 쪽으로 걸어갔다. 상부 수납장을 열어 즉석밥을 꺼내 포장을 뜯었다. 전자레인지 작동 버튼을 누르고 반찬 통 몇 개를 꺼내 식탁에 늘어놓자 작동 종료 신호음이 삑삑거린다. 김이 모락모락 오르는 현미밥에 반찬 서너 가지를 곁들이니 나름대로 괜찮은 저녁 식탁이 됐다.

밑반찬은 가끔씩 집에서 택배로 보내 주지만 사실 먹을 일이 잘 없다. 애매하게 걸치는 야근이 많기도 하거니와, 나 같은 사람은 어설픈 집밥보다 차라리

식당을 찾는 게 낫다고 나는 생각한다. 시간 효율이나 기대수명이나 어느 모로 보나. 나는 평생 잘 먹는단 소리를 듣는 편인데 요리에는 도저히 취미가 없다. 재미도 없고 맛도 없고.

'맛있는데?'

'진짜?'

'응. 너 요리 잘한다.'

네게 해 준 떡볶이가 맛있었던 이유는 그때 내가 초능력을 발휘했기 때문일까. 내 자취방에서 냄비째 떡볶이를 나눠 먹으며 네가 웃어 주었을 때 나는 정말로 내가 요리를 잘한다고 생각했다. 너 요리 잘한다. 그저 네가 그렇게 말했다는 이유만으로.

그때 나는 일류 요리사가 될 수 있을 것 같았다. 이십사 년간 까맣게 몰랐던 재능이 별안간 환하게 발현한 것 같았다. 너를 위해서라면 그 어떤 무엇이라도 될 수 있을 것 같았다. 나는 네가 기대하는 대로 변화했고 네가 정의하는 대로 존재했다.

탁.

젓가락을 내려놓고 빈 플라스틱 용기를 내려다본다. 가장 최근에 떡볶이를 먹은 게 언제였나 생각해 본다. 그러나 기억이 날 리가 없다. 나는 떡볶이를 별로 좋아하지 않는다.

의자를 끌며 일어나 냉장고로 걸어갔다. 캔 맥주 하나를 꺼내 들고 베란다 바깥을 향해 섰다. 전망이랄 것도 없는 위치지만 도시 불빛이 반짝이는 밤의 풍경은 그런대로 봐 줄 만하다. 이렇게 하루를 마치고 시원한 맥주 한 캔을 마실 때는 가끔씩 위로받는 기분조차 들 때가 있으니까. 어쩌면 도시의 야경이란 이렇게 쓰라고 있는 건지도 모르겠다. 기계 부품처럼 살아가는 사람들에게 아주 약간의 낭만을 주입하기 위해서.

독창적인 집을 설계하며 인생을 보내는 나는 정작 개성이 말살된 아파트에 산다. 얼굴도 모르는 이웃들을 사방에 이고 진 채로 잠을 잔다. 배터리가 방전된 청소로봇이 충전기로 돌아가듯이, 매일같이 피로에 젖어 들어와 잠을 잔 뒤 아침이면 일터로 되돌아간다. 기다리는 것이라곤 즉석밥과 집에서 보내 준 택배 상자뿐이지만 이 단조로운 일상이 싫지는 않다. 권태는 안정을 전제로 한다. 평화롭지 않은 삶은 단조로울 수도 없다.

'한번 흘러간 강물이 되돌아온다고?'

발아래 반짝이는 야경 속에서 나는 서서히 불어나는 강을 본다. 소리 없이 범람한 강물이 천천히 가까워지는 것을 지켜본다. 너는 꽤나 오랜 세월 때때로 나를 흔들어 놓았지만 단 한 번도 실체로 나타난 적은 없었다. 내가 널 마지막으로 본 것은 스물여섯. 지금으로부터 십 년 전의 일이다.

십 년은 아주 오랜 세월이다. 내게는 일생의 사 분의 일을 넘는 시간이다. 열 살이나 나이를 더 먹어 본 사람은 알겠지만 십 년 정도의 시간은 때로 인간을 완전히 바꿔 놓는다. 그럼에도 나는 다시 이십 대처럼 불안하고, 긴장한다.

'돌아와.'

익숙한 야경을 바라보며 맥주를 한 모금 더 마셨다. 개성이 말살된 아파트는 그러나 익명의 안락함이 있다. 도시의 부품으로 완전히 적응한 나는 그 안에서 가만히 생각해 본다. 고인 듯한 일상과 권태로운 평화. 나는 계속 그것들을 지켜 낼 수 있을까.

아직은 잘 모르겠다.

최민주

너를 처음 봤을 때 가장 먼저 든 생각은 잘생겼네, 였다.

뒤이어 든 생각은 근데 좀 촌스럽네, 였다.

너는 목질이 치밀한 나무처럼 단단해 보이는 남자였다. 평균을 훌쩍 넘는 신장에 체구가 듬직했다. 펑퍼짐한 청바지와 유행 지난 디자인의 체크무늬 남방을 걸친, 머리에 쓴 검정 비니까지 나는 왜 이다지도 또렷이 기억하고 있는지 모르겠다. 그때는 패션 센스가 별로라 인물이 아깝네, 속으로 꽤나 인색한 평가를 내리고 있었는데도.

너는 척 보아도 말년 병장의 때를 채 벗겨 내지 못한 상태였다. 남자 친구를 군대에 보내 본 경험이 있는 나는 군대가 멀쩡한 남자들을 어떻게 퇴화시키는지 잘 알고 있었다. 내무반에서 병장으로 군림하던 여유와 갓 사회로 복귀해 어리둥절한 순진함을 너 또한 동시에 풍기고 있었으니까.

나를 뚫어지게 보던 너의 눈빛과 그 속에 담긴 불꽃. 그것을 쉽게 꿰뚫어 볼 수 있었던 것은, 너와 달리 나는 이 전쟁터 같은 사회에 쭉 머물러 있었기 때문일 테다.

'주문 안 하세요?'

'그, 오늘의 커피는 뜨거운 거예요?'

그러니 도저히 모르려야 모를 수가 없었다. 그때 네가 어처구니없게도 내게 반했다는 걸.

그 사실은 물론 내게도 유의미했다. 그러나 그것은 상당 부분 헤어진 남자의 덕이었다. 네가 그 사람보다 키가 크고 잘생겼기 때문에 네가 내게 반했다는 사실이 큰 의미가 있었다. 끈질기게 부인했으나 결국은 버림받았다는, 떨쳐 내지 못한 내 피해의식이 훌륭한 숙주를 찾아낸 셈이었다.

난 여전히 매력적인 여자야. 그놈보다 더 나은 남자에게 관심받고 있어. 말하자면 나는 상처 입은 자존심을 감쌀 반창고 같은 존재로, 새살을 돋게 할 연고 같은 도구로 너를 보고 있던 것이다. 대단히 치졸하고도 빈곤한 마음이었다.

'혹시 시간 괜찮으면 점심 같이 할래요?'

'낮에는 수업이 있어서 곤란해요. 저녁은 괜찮은데.'

남자가 준 상처는 남자로 치유하는 거지. 그렇게 불순한 의도로 시작한 너와의 관계는 놀랍도록 순식간에 앞으로 나아갔다. 어쩌면 의도가 불순하기 때문에 진전이 빨랐던 것인지도 모른다. 너의 용도와 한계를 나는 미리 정해 두고 있었으니까.

'맥주 한잔 더 할까? 이 근처에 괜찮은 데 새로 생겼는데.'

'집으로 가자.'

'집? 우리 집?'

'응. 너 이 근처 살잖아.'

이모 카페에 알바생이 드디어 구해진 뒤부터 우리는 급격히 가까워졌다. 아니, 대담해졌다는 표현이 더 적절할지 모르겠다. 나는 파격적인 속도로 네 자취방에 드나들기 시작했지만 너와 전화 통화를 하거나 보고 싶어 죽겠다고 속삭이진 않았다. 손을 꼭 잡고 거리를 걷지도, 월요일을 저주하며 함께 주말을 보내지도 않았다.

하지만 그게 뭐 어떻단 말인가. 남자 친구가 아닌 남자와 즐기는 게 불륜은 아니지 않나. 쿨하게 만나고 쿨하게 헤어지자, 어른답게. 그때 나는 너에 대해, 나에 대해, 세상의 모든 관습과 시선에 대해 온 힘을 다하여 쿨해지려 애쓰고 있었다.

나는 우리의 관계가 합의된 유희일 뿐 연애는 아니라고 선을 그었다. 너 또한 그 이상의 무언가를 요구하지 않았다. 귀속도 구속도 없는 쿨한 관계. 그러니 우리는 갈수록 더 대담해졌으면서도 결코 가까워질 수는 없던 것이다.

'그럼 독일엔 내후년에 가는 건가.'

'내년 연말에. 석사논문 통과되면 바로 나가려고.'

'박사 따는 데 얼마나 걸리는데?'

'글쎄. 오 년 안에는 끝내고 싶은데, 하기 나름이겠지.'

나에게 너는 피난처였다. 부러진 날개를 고치고 나면 뒤도 안 돌아보고 날아갈 생각이었으므로 나는 꾸역꾸역 너와 거리를 두려 했다. 반쯤은 너에 대한 죄의식이었고, 반쯤은 나에 대한 두려움이었다.

'내일 영화 보러 안 갈래?'

'주말엔 시간 내기 어렵다니까.'

'또 도서관 가게? 지겹지도 않냐.'

'난 평생 공부할 팔자래. 사주에 그렇게 나와 있다던데.'

'누가 그래.'

'우리 엄마가.'

나는 다시 사랑에 빠지게 될까 두려웠던 것이다. 또다시 그 미련한 감정에 현혹되어 나를 잃어버릴까 봐. 존재하지도 않는 날들을 꿈꾸고, 산산이 깨져 버린 미래에 홀로 남아 꾸역꾸역 걸어가고 싶지 않아서. 사랑 같은 건 지금이 아니라 나중에, 계획해 둔 과제들을 모두 마친 후에, 좀 더 안전해지고 더욱 단단해진 뒤여야 한다고.

'도서관 몇 시에 갈 건데. 데리러 갈게.'

그러니 기형으로 비틀린 우리의 관계에서, 너는 처음부터 끝까지 아무런 잘못도 하지 않았다.

—

"어, 아빠."

— 출발했나.

"네. 가고 있어, 지금."

스피커폰을 향해 말하며 정지신호에 맞춰 차를 세웠다. 전면 유리 너머 하늘이 새파랗게 맑았다. 카오디오를 통해 쏟아지는 상대방의 음성은 빅브라더의 육성처럼 쩌렁쩌렁 울린다.

— 잘 만나 보고 엔간하면 오늘 계약해라.

"무슨 벌써 계약이야. 견적서부터 좀 받아 보고요."

— 일은 마 필이 딱 꽂히는 사람이랑 해야 된다. 그 소장 사람이 참 괜찮아. 상담을 두 시간이나 했는데 말이 엄청 잘 통하더라니까.

스무 살에 상경해 여태 서울에 살면서도 아빠는 뚜렷한 사투리 억양을 고수하고 있다. 경상도 사나이의 자부심은 올림픽 성화보다 뜨겁다나.

"아빠 원래 싫은 사람 별로 없잖아요."

— 아인데. 누가 그러드노.

"오늘 상담하고 다른 데도 좀 알아보려고. 한두 푼짜리도 아니고 몇 군데 더 봐야지."

— 거기가 실력이 좋아. 포트폴리오랑 다 확인했다니까. 그리고 계약을 니가 하나. 건축주는 나다, 나.

"내 참, 언제는 내가 살 집이니까 직접 상담하라면서요. 엔간하면 계약하라며."

코끝으로 웃으며 바뀌는 신호를 확인했다. 내비게이션은 도착지까지 남은 거리가 오백 미터라고 알려 준다. 다음 길목에서 우회전.

— 사람이 감을 무시하면 안 돼. 재고 따져서 분석하는 것보다 직관이 더 정확할 때가 있거든.

"현금 다루는 분이 위험한 말씀 하시네."

— 하여간 니는 생각이 많아서 탈이다. 딱 니 엄마 닮았지.

"엄마는 내가 딱 아빠 닮아서 겁이 없다던데."

— 맞나. 하긴 그것도 맞기는 해.

카오디오 전체에서 가볍게 웃는 소리.

"일단 오늘은 건축사부터 만나 볼게요. 긍정적으로 볼 테니까 염려 마시고."

— 알았다. 끊어라, 이제. 운전 조심하고.

"네에."

끊어진 전화기를 기본 화면으로 돌려 놓고 오른쪽으로 핸들을 꺾었다. 아빠가 건네준 건축사 사무소 주소는 신촌 중심가에서 조금 떨어진 골목이었다. 학교랑 가까워서 오가기는 편하겠네. 가산점을 주면서 건물 앞에 차를 세웠다. 좁은 대지에 선 오 층짜리 건물은 매끈한 외벽이 인상적이다. 눈에 띄지 않으면서 세련된 디자인. 다시 가산점을 더해 주고 차에서 내려 건물 쪽으로 다가갔다.

일층에는 전면창이 반짝이는 카페가 영업 중이었다. 사무소는 삼층부터 오층까지고 소장실은 맨 꼭대기 층. 엘리베이터 문이 열리자 중문 없이 곧바로 사무실 내부가 드러났다.

"어서 오세요."

"오늘 상담 약속했는데요."

"아, 네, 소장님 기다리고 계세요. 이쪽으로 오시겠어요?"

이십 대로 보이는 직원 하나가 화장기 없는 얼굴로 친절하게 웃었다. 생머리를 하나로 질끈 묶은 직원은 슬리퍼를 가볍게 끌며 앞장서 안내했다. 나는 뒤따라가면서 그녀의 청바지 아래 심슨 캐릭터가 그려진 양말을 보고 조금 웃었다. 다시 가산점 추가.

"아, 일찍 오셨네요. 처음 뵙겠습니다. 김정석입니다."

상담실에서 기다린 지 일 분도 채 지나지 않아 소장이 들어왔다. 시원스럽게 웃으며 악수를 청하는 남자는 중키에 요즘 유행하는 안경을 쓴, 사십 대 중후반의 호감 가는 인상이다. 가볍게 악수를 나누고 마주 앉았다. 직원이 음료 취향을 묻기에 녹차를 부탁했다.

"바쁘실 텐데 나와 주셔서 고맙습니다. 아, 이제 종강이라 좀 괜찮으시려나요?"

"네, 뭐, 아무래도 방학이니까요."

"이렇게 젊으신데 벌써 교수시라니. 저 학교 다닐 때만 해도 문과 쪽 교수님들은 기본이 반백이고 그러셨거든요. 삼십 대 선생님들은 거의 전임 강사분들이었는데."

나는 말없이 웃는 것으로 대답을 대신했다. 대학가 임용에서 전임 강사직은 사라진 지 오래됐다는 둥, 그래 봐야 이제 갓 임용된 조교수라는 둥, 부교수만 돼도 아직까지 기본이 반백이라는 둥 그런 얘기들은 당연히 할 까닭이 없었다. 업에 대한 말은 아낄수록 유익하므로 나는 그쯤 화제를 돌리기로 한다.

"소장님이야말로 바쁘실 텐데요. 저희 아버지랑도 오랫동안 상담하셨다고 들었습니다."

"아, 예, 건축설계가 원래 건축사랑 건축주 커뮤니케이션이 중요합니다. 상담도 그렇고 본격적으로 컨셉 잡기 들어가면 더 그렇고요. 제일 중요한 단곈데 당연히 시간을 들여야죠. 몇 시간 말씀 나눈 거 정도로 오래 했다고 하시면 교수님 나중엔 아마 깜짝 놀라실걸요?"

껄껄 웃는 소장을 향해 나는 고개를 끄덕였다. 직업상 필요한 거겠지만 그는 무척 친절하고 꽤나 수다스럽다. 아빠가 왜 필이 딱 꽂혔는지 알 것 같기도 하고.

"그래서 따님을 직접 뵙고 상담하자고 말씀드린 거예요. 집은 들어가 사는 사람이 임자니까요. 아버님 의견도 좋지만 건축주는 사실 교수님이시죠. 사무소 고르는 것도 교수님이 결정하실 문제고요."

나는 수긍하듯 계속하여 고개를 끄덕였다. 맞는 말이었다.

지금 지내는 사직동 아파트는 매물로 내놓았다. 팔리는 대로 새 집으로 옮겨 갈 작정이고, 집이 완공되기 전에 아파트가 팔리면 임시로 작은 빌라나 오피스텔을 임대해 지낼 생각이다. 아빠는 해가 바뀌는 다음 달 퇴직을 확정해 두었다. 정년까지 일한 뒤 고향인 통영 바닷가로 돌아간다는 건 나도 어릴 적부터 못이 박히게 들어 온 은퇴 플랜이다.

"아버님께서 굉장히 세심하시더라고요. 말씀하시는 거 들어 보니까 따님 사랑이 여간 아니시던데요."

이번에도 나는 웃음으로 답을 대신했다.

그의 평대로 아빠는 세심하고 정이 많은 사람이다. 어부의 아들로 태어나 고학으로 대학을 마친 아빠는 교수가 꿈이었지만 뒷받침해 줄 부모가 없었다. 내가 박사학위를 땄을 때 가장 기뻐한 사람도 아빠였고, 임용이 결정됐을 때는 전화기 너머에서 울먹이며 감격했다. 우리 아빠는 원체 눈물이 많아서, 텔레비전 드라마 주인공들이 애절하게 울 때마다 같이 눈물을 훔치다 엄마를 웃게 만드는 남자다.

이혼을 결정했을 때 가장 먼저 떠오른 사람도 아빠였다. 대놓고 한숨 쉬던 엄마보다 침묵으로 일관하던 아빠가 더 마음에 걸렸다. 서류를 접수하고 법원을 오갈 때까지도 집에서는 은근한 희망을 놓지 않았단 것을 나도 알고 있었다. 그래서 기어이 이혼신고를 마쳤다는 소식을 전했을 때, 이 집을 새로 지어줄 테니 들어와 살라는 제안을 차마 거절할 수 없었다. 나랑 니 엄마 없으면 누가 너를 챙겨 주겠노. 마치 남편도 형제도 없는 내가 당장에 덜렁 혼자 남을 것처럼 아빠는 심란해했고, 나는 이혼 후 처음으로 가슴이 아팠다.

"어렸을 때부터 쭉 사신 집이라고요."

"네. 전 평생 거기 살았어요."

"애착이 크시겠네요."

"그래서 말인데 리모델링은 어려울까요?"

"실물을 보진 못했지만 거의 신축해야 한다고 봐야죠. 오십 년 대에 지은 주택이니까요. 모르긴 몰라도 뜯어보면 아마 골조가 다 삭았을 겁니다."

북아현동 우리 집은 전형적인 디근자 개량형 한옥이다. 휴전 직후에 지어져 두어 번 증축을 했다는데 뼈대가 오래된 건물이라 보기와 달리 여기저기 문제가 많았다. 그 집에서 나는 생의 대부분을 보냈다. 고물 주택에 살며 집 치다꺼리에 질린 엄마는 다음 집은 무조건 아파트란 말을 달고 살았지만 나는 어려서도 지금도 그 집이 좋았다. 나는 한번 마음에 든 물건은 망가지지 않는 한 여간해선 버리지 않는다. 오래된 것에 애착이 강한 것은 일종의 천성인 모양.

"제가 여기 사무소 포트폴리오를 좀 살펴봤는데요."

가방에서 태블릿을 꺼내자 소장이 흥미로운 표정을 지었다. 어디 뭘 보고 오셨나, 궁금해하는 얼굴 앞에 이미지 파일을 내놓자 그가 소리 없이 웃는다. 이럴 줄 알았지. 그 미소는 어쩐지 내게 그런 의미로 읽혔다.

"인상적인 디자인이 몇 개 있어서요. 상담에 참고가 될까 싶어서."

"예, 물론이죠. 건축주분들이 대개 레퍼런스를 많이들 들고 오세요. 근데 이렇게 저희 사무소 프로젝이 또 맘에 드셨다니까 일단 기분 좋은데요?"

소장이 태블릿을 받아 들더니 손가락으로 화면을 획획 넘긴다. 얼굴엔 좀 더 선명한 미소.

"이거 안 그래도 제가 추천하려는 건축사 작품들입니다. 이 친구가 다 잘하지만 주택은 특히 잘하거든요. 감각도 있고 실력도 좋고."

"소장님이 설계하신 게 아니란 말인가요?"

"사오 년 이상 된 것들은 제가 총괄했지만 그때도 컨셉 잡고 하는 건 유 실장이 다 했죠. 요즘 하는 프로젝은 아키텍으로 본인 이름 올라가 있을 텐데요?"

그는 여기 봐 보라는 듯 화면을 확대해 내 앞으로 들이밀었다. 건축물 이미지 오른쪽 하단, 가독성 떨어지는 작고도 밝은 글씨, 그것도 영어로 적힌 프로필에서 나는 설계자 이름을 확인할 수 있었다.

유진욱

"어, 왔네요."

그 순간, 나는 고개를 들기가 몹시 두려워졌다.

태블릿에서 차마 시선을 떼기가 무서워졌다.

짧은 찰나 머릿속이 까맣게 암전됐다가 다시 불꽃처럼 환하게 타올랐다.

"유진욱 실장."

나는 그만 숨 쉬는 것을 잊고 말았다.

—

그 시절 너는 나와 같은 학교 학부에 다녔다. 카페에서 본 너는 길쭉한 화구통을 메고 있어서 처음엔 미대생인 줄 알았다. 신촌에 넘쳐 나는 긍지 높은 대학생 중에는 미술학도들도 흔하게 섞여 있었으니까.

'너는 왜 하필 건축이야?'

'잘 보여서.'

'눈에 잘 보인다고?'

'어. 건축물은 실재하잖아. 말이나 글로만 떠드는 게 아니라.'

네 원룸 자취방에서는 늘 접착제 냄새가 났다. 폼보드니 우드락이니, 각종 건축 모형 재료와 반쯤 완성된 모형들이 항상 구석에 잔뜩 널려 있었다. 나는 갈 때마다 조금씩 완전해지는 모형을 들여다보거나 반투명한 트레이싱지에 가득한 스케치를 구경했다. 알 듯 말 듯한 그림들을 보면서 네 머릿속에 든 이미지를 떠올리려 애써 보기도 했다. 문자가 아닌 선으로, 글이 아닌 도형으로 아이디어를 옮겨 내는 방식은 내 눈에 신기하고 근사해 보였다.

'이건 뭐 만드는 건데?'

'도서관.'

'그런 것도 해?'

'공공시설물 디자인 설계. 공모전 출품할 거.'

세밀하게 만들어진 모형을 나는 박물관 전시품처럼 눈으로만 살폈다. 감히 손대지 못하고 고개만 길게 빼서 요리조리 살펴보고 있으면 어느새 네가 가까이 다가와 피식 웃었다. 그리고 길쭉하게 뻗는 팔. 유달리 커다란 손. 그 손이 아무렇지 않게 모형을 들어 가까이 가져다줄 때면, 나는 귀중한 유물을 만져 보도록 특권을 허락받은 기분이 들었다.

네 방에는 책도 제법 많이 있었다. 내게는 낯선 전공 서적과 화보 등의 잡지가 대부분이었는데 의외로 문학을 비롯한 인문학 서적도 꽤 눈에 띄었다. 그중 내 시선을 잡아끈 것은 역시,

'오, 플라토온.'

놀리듯 마지막 음절을 길게 끌자 너는 조금 쑥스럽게 웃었다.

'플라톤도 읽어? 의왼데.'

'거기 어디 칸트도 있을걸.'

'오오.'

'뭐가 오오야.'

'공돌이가 칸트를 다 읽고.'

그리고 동시에 나란히 킥킥대는 웃음소리.

'건축학이 공대에서 제일 인문학적인 거 몰라? 우리 과에 문과 출신 애들도 꽤 있어.'

'빡세네. 플라톤도 읽어야 되고 모형도 만들어야 되고.'

'난 플라톤 좋더라.'

'왜?'

'이데아 이론. 그거 맘에 들어서.'

이데아.

'그거 꽤 까다로운 개념인데.'

'대충 뭐, 그러니까 모든 사물에는 완벽한 본체가 따로 있고, 그건 영원히 변하지 않는다는 거잖아.'

이데아는 본질이다.

완전한 것. 이상적인 것. 불변하는 것.

감각할 수 없지만 존재하는 것.

실존하지 않지만 실재하는 것.

'나도 그런 건물을 만들고 싶거든.'

살다 보면 시간의 궤도를 벗어나 떠오르는 장면들이 있다. 잔잔한 강 위로 예고 없이 튀어 오른 물고기처럼. 그러한 장면들의 힘은 때로 지나치게 강력해서 현실의 시간마저 비틀어 놓기도 한다.

지금처럼.

"시간 딱 맞춰 왔네. 아, 여기 유 실장도 제 대학 후뱁니다."

이거 학연 강조하는 것도 꼰대라던데. 자조처럼 덧붙이는 소장의 웃음소리가 내 귀엔 그저 모래처럼 껄끄럽다. 더불어 이 상황에 대처할 지혜로운 방식을 빠르게 탐색하기 시작했다. 그러나 예고 없이 맞닥뜨린 소나기 앞에서, 대비 없는 인간이 그저 흠뻑 젖을밖에 달리 무슨 도리가 있을까.

나는 최대한 아무렇지 않은 얼굴로 자리에서 일어선다. 흐린 향수 냄새가 인지되면서 그제야 가슴이 후드득거리기 시작한다. 더 이상 피할 수 없어 너와 시선을 마주했을 때는 쿵, 실제일 리 없는 굉음으로 귓가가 잠깐 먹먹해졌다.

너는 평온한 표정이었다. 너무나도 평온해서 네가 미리 알고 있었음을 나는 당장에 알아차리고 말았다. 치사한 놈 같으니라고. 다 알면서 기어이 이 지경에 오게 만들었단 말이지. 그 짧은 찰나에 나는 기가 막혔다가 약이 올랐다가, 당혹스럽고 억울하기까지 해서 뭐부터 토로해야 할지 모를 지경이 되고 말았다.

그런 나를 바라보며 네가 아무렇지 않게 말한다.

"유진욱입니다."

그리고 나는 일단 네가 이끄는 대로 휘말리기로 한다.

"……최민줍니다."

"교수님이 유 실장 프로젝 뽑아 오셨어. 이거 봐, 다 자기 거야."

"그래요?"

탁자 위에 놓인 내 태블릿은 다시 잽싸게 소장 손으로 넘어갔다. 나는 여전히 얼떨떨한 기분으로 약간은 망연자실해진 채 자리에 앉아 그 광경을 바라보았다. 너는 소장 옆의 의자를 빼내 앉더니 태블릿을 건네받아 화면을 서너 번 넘겨 본다. 기계를 움켜쥔 커다랗고 기다란 손. 나는 그 손에 반지가 없다는 걸 확인한 뒤, 본능처럼 재빠른 관찰에 스스로 소스라쳤다.

"상담은 일대일이 편하실 테니까 저는 이만 비켜 드리겠습니다. 궁금하신 거 뭐든 마음껏 물어보시고요. 보시다시피 이 친구가 살짝 부담스럽게 생기긴

했는데요, 성격은 또 의외로 아주 소박합니다."

사람 좋게 껄껄 웃으며 일어서는 소장을 가지 말라고 부여잡고 싶은 심정이었다. 그러나 애매하게 웃어 보임으로써 어색함과 승낙을 표현하는 것만이 또한 지금 내가 할 수 있는 전부였다. 그가 나가고 회의실에 너와 나 둘만 남아 버린 후까지도, 바깥의 소리조차 차단된 공간이 침묵으로 점점 무거워질 동안에도, 나는 도무지 지혜로운 대처법을 찾아낼 수 없다.

그러나.

"오랜만이다."

나와 다르게, 너는 방도를 미리 생각해 둔 것이 틀림없었다.

"최민주."

—

대부분의 사람들이 그렇듯 나는 내가 짓지 않은 이름으로 평생을 불려 왔다. 엄마가 돈을 주고 철학관에서 지어 왔다는 이름은 내 의지와 상관없이 나를 대표한다. 성을 붙여도 떼어 내도 평범하기 그지없는 이름이지만 나는 딱히 불만을 품은 적이 없었다. 이름이란 본디 타의로 붙여지는 것이다. 찌르레기, 아카시아, 플라타너스처럼.

최민주.

그러나 평생을 라벨처럼 달고 살아온 그 이름이 지금 이 순간, 왜 이렇게 가슴을 옭죄는 것일까. 너의 입술이 발음해 낸 나의 이름은 더없이 낯설게 들려 현실감이 없었다. 생각해 보니 그렇게 불리운 것도 꽤 오래전이다. 존칭도 직함도 없이 이름 석 자만 도발적이고도 친근하게 불려 본 적이. 민주 씨도, 선생님도, 최 교수도 아닌,

"최민주."

너는 그렇게 한 번 더 날 불렀다.

그제야 회피했던 시선을 천천히 들어 올렸다. 회의 탁자를 사이에 두고 마주 앉은 우리의 거리는 불과 일 미터. 터무니없이 가까운 그 거리에 나는 언뜻 현기증이 나려고 한다. 십 년의 세월은 일 미터에 욱여넣기에 지나치게 길지 않은가. 십 년. 그 멀고도 깊은 시간 너머에 있던 네가 이제 불과 일 미터. 그게 너무도 기막혀서 나는 그만,

"……하."

멍청하게도 가느다랗게 웃고 말았다.

"놀랐어?"

"그럼 안 놀라?"

"하긴. 여기 들어올 때까지도 안 믿기더라, 나도."

"넌 어떻게, 미리 알고 있었으면서."

"말 안 해 줬냐고?"

거리낌 없이 대꾸하는 너는 변한 것이 별로 없어 보인다. 그럼에도 나는 십 년의 흔적을 찾아내려 샅샅이 네 얼굴을 살폈다. 눈매가 예전보다 좀 차가워졌다. 얼굴선이 그때보다 더 날카로워졌나.

"나 원래 서프라이즈 잘하잖아."

할 말 없게 만드는 재주는 여전하고.

"메일 보내도 어차피 확인 안 했을 거면서."

"……."

"한국엔 언제 들어왔어."

"……사 년 좀 넘었어."

"오 년 안에 박사 못 땄나 보네."

"포닥(Post doctor, 박사 후 연구원) 했어. 이 년 정도."

"아."

자조하듯 사선으로 비틀리는 입술. 너는 잠시 침묵하며 시선을 피했다. 그 앞에서 나는 다시 죄인이 된 기분이 든다.

너는 태블릿을 바라보며 입술을 뗐다. 까만 화면에 아무것도 떠 있지 않은 내 태블릿.

"집은 신축해야 할 거야. 공사 효율성도 그렇고, 나중에 매매까지 생각하면 투자 차원에선 더더욱."

거의 단정에 가까운 말투였지만 나는 무리 없이 수긍했다. 소장과 달리 너는 북아현동 집을 직접 본 적이 있다.

"입주할 식구는 몇 명인데."

너는 꽤나 사무적으로, 흡사 지나가듯 가벼운 어조로 물었다. 그러나 꺼진 태블릿을 향한 얼굴에서 희미한 긴장과 기대를 보았다면 순전히 내 과대망상일까. 그래서 나는 오히려 대답이 망설여졌다. 솔직한 심정으로는 남편과 둘이 살 거라고 거짓말을 둘러대고 싶은 마음이었다.

그러면서 나는 왼쪽 약지에 남은, 삼 년 이상 반지에 눌려 가늘어진 흔적을 너에게 들키지 않았으면 했다. 나만 혼자일까 봐 부끄럽기도 했고 너도 혼자일까 봐 두렵기도 했다. 그 짧은 찰나에 어쩌면 그렇게 복잡한 생각들이 사람을 칭칭 감을 수 있을까. 십 년 만에 갑자기 나타난 너로 인해 나는 마치 사고능력을 박탈당한 기분이었다.

"저기,"

왜. 그렇게 묻듯이 너는 눈을 들어 나를 본다. 정면으로 마주친 네 눈동자를 나는 피하지 않으려 애썼다.

"미안하지만 계약은 좀 힘들 것 같다."

"왜."

몰라서 묻니. 나는 말없이 눈으로 대꾸했다. 너는 어렵잖게 알아들었는지 얕게 코로 웃더니,

"그럼 이유나 주고 가."

"무슨 이유."

"우리 소장은 거의 계약할 걸로 기대하고 있던데. 다 차려 준 거 못 받아먹었으면 나도 적당한 경위를 설명해야 되잖아."

이제 나는 본격적으로 몹시 난처해진다.

"뭐라 그럴까. 내가 맘에 안 들어서 안 하신대요?"

"……."

"아니면, 내가 불편해서 못 하신다네요?"

"……미안해."

"미안하면 계약해."

너는 덩치 커다란 짐승처럼 막무가내로 굴고, 나는 거기서 비로소 십 년의 흔적을 찾아냈다.

"요새 건설 경기 바닥인 거 몰라? 우리같이 작은 데는 한 건 한 건이 목숨이야."

건설 경기가 어떤지 나는 모른다. 연구실에 틀어박혀 논문과 씨름하며 사는 나는 네가 속한 세상의 치열함을 짐작조차 할 수 없다. 다만 이 순간 확실하게 아는 것은 하나뿐이다. 강렬한 예감. 논리도 사유도 근거도 없는, 그저 번개처럼 온몸을 내리치는 느낌.

"잘해 줄게."

그리고 마침내 나는 겁이 나기 시작했다.

"계약해. 나랑."

불과 일 미터 앞에 앉아 나를 보는 네가.

Chapter II.

계약

4.

유진욱

어쩌면 너는 알고 있었는지 모르겠다. 차마 꺼내지 못하고 삼켜 버린 말들을. 티 내지 않기 위해 안간힘 쓰던 속내를. 어떻게든 들키지 않으려 용을 쓰면서, 또한 들키기를 간절히 바란 그 마음들을.

—

나를 보는 너는 꽤나 오묘한 표정을 짓고 있다. 굉장히 꺼림칙한데 교양인의 예의상 대놓고 찡그리진 못하는 얼굴. 마치 지나치게 가까운 거리의 취객이나 쓰레기 수거차를 보는 것 같은, 한마디로 무사히 잘 피해 가고 싶다는 표정.

최민주. 미안한데 그렇게는 안 될 것 같다.

"어차피 딴 데 가 봐야 설계비 거기서 거기야. 시공은 우리 협력처 중에 괜찮은 데 있으니까 몇 군데 소개해 줄게. 근데 설계든 시공이든 돈 준 만큼 퀄리티 나오는 건 알아 둬. 싼 게 비지떡, 그거 불멸의 진리거든."

나는 평균 이하인 장사꾼 기질을 박박 긁어다 네 앞에 쌓아 놓았다. 건설 바닥에서 팔 년간 구르며 얻어 익힌 영업력이라 해 봐야 실로 보잘것없는 수준이다. 약간의 막무가내, 상당한 호언장담, 그리고 최대한의 압박. 나는 영업직이 아니라서 이 정도밖에 할 줄 모른다.

"기간은 최소 일 년은 잡아야 돼. 도면 뽑는 데만 우리는 보통 육 개월 정도 걸리는데 입주가 급한 거면 약간 앞당길 수는 있어. 실측해 봐야 알겠지만 거기 대지가 한 팔십 평쯤 될 거고, 건물은 몇 층 생각하는데?"

일단 목표는 네가 생각할 틈을 주지 않는 것. 그리고 나한테 더 미안해지도록 시간과 노력을 최대한 쏟아 내는 것. 나는 아무 말 못 하고 내 얼굴만 쳐다보는 너에게서 끝까지 시선을 떼지 않는다.

너는 예전부터 동정심이 많았다. 추운 계절 지하철역 계단에 앉아 구걸하는 노인을 보면 주머니를 뒤져서 천 원짜리 한 장을 꼭 내주곤 했다. 열심히 살았어도 실패할 수 있는 거잖아. 인생의 불합리를 불평하던 목소리. 이십 대의 너는 많은 이들이 그러하듯 아직 동년기의 무른 마음을 지니고 있었다. 누군가 아픈 것을 안타까워하는 마음. 누군가 아프게 할 것을 두려워하는 마음.

그러고 보면 너는 나보다도 훨씬 더 변하지 않은 것 같다.

"가족이 네 명 이상이면 건평을 더 잡는 게 좋아. 물론 어디까지나 평균적으로 그렇다는 얘기지만."

너는 몹시 난감한 기색이었다. 능글맞게 웃으면서 자리를 뜨지도, 냉정하게 인사하고 일어서지도 않았다. 보아하니 계약이 불발되면 내가 정말 곤란해질 거라고 믿는 눈치다. 소장이 길길이 날뛰며 욕이라도 할까 봐서 차마 박차고 나갈 수가 없는 모양. 십 년 만에 만났는데 도움은 못 줄망정 큼직한 엿을 선사하기가 꺼려지는 걸 수도.

순진하기는.

"식구가 몇 명인데."

나는 다시 한 번 물으며 네 얼굴을 응시했다. 소장이 나가기 전 녹차 한 모금을 마시던, 당황한 기색을 숨기듯 종이컵을 들어 올리던 손에 반지가 없는 건 진작 확인했다. 그러나 명확하지 않은 그 증거보다 나를 건드린 것은 네가 여전히 왼손잡이란 사실이었다. 너의 왼손. 검지와 중지 사이, 좁고 은밀한 곳에 작은 점이 있던 손. 펜을 쥔 채 몸 바깥쪽에서 안쪽을 향해 빠르게 필기하던 손.

조심스레 내 오른쪽 얼굴을 쓰다듬던 손.

그 손을 보는 순간 뱃속에서 무언가 울컥 치밀어 올랐다. 무섭도록 선명한 감정이라 나는 그만 덜컥 두려워졌다. 이건 현실이구나. 진짜로 너구나. 진짜 최민주구나. 그리고 이어서 어떻게 걷잡을 새도 없이 나는 아주 나쁜 생각까지 하고 말았다.

실은 네 가족이 몇 명이든 상관없다고.

"나 혼자야."

그리고 거짓말 같은 네 목소리를 듣는 순간 그만 가슴이 덜컹 내려앉았다. 한심하도록 깊은 안도감. 방금 내가 마른침을 삼킨 것을 너는 눈치챘을까.

"……교수 되느라 바빴나 보네."

"이혼했어."

너는 재차 말하며 내 눈을 똑바로 들여다본다. 어딘가 공격적인 어조라 그 말은 마치 경고처럼 들렸다. 의도를 알 것 같았으나 나는 대꾸하지 않았다. 그저 수긍하듯 가볍게 눈을 한번 껌벅였을 뿐.

그로부터 우리는 잠시 침묵한다. 이 계약이 성사될 것은 이제 너도 나도 확신했을 테다. 너는 빠져나갈 핑계가 부족하고 나는 악착같이 놓아주지 않을 거니까. 그러나 무덤덤을 가장한 얼굴과 달리 내 가슴은 무작정 뛰고 있었다. 이혼했어. 이혼했어. 최민주가 이혼했어.

그렇게 너의 불행은 나의 행운이 되었다.

—

개가 왜 좋아?

그때 누군가 내게 그렇게 물었다면 나는 아마 그럴듯한 대답을 하지 못했을 것이다.

돌이켜 보면 그동안 내가 좋아한 여자들은 대개 뚜렷한 이유를 갖고 있었다. 얼굴이 예뻐서, 각선미가 끝내줘서, 눈웃음이 귀여워서. 그러나 너의 매력을 꼽으려면 나는 진지하게 생각을 먼저 정리해야 했다. 물론 일단은 뿔테 안경이 섹시해서, 부터 시작해야 하겠지만.

너는 다른 여자들과 많은 면에서 달랐다. 누구나 좋아하는 사람은 특별한 게 당연하겠으나 너는 좀 더 구체적으로, 내가 직간접적으로 겪어 본 여자들과 뚜렷이 구분되는 지점이 있었다.

너는 대립되는 모습들을 한꺼번에 지닌 사람이었다. 뜨겁게 다가오고 차갑게 선을 그었다. 내일이 없는 사람처럼 대담하게 굴다가도 불현듯 일주일 넘게 문자 한 통 보내지 않았다. 대낮부터 녹여 버릴 듯 열띠게 만들어 놓고는 도서관 갈 시간이 되면 모범생처럼 안경을 쓰고 사라져 버렸다. 너를 처음 알게 된 스물넷의 가을, 나는 그야말로 열탕과 냉탕을 정신없이 오가는 기분이었다.

너는 내게 아무것도 바라지 않았다. 다른 여자애들처럼 귀여운 기념일들을 기억하길 원하지 않았고 심지어 생일이 언제인지도 말해 주지 않았다. 그건 알아서 뭐 하게. 낯빛 하나 바꾸지 않고 되묻는 게 어이없어서 그만 할 말을 잃었던 기억이 난다. 생일을 알아서 뭐 하냐니. 설마 내가 그걸로 별자리 궁합이라도 볼까 봐.

너는 관계의 정의를 원하지도 않았다. 우리 대체 무슨 사이냐고 나를 재촉하는 법도 없었다. 그저 너 편한 시간에 내 스케줄을 묻고는 먹을 걸 사 들고 원룸으로 찾아왔다. 너도 나도 학업에만 쏟기에는 힘이 남아도는 이십 대 중반이

62

었고, 둘 다 달리 만나는 사람이 없었으니 책할 것도 없는 관계였지만, 학습된 패턴에서 크게 벗어난 네 행동은 적잖이 나를 당혹케 했다.

그때까지만 해도 나는 여자들에 대해 상당한 편견을 지니고 있었다. 여자와 자려면 남자는 일단 오랑캐처럼 조공부터 바쳐야 하는 줄 알았다. 몸과 마음과 정성과 시간과, 동원할 수 있는 것은 총동원해서 어르고 달래야 귀하신 여자의 몸을 가질 수 있다고 생각했다. 빈약한 경험으로나 풍성한 풍문으로나, 당연히 누구나 그런 줄 알았다.

'석사 마치면 독일 갈 거야. 박사 따러.'

그러나 어설프게 구축한 그 이론에서 너는 그야말로 완벽한 예외였다. 내 자취방에서 먼저 키스한 건 나였지만 거기서 맥주를 마시자고 제안한 건 너였다. 오랑캐처럼 늘 이것저것 먹을 걸 사 들고 오는 것도 너였다. 나는 네가 아침까지 머물러 주길 바랐으나 너는 한 번도 그러지 않았다. 부모님과 함께 사니까 곤란하다는 걸 알았지만, 섭섭하게도 너는 외박을 핑계 댈 거짓말 한번 해 주지 않았다.

처음에는 그게 무척 신선했다. 충격적이게 참신한 타입이라고 혀를 내두르고 웃었다. 신선함이 가신 뒤에는 변함없는 태도가 좀 서운해졌고, 그로부터 조금 더 시간이 흐르면서 나는 어쩐지 슬슬 억울해졌다.

'내일 영화 보러 안 갈래?'

'주말엔 시간 내기 어렵다니까.'

'또 도서관 가게? 지겹지도 않냐.'

말하자면 그건 자괴감이었다. 섹스머신이 된 것 같은 희한한 박탈감, 또는 약간의 모욕감. 너한테 나는 한낱 도구에 불과할지 모른다는, 러닝 머신이나 스핀바이크 이상이 아닐지도 모른다는 생각은 들기가 무섭게 신경을 갉아 댔다. 수시로 휴대폰을 들여다보고 연락 없는 너를 원망하면서도 나는 별수 없이 매번 너를 기다리고 있었다.

그리고 드디어 네가 다시 와 주었을 때, 아닌 척 시침 떼고 그저 쿨하게 웃었을 때, 그럼에도 우리 대체 무슨 사이야, 그 말이 목구멍까지 기어 나왔을 때 깨달았다.

나는 이미 너를 깊이 좋아하고 있다고.

'도서관 몇 시에 갈 건데. 데리러 갈게.'

그러니 그것만으로 이유는 충분했던 것이다. 기다리고 원망하고 다시 기다리는 것. 자괴감과 박탈감과 모욕감을 느끼게 한 것. 그럼에도 내 눈앞에 돌아온 너를 보았을 때, 충족감과 안도감으로 웃음을 터뜨리게 만든 것.

그로부터 나는 배웠던 것 같다. 누군가를 진짜로 좋아한다는 건 그런 거라고. 얼굴이나 각선미나 눈웃음처럼 하나의 이유만을 골라낼 수 없는 거라고. 설령 뿔테 안경에 어이없이 반했다 하더라도 너를 좋아하는 이유는 결코 그게 아니라고.

내가 널 좋아한 이유는 너라서.

내가 좋아한 사람이 하필 너라서.

최민주. 그냥 너라서.

—

"여기 서명하면 돼."

너는 계약서를 처음부터 끝까지 꼼꼼하게 읽었다. 숨겨진 트릭이라도 찾아낼 것처럼 미간을 찡그려 가며 조항들을 살폈다. 그러고 보니 안경을 쓰지 않았다. 렌즈를 낀 건가. 예전엔 콘택트렌즈가 귀찮다고 주로 안경을 쓰고 다녔었는데. 십 년 만에 본 너는 분명 달라졌지만 아직 여전한 것도 있었다. 습관처럼 잘근대는 아랫입술. 오물거리는 입술을 대놓고 쳐다봐도 눈치를 못 채니 나야 고마울 따름이다.

그러나 더 보고 있다가는 오히려 내 정신 건강이 해를 입겠다 싶어질 무렵, 네가 사인을 할 것처럼 펜을 세웠다 다시 눕히기를 세 번쯤 반복했을 때 나는 더 이상 인내심을 발휘하지 않았다.

"걱정 말고 사인해. 독소조항 같은 거 없으니까. 혹시 나중에 계약 파기해도 위약금은 없고, 그때까지 우리가 일한 만큼만 계산해서 주면 돼."

설마 내가 너한테 사기를 치겠냐. 팔짱을 낀 채 의자에 기대앉아서 나는 입 속으로 그렇게 중얼거렸다. 너는 눈을 들어 나를 한번 보더니 겸연쩍게 웃으며 펜을 세워 들었다. 왼손으로 그려 낸 너의 이름. 선명한 잉크 자국이 짜릿했다.

"감사합니다."

고저 없이 중얼대며 나는 계약서를 낚아챈다. 너는 아직도 약장수한테 반쯤 홀린 얼굴이었다. 사야 될 거 같아서 사긴 하는데 이래도 되나 여전히 불안한 기색. 역시 위약금 없는 걸 강조하길 잘한 것 같다. 안 그랬으면 오늘 사인 못 받을 뻔했네.

"최선을 다하겠습니다."

마찬가지 톤으로 덧붙이자 그제야 너는 조금 웃었다. 나도 당연히 따라 웃었다. 소리 없이 그림자처럼 오가는 미소들. 나는 아직도 마치 꿈을 꾸는 것 같다.

"도면 잘 뽑으려면 건축주도 같이 노력해 줘야 돼. 컨셉이나 구조 잡는 건 물론이고 마당에 나무 한 그루, 포석 하나 까는 것까지 원하는 걸 다 알아야 하니까."

"자잘한 디테일은 알아서 해 줘. 의견은 최대한 수용할게."

전문간데. 덧붙이며 너는 녹차를 한 모금 마셨다. 나는 문서보관용 투명 파일을 집어 틈을 벌렸다. 계약서 종이에서 네가 쓰는 향수 냄새가 나는 것 같다. 아마도 내 착각이겠지만.

"근데 뭐라고 부르면 돼?"

"뭘 뭐라고 불러, 나?"

플라스틱 파일에 계약서를 잘 넣은 뒤 고개를 들었다. 이건 또 무슨 소리냐. 좀 황당하기도 하고 꽤 재미있기도 해서 나는 어떤 표정을 지어야 할지 얼른 결정할 수 없었다.

"이름 부를 순 없잖아."

덤덤한 네 말투에서 나는 약간의 쓸쓸함을 듣는다. 아울러 옷깃을 여미고 뒷걸음치는 너의 환영도 본다. 우리는 이제 이십 대가 아니라고, 그때처럼 잃을 것도 바랄 것도 없던 시절이 아니라고, 십 년의 세월이 지니는 의미를 너는 강조하고 있었다. 계약서가 증명하는 우리의 관계. 클라이언트와 직능인. 고용주와 피고용인. 갑과 을.

틀린 말은 아니지만 의도가 너무 빤하네. 나는 그저 가볍게 고개를 끄덕였다.

"유 실장이라고 부르세요."

그리고 너를 향해 사무적으로 웃어 준다.

"최 교수님."

네 말대로 나는 이제 이십 대가 아니다. 떠나는 여자를 붙잡지도 잊지도 못해 절절매던 스물여섯 대학생이 아니다. 한번 놓친 기회는 그것으로 끝이라는 것쯤 뼈저리게 알아 버린 나이가 되었다. 인생에서 두 번째 기회란 차라리 기적에 가까운 일이다. 혹은 온 우주의 기운이 도왔거나.

"앞으로 자주 뵙게 될 겁니다."

그러니 이제 우리의 관계는, 그때와 아주 많이 달라지게 될 거야.

—

러시아워에 미친 듯이 차가 밀리지 않는 한 북아현동까지는 사무소에서 십 분 거리다. 가까워도 이렇게 가까우니 감리 나갈 걱정은 덜게 생겼다. 시공이 진행되면 매주 한 번씩 감리를 보러 가는데, 현장이 지방이면 별 의미도 없이 근무시간만 늘어나는 게 흠이다.

엎어지면 코 닿을 데라고 내가 그랬잖아. 조수석에 앉은 소장이 아이스커피를 쪽쪽 빨며 생색을 냈다. 얼음만 남은 일회용 컵을 달각달각 흔드는 소리.

"춥다고 히터 틀어 놓고 아이스 마시는 건 대체 무슨 입맛이에요."

"얘가 몰라도 한참 모르네. 냉면이랑 아이스크림, 아이스커피는 겨울에 제맛인 거 몰라?"

"너무 가학적인 거 아닌가. 덜덜 떨면서 냉면 먹는 거나, 질질 울면서 불닭발 먹는 거나."

"적당한 마조히즘이 스트레스 해소에 좋대."

"뭔 소리야. 누가 그래요."

"나 신입생 때 좋아한 선배가. 아, 그 누나 내 첫사랑이었는데."

시답잖은 소리가 몇 번 오가지도 않았는데 낯익은 골목이 보였다. 주소를 확인하려 소장은 고개를 길게 뺐지만 나는 정확히 대문 앞에 차를 세웠다. 오, 역시 철저해. 기어를 옮기고 시동을 끄자 소장이 이죽대며 바인더를 들고 내렸다. 벽돌로 쌓은 담장. 짙은 초록색의 철제 대문. 너의 집 앞은 하나도 변한 것이 없어 보였고, 덕분에 나는 꽤나 기묘한 기분에 휩싸였다.

"이 집 맞아?"

"……예."

설계 전 현장을 실측하는 것은 측량보다 면접에 가깝다. 허물어뜨릴 집을 방문해 건축주와 가족을 만나고, 건물과 주변을 살펴서 새로 지을 집을 위한 아이디어를 모으는 게 주된 목적이다. 집은 거주자에 대해 많은 것을 말해 준다. 오래 산 집에는 주인의 취향과 습관, 가치관까지도 별수 없이 흠뻑 배게 되니까.

"아, 자식 차 좀 바꾸라니까."

"아직 멀쩡한데 왜요."

"실장님, 저도 폐차시켜야 돼서 새 차 뽑은 거 아니잖아요."

소장은 재작년에 처음으로 외제차를 샀다. 클라이언트에게 신뢰감을 주려면 겉모습도 신경 써야 한다는 근거는 내 경험상으로도 확실히 설득력이 있긴 하다. 건축사가 벤츠 정도는 몰아 줘야 안심하고 일을 맡길 건축주라면 나는 좀 별로일 것 같지만. 주인의 성향을 말해 준다는 점에서 어쩌면 자동차는 집보다 한 수 위인지도 모르겠다.

"나도 소장 되면 바꾸든지."

"누구 맘대로 소장이야, 유 실장은 나랑 끝까지 가야지. 실장이 싫으면 부소장은 어때. 아님 상무? 이사? 뭐가 좋은지 말만 해."

"됐거든요. 코딱지만 한 사무소에서 부소장은 무슨."

"실장님, 직원이 스무 명이 넘는데 코딱지라니요. 우리 정도면 중소기업이에요, 중소기업."

소장은 목소리 낮춰 너스레를 떨면서 대문을 향해 앞장서 걸었다. 초인종을 누르자 버저 소리와 함께 덜컹하고 문이 열렸다. 늙은 집은 사람처럼 소리에서부터 연식이 느껴진다.

"아유, 어서 오세요. 날씨가 많이 춥죠, 오늘."

가벼운 패딩 점퍼 차림으로 걸어오는 여자를 향해 나와 소장이 꾸벅 목례부터 했다. 주인은 맞절하듯 고개를 숙이면서 가까이 다가와 활짝 웃었다. 집을 안내해 주기로 약속된 건축주의 아내.

너의 어머니.

"안녕하십니까, 사모님. 처음 뵙겠습니다."

"김 소장님이시죠?"

"예, 제가 김정석입니다. 이쪽은 설계 담당할 건축사고요."

"안녕하세요. 실력 있는 건축가라고 남편이 하도 그래서 궁금했는데. 아유, 이렇게 젊은 분일 줄은 몰랐네."

네 어머니의 시선에서 나는 호감과 친절을 보았다. 딸 또래의, 그 딸을 위해 집을 설계할 직업인에 대한 호기심과 기대일 것이다. 잠깐 눈을 맞춘 동안 나 또한 상대를 빠르게 탐색했다. 너의 어머니는 비교적 소탈한 성격의 전업주부 같았다. 남편이든 자식이든 속 썩일 일 크게 겪지 않고 사는 중년 여자. 평범하다면 평범하고 행운아라면 행운아인 이런 부류를 나는 다년간의 경험으로 잘 아는 편이다.

"처음 뵙겠습니다. 유진욱입니다."

"앞으로 잘 부탁드릴게요. 저희가 집 짓는 건 처음 해 봐서요."

당연하게도 나는 네 부모님을 만난 적이 없다. 그때 나는 너의 무엇도 아니었으니까. 나는 네 남자 친구도, 그냥 친구도, 하다못해 같은 과 동기도 아니었다. 공백들까지 합치면 꼬박 일 년 반 동안 관계를 이어 갔는데도, 우리는 그림자처럼 오직 서로에게만 존재했다.

혹은 최대한 숨기고픈 비밀처럼.

"집 관리를 잘 하셨네요. 벽이나 이런 데도 깔끔하고."

"겉보기는 이래도 워낙에 오래돼서요. 한 번씩 꼭 말썽이에요. 작년 겨울에는 글쎄 욕실 파이프가 터져 가지고……"

나는 듣기 좋을 만큼만 수다스러운 네 어머니의 안내로 집 안부터 둘러보았다. 파란색 조명이 켜진 수족관에 가장 먼저 눈길을 주었다. 방 네 개와 거실, 따로 분리돼 있던 것을 수리한 주방. 내부를 다시 보자 희미하던 기억이 또렷하게 되살아난다.

"여기가 저희 딸이 쓰던 방이고요."

"안을 좀 볼 수 있을까요."

"보는 거야 뭐, 얼마든지요. 안 쓴 지 오래돼서 횅할 거예요. 유학 가면서부터 거의 쭉 비어 있었으니까."

네 방 문을 열며 나는 문득 긴장했다. 이 문을 열면 안에 네가 서 있을 것 같아서. 이십 대의 최민주가 뿔테 안경을 쓰고서 또렷하게 날 마주 볼 것 같아서. 그러나 문을 열자 현실의 공간은 텅 비어 휑하고, 보얗게 빛나던 너의 환상도 휩쓸리듯 사라졌다.

"저희 딸 만나 보셨죠?"

군이 방문까지 열고 안쪽을 들여다보던 나는 흠칫 고개를 돌렸다. 두어 걸음 떨어져 선 너의 어머니가 여전히 친절하게 내 얼굴을 올려다보고 있었다. 동시에 나는 어째 기분이 묘해진다. 죄지은 것 같은 느낌은 왜 드는 건데.

"예. 사무소에서 뵜습니다."

"잘 부탁드려요. 애가 좀 까칠한 데가 있어서. 원래 약간 예민한 편이에요, 성격이."

애매하게 웃는 네 어머니는 어쩐지 말을 아끼는 기색이었다. 최민주가 까칠하고 예민한 성격이라. 알고 보면 꼭 그렇지만도 않다고 말씀드리고 싶지만 물론 입 밖에 낼 수는 없는 노릇이다. 근데 나한테 왜 이런 말씀을 하시지. 어색한 상황이라 그저 말치레하시는 건가 생각하려는 찰나,

"학자들이 다 그렇죠, 뭐. 다른 과목도 아니고 철학인데요. 근데 제가 뵀을 때 대학교수님이 아니라 그냥 어디 사립학교 선생님 같던데요?"

소장은 성별이나 나이에 상관없이 누구에게나 붙임성이 좋은 편이지만 중년 이상 여성에게는 특히 친화력을 발휘하는 사람이다. 덕분에 나는 그 말에 거드는 시늉을 하는 것으로 적당히 대답을 피해 갔다. 너의 어머니는 조금 민망스러운 듯, 수줍게 웃으면서 소장과의 대화에 휘말리고 만다. 나는 그 웃는 눈매가 너와 닮았다고 생각했다.

'나 잠깐 들어가도 돼?'

네가 날 이 집 안에 들인 것은 딱 한 번뿐이었다. 부모님이 부부 동반으로 제

주도 여행을 가셨다던 주말. 학교 도서관에서부터 집까지 널 데려다주고 뻔뻔하게 물었던 나는 대답 없는 네가 딱 잘라 '안 돼'라고 하기 전에 얼른 핑계를 갖다 붙였다.

'집만 구경하고 갈게. 지반이랑 구조 같은 거.'

물론 말 같지도 않은 소리였다. 하지만 나는 어려서부터 쭉 아파트에 살았기 때문에 그건 꽤나 합리적인 구실처럼 들렸을 것이다. 너는 잠깐 고민하다 몸을 돌려 열쇠로 대문을 열었다. 딱 삼십 분만 있다 가. 나는 혹시나 네 맘이 변할까 냉큼 뒤따라 이 집에 들어왔고, 처음으로 너의 공간과 대면할 수 있었다.

이 집에서 너는 카페나 도서관, 또는 내 자취방에 있을 때와 완전히 달라 보였다. 뒤에 선 나를 의식해 조금 쭈뼛거리며 앞장선 모습부터가 그랬다. 너의 영역에 들어오길 허락받았단 사실은 그때 나를 무척이나 들뜨게 만들었던 것 같다. 집은 가장 은밀한 시간을 품고 있는 공간, 사생활 그 자체니까.

'집에 수족관도 있네.'

'엄마가 키우는 거.'

'너도 물고기 좋아해?'

'아니.'

거실에 놓인 수족관을 향해 너는 심드렁하게 대꾸했다. 나는 그때나 지금이나 물고기를 좋아한다. 소리 없이 유유하게 움직이는 생명체. 그것들을 보고 있으면 나마저 무척 차분하고, 평온해지니까.

'난 애완동물 같은 거 안 키워.'

'왜?'

'죽잖아.'

'죽는다고?'

'응. 아무리 예뻐해도 어차피 죽잖아. 나보다 먼저 죽는 거 보기 싫어.'

말하며 지그시 열대어들을 바라보던 얼굴. 최민주는 슬퍼지는 게 싫구나. 마음 줬던 대상이 사라져 버리는 게 무섭구나. 너만 남겨 두고 떠나 버릴까 봐, 그래서 혼자 남겨질까 봐 두려운 거구나.

'그럼 거북이 같은 거 키우면 되겠네.'

'무슨 거북이야.'

'걔네 되게 오래 살잖아. 막 백 년씩은 기본으로 살지 않아? 네가 훨씬 먼저 죽겠다.'

어이없단 얼굴로 웃는 너를 향해서 실은 해 주고 싶은 말이 있었다. 걱정 마, 난 너보다 오래 살 거니까. 무조건 어떻게든 너보다는 오래 살게. 묻지도 않은 그 말을 할까 말까 망설이다가 결국은 입술만 축인 뒤 삼켜 버리고 말았지만.

그날 내가 약속했던 대로 이 집에 딱 삼십 분만 있었는지는 기억나지 않는다. 그러나 분명히 나는 네게 아무 짓도 하지 않고 얌전히 집만 구경했다. 무슨 짓을 하겠다는 생각조차 하지 않았다. 여기는 너의 집, 너와 네 가족의 공간이라는 사실이 꼭 성지처럼 느껴져서 감히 함부로 굴면 안 될 것 같았다.

그 신사적인 태도 덕택이었는지 너는 정말로 날 견학 나온 학생 대하듯 꼼꼼히 집 구경을 시켜 주었고, 나는 앞마당에 놓인 평상에서 오렌지주스도 한 잔 얻어 마실 수 있었다. 그리고 이 평상이 오동나무로 짜였다는 것, 너는 기억이 시작되는 아주 어린 시절부터 여기서 놀았다는 것, 지금도 책이 눈에 잘 안 들어오거나 생각이 막힐 때면 여기 나와 시간을 보낸다는 것 등의 이야기도 들려주었다.

그날은 여름이었다. 달은 없었지만 별들이 총총하던 초여름 밤. 서울 하늘에도 별이 있구나. 머리 위에 하늘 대신 이웃집을 얹고 사는 나로서는 새로운 발견이었다.

'나중에 너 건축가 되면, 이 집 리모델링 너한테 맡기면 되겠다.'

끈끈한 열기와 서늘한 색채가 뒤섞인 밤. 그 사이로 퍼지던 너의 목소리. 달고 새콤한 오렌지주스와 그 안에 떠 있던 얼음 조각들.

'잘해 줘야 돼.'

그때 나는 무척이나 네게 입 맞추고 싶었는데.

'그래.'

하지만 그러지 않은 이유는 그 순간을 흩뜨리고 싶지 않아서.

'잘해 줄게.'

나는 평상 위에 나란히 앉은 우리 둘을 바라본다. 십 년도 더 지난 시절이지만 아주 또렷하게 우리를 본다. 어느 틈에 세월이 흘러 지금은 겨울이고 나는 이미 건축사다. 그러나 너의 집 마당에 놓인 오동나무 평상은 그때처럼 하나도 변하지 않았다. 그때나 지금이나 단단하고, 오래됐고, 듬직하다.

"유 실장 아직 거기 있어?"

뒤뜰 쪽에서 소장의 목소리가 들렸다. 여기 잠깐 와 봐야 될 거 같은데. 재촉하는 목소리에 이만 상념을 접었다. 나도 모르게 긴 한숨이 흘렀고, 입김이 하얗게 나오는 걸 보고서야 새삼 추워진 날씨를 실감한다.

"예, 갑니다."

끼적이던 노트를 덮고 펜 클립을 커버에 끼워 고정시켰다. 마루를 돌아 뒤뜰로 향하는 동안에도 새 집을 위한 구상 하나가 머릿속에서 마구 튀었다. 강물을 박차는 물고기처럼. 햇빛에 반짝이는 그 비늘처럼.

다시, 나는 지금의 네가 보고 싶다.

5.

최민주

무대를 비추는 조명은 생각했던 것보다도 훨씬 밝았다. 음악회장이나 극장과 달리 관객석 위에 전등이 들어와 있는데도 뒤쪽에 앉은 사람들이 제대로 보이지 않을 정도였다. 나는 바닥부터 천장까지 이어진 크기의, 관객석을 향해 켜진 대형화면 앞에 강단도 없이 혼자 서 있다. 내리꽂히는 조명 탓에 이마가 조금 뜨거웠다.

"근대 학문은 다루는 분야가 매우 구체적입니다. 심리학은 심리를 연구하고, 생물학은 생물을 연구하죠. 국문학, 도시공학, 물리학, 이름만 들어도 뭐 하는 덴지 딱 감이 올 거예요. 그럼 철학은 뭘 연구하는 학문일까요. 철을 연구한다고요? 음, 아직도 이런 분들이 계시네요."

여기저기서 키득대는 소리. 나는 관객석의 미소 띤 얼굴들 몇과 스치듯 눈을 맞췄다.

"여러분은 철학자가 뭐 하는 사람이라고 생각하세요?"

옷차림도 머리모양도 제각각인 관중은 그러나 똑같이 반짝이는 눈으로 나를 응시하고 있다.

"저는 학기 첫 시간마다 학생들한테 이 질문을 하는데요. 친구들이 얘기하는 철학자 이미지를 요약하니까 이렇게 두 가지더라고요. 일 번, 로댕의 생각하는 사람. 이 번, 뭉크의 절규."

화면 속 슬라이드에 오르는 두 작품의 사진. 관객석에서 낮은 웃음소리가 넓게 흘렀다.

"여러분도 철학자가 이런 사람이라고 생각하신다면, 대충 정답입니다. 철학은 죽음을 연구하는 학문입니다. 인상 쓰고 절규할 만하죠."

무대 앞에 설치된 다섯 대의 카메라 중 맨 왼쪽에 빨간 불이 들어왔다. 그러나 나는 미리 안내받은 대로 의식하지 않고 관객석만 바라본다.

"제가 오늘 이십 분간 들려드릴 이야기는 철학의 출발점이자 최종 목적지, 죽음입니다."

강의실이 아닌 방송국에서 하는 공개 강연은 처음이다. 녹화방송이지만 삼백 명가량의 방청객 앞에서 하기 때문에 내게는 생방송과 크게 다르지 않았다. 굳이 말하는 직업을 갖지 않아도 실은 누구나 공감할 수 있을 테다. 사람들 앞에 한번 내뱉은 말은 결코 편집할 수 없고, 뒤로 되감아 없던 일로 지울 수도 없으니까.

이십 분짜리 강연은 텔레비전 교양 프로그램을 위한 것이었다. 인문학에 대중성을 입혀서 지루하지 않게, 짤막한 분량으로 엮은 방송이나 서적 등이 몇 년 전부터 뜨기 시작하더니 아직까지도 꾸준히 인기가 있는 모양이다. 이러니저러니 해도 인문학이 자주 노출되고 대중화된다는 것은 바람직한 현상이다. 덕분에 철학 같은 재미없는 걸 연구하는 나까지도 공중파 방송국 강연에 다 설 수 있게 됐고.

"교수님, 고생 많으셨습니다. 강연 정말 좋았어요."

"고맙습니다. 피디님도 애쓰셨어요."

"오늘 그림 완전 잘 나올 거 같아요. 녹화 처음이시라면서, 방송 체질이신가 봐요."

녹화가 끝나고 무대 조명이 꺼지자마자 조연출 피디가 무대 위로 올라왔다. 헤드셋을 쓴 스태프 하나가 내 옷에 붙였던 마이크 장치를 떼어 갈 동안 피디는 듣기 좋은 말들을 쉼 없이 늘어놓고, 메인 피디까지 와서 인사를 하는 통에 나는 외려 좀 민망해졌다. 이래 봬도 강의를 업으로 삼는 사람인데 이십 분짜리 강연에 고생했단 소리까지 듣다니.

"고생하셨어요, 교수님. 첫 녹화라 어떨까 싶었는데 너무 좋았습니다."

고생한 건 오히려 만삭에 가까운 메인 피디 쪽 같았지만 나는 그저 비슷한 말만 되돌려주었다. 고맙습니다, 피디님도 수고 많으셨어요. 내게는 임신부의 배 모양을 통해 주수나 예정일을 유추하는 지식이 전혀 없어서 저 정도가 만삭인지 아닌지도 실은 잘 모른다.

방송 프로그램에 출연하게 된 것은 말하자면 엄마가 다리를 놓은 덕이었다. 민주 너도 알지, 소격동 양희 아줌마. 그 아줌마네 사위가 방송국 피디로 있는데 어떻게 알았는지 너 얘길 하더라고. 텔레비전 프로에 섭외되면 누이 좋고 매부 좋은 거 아니냐는 엄마의 논리는 나쁘지 않았다.

운을 떼자 학교에서도 적극 격려하는 분위기였다. 학과장은 아직 받지도 않은 출연료를 두고 한턱내라며 껄껄 웃기까지 했다. 요리사부터 한의사까지 어떻게든 얼굴을 알리려 악을 쓰는 시대. 거기다 제법 품위 있는 강연 프로그램. 그런 데 소속 교수가 나가면 학교와 학과 홍보용으로도 손해날 일은 없다. 우리처럼 외딴 섬이나 별난 혹성 비슷한 이미지의 비인기 학과라면 더더욱.

"그럼 저는 이만 가 보겠습니다."

"조심히 들어가세요, 교수님. 다시 연락드릴게요."

조연출 피디, 그러니까 소격동 양희 아줌마네 사위가 일층 턴게이트 밖까지 배웅해 주었다. 엄마 말로 나보다 나이가 서너 살 적다는 그는 올 초에 둘째를

낳았다고 했다. 몸을 거푸 앞으로 꺾어 가며 거듭 인사한 그가 뒤돌아 전화를 받으며 턴게이트에 패스 찍는 모습을 나는 잠깐 선 채로 지켜보았다. 오후 세 시 반. 퇴근까지 그에겐 아직 상당한 여정이 남아 있을 것이다.

여의도는 언제나처럼 사람들로 북적였다. 점심시간도 퇴근 시간도 아닌 늦은 오후인데도 정장 차림에 사원증을 목에 건 남녀가 흔하게 보였다. 방금까지 삼백 명의 관중을 상대로 죽음에 대해 강연한 나는 그 분주한 생활의 현장을 바라본다. 저 사람들은 어떤 삶을 살고 있을까 상상하다가, 나는 또 어쩌다 여기까지 왔나 궁금해한다. 마치 생판 남의 인생을 들여다보듯이.

내가 교수 임용에 성공한 이유는 여러 가지가 있겠지만 악조건과 타이밍의 덕도 빼놓을 수 없을 것이다. 나는 동 대학 이상 학부 출신도 아니고, 철학 교수 소리 듣기엔 풋내 난다 여겨지는 삼십 대고, 개교 이래 철학과에선 임용 유례가 없다는 여자였다. 그런 나를 선택함으로써 학교는 학벌주의, 나이 서열, 성차별의 긴 역사를 한꺼번에 부정한 셈이라 임용 발표 직후 신문에 조그맣게 기사가 실리기도 했다. '파격'이니 '혁신'이니 어째 좀 레지스탕스 같은 형용사들로 장식된 표제와 함께.

그러니까 내 임용에는 말하자면 역경 가산점이 주어진 셈이다. 파격과 혁신을 갈구하는 시대적 타이밍 또한 절묘하게 작용해 주었고. 그러니 지금, 서른일곱을 목전에 둔 여자인 내가, 교수 직함을 앞세워 여의도 방송국 주차장에 서 있게 된 것은 나의 의지나 노력만으로 이뤄진 일이 결코 아닌 것이다. 모든 종류의 성공과 실패가 누구에게나 그러하듯이.

'철학은 죽음을 인지함으로써 시작되는 학문입니다. 죽음은 무엇인가라는 질문은 그렇다면 삶은 또 무엇인가로 이어지고, 결국 어떻게 살 것인가로 귀결되죠. 어떻게 존재할 것인가. 이것이 수천 년간 동서양의 철학자가 고민한 과제였습니다.'

삶의 비밀쯤이야 웬만큼 아는 척 의기양양하게 떠들었지만, 실은 인생도 철학도 내겐 아직 어렵다. 이 어렵고 난해한 데다 돈도 안 되는 학문을 평생의 전공으로 삼은 것은 거슬러 올라가면 유년기의 어떤 사건과 맞닿아 있다고 나는 생각한다. 지금 생각하면 너무나도 사소해서 사건이라 부르기도 거창한 일이지만.

우리 집 거실엔 내가 태어나기 전부터 수족관이 있었다. 열대어를 좋아하는 엄마가 처녀 적부터 키웠다니 벌써 사십 년 이상 된 오랜 취미다. 나는 물고기들에게 밥을 주거나 정기적으로 수족관을 청소하는 따위의 치다꺼리를 일찌감치 거들며 자랐는데 특히 밥 주는 걸 좋아해 도맡아 했다. 수면 위로 정량의 먹이를 솔솔 뿌리면 손톱만 한 열대어들이 달려들어 입을 벌렸다. 반투명한 지느러미의 악착같은 움직임. 그 앙증맞은 것들의 왕성한 식욕은 내 눈에 활기찬 생명력으로 보기 좋았다.

어느 날 아침, 눈뜨자마자 밥 줄 기대에 차 수족관을 들여다보던 나는 이상한 장면을 목격했다. 여느 때와 다를 것 없는 평화로운 물속, 유유히 헤엄치는 열대어들 사이로 이물질처럼 부유하는 조그만 무언가. 그때 나는 그것이 사체라는 걸 직감으로 깨달았지만 또한 본능적으로 부인하려 했던 것 같다.

하얗게 배를 뒤집고서 물 안을 떠다니는 것. 생명이 빠져나가고 껍데기만 남은 그 열대어는 내가 최초로 목도한 죽음이었다.

수족관 물이 오래돼 더러웠다. 먹이를 너무 많이 줘서 배탈이 났다. 나 때문에 죽었을지 모른다는 생각에 나는 매우 불안해지기까지 했는데, 실제로 며칠간 식욕을 잃어버려 엄마를 걱정하게 만들었다고 한다. 일 학년 여름방학, 팔월이었다는 것까지 알고 있는 것은 그 사건이 내 그림일기에 정확히 기록돼 있기 때문이다. 배를 뒤집고 누운 열대어와 하늘색 눈물방울을 뺨에 매단 나.

그날 이후 나는 단호히 그만둬 버렸다. 아침마다 물고기 밥을 주는 일도. 엄마를 도와 수족관 청소를 하는 것도. 그 앙증맞은 생물들을 예뻐하는 것도.

'난 애완동물 같은 거 안 키워.'

그리고 여기서 맥락 없게도, 나는 또다시 너를 떠올리고 만다.

'너는 동물을 싫어하는 게 아니라.'

우리 집 거실에 서서 나를 보던 얼굴.

'안 좋아하려고 노력하는 거 같은데.'

그때 내가 뭐라고 답했는지는 기억나지 않는다. 아마 아무런 대답도 하지 못했을 것이다. 그러나 뱃속이 뜨끔했던 것은 확실히 기억난다. 바늘에 쿡 찔린 것처럼. 슬쩍 감춰 둔 오류를 정확히 지적당한 것처럼.

'그럼 거북이 같은 거 키우면 되겠네. 걔네 되게 오래 살잖아.'

너는 그런 사람이다. 핵심을 찌르고도 모른 척 시침 떼는 사람. 상대방의 허물을 알면서도 구태여 들추지는 않는 사람. 날카롭고 또한 따뜻한 사람.

'유 실장이라고 부르세요.'

그러니 너는 이번에도 알고 있겠지.

'최 교수님.'

그때 내가 어떤 마음들과 싸우고 있었다는 걸.

십이월도 중순에 들어 새해를 앞뒀으니 이제 겨울도 무르익어 간다. 오후인데도 날씨가 차서 공기가 제법 맵싸했다. 방송국 주차장은 절반쯤 비어 있고, 나는 차를 세워 둔 곳을 눈으로 더듬으며 승용차와 밴 사이를 지났다. 코트 호주머니에 든 전화기가 진동한 것은 저만치 내 차를 발견했을 때였다. 계속 걸으면서 폰을 꺼내 액정을 확인한다. 나도 모르게 우뚝, 발이 멈춘다.

[최 교수님 미팅 가능해?]

네가 메시지를 보낸 것은 처음이었다. 계약을 하고도 일주일 가까이 연락이 없어 실은 은근히 기다리고 있던 차였다. 나는 스마트폰 잠금을 해제하고 메신저 앱을 열어 새로 생긴 대화창을 띄웠다. 최 교수님 미팅 가능해? 본론부터 들이미는 저돌성은 둘째 쳐도 이건 대체 무슨 말투람. 입술 사이 저절로 실소가 샌다.

언제. 물음표를 붙였다가 지우고 입력 버튼을 눌렀다. 대화창에 새로 올라간 메시지는 곧바로 읽음 표시가 된다. 나는 지금 나와 똑같은 모양으로 전화기를 들여다보는 너를 상상했다. 갑자기 가슴이 꽉 죄어드는 것 같다.

[오늘 저녁]

[식사하면서]

[한 시간쯤]

돌진하듯 올라오는 메시지들. 이제 나는 손끝이 조금 떨리기 시작한다.

[장소는 교수님 편한 데로]

대화창을 가득 채운 너의 이름.

[어디든.]

그것을 끝으로 메시지는 멎었다. 단호한 마침표를 응시하며 나는 생각이 멎었다. 누군가 가슴팍을 쾅쾅 두드리는 것처럼 심장이 쿵쿵 뛰기 시작했다. 나는 모호한 기시감과 강렬한 긴장감, 흥분과 불안을 동시에 느낀다.

어디든.

발 아래가 흔들흔들 불안해졌다. 조만간 지반이 붕괴할 것 같은 기분. 아득하고도 낯익은 그것은 일탈의 예감이었다. 너무나도 분명해 모를 수 없고, 못 본 체하기도 어려운 지극히 선명한. 그러나 사람은 종종 위험한 줄 알면서도 멈추지 않으며 내면의 경고마저 무시해 버린다. 이성을 압도하는 강렬한 동기. 철학에서는 이런 것을 욕망이라 부른다.

방송국 주차장 한중간에 선 채로 나는 생각했다.

어디든.

그래, 어디든 가 보자.

어디 한번 갈 데까지 가 보자.

네가 어디까지 나를 데려갈 수 있는지.

내가 과연 어디까지 갈 수 있는지.

—

대학교수들은 예나 지금이나 한정식을 좋아한다. 청탁을 엄금한 법 때문에 전국의 한정식집이 줄도산을 했다지만 오랜 습관에 길들여진 교수들은 여전히 이런 곳을 자주 찾는다. 물론 법에 저촉되는 상대와 동석하지는 않고 주로 회식이나 지인들과의 모임을 갖는 자리로.

그러니까 두 시간가량 이야기를 나누면서 느긋하게 식사할 수 있는 곳, 남의 이목에서 자유롭게 격리될 수 있는 곳, 네 앞에서 최대한 덜 불편하게 음식을 삼킬 수 있는 곳으로 한정식집을 고른 것은 나로서도 어쩔 수 없는 부분이 있었다고 하자. 나 또한 고지식하고 촌스러운 그 집단의 일원이라서.

"차림 끝났습니다. 천천히 드시고요, 더 필요한 거 있으시면 여기 버튼 눌러서 호출해 주세요."

"고맙습니다."

친절한 종업원이 나가자 비좁은 내실엔 우리 둘만 남게 됐다. 잘 차려진 상을 두고 너와 마주 앉은 나는 여전히 뻣뻣함을 떨쳐 내지 못했다. 삼백 명의 청중과 방송 카메라 앞에서 이십 분간 천연스레 떠들던 나는 면접장에 앉은 초년생처럼 잔뜩 긴장하고 있다. 갈 데까지 가 보자, 현란하게 만용 부리던 사람 대체 누구였더라. 지금은 그냥 다 없던 일로 하고픈 심정이다.

"우선 좀 먹자. 배고프다."

오늘 점심을 제대로 못 먹어서. 너는 덧붙이며 고풍스런 놋수저를 집어 들었다. 일곱 시 반은 되어야 일이 끝난다고 했을 때도 늦은 편이다 싶었는데 점심도 거르다시피 한 모양이다. 일이 많이 바쁜가 봐. 나는 그렇게 묻고 싶었지만 막상 입으로는.

"이거 비용 처리 되는 거지?"

재미없는 소리가 튀어나왔다. 구질하게 굳이 변명하자면 이렇게 너와 마주 앉은 것이 견딜 수 없이 어색해서.

"비용은 공적으로 쓴 것만 처리하는 거지."

너는 아무렇지 않게 대답하면서 막 뜬 첫술을 입에 넣었다. 나는 한 차례 곱 씹은 후에야 그 말의 의미를 이해했다. 미팅이라며. 그러나 하나 마나 한 그 말 은 그냥 속으로만 중얼거린다.

실없이 또 가슴이 후드득거렸다.

나는 입을 다문 채 젓가락을 집어 들었다. 고민 끝에 동태전 하나를 집어 베 어 물면서 두 번째 밥술을 뜨는 너를 본다. 송편처럼 복스럽게 뜬 잡곡밥. 여전 히 잘 먹네. 나도 모르게 웃음이 비죽거려서 억지로 입매에 힘을 주었다.

너는 예전부터 식성이 좋았다. 음식 가리는 것도 본 적이 없는 데다 제대로 자세 잡고 먹기 시작하면 양까지 엄청나서 무슨 운동선수 같았다. 씨름부 애들 이랑 붙어도 넌 안 밀리겠다, 감탄을 한 적도 여러 번이었다. 언젠가 학교 근처 점심 뷔페에 함께 갔을 땐 이런 애를 데려와서 주인아저씨한테 좀 송구스러울 지경이었다. 공교롭게도 그 식당은 우리가 다녀간 뒤 뷔페 메뉴를 없애 버렸 고, 나는 너 때문에 단골집을 잃었다고 투덜거렸다. 소상공인 위협하는 씨름부 먹성. 이후로 나는 가끔 그렇게 널 놀리곤 했다.

"나 아직도 뷔페 잘 안 가."

불쑥 그러는 너 때문에 나는 머릿속을 읽힌 것처럼 놀란다. 움찔대며 시선을 들자 눈이 마주쳤다. 네 앞의 밥공기는 이미 절반 가까이 비었다.

"거기도 문 닫을까 봐."

푸흡. 나는 결국 얕은 웃음을 참아 내지 못했다. 그리고 소리 없이 따라 웃는 너.

"아직도 그렇게 잘 먹어?"

"씨름부는 못 이겨."

"잘하면 이길 수도 있을 거 같은데."

이미 헐렁한 네 밥공기를 가리키며 나는 계속 웃었다. 이번엔 아무리 입에 힘을 줘도 멈춰지지 않았다. 미소는 입술이 아니라 가슴 아주 깊은 곳에서 샘처럼 자꾸 흘러나온다.

"너는 여전히 깨작거리고."

이번에는 네가 내 밥공기를 가리키며 그런다. 우리는 마주한 채 다시 한 번 조용히 웃고, 그제야 나는 조금 이완되었다. 잠들어 있던 이십 대의 내가 부스스 눈을 뜬 기분. 온몸을 감고 있던 투명한 밧줄이 약간 느슨하게 늘어지는 것 같았다.

"입맛이 없어졌어. 나이 들어서 그런가."

"원래부터 입맛 별로 없었잖아."

"그랬나."

"어. 떡볶이 같은 거나 좋아했지."

나는 대답하는 대신 묵묵히 먹고 있는 너를 본다. 너는 짙은 색 청바지에 코튼 셔츠를 입었다. 허리 아래까지 덮는 패딩 점퍼를 입었고 여기 들어오기 전까지는 스니커즈를 신고 있었다. 내 수업을 듣는 학부생들과 하나도 다를 것 없는 차림새. 만일 네가 강의실에 섞여 있어도 아무도 이상하게 생각하지 않을 것이다. 그러니 정말 놀라운 일이 아닐 수 없다. 너는 어쩌면 이렇게나, 십 년의 세월을 비웃듯이, 그때의 생기와 열기를 이토록 간직하고 있을까.

그래서 나는 나도 모르게 감탄처럼 중얼거렸다.

"넌 하나도 안 변했어."

너는 정말로 변하지 않은 것 같다. 든든한 어깨와 팔도, 수저를 쥔 커다란 손도, 선명한 시선과 단정한 입매도. 네가 지닌 모든 것은 그 긴 시간 속에서 하나도 변색되거나 침식되지 않았고, 그로 인해 나는 어쩐지 자꾸 주눅이 들었다. 나는 이렇게나 많이 변했는데. 그때와는 완전히 다른 인간이 되었는데. 다시는 돌이킬 수 없도록 변해 버렸는데.

"너도 안 변했어."

거짓말.

"똑같아. 그때랑."

너는 고맙게도 그렇게 말해 준다. 거짓말이라는 걸 알면서도 나는 조그맣게 마음이 들떴다. 그러고 보니 거짓말을 할 줄 모르는 애였는데, 십 년 동안 너도 달라진 게 있기는 하네. 세월에 닳은 흔적을 한 개 골라내면서 나는 밥 생각을 완전히 잊어버렸다.

나 또한 오늘 방송국 가느라 점심을 거르다시피 했는데도.

—

예전에도 너는 굉장히 바쁜 애였다. 고도성장의 황금기가 이미 전설이 되어 버린 시대. 일찌감치 취업을 의식하며 입학한 우리는 대학가의 낭만 같은 건 기대도 않은 세대였지만, 그래도 지금의 학생들과 비교하자면 약간의 여유는 있던 시절이었다. 그러나 내가 지켜본 바로 '여유'란 그때도 너에겐 별로 해당되지 않는 말이었다.

공대에서 가장 인문학적이라던 네 전공은 학과과정이 살인적이기로도 유명했다. 시험기간이건 아니건 공모전이 있건 없건 너는 항상 할 일이 무진장 많았다. 오년제로 전환된 건축학과는 공대에 있었지만 너를 비롯한 학부생들은 멀찌감치 떨어진 건물에서 밤낮 살다시피 했다. 너는 거기를 설계실이라고 불렀는데, 처음에는 내 귀에 꽤나 멋지게 들렸던 것 같다.

설계실에 있어. 설계실에서 잤어. 설계실 가야지. 설계실 가려고. 너의 소재지를 물을 때면 매번 똑같은 대답이라 나는 가 본 적도 없는 그곳을 서서히 감옥 같은 곳으로 인식했다. 한번 들어가면 오 년간 못 나오는 곳. 무급으로 노동을 하고 접착제 독가스를 마시고 칼에 베여 무시로 피를 보는 곳. 너 또한 그곳을 그렇게 표현하곤 했다.

'서대문형무소지. 아우슈비츠나. 사람이 있을 데가 못 돼.'

농담일지언정 살벌하게 비유된 그곳은 위치마저 유배지처럼 동떨어져 있어서, 철학과 건물까지는 걸어서 십오 분, 도서관까지는 무려 이십 분이 넘게 걸렸다. 그러므로 서로의 건물 앞을 지나다 우연히 마주치거나, 바람 쐴 겸 잠깐 얼굴을 보는 일 같은 건 아예 말이 되지 않는 상황이었다.

거리도 거리지만 우리에겐 시간도 부족했다. 석사논문과 독일 유학을 동시에 준비하던 나도 바쁘려면 한없이 바쁠 수 있는 형편이었고, 아우슈비츠 같은 설계실에 갇힌 너 또한 해야 할 일들이 끝도 없는 상황이라서, 사실 우리는 한가로이 연애할 수 없는 조건을 이미 골고루 갖추고 있던 셈이었다.

다행인지 불행인지.

그런 탓에 우리의 관계는 직선이 아닌 점선으로 이어졌다. 사나흘 연달아 만나다가도 몇 주가량 연락조차 띄엄띄엄 하는 식이었다. 학기가 끝나고 방학이 시작되면 며칠씩 함께 시간을 보내다가, 어느 한쪽이 바빠지면 다시 자연스레 서로의 생활로 되돌아갔다.

공백기가 길어질 때는 한 달씩 얼굴을 보지 못한 적도 있었다. 그리고 그런 식의 완급 조절은 주로 내가 주도했다. 네 문자에 곧장 답하지 않거나, 일부러 답을 보내지 않거나, 하루 이틀 뒤에나 마지못한 척 짤막하게 안부를 묻거나. 그럴 때면 너도 장단을 맞추듯 한 발씩 물러서곤 했는데, 그러면 나는 먼저 발뺌해 놓고도 묘하게 서운한 마음이 들어서 멍하니 시간을 낭비하곤 했다.

네 생각을 하지 않으려고 나는 또 얼마나 애를 썼는지.

'나랑 그만 보고 싶으면 언제든 말해.'

'넌 왜 자꾸 그런 얘길 하냐.'

'부담 주기 싫어서.'

그러나 관계에서 부담 주기 싫다는 건 핑계일 뿐이다. 그것은 그저 책임지지 않으려는 비겁함에 불과하다. 그때 나는 너에 대한 내 마음을 온전히 책임지기가 겁이 났다. 쿨하게 물러서면 적어도 상처는 피할 수 있을 줄 알았다. 나는 예정된 실패가 두려워 너를 밀어냈지만, 억지로 눌러 낸 마음은 오히려 체증처럼 명치에 탁 걸려 버렸다.

미련은 때로 실패보다 훨씬 오래 사람을 괴롭힌다. 나는 너를 통해 그것을 확실히 체득했다.

"왜 이렇게 안 먹어."

그래서 나는 다시 이 순간이 두려워진다. 결국엔 널 또다시 흘려보낼 거니까. 지금의 나에겐 예전에 지녔던 젊음도 생기도 무모함도 없으므로. 이십 대의 미혼녀와 삼십 대의 이혼녀 사이에는 네가 아는 것보다도 더 큰 차이가 있다. 대학원생과 대학교수의 차이는 심지어 그보다 더욱 크다. 너는 아직 그대로일지 모르겠지만, 나는 이미 너무 많이 변해 버렸다.

"음식이 별로야?"

나를 바라보는 너의 시선은 여전히 정직하게 곧았다. 거리낌 없이 응시하는 너를 그러나 나는 똑같이 바라볼 수가 없다. 겉으로는 냉정한 척 담담하게 굴어도, 속으로는 온갖 잡다하고 시시하고 치사한 걱정을 하느라 여념이 없어서.

그런데도 유진욱. 너는 어째서.

"떡볶이 사 줄까."

아직도 날 그런 눈으로 보고 있는지.

6.

유진욱

그러니까 말하자면 우리는, 오래된 연인 비슷한 관계였던 것 같다.

영화나 연극, 놀이공원이나 불꽃놀이, 기타 등등 낭만적인 아이템 해당 사항 없음.

당일치기든 일박 이 일이든, 해수욕장이든 스키장이든 낭만적인 이벤트 해당 사항 없음.

밤새 전화하거나 매일 문자하거나 수시로 보고 싶다 투덜대기 전혀 없음.

함께 하는 것은 오로지 식사, 휴식, 그리고 섹스.

실로 그랬다.

우리는 각자의 바쁜 생활을 감당하며 띄엄띄엄 만났다. 학생에게 어울리는 식당에서 함께 밥을 먹었고 부담 없는 술집에서 술을 마시기도 했지만 함께 시간을 보낸 장소는 거의 내 자취방이었다. 학교와 아주 가깝던 그 원룸은 거의 우리 둘을 위한 아지트였는데, 사실 네가 온다고 해서 겨우 집에 들어갈 때도 많았다. 나는 학부에 다닌 오 년 동안 그 아우슈비츠 같던 설계실과 거의 한 몸으로 살았으니까.

'이게 뭐야.'

'열쇠.'

'이걸 왜 나한테 주는데.'

'편하게 와 있으라고. 나 없어도.'

나는 네게 내 자취방 열쇠도 줬지만 너는 받지 않았다. 실은 받지 않을 줄 알면서 준 거였지만. 그래도 혹시나 받아 줄지 모른다고 기대하면서.

'그럼 독일엔 내후년에 가는 건가.'

'내년 연말에. 석사논문 통과되면 바로 나가려고.'

네가 거리를 두는 이유 정도는 나도 알고 있었다. 그리고 네가 유학을 앞두고 있다는 사실은 나까지 옴짝달싹 못 하게 만들었다. 우리는 시작할 때부터 헤어질 것이 예정돼 있었고, 너와 나를 둘 다 겁쟁이로 만든 이유도 결정적으로는 그것이었다.

'나랑 그만 보고 싶으면 언제든 말해.'

'넌 왜 자꾸 그런 얘길 하냐.'

'부담 주기 싫어서.'

그래서 그때는 나도 마음껏 다가갈 용기가 없었다. 네가 날 꺼리는 눈치를 보이면 그저 우뚝 제자리에 멈추는 수밖에는. 부담 주기 싫어서. 네 입에서 그 말이 나올 때마다 나는 혹시 내가 부담을 줬나 스스로 곱씹었다. 그때 우리는 한 쌍의 무른 선인장 같았다. 가까이 다가가면 서로가 찔릴까 봐 움찔하며 지레 멈췄다. 나는 확실히 그랬고, 너 또한 그랬다고 나는 확신한다.

'어디야.'

'설계실.'

'오늘 저녁 먹을까.'

'콜.'

그러나 너와 관계를 이어 간 동안, 적어도 나는 다른 이유로 불안했던 적은 한 번도 없었다. 징검다리처럼 띄엄띄엄한 관계에 공백기가 길어져도 너에게 다른 남자가 생긴다거나, 내가 다른 여자를 만난다는 생각은 가정조차 하지 않았다.

'어디야.'

'도서관.'

'나와, 밥 먹게. 나 지금 도서관 앞.'

그건 말로 설명할 수 없는 기묘한 믿음 같은 거였다. 함께 있지 않더라도 서로에게 속한 느낌. 말로 하지 않아도 이미 알 것 같은 마음. 네가 날 부르면 나는 항상 달려가고, 너 또한 언제나 거기 있어 줄 거라는 믿음.

그것은 아주 오래된 연인들이 지닐 것 같은, 그런 종류의 어떠한 확신이었다.

—

"이모, 여기 소주 한 병 더 주세요."

"예에, 이것만 썰고 금방 갖다드릴게."

간이 조리대에서 허연 김이 무럭무럭 솟아오른다. 목장갑과 비닐장갑을 겹쳐 낀 주인아주머니가 재빠르게 순대를 썰어 접시에 담고 소주 한 병을 꺼냈다. 우리 옆 테이블과 그 뒤 테이블로 정확히 각각 주문을 배달한 아주머니는 우리에게도 뭐 필요한 게 없나 슬쩍 곁눈질로 확인했다. 우리 테이블에는 거의 빈 채 국물만 남은 떡볶이 접시와 식어 버린 어묵탕, 소주병 하나가 놓여 있다. 술병은 절반 넘게 비어 있지만 내 생각엔 오늘 세 병째를 주문하지는 않을 것 같다.

여기서 더 마시면 너는 정말로 취할 기세라.

"아, 좀 취했나."

나는 한쪽 손등을 뺨에 대며 중얼거리는 너를 본다. 포장마차의 노르스름한 알전구 아래 네 볼은 약간 불그스름했다. 내가 기억하기로 너는 술이 제법 센 편이었다. 혼자서 소주 한 병쯤은 거뜬히 마시고 멀쩡히 돌아가곤 했는데.

"나이 들어서 그래."

묻지도 않은 말에 혼자 대답하면서 너는 피식 웃는다. 저 말은 아까 한정식 집에서부터 벌써 몇 번째 듣는지 모르겠다. 연상의 여자처럼 행세하려는 건 알 겠는데 의도가 훤히 보여 외려 귀여웠다. 너랑 나랑 동갑인 거 나도 알거든.

"근데 나 여기서 뭐 하는 건지 모르겠다."

군이 설명해 주자면 너는 떡볶이 사 준다는 내 꼬임에 넘어간 거다. 좀 편한 곳으로 자리를 옮기자고 했을 때 너는 아마 카페 정도를 예상했을지 모르겠지 만. 분식과 소주를 같이 파는 이런 포장마차는 예전부터 내 단골 미끼였다. 최 민주, 잠깐 나와, 떡볶이 사 줄게. 십 년 전의 스킬이 아직도 이렇게 먹힐 줄이 야.

"취하면 어때. 내일 좀 쉬면 되지."

"내일 금요일이잖아."

"학기 끝났잖아. 방학 아니야?"

되물으며 나는 날짜를 꼽아 본다. 다음 주가 크리스마스인데 종강한 거 아닌 가. 나야말로 졸업한 지 오래돼서 기억을 확신할 수 없다.

"방학, 학생들한테나 방학이지."

너는 코웃음을 치더니 다시 한숨을 폭 내쉬었다. 부드러운 코트 차림으로 플 라스틱 간이 의자에 앉은 너. 어깨까지 오는 머리카락. 하얀 이마와 발그레한 뺨 언저리.

"나는 기말시험 친 거 채점해야지. 성적 입력도 마감 날짜 있잖아. 그리고 입력만 한다고 일이 끝나는 줄 알아? 이의신청 들어오면 일일이 면담도 해야 하고 조정 필요하면 그것도 살펴서 새로 성적 입력해야 되고. 그러다 보면 연말 다 가."

놀라운 속도로 재잘대는 너를 보며 나는 생각한다. 얘 진짜로 취한 건가.

"그리고 학생들만 기말 성적 받는 거 아니거든? 우리도 성적표 받잖아. 강의평가 그거 은근히 신경 쓰인단 말이야. 교수평가에도 반영되고."

거기까지 말한 너는 목이 타는지 속이 타는지, 여하간 뭔가가 탄다는 표정으로 반쯤 찬 소주잔을 집어 훌쩍 비웠다. 이제 나는 네가 취한 게 맞다는 확신이 든다.

"그리고 교수는 방학도 없어. 강의는 안 해도 다른 일이 얼마나 많은데. 업적평가라는 것도 있어서 연구 활동도 다 카운트돼. 일 년 동안의 연구 성과, 논문은 몇 편 썼고 몇 번 인용됐고 어디에 등재됐는지, 그거 다 나중에 승진이나 테뉴어 심사 때 쓰이는 거거든. 모르는 사람들은 정년트랙이면 공무원처럼 근속승진 하는 줄 아는데, 요샌 임용돼도 십 년 후에 정교수 될지 이십 년 후에 될지 아무도 몰라. 거기나 우린 또 사립이잖아."

너는 마치 스위치를 누른 것처럼 한꺼번에 많은 말을 우르르 뱉어 냈다. 덕분에 나는 교수들이 이삼 년마다 재계약을 한다는 것, 승진 못해 만년 조교수가 되거나 아예 면직당해 실직할 가능성도 있어서 임용이 곧 정년 보장은 아니라는 것, 너의 어머니를 포함해 다들 교수라면 연구실에서 우아하게 책이나 읽는 것처럼 오해하지만 실상은 절대 그렇지 않다는 것까지, 교수라는 직종의 속사정에 대해 아주 상세하고도 자세히 알게 됐다.

"학기 중에는 수업 준비도 해야 하고 학회도 꼭 가야 할 것들이 있어서 연구 시간까지 빼기 너무 빠듯해. 그래서 논문은 방학 때 최대한 써 놔야 하는데 방학이래 봤자 선생한텐 한 달도 채 안 된다고. 개강 전에 강의계획서도 제출해야 하니까. 거기다 나 같은 신임들은 학과 잡무까지 몰아줘서 가끔씩 진짜 빡칠 때도 있어. 아, 우리 학과장은 매번 바쁠 때만 꼭 그런다?"

낯선 너의 세계를 묵묵히 듣던 나는 결국 소리 내 웃고 말았다. 너는 학과장이 앞에 있기라도 한 것처럼 빡친 얼굴로 인상을 팍 쓰고 있다. 그걸 보면서 나는 사십 분 전쯤 여기 끌려 들어와 어색하게 앉았던 너를 떠올렸다. 세월에 밀려 길게 늘어났던 우리의 거리가 마치 스프링처럼 확 끌어당겨진 것 같았고, 나는 그게 너무 고마워서 떡볶이한테 절이라도 하고 싶은 심정이 됐다. 물론 소주한테도.

"대학도 똑같네."

"그러엄. 사람 모인 데는 다 거기서 거기야."

"빡치게 하는 인간은 어딜 가나 있더라."

"내 말이."

장단 맞춰 투덜댄 네가 입술을 꾹 다물었다. 술김에 신이 나서 잔뜩 말을 쏟아 놓은 게 이제 좀 아차 싶은 모양이다. 아직 완전히 취한 건 아닌가 보네. 나는 못 본 척 소리 없이 웃으면서 네 앞의 빈 잔에 소주를 반만 따랐다.

"책 번역하는 것도 업적에 들어가?"

"책? 너 내가 작업한 책 읽었어?"

"아니, 아직."

시간이 없어서. 나는 변명하듯 덧붙인 뒤 다시 속으로 대답했다. 거기 적힌 네 프로필만 열심히 읽었어.

"그건 그냥 내가 좋아서 하는 거야. 대중서 번역 같은 건 어차피 연구라고 하기도 뭣하고."

"좋아서? 번역이?"

나는 물으며 내 잔에 가득 술을 채운다. 술잔을 들자 보조를 맞추듯 네가 뒤따라 잔을 들었다. 물처럼 투명한 술이 반쯤 찬 유리잔. 그 술잔을 왼손에 쥐고 있는 너. 가볍게 맞부딪힌 잔을 한입에 털어 넣으면서 나는 네 손에 아직도 그 점이 있을까 궁금해했다. 검지와 중지 사이, 좁고 은밀한 곳에 박힌 자그마한 점.

그 순간 나는 갈증이 난다. 술에 젖은 목구멍이 타 버릴 것처럼.

"번역이라기보단, 그냥 글 쓰는 게 좋아서."

너는 나지막이 말을 이으며 잔을 내려놓았다. 잔을 내려놓은 손으로 습관처럼 머리칼 끝을 매만졌다. 그 머리카락이 얼마나 가늘고 부드럽다는 것을 잘 알던 시절이 내게도 있었다. 한 손에 다 들어오는 동그란 뒷머리와, 그 아래 따뜻하고 부드러운 목덜미와, 그 아래 보얗고 연한 어깨의 살결까지도.

나야말로 여기서 더 마시면 안 되겠는데. 갈증은 점점 더 심해져 간다.

"나 원래 작가 되고 싶었거든."

너는 목소리를 잔뜩 낮춰서 말했다. 대단한 비밀이라 누가 듣기라도 하면 곤란해질 것처럼. 그렇게 작은 목소리였지만, 무언가에 완전히 취해 있던 나는 선잠에서 깨듯 정신을 차렸다.

"……아. 그랬지, 참."

그래, 너는 작가가 되고 싶었다. 하지만 일단은 교수부터 될 생각이었다. 예전에 니도 들은 적 있는 말이다.

—

하이델베르크.

네가 기어이 유학을 떠나 버린 뒤, 아니, 그보다 훨씬 전부터 나는 인터넷 검색창에 그 단어를 수도 없이 써넣었다.

하이델베르크

독일 남서부에 있다는 그 도시를 검색하면 전략 시뮬레이션 게임에 나올 법한 중세의 성이 가장 먼저 등장했다. 온통 붉은 흙으로 빚은 듯한, 끄트머리가 허물어져 흘러내릴 것 같은 고성이 언덕 위에서 시가지를 굽어보는 이미지. 동화책 일러스트의 실사 버전이나 관광 엽서용 사진 같던 그 이미지는 내 눈에 너와 너무 안 어울려서, 나는 네가 거기에 있다는 사실이 꼭 거짓말처럼 느껴졌다.

하이델베르크.

네가 있는 곳.

구시가지의 암적색 지붕들. 벽돌이 깔린 보도와 오래된 성당의 뾰족한 첨탑. 유서 깊은 대학교의 고풍스런 건물들이며 괴테와 하이데거가 걸었다는 철학자의 길. 독일은커녕 유럽 대륙 근처에도 가 본 적 없는 내가 그 도시의 생김생김을 상세히 알고 있는 까닭은 당연하게도 순전히 너 때문이다.

'박사 딴 다음엔 뭐 하게.'

언젠가 나는 너에게 그런 질문을 했었다. 박사 딴 다음엔 뭐 하게. 그 말은 한 겹 벗겨 내자면 '박사는 따서 뭐 하게'였고, 다시 한 겹 더 벗겨 내자면 '굳이 그 먼 데까지 가서 그걸 따야겠냐'였다. 아니, 다 집어치우고 내가 진짜로 하고 싶었던 말은 그냥,

가지 마.

'철학은 석사학위만 갖고 아무것도 못해.'

'그럼 석박 통합으로 하지 그랬어.'

'박사는 외박으로 해야지. 나는 학부도 딸리잖아.'

네가 나온 대학 또한 매년 대입 일지망으로 꼽히는 곳인데도 너는 늘 그렇게 표현했다. 인문 계열은 서울대 학부가 기본이야. 여지없이 꼭 집어서 네가 그러면 나는 더 이상 할 말이 없어졌다. 너의 모교도 우리 학교도 확실히 서울대는 아니니까.

'최고 코스로 쭉 밟아도 교수 될까 말깐데. 넌 좋겠다, 진로 확실해서.'

네가 툴툴대며 부러워해도 나는 속으로 딴생각만 하고 있었다. 젠장, 우리

학교는 왜 서울대가 아니어서.

'대학 가서 보니까 졸업하면 딱히 할 게 없더라고. 남들처럼 그냥 회사 같은 데 취업하긴 싫고. 전공 살리고 싶은데 철학으로 먹고살 수 있는 직업이 또 뭐가 있겠어.'

막힘없던 너의 논리는 내 귀에도 분명 빈틈없게 들렸다.

'그리고 교수, 우리 아빠 꿈이었거든. 형편 때문에 공부 포기하는 사람도 많은데. 난 팔자 늘어졌지 뭐.'

그 또한 더없이 옳은 말 같았다.

'이왕 시작한 거 끝까지 한번 해 보려고.'

하지만 논리적이고 옳은 그 계획이 나는 마음에 들지 않았다. 뿐만 아니라 알 수 없는 반감마저 불쑥 들었다. 유학해서 학위를 따고 교수가 되고. 분명히 멋지고 빛나는 계획이었는데도 딴지를 걸고 싶던 건 비단 너에 대한 내 사심 때문만은 아니었다.

네가 떠나야 할 이유로, 내가 그걸 받아들여야 할 까닭으로 그건 어쩌 충분하지 않은 것 같았다.

'근데 너 작가 되고 싶다 그랬잖아.'

나는 이의를 제기하듯 그렇게 물었다. 초등학교 때 장래 희망 뭐라고 썼어? 언젠가 네 질문에 나는 그때부터 건축가였다고 대답해서 네 감탄을 산 적이 있다. 너는 뭐 썼는데. 되돌린 물음에 대한 대답을 기억해 이의를 제기한 내게, 너는 그저 기막히단 듯 짤막히 웃어 주었다.

'그건 말 그대로 희망이지. 꿈이야, 꿈. 진로가 아니라.'

철부지를 타이르듯 차근한 말투. 그때도 너는 종종 내 앞에서 연상의 여자처럼 굴곤 했다.

'꿈은 나중에. 일단 교수부터 되고 나서.'

교수도 책 쓰니까. 덧붙이며 어깨를 으쓱하던 너. 나는 잠자코 있는 수밖에 별 도리가 없었다.

그러나 나는 또한 되묻고 싶었다. 꿈을 빼면 인생에 뭐가 남는데. 그럼에도 그 말은 끝내 속으로만 했다. 그때 나는 네가 이미 결정한 진로에 대해 감히 참견할 수 없다고 생각했다. 나는 너의 무엇도 아니어서. 남자 친구도 그냥 친구도 하다못해 과 동기도 아니어서. 그저 서로 필요할 때 쿨하게 만난, 부담 같은 건 주지도 받지도 않은, 가련하게 남겨지기보다 쿨하게 보내 주는 역할을 맡고 싶은 한심한 놈이어서.

그때를 떠올리자 나는 아찔해지면서 귀 언저리에 확 열이 오른다.

"보니까 너 저서도 있던데."

불쑥 말하자 스테인리스 컵에 물을 마시던 네가 아아, 보일 듯 말 듯 웃었다. 덕분에 상념에서 깨어났지만 나는 여전히 무언가에 반쯤 취해 있다. 빈 컵에 콸콸 물을 채우는 너. 네가 여기 있다는 게 새삼 믿기지 않는다.

"그거 그냥 논문집 비슷한 거야. 전공자들만 어쩌다 들춰 보는 거."

"이번에 나온 책은 베스트셀러 올랐잖아."

"그걸 내가 썼냐. 번역만 한 건데."

"그래도."

어쩌면 네가 옳았던 건지도 모르겠다. 인생이란 그렇게 디딜 곳을 살펴 가며 영리하게 살아 내야 하는 건지도. 더 큰 목적을 위해서는 때로 소중한 것을 포기해야 하는 건지도. 거기까지 생각이 닿자 나는 네가 좀 더 알고 싶어졌다. 내가 모르는, 내가 배제됐던 너의 지난 시간에 대해서.

"교수도 되고 책도 내고. 대단하네."

여기까지 오기 위해 얼마만큼 힘들었는지. 어떤 것들을 놓쳤고 무엇을 포기했는지. 혹시 놓쳐 버린 소중한 것들 중에서,

구석진 어딘가에 나도 포함돼 있는지.

"이제 진로는 해결됐으니까,"

그래서 너도 나처럼 남몰래 울었는지.

"꿈만 이루면 되겠네."

그 시절 너의 꿈에, 한때라도 내가 들어 있었는지.

너는 말없이 나를 마주 본다. 그동안 옆 테이블의 남자 둘이 비틀대며 일어섰다. 아주머니, 여기 계산이요. 필요 이상으로 큰 목소리와 웃음소리 속에서 우리는 여전히 고요하게 서로를 바라본다. 나는 점차 현실감이 멀어져 가고, 자꾸만 시간을 되돌린 듯한 착각에 빠졌다. 조금만 더 취했더라면 미친 척 네게 키스했겠지. 불현듯 그런 생각이 들자 가슴이 타는 것 같았고, 나는 움직이지 않기 위해 상당한 인내를 동원해야 했다.

"……그만 일어나자. 너무 많이 마셨어."

너는 문득 불에 덴 것처럼 고개를 돌리더니 자리에서 일어섰다. 그러고는 붙잡을 새도 없이 또각또각 조리대로 걸어갔다. 사장님, 저희 얼마죠. 가방에서 지갑을 꺼내 셈을 치르는 모습을 나는 자리에 앉은 채로 바라본다. 딱 떨어지는 보식 코트와 앵클부츠. 비싸 보이는 가방을 든 네 차림새가 내 눈에는 그제야 좀 낯설었다.

"대리 불러야겠다. 너도 차 식당에 있지?"

"차 안 가져왔어."

나는 애당초 너와 술을 마실 작정이었으므로 내 차는 지금 사무소에 있다. 너는 내 얼굴을 스치듯 한번 보고는 코트 호주머니에서 전화기를 꺼내 만지기 시작했다. 앱으로 대리 기사를 부르는 모양인지 다시 돌아와 내 앞에 앉는다. 방향을 약간 비틀어 앉은 채로 시선은 여전히 스마트폰 위.

"너도 택시 불러."

"집까지 데려다줄게."

"아니야, 무슨."

너는 정색하며 약간 어색하게 웃어 보였다. 물 한 잔 마시더니 술이 좀 깬 모양이다. 아니면 정신을 좀 더 단단히 단속하고 있거나. 두 눈을 내리깐 채 전화기를 들여다보는 모습. 천천히 깜빡이는 속눈썹을 바라보고 있을 때 네가 반짝 고개를 들었다.

"먼저 일어날게. 기사 오 분 안에 도착한다네."

나는 대꾸하는 대신 자리에서 일어섰다. 앉은 채 나를 올려다보던 너도 잠자코 일어나 걸음을 옮겼다. 포장마차 밖으로 나오자 공기의 결이 대번에 날카로워졌다. 말없이 네 왼쪽에 자리를 잡고 나는 너와 보조를 맞춰 천천히 걸었다. 뒷굽이 넓어 뭉툭하게 또각대는 네 발소리. 세 발짝쯤 떨어진 우리의 거리. 부옇게 흩어지는 겨울의 숨결.

서울의 밤거리는 조명과 간판들로 온통 휘황하다. 넥타이를 맨 남자들과 하이힐을 신은 여자들이 삼삼오오 바쁘게 움직이고 있다. 손을 맞잡은 커플들, 앳된 얼굴의 학생들, 이미 잔뜩 취해 버린 대리와 과장들. 매일 밤 연출되는 이 흔한 풍경 속에서 나는 너와 세 발짝쯤 떨어진 채 나란히 걷고 있다.

"이렇게 보니까 좋다."

나는 너의 목소리에 귀를 기울였다. 꼭 학생 때로 되돌아간 기분이네. 정면을 향해 걸으며 네가 덧붙여 말했다. 어색하도록 가볍게 돋운 목소리. 그 목소리는 별안간 꽤나 명랑하게 들려서 나는 너의 의도를 어렵잖게 간파한다.

"집은, 내가 신경 많이 못 쓸 거야. 알아서 잘 해 줘."

옷깃을 여민 네가 단단히 감싸듯 팔짱을 꼈다. 빗장처럼 몸을 가로막은 채 너는 오로지 정면만을 보고 있었다. 나는 네 옆얼굴을 바라보다가 대답 대신 길게 숨을 뱉었다. 팔을 뻗으면 쉽게 붙잡을 수도 있는 거리. 아무것도 아닌 그 거리가 다시금 아득해진다.

대리운전 기사는 필요 이상으로 신속하게 등장했다. 우리 나이 또래의 여자가 우리보다 먼저 식당 주차장에 도착해 있었다. 너는 반색하며 여자와 인사를 하더니 차 키를 넘겼다. 그리고 내 쪽을 돌아보며 웃는 얼굴.

"먼저 갈게. 빨리 들어가, 추운데."

"그래."

네가 서두르듯 차 안으로 사라진 뒤에도 나는 그 자리에 서 있었다. 빨갛게
불이 들어온 후미등을 향해 서서 후면 유리 오른쪽에 비친 너를 보았다. 동그
란 뒷머리와 가지런한 머리카락. 거기로 손을 뻗지 않으려 오늘 참 애썼다고
생각하면서.

네 차가 주차장을 빠져나갈 때까지 나는 움직이지 않았다. 그리고 너는 끝까
지 내 쪽을 돌아보지 않았다. 네가 시야에서 사라진 후에도 나는 잠시 동안 그
자리에 서 있다. 기다랗게 뱉은 숨이 하얗게 흩어졌다.

날씨가, 언제 이렇게 추워졌는지 모르겠다.

Chapter III.

인연

7

최민주

아파트가 팔렸다. 매물로 내놓은 지 삼 주 만에.

집을 매매해 본 적은 없시만 독일에서 귀국하기 직전, 간단한 살림살이들을 인터넷에 올려 팔아 본 경험에 빗대어 보더라도 삼 주 만에 완판은 쉽지 않은 일인데. 나는 시세보다 약간 싸게 내놓은 덕을 봤다 싶었지만 중개인은 인연이 닿아서 그렇다고 했다.

'참 희한하죠. 조건이 좋은데도 오랫동안 성사가 안 되는 물건이 있고, 제값에 팔릴까 싶어도 금세 주인 찾아 나가는 집이 있어요. 보니까 집이랑 주인도 다 인연이 있는 거더라고요.'

신나게 소식을 전하던 중개인의 널찍한 이마를 보면서 나는 입 속으로 따라 읊어봤다. 인연.

새 주인이 될 인연의 주인공은 결혼을 앞둔 예비부부였다. 결혼식이 내년 봄인데 맘에 드는 집이 없어 애를 태웠다며, 그들은 내게 언제쯤 아파트를 비워줄 수 있겠는지부터 캐물었다. 예비 신부가 당장이라도 인테리어 업자를 불러다 벽지부터 뜯어낼 기세여서 나는 잔금 치르기 전이라도 최대한 빨리 나가겠다고 대답했다. 어차피 이 휑뎅그렁한 집, 전남편이 마련해 온 방 세 개짜리 아파트에서 나 또한 하루빨리 나가 주고 싶었으므로.

'이달 안에 들어갈 수 있는 데로요? 물건이야 당연히 있으니까 걱정하지 마세요. 집이라는 게 원래 조건보다 타이밍이거든요.'

새해를 일주일 앞둔 세밑이라 이사할 만한 아파트는 옵션이 많지 않았다. 학교에서 멀지 않으면서 또 너무 가깝지도 않은 위치에 월세 매물은 더 적었다. 한 손에 족히 꼽히는 선택지 가운데 나는 가장 안전할 것 같은 원룸 오피스텔을 골랐다. 새 집이 완공될 때까지만 임시로 살 곳이라 보안 외에 다른 건 볼 것도 없었다.

오피스텔 임대계약과 이사업체 용역 계약과 아파트 매매 계약까지, 이틀 새 무려 세 장의 계약서에 서명한 나는 그리하여 어제부터 이삿짐을 싸는 중이다.

포장 이사는 서재의 펜 하나까지 꼼꼼히 챙겨서 옮겨다 준다지만 나는 남이 내 펜을 대신 챙기는 걸 못 견디는 성격이다. 이사하는 김에 불필요한 것들을 정리할 생각으로 서재부터 뒤집기 시작한 것이 오늘은 옷장까지 뒤지게 됐다. 골판지 상자에 스웨터며 슬랙스를 차곡차곡 집어넣으면서 나는 안 입는 옷들을 골라내고, 있는 줄 몰라서 못 입은 옷들을 발견했다. 늘어놓고 보니 온통 무채색에 중간색이라 채도가 높은 옷이 어째 한 벌도 없나 싶어 괜스레 실소가 샜다.

예전엔 노랑 원피스나 빨강 스웨터를 즐겨 입곤 했는데. 나는 십 년도 더 전에 좋아했던, 아직까지 모양과 색깔을 정확히 기억하는 그 옷들을 잠깐 그리워하다가, 지금 내가 그리워하는 것은 옷이 아니라 그 시절이라고 정정한 뒤, 다시 그것도 아니라고 도리질을 했다.

단언하건대 나는 결코 이십 대가 그립지 않다. 내가 겪은 이십 대는 무중력 상태의 행성 같았다. 세상의 모든 사물이, 모든 관념이, 나 자신마저도 중심을 못 잡고 공중에 둥둥 떠다녔다. 그렇게 어지러이 헤매고 난 뒤 비로소 중력에 묶인 나는 이제야 간신히 두 발을 땅에 딛고 서 있다. 흔들리지 않고. 불안하지 않고. 완벽하진 않으나 최소한 또렷한 정신으로.

반쯤 빈 옷장 앞에 쭈그리고 앉은 채로 나는 계속 상념을 이어 나간다. 집이랑 주인도 다 인연이 있는 거더라고요. 중개인의 말을 떠올리면서 새삼 침실을 둘러보았다. 처음 이 집에 들어왔을 땐 십 년 정도 살다 이사를 갈 계획이었다. 그러나 삶에서 계획대로 되는 일이란 또 얼마나 적은가. 이 집과 나의 인연도 여기까지인 모양이라고, 나는 중개인을 흉내 내며 조금 웃어 본다.

그러고 보니 엄마가 좋아할 만한 단어란 생각이 들었다. 우리 엄마는 그렇게 형이상학적인 것들을 좋아하니까. 인연이라든지, 사주라든지, 팔자라든지. 거기까지 생각한 나는 엄마를 본 지가 오래됐단 사실을 상기해 내고, 이번 주말엔 북아현동 집에 가 봐야겠다고 마음먹는다.

—

옷장 정리를 마치고 서재로 돌아왔다. 습관처럼 책상 앞 의자에 가 앉아서는 멀뚱히 허공만 쳐다봤다. 이사일이 내일이라 마음이 좀 들뜬 모양이다. 무리해서 일정을 빠듯하게 잡은 건 이왕 나가는 것, 해가 바뀌기 전에 정리를 마치고 싶어서였다. 잔금만 치르면 이 집의 주인이 될 예비부부도 차질 없이 인테리어 공사를 시작해야 할 테고.

컴퓨터도 책도 건드리지 않고 가만히 앉아 있다가 천천히 책상 서랍을 열었다. 텅 빈 서랍 안에 투명한 플라스틱 파일 하나가 놓여 있다. 정리를 마치고도 이것만 외따로 넣어 둔 것은 나도 그 이유를 잘 모르겠다. 귀중한 것이라서 일부러 빼놓은 건지, 아니면 이사 도중에 없어져 버리라고 방치해 둔 건지.

나는 가벼운 한숨과 함께 파일을 집어 안에 든 계약서를 끄집어냈다.

서명한 날 이후로도 집에 돌아와 서너 번쯤 다시 읽어 보았다. 건축물의 설계계약서. 타인이 내민 종이에 이름을 써넣는 행위가 얼마만큼의 무게를 지니는지, 그쯤의 지각은 있는 내가 별 고민도 없이 서명을 한 것은 비단 계약 파기로 인한 위약금이 없었기 때문만은 아니었다.

상호 신의와 성실을 원칙으로.

그때, 서명란 상단에 적혀 있던 문구에 나는 그만 완벽히 안심하고 말았다. 신의와 성실. 그건 너에게 너무나 잘 어울리는 단어들이어서.

'여기 서명하면 돼.'

너는 조항들의 의미와 설계 진행 과정에 대해 참을성 있고도 꼼꼼하게 설명해 주었다. 그러나 한심하게도 그때 나는 계약서보다 너에게 온 주의를 빼앗기고 있었다. 실제의 감각으로 인식되는 남자. 기억하는 그대로의 목소리. 확인하듯 간간이 나를 보는 눈길. 낯선 향수임에도 마치 숨처럼 익숙하다 착각되던 향취.

'걱정 말고 사인해. 녹소소항 같은 거 없으니까.'

그 모든 것에 압도된 채 나는 생각했던 것이다. 너라면 얼마든지 믿어도 좋다고. 신의를 다해 성실히 나를 위해 줄 거라고. 설령 이 계약서 어딘가에 잘못된 것이 있더라도, 너조차 몰랐던 어떤 트릭이 숨겨져 있다 하더라도 그런 일이 생기면 앞장서서 내 편이 되어 줄 거라고.

그토록 대책 없는 신뢰는 대체 어디서 비롯된 것일까.

보편적 각도에서 따져 본다면 우리는 서로를 신뢰할 만한 사이가 아니다. 과거 우리의 관계는 오직 욕망에 충실하기 위한, 이십 대의 남녀가 젊음을 누리려 자유롭게 맺은, 부담 없이 즐기되 책임은 끝까지 회피하고 만 관계였다. 그러니 누군가의 보편적인 시선으로 봤을 때 우리에게 어울리는 단어는 '무책임', '경솔함', '피상적' 등이 있겠고, 관계의 종류를 명명하라면 '섹스 파트너' 정도가 공정할 것이다.

그럼에도 네가 신의 있고 성실한 사람인 까닭은 너의 본질을 내가 알고 있기 때문이다. 그때 너는, 우리의 관계는 무책임하지도 경솔하지도 피상적이지도 않았다는 걸 나는 알기 때문에. 관계는 본질적으로 내밀한 것이라서 보편적 시선이란 때로 왜곡에 지나지 않는다. 사람들은 타인의 행위에 호기심을 가져도 이면의 진실에는 관심이 없으니까.

지잉.

스마트폰 진동 소리에 나는 또 대뜸 너를 떠올렸다. 요즘은 진동이 울릴 때마다, 손을 뻗어 액정을 확인할 때마다 늘 가슴속에서 얇은 종이가 바스락댄다.

메시지를 보낸 것은 과연 너였다.

[이메일 확인 부탁해]

곧바로 앱을 구동해 새로 도착한 메일을 열었다. 메일이 들어온 곳은 학교 도메인 주소라 기분이 잠깐 묘해졌다. 너는 내 오랜 개인 이메일을 알고 있는데.

그러나 직장 명의의 계정을 사용한 것은 너 또한 마찬가지였다. 확인 후 회신 부탁드립니다. 달랑 한 문장뿐인 내용 또한 냉랭하리만치 사무적이다. 유진욱. 건축사. 실장. 명료한 시그니처를 눈으로 훑으면서 나는 짧게 숨을 들이쉬었다. 방금 좀 한심했네, 최민주.

약간의 민망함을 떨쳐 내며 첨부된 문서파일을 뷰어로 열었다. 설계 계획이나 일정을 안내하는 내용이겠거니 막연하게 생각했던 문서는 뜻밖에도 웬 질문지였다.

편안하고 진솔하게 답변해 주시기 바랍니다.

이게 뭐지. 예상치 못했던 첫 문장에 뒤통수를 탁 얻어맞은 것 같았다. 나는 미간을 찌푸린 채로 글자들을 빠르게 눈으로 읽는다. 명조체로 정갈히 적힌 질문들은 스크롤을 내려야 할 정도로 분량이 상당했고, 쭉 훑어 내려가던 나는 급기야 붕어처럼 입을 뻐끔대기 시작했다.

살면서 가장 기뻤던 순간은 언제입니까.
살면서 가장 슬펐던 순간은 언제입니까.

"뭐야, 이게."

지금껏 어떤 사람이었다고 생각합니까.
앞으로 어떤 사람이 되고 싶습니까.

"……농담이겠지."

인생에서 가장 중요한 것은 무엇입니까.

"……"

살면서 가장 후회되는 일은 무엇입니까.

"……하."

거기까지 읽고 나자 기가 막혔다. 당혹감이 세차게 밀려들면서 느닷없이 아주 차가운 감정이 치솟았다. 그 결에 가슴속에서 무언가 쩡하고 얼어붙었다. 그래서 나는 도저히 전화기를 움켜쥐지 않을 수 없다.

손가락을 재빨리 놀려 메신저 창을 열었다. 내가 너와 나눈 채팅은 사흘 전,

포장마차에서 '미팅'을 갖고 반쯤 취해서 별소릴 다 했던 날, 술에서 깬 신데렐라처럼 도망치듯 집으로 들어온 직후 네가 보낸 메시지에 좀 딱딱하게 대답한 것이 마지막이다. 소리 없이 빠르게 글자를 찍어 내면서 나는 흥분했다. 도대체 이건 무슨, 장난치는 것도 아니고.

[잠깐 통화 좀 할 수 있을까]

이번에도 너는 기다렸다는 듯 곧바로 메시지를 확인했다. 오 초쯤 간격을 두고 액정이 발광하더니 네 이름이 큼직한 활자로 떠오른다. 유진욱. 그걸 보자 대뜸 박동이 짙어지면서 관자놀이께가 쿵쿵 울리기 시작했다.

"지금 메일 확인했는데."

그래서 잔뜩 흥분한 채 인사도 생략하고 용건부터 내뱉었다.

"첨부된 파일 말이야."

— 파일? 무슨 문제 있어?

하. 나도 모르게 뾰족한 실소가 터졌다. 문제 있냐고? 어이가 없다.

"그래, 일단, 질문지라고 하자. 보니까 이 질문지에 문항이 스물다섯 갠데, 이렇게 사적인 질문들에 내가 왜 답변을 해야 하는지 모르겠어. 미안하지만 나는 건축사를 고용했지 상담사 구한 거 아니고, 계약한 이상 프로답게 일해 줄 거라고 기대했거든? 근데 이거 대체 무슨 의도인지 설명 좀 부탁해."

쏘아붙이듯 빠르게 말하는 동안 나는 나조차 이해할 수 없도록 화가 치밀었다. 문명사회의 인간에게는 사회적 거리라는 게 있다. 함부로 침범해선 안 되는 선이 있고 묻지 말아야 할 질문이 있고 모르는 척해야 할 모습이 있는 것이다. 내가 어떤 것들을 중요하게 여기는지, 언제 가장 슬펐고 무엇을 가장 후회하는지, 그런 것들을 정신과 의사가 아닌 타인이 묻는 것은 내 상식으론 도저히 납득할 수 없는 상황이었다.

더욱이, 다른 사람도 아니고, 네가.

그래서 하마터면 입 밖으로 내 버릴 뻔했다. 이렇게 유치하게 굴지 않아도 나는 이미 잘 알고 있다고. 내가 어떤 인간이고 어떤 것을 중요하게 여기고 그래서 어떤 후회를 했는지 너무나 잘 안다고. 치부를 들킨 사람은 으레 분노로 수치심을 방어하려 한다. 그리고 그 사실을 상기한 순간 나는 가슴이 뜨끔해지면서, 방금 내뱉은 앙칼진 말들을 이미 후회하기 시작했다.

— 그거 우리 소장이 만든 거야.

"⋯⋯뭐?"

그리고 그 후회는 곧 눈덩이처럼 무섭게 불어난다.

— 그러니까, 상담 시간 절약하려는 건데 우리한텐 일종의 노하우야. 컨셉 잡기 전에 건축주 성향 파악하려고. 인생관이나 성격, 취향, 이런 것들 다 설계에 참고하거든. 우리는 건축주들한테 항상 이거 보내고, 입주할 가족들한테도 한 장씩 다 따로 받아.

"⋯⋯"

— 설명 먼저 해 줬어야 하는데. 미안.

전화기를 사이에 두고 잠깐 침묵이 흘렀다. 나는 두 눈을 질끈 감은 채 입술만 깨물고 있다. 이로써 유치하게 군 사람이 누군지는 명백해졌고 프로답지 못한 사람 역시 증명됐다. 미쳐 버리겠네. 나야말로 미안하고 민망해서 도저히 몸 둘 바를 모를 지경이 된다.

— 문서로 남기는 게 내키지 않는 거면 말로 해 줘도 돼. 어차피 시간 절약하는 게 목적이니까. 불편한 질문에는 꼭 대답할 필요도 없고.

"⋯⋯미안해."

저쪽에서 바람처럼 가늘게 웃는 소리. 그러나 이쪽의 나는 뜨거운 철판처럼 지글지글 끓는 기분이다. 너는 대수롭지 않다는 듯 짧게 웃은 뒤,

— 미안하면 미팅해. 수요일에 시간 돼?

아무렇지 않은 목소리로 그런다.

"내일모레⋯⋯ 쉬는 날이잖아."

— 그러니까.

나는 창피함에 정신이 반쯤 나간 채로 컴퓨터 옆 탁상 달력에 시선을 뒀다. 올해의 마지막 수요일은 날짜가 빨간색. 크리스마스다.

— 만나자고. 수요일에.

나 되게 오랜만에 쉬는 건데. 네가 덧붙인 말의 의미를 당연히 알아들었지만 거절하지 못한 채 통화를 마무리 짓고 말았다. 거절을 위한 핑계도 그걸 꾸며 낼 정신도 없었다. 그저 끊어진 전화기를 오물처럼 멀찍이 던져 놓고는 양손으로 이마를 얼싸안았다. 착각인지 모르겠지만 뜨끈뜨끈한 것 같다.

"아, 쪽팔려……."

그러니까, 이 무척 혼란스런 상황에서 한마디 첨언하자면 나로서도 이건 대단히 오랜만에 겪는 일이다. 잔뜩 흥분해서 후회할 말을 뱉은 것도, 욕지거리를 중얼대면서 혼자 머리를 쥐어뜯는 것도. 나는 양손 가득 머리카락을 움킨 채 쪽팔림에 끙끙대다가, 이내 미친 여자처럼 비실비실 웃기 시작했다. 가만 생각해 보니까 웃겨서. 나도 웃기고 너도 웃기고 무엇보다 이 상황이 참 너무 웃겨서.

십 년 전에 만나던 남자를 돈 주고 고용했다니. 그 남자 때문에 잔뜩 예민해져 발작하듯 이성을 잃다니. 논리도 내팽개치고 감정에 휩쓸려서는 우스운 짓까지 해 버리다니. 내 인생에 이런 드라마틱한 상황이 다시 벌어질 줄이야.

"내가 미쳤지, 진짜……."

자조와 자책을 충분히 한 뒤에야 쥐어뜯던 머리칼을 놓아주었다. 그 뒤에도 석쇠 위 오징어처럼 몇 번 더 몸부림치다 컴퓨터를 켰다. 그리고 네가 보낸 질문지를 열어 모니터에 띄운다.

편안하고 진솔하게 답변해 주시기 바랍니다.

"후……."

한숨과 함께 첫 번째 질문 아래로 커서를 옮겼다. 나는 지금 몹시 불편하고 진솔할 수도 없을 것 같지만 고해하는 심정으로 성심껏 써 봐야겠다. 내일모레 크리스마스 날 이걸 바치고, 널 오해한 죄를 사해 달라 빌어라도 볼 수 있게.

하얀 바탕 위에서 커서가 끝도 없이 깜빡거린다.

—

"하여튼 너는 차암, 이런 일은 미리 얘길 했었어야지이."

조수석에 올라탄 순간부터 엄마의 잔소리는 시작됐다. 다음 교차로에서 좌회전. 내비게이션 안내에 따라 차선을 바꾸면서 나는 운전에 집중한 척 짧게 대꾸했다.

"무슨 큰일이라고."

"어머, 애 좀 봐. 큰일이 아니면, 이사가 작은 일이야?"

"나 혼자 하는 것도 아닌데 뭐. 짐 싸고 푸는 것까지 업체에서 다 해 주잖아."

"그래도 그렇지. 어쩜 혼자서 이사할 생각을 하니, 너도 참."

못 산다, 못 살아. 익숙한 엄마의 추임새에 나는 그저 실없이 웃는다.

"자식이라고 달랑 하나 있는 거 이사를 하는지 뭘 하는지. 오늘 아침에 내가 전화 안 했으면 다 끝나고 나서 알았을 거 아냐?"

"그러게나 말입니다."

"매정한 기집애. 엎어지면 코 닿을 데 살면서 집에는 통 들르지도 않고."

"기말이라 바빴다니까."

"생전 가야 먼저 전화 한 통 하는 법도 없고."

"엄마가 하잖아."

"됐다, 내가 말을 말아야지. 너는 이런 덴 무신경한 게 아주 느이 아빠랑,"

"똑 닮았지."

만담꾼처럼 대꾸하자 절묘하게 신호가 바뀐다. 커브를 그리며 좌회전해 오피스텔이 위치한 골목으로 들어갔다. 못 살아, 정말. 입버릇처럼 중얼대는 엄마의 얼굴은 그러나 진짜 못 살겠단 표정은 아니었다. 오히려 차창 밖 풍경을 살피느라 두 눈에 생기가 가득하시다.

"동네는 깔끔해 보이네."

"저 뒤쪽부터 다 아파트촌이래. 근처에 초등학교도 있고. 지하철역도 가까워."

"출퇴근하긴 멀지 않아?"

"차로 십오 분쯤. 비슷해, 사직동이랑."

흠. 긍정인지 한숨인지 애매한 소리. 그 안에 담긴 의미를 나는 물론 알고 있다.

"내일 집에 와. 같이 저녁 먹게."

"왜?"

"왜긴, 크리스마스잖아."

"······아."

까맣게 잊고 있던 양 시침을 뗀 것은 반사적인 반응이었다. 가슴속 양심이 콧방귀를 뀌었지만 나는 뻔뻔하게 가증스러움을 이어 나간다.

"깜빡했네."

"날짜 가는 줄도 모르고 살지."

"교회도 안 다니면서 크리스마스는 무슨."

"그래도 그런 날 혼자 있는 거 아니다. 집에 와. 아빠랑 맛있는 거 먹으러 가자."

"그런 날 밖에 나가는 게 더 아니야. 깔려 죽어요, 젊은 애들한테."

"애는 말하는 게 벌써 무슨 노인네 같애."

"그러니까 노인들은 안전하게 집에 있자고."

"크리스마스 날까지 집에서 밥하라고? 여하튼간에 와, 동네 가까운 데서 저녁이나 먹게."

엄마는 여전히 주위를 관찰하며 확정하듯 말을 맺었다. 그동안 나는 오피스텔 지하 주차장 입구를 통과한다. 거짓말까지 하긴 싫었지만 이렇게 나오시면 어쩔 수 없는 노릇.

"내일 약속 있어."

"누구랑."

"혜경이 만나기로 했어."

"혜경이? 닥터 공?"

"어. 엄마, 여기 주차장도 괜찮지? 불도 환하고."

나는 거짓말의 연쇄를 막으려 지하 주차장의 쾌적함을 강조했다. 이십사 시간 작동하는 보안 카메라며 휘영청 밝은 조명, 보안 스캐너가 설치된 입구와 엘리베이터까지 여간한 스펙을 구태여 늘어놓으면서 서둘러 주차를 하고 차에서 내렸다. 보아하니 엄마의 주의는 과연 최신형 엘리베이터로 옮아간 것 같았고, 고교 동창까지 팔아먹은 나는 거짓말을 더 하지 않아도 될 것 같아 안심했다.

앞으로 일 년간 살게 될 원룸은 십오층에 있다. 바닥 면적은 여섯 평이 채 되지 않지만 계단으로 연결된 복층이 있고 창문과 천장이 트여서 답답하지 않았다. 세 평 남짓한 복층 공간을 보통 침실로 쓴다는데 나는 거기에 책상을 두기로 했다. 냉장고며 세탁기까지 붙박이로 밀어 넣은 아래층은 꽤 좁아서 식탁과 소파 중 하나를 포기해야 할 정도다.

"그럼 거실에다 침대를 놓게?"

"응, 이쪽 창가에."

"식탁은?"

"식탁 둘 공간은 안 되지. 좌식 테이블 하나 샀어, 다리 접을 수 있는 거."

아파트에 있던 가구 중에서 이삿짐으로 실은 것은 매트리스와 책상뿐이다. 엄마는 우리 둘이 서도 꽉 차는 '거실'을 둘러보더니 어이고, 긍정도 부정도 아닌 탄성과 함께 조금 허탈하게 웃었다.

"꼭 대학생 자취방 같네."

감탄이신지 한탄이신지.

"예, 십 년쯤 회춘한 기분이네요. 서울서 자취를 다 해 보고."

"좋겠다, 회춘해서."

"난 여기 맘에 들어."

"그래, 이 정도면 깨끗하고 좋지. 잘 구했어."

어차피 잠깐 살 건데. 가볍게 덧붙인 엄마의 말이 내 귀엔 어쩐지 다른 뜻으로 들린다. 잠깐 살 곳은 원룸이 아니라 마치 이 세상이라는 것처럼. 어차피 잠깐 살 건데.

"민주야."

"어."

"그 우리 집 맡은 건축가 있잖아."

나는 순간적으로 내 표정을 의식했다. 그리고 전혀 아무렇지 않은 얼굴로 엄마와 눈을 맞췄다. 동창까지 팔아 가며 간신히 피했던 네가 이제 아예 정통으로 화제에 올라 버렸다.

"아니, 설계사라고 불러야 되나?"

엄마는 예전부터 희한한 데 감이 좋았다. 특히 내가 남자와 같이 있는 걸 귀신같이 감지해 냈는데, 네 자취방에 함께 있을 때 갑자기 휴대폰이 울리면 구십오 퍼센트의 확률로 엄마였다. 너네 어머니 진짜 대단하시다. 신기해 죽겠단 얼굴로 감탄하던 너.

"……건축사."

"그래, 건축사든 설계사든, 여하튼 그 사람."

확실히 상기된 엄마를 바라보며 나는 이제 몹시 난감해진다. 엄마의 육감이 불완전한 게 그나마 좀 다행스럽고. 이 초자연적인 재능을 물려받지 못한 것이 약간은 유감스럽고.

"사람 괜찮아 보이더라, 싹싹하고. 인물도 훤칠하니 꼭 탤런트 같던데."

"……"

"그 사람이 우리 집 책임자야?"

"그렇대."

"소장이 아니라?"

"같이 하겠지. 사무소랑 계약한 거니까."

"능력이 좋으네, 젊은 사람이. 몇 살이라든? 너랑 비슷해 보이던데."

엄마는 정말로 신이 난 것 같았고, 나는 이제 난처한 표정을 숨기지 않는다.

"총각 같던데. 결혼 안 했대지?"

"그런 건 왜."

"그냥 궁금해서 그러지. 만나는 사람 없대?"

"엄마."

"왜에."

"자중합시다."

여대생처럼 들떠 보이는 엄마를 향해 나는 각인하듯 또박또박 말을 이었다. 필요 이상으로 엄격한 말투와 표정으로.

"엄마 딸 이혼한 지 한 달 됐어."

주변의 공기가 즉각 가라앉았다. 슬쩍 창밖으로 시선을 돌리는 엄마를 보면서 나는 왜 군이 그랬을까 스스로를 들여다본다. 그러나 그건 너무 쉬운 질문이었다. 엄마마저 정답을 알고 있을 정도로.

"하긴. 남들 눈이 무섭긴 하지. 평범한 직장도 아니고."

지나가는 말처럼 가벼운 푸념조였지만 나는 무언가에 쿡 찔린 기분이었다. 괜찮은 사람 있으면 만나 보고 그래. 요새 세상에 이혼했다고 삼 년상 치를 일 있니. 나는 지난달 엄마가 했던 말을 떠올리고 조금 웃어 본다. 입 안이 썼다.

"어머, 여기 가전도 다 빌트인이네. 이건 맘에 든다."

엄마가 아무렇지 않게 평소의 톤을 회복한 것은 나를 위한 배려라는 걸 나도 알고 있다. 우리 모녀는 원래 서로에게 좀 깍듯한 데가 있다. 충분히 친밀하지만 속살은 보여 주지 않는, 잠은 함께 자도 목욕은 같이 하지 않는 그런 관계. 내가 평생 쌀쌀맞단 소리를 들어 온 것은 모계의 유전인지도 모르겠다. 엄마 같은 사람은 모두에게 친절하고 곰살맞아도, 깊은 침입은 좀체 허락하지 않는다는 점에서 본질적으로 나와 별로 다를 게 없다.

엄마의 노력에도 불구하고 우리의 대화는 이미 멎었다. 가뜩이나 커튼 한 짝 없이 휑한 공간이 슬슬 어색해질 기세였다. 나는 뒤따라오고 있을 이사업체 담당자가 이쯤 전화를 주면 좋겠다고 생각하면서 손에 든 전화기를 들여다본다. 그리고 때맞춰 진동과 함께 새로 온 메시지가 떴다.

[내일 좀 일찍 나올 수 있을까]

너였다.

"참, 너 방송은 언제 나간대? 날짜 정해졌다든?"

수납장을 드르륵 열며 경쾌하게 묻는 음성. 나는 들여다보던 폰 화면을 나도 모르게 꺼 버린 뒤 아무렇지 않게 대꾸했다.

"다음 달 중순."

"며칠인지는 말 안 해 주고?"

"방송일이 목요일이니까 뭐, 둘째 주나 셋째 주쯤 되겠지."

"애는 그런 것도 똑바로 몰라."

"방송 놓쳐도 돼. 어차피 요샌 다 인터넷에 올려놓잖아."

"아유, 그래도 티비로 봐야지. 공중파 또 언제 타 볼 줄 알고?"

우리 딸이 티비에 다 나오고. 엄마는 짐짓 쾌활하게 중얼대면서 냉장고 문을 열어 안을 들여다보고, 나는 두어 발짝 뒤에 서서 대화창을 열었다. 몇 시쯤. 메시지가 올라가자 너는 곧장 답한다.

[5시 반쯤]

[좀 늦어도 되니까 편한 시간에 와]

[사무소에서 보자]

"이삿짐센터는 아직이래?"

여전히 나를 등진 채 엄마가 물었다. 이번에는 세탁기의 동그란 문짝을 열어 보면서.

"어? 어어, 지금 전화해 보려고."

그럴듯하게 대답하면서 알았어, 메시지를 찍어 대화창에 올렸다. 역시나 곧바로 읽음 표시가 됐지만 너는 더 이상 답하지 않는다. 나는 이사업체 담당자의 번호를 찾아 통화 버튼을 누른 뒤 전화기를 귀에 가져다 댔다. 신호가 가고 연결이 되고 거의 다 도착했다는 말을 들으면서도 내 신경은 자꾸만 엉뚱한 생각으로 뻗친다.

사무소에서 보자.

이번에는 진짜로 미팅하잔 소리였나 보다.

—

"죄송합니다, 잠시만요."

오랜만에 탄 지하철은 만원이었다. 앞을 가로막은 사람들을 비집고 간신히 열차를 빠져나왔다. 신촌역은 상기된 얼굴들로 몹시 붐볐다. 출구를 향해 군대처럼 일제히 걷는 사람들 사이에서 나는 오늘이 크리스마스라는 사실을 다시한 번 실감했다.

오피스텔에서 신촌까지는 두 정거장 거리라 지하철을 택한 것은 합리적인 선택이었다. 오늘 같은 날 차를 끌고 나가는 건 자진해서 도로에 갇히겠단 뜻이니까. 나는 익숙한 지리를 낯설게 걸어서 너의 회사 건물까지 쉽게 도착했다. 일층의 카페 역시 사람들로 가득했다.

한 번 와 본 곳이라 어렵지 않게 입구를 찾아 들어갔다. 삼층부터 오층까지 쓰는 사무소에서 네가 오라고 일러 준 곳은 사층이었다. 공휴일이라 그런지 건물 안에서 빈집 같은 냉기가 느껴진다. 그리고 사층에 다다라 엘리베이터 문이 열렸을 때, 나는 싸늘한 내부 풍경에 흠칫 놀랐다.

텅 빈 사무실은 불이 꺼져 있었다.

일몰을 앞둔 늦은 오후라 캄캄하지는 않지만 전등이 꺼진 사무실이라니. 갓 파산한 회사 같은 풍경 안으로 머뭇머뭇 걸어 들어가면서 나는 계세요, 저기요, 실례합니다 중 어떤 것이 기척으로 적당할지 고민했다.

사무실은 공간이 하나로 넓게 트여 있었다. 기둥 몇 개를 제외하면 사방으로 완전히 개방된 구조나. 디근자로 연결된 사무책상 위에 커다란 모니터들이 놓여 있어 마치 거대한 회의실 같기도 했다. 반대쪽에는 소파와 안락의자, 정수기와 커피머신 따위가 잘 정리돼 있고, 그 옆으로 의자 여러 개를 거느린 장방형 테이블이 있었다.

너는 바로 거기. 회의 공간 같은 테이블에 앉아 노트북을 들여다보고 있다.

이쪽을 등지고 있었지만 나는 한눈에 너를 알아보았다. 전등은 물론 십여 개나 되는 모니터도 다 꺼져 있는 걸 보니 너 이외에 다른 직원은 없는 것 같았다. 오늘 공휴일이었지, 참. 나는 새삼 상기하면서 그쪽으로 천천히 걸어갔다.

기척이 날 텐데도 움직이지 않아 살펴보니 너는 귀에 이어폰을 꽂고 있다. 별수 없이 좀 더 가까이 다가가 네 등 뒤에 섰다. 어깨 너머로 보이는 노트북 화면에는 삼차원 그래픽이 떠 있다. 네가 트릭패드와 키보드를 번갈아 조작할 때마다 입체 도면이 휙휙 각도를 달리했다. 락인지 헤비메탈인지 시끄러운 전자악기 소리가 이어폰 바깥으로 새어 나오고, 너는 나로선 목적을 알 수 없는 작업 속에 완전히 빠진 것처럼 보였다.

그래서 나는 감히 건드리지 못하고 바라만 본다. 니트 상의를 걸친 어깨와 등을. 희게 드러난 목덜미와 짙은 검정의 머리카락을. 타닥타닥 자판을 다루는 커다란 손을. 나를 등진 채 앉아 있는 네 뒷모습을 나는 선 채로 하염없이 훔쳐 본다.

그때 노트북 곁의 스마트폰이 갑자기 진동했다. 다섯 시 반에 맞춰 둔 알람이라는 것을 나는 화면을 통해 쉽게 알아차렸다. 너는 즉각 팔을 뻗어 폰을 집어 들더니 노트북의 그래픽 프로그램을 종료했다. 그리고 귀에 꽂은 이어폰 한 짝을 뽑아냈을 때, 나는 짐짓 뒤꿈치를 힘주어 디디면서 네 시야 안으로 들어섰다. 비스듬히 고개를 들고서 놀라는 얼굴.

"어. 언제 왔어?"

"지금."

나는 태연하게 시침을 떼고 어깨에 멘 가방을 괜히 한 번 고쳐 멘다. 도둑처럼 훔쳐본 일 따위 없는 것처럼.

"다섯 시 반까지 오라며."

"어. 딱 맞춰 왔네."

네가 드르륵 의자를 끌며 자리에서 일어섰다. 너와 시선을 맞추기 위해 나는 이제 턱을 위로 들어야 한다. 두 걸음도 채 떨어지지 않은 곳에 네가 서 있었다. 무늬 없는 단색의 니트. 소리 없이 부풀어 호흡하는 가슴. 체온에 더워진 향수의 잔향.

나는 너에게 들키지 않도록, 몰래 깊은 숨을 들이마신다.

8.

유진욱

나는 벽에 달린 스위치를 올려 회의 탁자 위 전등부터 켰다. 입체도형의 라인을 딴 모던 샹들리에는 내가 직접 제작한 것이다. 우리 팀이 일하는 사층은 설계 단계부터 인테리어까지 모두 팀원들이 힘을 합쳐 함께 꾸몄다.

"차 한 잔 줄까."

의자를 빼내 앉는 너를 향해 물었다. 녹차로 부탁해. 예상했던 대답을 듣고 나서 정수기 쪽으로 걸어갔다. 종이컵 두 개에 각각 녹차 티백을 넣으면서 나는 뒤에 있을 너를 강하게 의식한다. 네가 쓰는 향수의 서늘한 향기. 종이컵을 건네받는 하얀 손가락. 그 컵에서 오르는 증기를 바라보며 고마워, 작게 달싹이는 입술.

립스틱을 바르지 않은 입술.

"다른 직원들은 출근 안 했나 봐."

"공휴일이잖아."

"좋은 회사네."

121

"빨간 날은 쉬어야지, 요새 같은 세상에. 그래도 바쁠 땐 사정없어."

"너 자리는 어디야?"

너는 물으며 녹차를 한 모금 마셨다. 눈을 마주하는 대신 사무실 중앙을 보고 있는 건 역시 어색하기 때문이겠지만 나는 기분이 좀 들떴다. 내가 가장 많은 시간을 보내는 곳. 집보다 익숙한 공간에 처음으로 너를 초대한 것 같아서.

"저기 아무 데나."

"아무 데나?"

너는 그제야 고개를 돌려 나를 올려다본다. 녹차를 핑계로 가까이 다가간 나는 여전히 네 곁에 서서 뭉그적대고 있다. 마음 같아선 그냥 바짝 붙어서 앉고 싶지만.

"우린 지정석이 없어. 층별로 그냥 삼 팀이랑 사 팀인데 자기 층에서 아무거나 빈 컴퓨터 쓰면 돼. 어차피 회사 내에선 공유 하드 쓰니까."

"자기 공간이 없는데 불편하지 않아? 내 컴퓨터 없으면 이상할 거 같은데."

"처음에는 좀 그런데 금방 적응되더라고. 자리만 바뀌어도 시야가 변하니까 기분도 좀 새로워지고. 환경이 너무 익숙하면 신경이 나태해지거든. 새로운 아이디어가 안 나와."

"대상을 낯설게 인식하도록 유도하는 거구나."

"그렇게 말하니까 되게 학술적이네."

"벽 없이 트인 것도 그래서야? 창의성 때문에?"

"것도 그렇고 팀원들 관계를 수평적으로 하려는 목적도 커. 저기 책상처럼. 상석이 따로 없게 한 거지."

공간은 사람들 사이 거리를 암시하고 관계를 정의한다. 딱딱한 공간에서 물렁한 발상이 어려운 이유는 관계가 경직돼 사람이 긴장하기 때문이다. 이 건물을 설계할 당시 우리가 가장 먼저 합의한 컨셉도 개방성이었다. 건축이 무의식에 미치는 영향은 사람들이 인식하는 것보다 훨씬 크다.

"소장도 소장실은 손님 맞을 때만 쓰고 평소엔 다른 직원들처럼 빈자리 아무 데나 앉아서 작업해. 여기 목적은 위계가 아니라 좋은 도면을 뽑는 거니까."

"선진적이네. 그런 건 실리콘밸리 같은 데나 해당되는 줄 알았는데."

"요샌 국내도 마찬가지야. 아이티 계열이나 스타트업들은 특히나."

"이 건물도 여기 건축사들이 설계한 거야?"

"어."

"너도 같이?"

어. 짧게 대답하자 네가 동그랗게 입술을 모았다. 멋지네. 고개를 끄덕이며 중얼대는 너. 덕분에 나는 내가 약간 자랑스러워진다.

"사무실 구경할래?"

너는 잠깐 망설이더니 쥐고 있던 종이컵을 내려 두고 일어섰다. 그 바람에 우리 사이 거리는 조금 더 가까워져 나는 너를 더욱 자세히 인식한다. 터틀넥 스웨터의 도톰한 질감. 귓불에 달라붙은 작은 귀걸이. 서늘한 향수 사이로 포근한 로션 냄새.

"이건 회의하려고 놓은 건데 실제 용도는 식탁이야. 야근할 때나 밤샘할 때. 저 냉장고 안에 소주도 있다."

네가 앉았던 테이블을 가리키며 그러자 너는 가볍게 웃었다. 건축주에게 사무소 안을 구경시켜 주는 것은 사실 우리에겐 흔한 루틴이다. 계약 후에는 건축주와 빨리 친해져야 능률이 오르기 때문에 설계자는 최대한 접촉을 많이 하려고 한다. 사무소로 오게 하거나 자택을 방문해 상담을 하고, 술을 좋아하면 술자리를 갖기도 하고. 주택 설계는 처음부터 끝까지 집주인을 위한 것이므로 인간적인 관계 구축은 건축물의 만족도와 직결된다.

"이거 다 실제로 지은 건물이야?"

"응. 우리 팀이 작업한 거."

벽면을 따라 진열된 모델들을 향해 네가 눈을 조금 크게 떴다. 각별히 신경

써 만든 삼십 개의 모형에 깊은 인상을 받는 방문객은 너뿐만이 아니다.

"이건 뭔데?"

"펜션 단지. 이쪽에 있는 것들이 독채 펜션이고 오른쪽에 좀 큰 건 카페랑 레스토랑. 정선에 있는 건데 유기농 전문이래."

"아, 펜션. 그럼 이건?"

"출판사 사옥. 파주."

"출판사야? 갤러리인 줄 알았어. 구겐하임 미술관 같아."

"내부는 도서관 같아. 일층부터 이층까지 벽면 하나 통째로 책장 짰거든. 여기 꼭대기에 천창 내고."

"아."

너는 역시 출판사 건물에 큰 관심을 보였다. 네 눈높이에 딱 맞게 진열된 모형을 향해 얼굴을 더 가까이 가져갔다. 장난감을 발견한 애처럼 세세히 들여다볼 동안 나는 마음 놓고 너를 바라본다. 옆얼굴의 부드러운 곡선. 느슨하게 묶은 머리카락 아래 드러난 왼쪽 귀. 살짝 벌어진 입술.

"집에, 서재 크게 만들까."

나직이 묻자 네가 이쪽으로 고개를 돌렸다. 우리 사이 간격은 이제 한 발짝도 채 되지 않았다. 덕분에 나는 오른팔의 신경이 우르르 일어서는 착각이 든다.

"서재 안에 욕실도 넣고. 소파도 누울 수 있을 만큼 크게 짜고. 원하면, 아예 침대를 둬도 되고."

천천히 단어들을 내뱉는 동안 나는 너로부터 눈을 떼지 않았다. 마주 보는 너의 얼굴은 조금 더 희어져서 나는 빠르게 기우는 태양을 인지했다. 일몰을 앞둔 세상이 푸르게 짙어지고, 모든 사물의 윤곽이 흐릿하게 번진 중에, 내 앞에는 오직, 나를 보는 너.

우리 사이 간격은 불과 한 발짝.

"원하면, 거기서 하루 종일 있을 수도 있게."

말하며 나는 생각한다. 이렇게 너와 계속 마주 보고 싶다고. 서늘한 향수와 포근한 향기를 좀 더 깊이 들이마시고 싶다고. 언제까지나 네 시선을 독차지하고 싶다고. 할 수 있다면 하루 종일, 밤새도록, 아침까지.

당장 오늘 밤이라도.

그 순간 너는 알아채기라도 한 것처럼 얼굴을 돌렸다. 불순한 생각을 들켰나 싶어 나는 반사적으로 상체를 약간 뒤로 물렸다. 너와 나의 그 모든 반응은 매우 찰나에, 지극히 짧은 순간에 섬광처럼 팍 튀었다 사라졌다.

"어, 서재. 그래, 그것도 괜찮겠네."

너는 제법 태연스럽게 대꾸했다. 그러나 네가 긴장하고 있단 것쯤 나도 안다. 뻣뻣해진 입매가 그렇고 슬쩍 흔들리는 시선이 그렇다. 실수한 건가. 나는 문득 긴장했다.

내가 살면서 획득한 교훈 중 하나는 여자를 조심히 대해야 한다는 것이다. 네 살 많은 누나보다 힘이 세지기 시작하면서부터 나는 남녀 사이의 완력이 태생적으로 불평등하다는 걸 알았다. 평균보다 체격이 큰 나 같은 사람은 본의 아니게 위협적인 존재가 될 수 있다는 것도. 이를테면 장난삼아 쥔 누나의 팔목에 푸르스름한 멍이 들게 할 수 있고, 아무 생각 없이 밤길을 걸어도 앞서가는 여자를 겁먹게 할 수 있다는 것. 남자든 여자든 사회적 동물이 되려면 타인에게 마땅히 더 민감해져야 한다. 그럴 의도가 아니었다는 건 많은 경우 그저 변명에 불과하다.

그래서 나는 재빨리 너의 기색을 살폈다. 혹여나 경솔하게 비쳤을까 걱정이 됐다. 내가 살면서 얻은 또 다른 교훈은 정말로 잘 보이고 싶은 상대 앞에 소심해질 수밖에 없다는 것이다. 어릴 땐 내 자존심이 최고인 줄 알았지만 이제는 안다. 몸을 숙여 마음을 얻을 수 있다면 그건 마진이 아주 높은 장사라는 걸.

너와 나 사이 한 발짝의 공간을 따라 침묵이 흘렀다. 텅 빈 사무실은 지나치게 조용하고 주변은 새벽처럼 어슴푸레하다. 널찍한 공간에서 밝은 광원이라고는 회의 탁자 위 전등이 전부였고, 너는 안전지대로 몸을 피하듯 그쪽으로 타닥타닥 걸어갔다. 그리고 아까 앉았던 의자 위에 다시 앉는 모습. 나는 자연스레 뒤따르며 마음을 놓는다.

"여기 괜찮지? 밖에서 얘기하는 것보다 사무소가 나을 거 같아서."

오늘 같은 날은 사람도 많고. 변명처럼 덧붙이면서 나는 선 채로 노트북을 만졌다. 긍정하는 네 대답과 함께 음원 사이트를 열어 적당한 플레이리스트를 재생시켰다. 카페 배경음악 같은 알앤비를 타고 멈춰 있던 공기가 다시 흐르기 시작했다. 반쯤 식어 버린 녹차를 한 모금 마시는 너.

"그, 질문지 있잖아."

나는 네 맞은편 의자를 빼내면서 어, 짧게 대꾸했다. 너는 종이컵을 만지작거리며 안쪽을 들여다보고 있다.

"써 보려고 했는데, 잘 안 되더라."

"괜찮아. 안 해도 돼."

대면 상담 하면 되니까. 나는 가볍게 덧붙였다. 상담할 시간이야 얼마든 만들 수 있다. 너만 나한테 시간을 내준다면.

"너 편한 대로 하면 돼. 뭐든."

말하며 저만큼 떨어진 노트북을 향해 팔을 뻗었다. 너는 대답 없이 짧게 고개를 끄덕이고, 나는 입꼬리를 조금 당겨 미소 비슷한 걸 만들어 본다.

한 손으로 가볍게 옮겨 온 노트북을 가슴 앞에 놓았다. 워드프로세서를 실행시켜 새 문서를 준비했다. 하얗게 깨끗한 화면 위에서 커서가 깜빡거렸다. 최민주. 나는 아무것도 적히지 않은 그 백지를 네 이름으로 저장했다.

준비를 마친 뒤 정면으로 시선을 들었다. 창을 등지고 앉은 너는 뚜렷한 전등 빛과 희미한 자연광 사이에 있다. 창을 가린 블라인드 날개 사이로 오렌지색 빛무리가 실처럼 비치고 있었다. 이제 곧 해가 완전히 지고, 오늘은 다시 어제가 될 것이다.

"시작할게."

노트북 너머 너를 향해 내가 말했다.

"꼭 취조당하는 거 같네."

너는 한숨과 웃음기를 섞어 중얼거리고,

"이름."

나는 수사관을 흉내 내 너를 피식 웃게 만든다.

"우선, 집에서 제일 중요한 공간이 어디라고 생각해?"

그렇게 우리의 첫 상담이 시작되었다.

—

살다 보면 가끔 그런 생각이 들 때가 있다. 내가 마치 게임 속 아바타 같다는 생각. 내가 겪게 될 여정과 장애물은 이미 정해져 있고, 컴퓨터 밖에서 나를 움직이는 플레이어가, 아니, 그보다 더 전능한 개발자가 내 쪽을 들여다보며 느긋이 웃고 있을지 모른다는 생각. 나는 종교가 없지만 가끔씩 그렇게 묘한 기분이 들 때가 있는데 그때의 심정을 말로 축약하면 이렇다.

왜, 하필이면, 지금.

이를테면 대학에 입학했을 때가 그랬다. 나는 입학한 해에 군복무 기간이 만 이 년으로 단축돼 군필자들의 시샘을 한 몸에 받은 학번이다. 입대 날짜만 잘 맞추면 전역 후 곧바로 복학할 수 있어서 선배들처럼 삼 년을 통째로 버리지 않아도 됐다. 그러나 남자들에게는 가히 천혜였던 그 행운이 내게는 해당되지 않았는데, 그건 나의 장래 희망이 하필이면 건축가였기 때문이다.

공교롭게도 같은 해 건축학과가 오년제로 바뀌면서 졸업까지 걸리는 최단 기간은 어쨌거나 다시 칠 년이 되어 버린 것이다. 참으로 절묘한 그 타이밍 속에서 나는 생각했다. 이건 틀림없이 누군가의 농간이 분명하다고.

너를 만났을 때도 그랬다. 꼭 무슨 법칙처럼 공교로운 모든 것이 한꺼번에 맞아떨어졌다. 나는 하필 제대 직후라서 여자 친구가 없었고, 너는 하필 유학을 앞두고 있는 여자였으며, 나는 또 하필 그런 여자한테 반해 버렸고. 한 쌍의 인간이 만나는 과정에는 무수한 변수와 아찔한 확률이 도사리고 있다는 점에서 더더욱, 나는 너에 대해 그런 생각을 할 수밖에 없었다.

왜 하필이면 지금.

그리고 그로부터 십여 개의 해를 지나 수천 개의 날들을 건너온 지금, 나는 다시 게임 속 아바타가 되어 생각한다.

왜, 하필이면, 지금.

"좀 폐쇄적인 구조가 좋을 것 같아. 사적인 공간이니까 집 안에서 편하게 있을 수 있게. 외형은 너무 눈에 띄지 않으면 좋겠다. 주변 집들이나 동네 풍경이랑 자연스럽게 어우러져야 나도 편할 것 같고."

네가 원하는 컨셉의 조건들은 내 머릿속에 있는 구상과 정확히 일치했다. 그건 너의 성격과 취향을 내가 잘 알고 있기 때문이기도 했고 너의 성격과 취향이 여전히 바뀌지 않았기 때문이기도 했다. 그래서 나는 별로 중요하지 않은 단어 몇 개를 노트북 화면에 입력하며 계속 생각한다.

게임 밖의 개발자는 내가 어떻게 움직이길 바라고 있을까. 이건 내게 장애물일까 선물일까. 왜 하필이면 지금일까. 십 년 만에 나타난 너는 내가 치르는 이 게임에서,

대체 어떤 의미를 갖나.

"숙제 하나 내 줄게."

말하며 노트북 화면을 접어 닫았다. 너는 흥미롭다는 표정으로 나를 보고 있었다. 그러고 보니 교수님, 숙제를 받아 보는 건 오랜만이겠네.

"집에 필요한 공간들 정리해서 리스트로 만들어 줘. 침실 몇 개, 서재 몇

개, 차고나 다이닝 룸, 와인 저장고나 영화 감상실 같은 거까지 원하는 거 전부다."

"원하는 걸 적는 거야 아님 필요한 걸 적는 거야?"

"둘 다. 순위도 구분해 주면 좋고."

"알았어."

"그리고,"

너는 옆에 둔 가방으로 손을 뻗다가 멈췄다. 한 시간 가까이 흘렀으니 이제 끝난 줄 아는 모양이다. 아닌데. 너 집에 가려면 아직 한참 멀었는데.

"집 이름을 지어야 돼."

"이름? 집에 이름을 붙여?"

되물으며 좀 어정쩡하게 웃는 얼굴.

"네가 직접 만들 집이잖아. 개나 고양이도 데려오면 이름부터 지어 주는데. 집 이름은 사무소에서 작업하는 동안 프로젝트명으로 쓰고, 건축주가 원하면 나중에 건물에다 라벨처럼 새기기도 해. 내 경험상 대부분 원하더라고. 일 년씩 신경 쓰다 보면 주인도 집에 대한 애착이 커지니까."

"흠."

가만히 듣던 네가 잠깐 생각하더니 고개를 끄덕였다.

"근데 이름을 뭐라고 지어?"

"그야 건축주 마음이지. 내가 생각해 둔 거 하나 있긴 한데."

"뭔데?"

나를 보며 너는 오른쪽 눈썹을 살짝 들어 올렸다. 흥미로워한다는 뜻이라는 걸 나는 안다.

"이데아."

언젠가 네게 고백한 적이 있었다.

이데아.

사물의 본질. 세계의 원형. 영원히 변치 않는 완전한 무언가.

'나도 그런 건물을 만들고 싶거든.'

실은 네가 처음이었다. 내 진짜 꿈을 공유한 대상은. 너는 아마 까맣게 모르겠지만.

'나중에 너 건축가 되면, 이 집 리모델링 너한테 맡기면 되겠다.'

그리고 이런 식으로 돌아와 이루어질 줄, 그때 나는 감히 상상도 하지 못했다.

"……이데아."

너는 되새기듯 천천히 그 단어를 발음했다. 수락을 기다리며 우습게도 나는 조금 긴장한다. 노트북이 꺼지고 음악이 사라지자 사무실은 더욱 고요했다. 네 어깨 위로 비치던 오렌지빛 광선은 이미 감쪽같이 사위었고, 블라인드로 가려진 바깥의 세상은 이제 완전한 어둠에 잠겨 있을 것이다.

전등의 빛 아래 있는 너는 내 눈에 몹시 하얗게 빛난다. 아주 짙은 색의 스웨터를 입고 있는데도.

"그래. 그걸로 하자."

"천천히 생각해도 돼."

"아냐, 그걸로 해. 좋아."

네가 고개를 끄덕이며 가볍게 웃어 보였다. 나는 가슴이 뿌듯해졌다.

"오케이. 그럼 이름은 그걸로 하고. 나가자."

여전히 웃음기를 묻힌 채 너는 묻는 눈으로 나를 보았다. 밥 먹으러 가야지. 나는 당연한 듯 단정하면서 손목시계를 들여다본다. 네 얼굴을 스치는 약간의 공백.

"예약해 뒀어. 일곱 시에."

나는 네게 말할 기회를 주는 대신 한발 먼저 자리에서 일어섰다.

—

빡세기로 명성이 자자한 건축학과에 다니면서, 심지어 남들보다 일 년 더 길었던 대학 생활을 하면서 내가 익힌 덕목은 한두 가지가 아니지만, 그중 가장 강력한 하나를 꼽으라면 단연 지구력이다.

우리 학교 캠퍼스는 타원형이라 정문부터 북문까지의 거리가 가장 길었다. 그런데 강의실이 있는 공대 건물과 우리 과만 쓰는 설계실을 선분으로 이으면 그것과 얼추 비슷한 거리가 나왔다. 빨리 걸어도 이십 분 가까이 걸리는 데다가 평지도 아닌 비탈길이어서 설계실에 도착하면 허벅지 근육이 다 팽팽해졌다. 그에 더해 작업 중인 모형이나 재료 같은 거라도 들고 있으면 양팔의 이두근까지 쫀쫀해졌다. 내가 학부 내내 집에 안 가고 설계실에서 숙식을 해결한 데에는 다 그런 서글픈 사연이 있던 것이다.

그때나 지금이나 건축학도들은 쪽잠과 밤샘이 일상이다. 철인삼종 수준의 학부 생활을 마치고 고대하던 건축사가 돼도 패턴은 그대로, 야근과 철야로 이름만 바뀐다. 등록금 내 가며 그리던 도면 또한 설계비를 받아야 하는 입장이 되면 완전히 다른 대상이 되어 버린다.

실전에서 도면을 그리려면 돈 줄 사람부터 찾아야 한다. 수주를 못 따면 선분 하나 그을 의미가 없다. 까다로운 건축주는 늘 예산이 빠듯하고, 시공사는 설계자가 애송이에다 현장을 모른다고 투덜거리며, 담당 공무원은 매사에 비협조적이다. 건물 하나를 짓기 위해 내가 넘어야 할 허들은 계약부터 완공까지 아주 넓게 포진돼 있다.

그러나 삶이란 원체 그런 게 아닐까. 생존을 위해 분투하는 나날들. 웬만큼 성실하고 평범한 인간이라면 누구에게나.

내가 건축사 면허를 갓 땄을 때만 해도 우리 사무소는 언제든 도산할 위험을 안고 있었다. 모든 사업이 다 그렇듯 건축도 단 한 번의 실수가 얼마든 실패로 이어지곤 한다. 그 틈에서 꾸역꾸역 살아남은 비결은 역시 학부 시절의 철인삼종. 허벅지와 팔의 근육을 강제로 단련했던 그 시절의 경험이 큰 부분을 차지한다.

그러니까 십 년 이상 지구력을 연마한 내게, 이 정도의 참을성은 감히 인내 축에도 끼지 못해야 하는 것이다.

그래야 하는데.

"생각보다 안 밀리네."

조수석에 앉은 네가 정면을 향해 말했다. 나지막이 틀어 놓은 라디오에서 아이돌 가수의 발랄한 캐럴이 흘러나오고 있다. 강변북로 사정은 네 말처럼 나쁘지 않았다. 자동차들이 딱정벌레떼처럼 열을 지었지만 그런대로 '달린다'고 할 만한 수준이었다.

"그러게. 좀 일찍 도착하겠다."

대답하면서도 내 신경은 온통 오른쪽으로 쏠려 있다. 어딘가 간지러운 것 같기도 하고 조이는 것 같기도 하다. 나는 어지간한 일엔 잘 동요하지 않는 성격인데 지금은 꼭 봄봉 안에 개구리가 든 기분이라 운전히는 동안에도 자꾸만 네 쪽을 힐끔거렸다. 맙소사, 내가 조수석에 최민주를 태웠다니.

"오늘 같은 날은 훨씬 더 막힐 줄 알았는데."

너는 중얼대며 오른쪽 차창 밖으로 고개를 돌렸다. 강 건너편 올림픽대로에도 차들이 빼곡했다. 멀찌감치 구슬처럼 반짝이는 빛무리들. 빨갛고 노랗고 하얀 빛들의 집합. 한강을 사이에 둔 서울의 야경은 막막해서 더 아름답다.

"작년엔 일했어?"

"작년?"

"크리스마스. 작년 크리스마스 날에 근무했냐고."

오랜만에 쉬는 거라며. 상기시키는 네 말을 들으면서 나는 기억을 더듬었다. 작년 크리스마스에 뭐 했더라. 아, 사무실에서 야근하고 케이크 먹었지. 아래층 카페 알바생이 가져다준 초콜릿케이크. 너무 달아서 딱 한 입 먹고 포기했던 기억이 난다.

"어, 일했어. 작년에."

"빨간 날은 쉰다며."

"바쁠 땐 마감해야지. 뭐 쉬어 봤자 할 일도 없고."

"할 일이 왜 없어. 여자 안 만나?"

나도 모르게 고개를 돌렸다. 너는 여전히 오른쪽 창 너머를 바라보고 있다. 주행 중인 나는 다시 전방을 주시하며 소리 없이 웃었다. 여자 안 만나냐고? 과감한데, 최민주.

"여자, 없어서 못 만났지."

"아직 결혼한 적도 없지?"

"……아쉽게도."

"바빠도 할 건 해야지. 우리 봐, 시간 금방이잖아."

두 번의 만남 이후로 우리 사이 어색함은 이제 거의 사라졌다. 그러나 선을 그으려는 너의 노력은 덕분에 점점 더 노골적이 되고 있었다. 나는 이것이 너와의 마지막 대결이라는 걸 안다. 그러니까, 유도로 치면 굳히기 타이밍.

"뭐 하고 살았냐, 오늘 같은 날 같이 보낼 여자 하나 안 만들고."

사람들을 대하다 보면 기선 잡아야 할 때를 알게 된다. 흐릿하게 굴어서는 절대로 내가 원하는 판을 짤 수 없다는 것도. 경험은 곧 여유와 요령이 돼 쌓이므로, 나는 서른여섯이란 나이가 새삼 다행스럽게 느껴졌다.

이십 대였더라면 나는 너의 진짜 속내를 보지 못했을 것이다.

"넌 지금 내가 뭐 하는 거 같은데."

때맞춰 정차하는 앞차를 따라 천천히 속도를 줄였다. 완전히 정지한 차 안에는 이제 라디오 광고가 나오기 시작했다. 드디어 정체가 시작될 모양이라 나는 기어를 중립으로 옮겼다. 그리고 네 쪽으로 고개를 돌렸다.

"최민주."

대답 없이 창밖만 보던 너는 별수 없이 나를 본다. 그 순간 나는 운전석과 조수석의 간격이 더 좁으면 좋겠다고 생각했다가, 아니, 그냥 이대로 두는 게 낫겠다고 생각을 바꿨다. 지금도 네가 너무 가까이 앉아 있어서 온몸의 신경이 비상인데.

"프랑스 음식 좋아해?"

"……."

"아주 정통은 아닌 거 같고, 주인은 뉴욕 스타일 프렌치라 그러더라."

뉴욕 스타일 프렌치. 네가 힘없이 코로 웃는다. 그 호흡 속에 아주 미세한 떨림.

"여자들 그런 거 좋아하잖아."

여전히 좀처럼 대꾸하지 못하는 너.

"오늘 같은 날은 그런 데 가 줘야 될 거 같아서. 여자랑."

멈춰 섰던 차들이 움직이기 시작했다. 정체는 생각보다 쉽게 풀렸고 나는 목적지를 향해 조금씩 속력을 낸다. 수면에 비친 조명들 사이로 푸른 빛을 켠 영동대교가 보였다. 정직하게 쭉 뻗은 파란색 광선. 우리는 이제 저 다리를 건너 강 저편으로 넘어갈 것이다.

그러는 동안에도 나는 끊임없이 내 지구력을 의심했다. 호수쯤은 족히 될 줄 알았던 깊이가 욕조보다 얕게 느껴져 당혹스러웠다. 내 오른쪽에 있는 너. 말없이 침묵한 채 앉아 있는 너. 틀림없이 나보다 더 긴장하고 있을 너.

수면 위에서 물새 한 마리가 푸드덕거린다.

조급할 이유가 전혀 없는데도, 나는 자꾸만 인내심이 옅어진다.

—

레스토랑 내부는 빈자리가 보이지 않았다. 커플들로 가득한 테이블 사이를 정장을 한 서버들이 날렵하게 오갔다. 나는 원체 '뉴욕 스타일'이나 '프렌치' 같은 단어들과는 거리가 먼 취향이다. 그런데도 오늘 같은 날 이런 우아한 식당에 예약을 해낸 비결은 특별한 게 아니고, 그냥 인맥을 동원해 약간의 편의를 본 덕이었다.

"유 실장님 드디어 오셨네. 대체 얼마 만이에요, 이게."

직원에게 미리 얘기를 해 뒀던 건지 테이블에 앉자마자 주인이 찾아왔다. 오십 대의 여자는 키가 훤칠한데 높은 하이힐까지 신고 있어 거의 나랑 시선이 대등했다. 안녕하셨죠, 사장님. 나는 자리에서 일어나 악수를 청한 주인의 손을 가볍게 맞잡았다.

"실장님 여름에 뵌 게 마지막이었죠?"

"예, 이제 반년 다 돼 갑니다. 오프닝 파티 때 뵙고 처음이니까요."

"맞아, 벌써 그렇게 됐어. 너무하신다 진짜. 한번 오시라고 조른 게 언젠데."

이 레스토랑이 위치한 팔 층짜리 건물은 지난해 우리 사무소에서 설계했다. 레스토랑 주인의 남편이 건물주인데 이십 년 차 부부가 시도 때도 없이 애정을 과시해 팀원들 사이에 유명했었다. 주인은 패션모델 출신이고 소장에 따르면 남편이 모 재벌가의 방계란다.

"오늘 오셨던 거 우리 남편이 알면 아쉬워할 거예요. 갑자기 출장 잡혀서 지금 미국 가 있거든요."

"연말인데 바쁘시네요."

"실장님이야말로 왜 이렇게 모시기가 어려워요? 사무소 잘 나가나 봐요."

"예, 뭐, 덕분에요."

이 주인의 소개로 갤러리 한 건을 계약해 지금 설계 마무리 중이다. 건축주가 최상의 예술성을 원했고 시공 예산도 여유로워서 소장은 어느 때보다 작가 정신을 듬뿍 발휘했다. 우리도 이제 건축상 큰 거 하나 탈 때가 됐다면서.

"방배동 도면 거의 끝나 간다면서요? 디자인 멋지게 나왔다던데."

135

"완공 때까지 봐야죠. 시공도 중요하니까요."

"겸손하시긴. 시공이야 설계도 따라서 짓는 건데 보나 마나죠."

그건 매우 틀린 말이지만 나는 정정하지 않았다. 같은 도면이라도 시공에 따라 완성도가 달라진다거나, 건물에 하자가 없으려면 기술력이 필수라거나, 시공자들이 도면 따라 벽돌만 쌓는 게 아니라거나 하는 이야기는 당연히 하지 않는다. 그런 얘기 할 상대도 아니고 시기는 더더욱 아니고.

주인은 앉아 있는 너를 향해 고개를 돌리더니 안녕하세요, 친절하게 목례를 했다. 그러고는 다시 내 쪽을 보면서 묘하게 웃는 얼굴.

"알겠다. 그동안 모시고 올 분이 없어서 안 오신 거구나."

갑자기 연락해서 웬일인가 했더니만. 나를 향해 사선으로 쏘는 주인의 눈빛이 딱 그렇게 말하고 있다. 인정하지 않을 수 없어서 나는 그냥 웃고 말았다. 예, 딱히 도움 청할 만한 데가 여기밖에 없어서요. 무언의 대화는 빠르게 오고 간다.

"나 좀 봐, 손님을 계속 세워 두고 있네. 앉으세요, 실장님. 오늘 와인 괜찮은 거 있는데 한 병 드릴까요?"

"아뇨, 괜찮습니다. 운전해야 돼서요."

"하여튼 에프엠이셔. 그럼 저 이제 안 올 테니까 편안하게 드시고 가세요. 필요한 거 있으시면 직원한테 말씀하시고요."

"감사합니다."

너와 다시 눈인사를 나눈 주인이 또각또각 퇴장한 뒤 나는 비로소 너와 마주 앉았다. 네 얼굴은 역시 조금 어색하고, 또 약간은 상기돼 있는 것 같다.

"여기 주인이야?"

"어, 건물주 아내분."

"이 건물?"

"응. 여기 우리 사무소에서 설계 맡았거든."

"아."

"예전부터 계속 밥 한번 먹으러 오라고 했는데, 내가 누구랑 이런 데 올 일이 있어야지."

너는 대꾸 없이 서버가 가져다준 메뉴만 들여다봤다. 나는 너의 동그스름한 이마와 내리깐 눈꺼풀을 바라보았다. 지금 무슨 생각 하는지 알고 있다. 내가 보내는 신호에 동조할 수도 반박할 수도 없어 진퇴양난이겠지. 동조하기에 너는 아직 몸을 사리고, 반박하자니 핵심을 다루기가 겁나고. 그러니 지금은 모른 척 시간을 끄는 게 네게 유리하다는 것도 나는 알고 있다.

남녀 사이를 비롯해 모든 종류의 관계는 한번 틀이 잡히면 바꾸기가 쉽지 않다. 그래서 상대에게 어떤 사람이 될 것인가는 일찌감치 확실히 각인시켜야 한다. 그러지 않으면 상대에게 끌려다니게 되고, 불필요한 길을 빙빙 돌게 되거나, 아예 관계가 돌이킬 수 없도록 틀어져 버릴 수도 있으니까.

'실장님, 썸녀가 이러는 건 대체 무슨 뜻이에요? 이거 지금 나랑 밀당하는 거 맞죠?'

그러니까 이건 우리 팀 프로썸러 윤 대리의 최대 고민, 설계보다 어렵다고 늘 투덜대는 그것, 남녀 사이에 매우 흔한 바로 그거다. 거기까지 생각하자 나는 그만 웃음이 났다. 이 나이에 밀당을 하게 될 줄이야. 그것도 최민주랑.

'대리님, 이거 딱 봐도 밀당인데요? 근데 썸남이 너무 들이대도 여자들은 부담스러워요. 삼 대 일의 법칙 아시죠? 세 번 당겼으면 한 번은 밀어야 되는 거요.'

나는 그래서 이 식당이 건물 일층과 이층 면적의 삼 분의 일을 차지한다는 것, 옥상에 장미정원이 조성돼 있다는 것, 건축물 에너지 효율이 높아 최고 등급을 받았고, 단독주택도 인증 기준을 맞추면 세제 혜택을 받을 수 있다는 등의 이야기로 화제를 돌렸다. 그때 얻어들은 막내 디자이너의 조언을 염두에 뒀기 때문은 절대 아니라고 자기암시 하면서.

"이런 건물도 설계 전에 이름 지어?"

그리고 과연 너는 다시 좀 편안해진 것 같았다.

"짓지."

"여긴 뭐였는데?"

"로즈가든."

로즈가든. 네가 따라 하더니 작게 픞 웃는다. 그래서 나도 따라 웃었다. 확실히 좀 간지러운 이름이긴 하지. 뉴욕 스타일 프렌치처럼.

"이름 새긴 동판도 붙어 있어. 정문 옆에."

"상업용 건물 이름치곤 굉장히 낭만적이네."

"저분 취향이 워낙에 로맨틱해서."

"그렇게 안 보이던데. 이 레스토랑 분위기도 그렇고. 낭만보다는 도회적인 느낌이잖아."

"진짜 자기 모습과 보여지길 원하는 모습이 다를 때도 있으니까."

너는 가만히 생각하더니 수긍하듯 고개를 끄덕였다.

"주문할까?"

내가 말하기 무섭게 서버가 다가왔다. 그리고 세련된 동작으로 와인병 하나를 내민다. 고개를 들어 눈을 맞추자 친절하게 웃는 남자.

"무알콜 와인입니다. 사장님이 보내셨어요."

말하며 그가 내게 작은 쪽지 한 장을 내밀었다. 옅은 노란색 메모지에 동글동글한 검정 펜글씨. 메리 크리스마스. 동그랗게 웃는 얼굴을 그려 넣은 메시지에 나는 그저 웃고 말았다. 역시 로맨틱한 로즈가든.

"고맙습니다."

코르크를 따서 우리에게 한 잔씩 따라 준 서버는 주문을 받아 물러갔다. 글라스에 고인 무알콜 와인은 색깔도 향기도 보통 와인과 차이가 없어 보인다. 맛 또한 변함없이 그대로일까. 나는 매혹적인 와인의 붉은빛을 바라보며 마른

침을 삼켰다.

"메리 크리스마스."

글라스를 들어 네게 인사를 건넸다. 두 개의 유리잔이 종처럼 부딪히고, 붉은색 와인이 찰랑 흔들리고, 내 앞에 앉은 네가 조용히 웃는다.

"메리 크리스마스."

그리고 아무것도 아닌 네 인사에, 나는 촛농처럼 녹아서 흘러내린다.

9.

최민주

내게 결정은 늘, 어렵다.

철학적으로 사유할 때 가장 먼저 하는 일은 대상에 객관성을 부여하는 것이다. 감정을 배제하고 이성에만 의지해 핵심을 찾는다. 무성한 나무에서 잎들을 떼어 내듯이, 생선을 갈라 뼈를 발라내듯이, 복잡한 상황을 해체해 단순화시켜야 논리적인 구조를 만들 수 있다. 이론은 대개 이런 식으로 형성되기 시작한다.

그러나 결정은 다르다. 이론처럼 순수한 이성만으로 접근할 수 없다. 현실적인 결과가 뒤따른다는 점에서 실전은 이론과 그 영역 자체가 다르기 때문이다.

실전은 감정의 지배를 받는다.

내가 원하는 대상을 아는 것. 원하는 대상을 포기하는 것. 위험을 감수하고 용기를 내는 것. 결정을 내리기 위해서는 내게 더 중요한 것을 고를 줄 알아야 하고, 그러려면 감정의 개입이 필수적이다. 사람들은 대개 결정을 이성의 몫으로 오해하지만 순수한 이성은 절대로 결정을 내릴 수 없다. 이성의 눈으로 봤을 때는 모든 선택지의 무게가 동등하기 때문에.

그러므로 변명해 보자면, 네 앞에서 내가 이토록 바보같이 구는 것은 네가 박사학위나 교수 직함 따위완 전혀 관계가 없는, 완전히 다른 영역에 속한 존재이기 때문이다.

"감사합니다. 안녕히 가세요."

건물에 딸린 주차장은 만차였다. 너는 발레파킹 직원에게 막 키를 넘겨받았다. 사차선 도로를 둘러싼 주변 건물들이 하나같이 휘황한 조명을 내뿜고 있었다. 조경수를 휘감은 새하얀 전구들. 선명한 색감의 간판들. 유리창 너머 로비를 장식한 크리스마스트리.

"타. 춥다."

운전석 문을 열고 선 네가 차체 너머로 말했다. 나를 보는 너의 얼굴은 조명 탓으로 창백했다. 그래서 더 뚜렷해진 얼굴의 음영을 나는 마주 바라보았다. 선명한 눈매. 반코트 깃 사이로 뻗은 목과 도드라진 목울대. 벌어진 입술 사이로 하얗게 번지는 숨.

그 순간 나는 마치 환영처럼 과거의 너를 겹쳐 본다. 부드럽게 다가와 입 맞추는 너. 숨 막히도록 강하게 밀어닥치는 체온. 살갗 위에서 부서지는 뜨거운 호흡. 내 머리칼을 쓰다듬는 커다란 손.

그리고 거기까지 떠올려 버린 나는 다시,

"아냐, 택시 타고 가면 돼."

여지없이 바보짓을 하고 말았다.

너는 계속해서 물끄러미 나를 바라본다. 웃지도 찡그리지도 않은 눈매가 약간 가늘어졌고, 그에 나는 그만 얼굴이 확 달아올랐다. 너는 말없이 보닛을 돌아오더니 조수석 문을 열었다. 문 끝을 잡은 채 돌아보는 얼굴. 턱짓으로 차 안을 가리키는 너는 살짝 웃는 것 같기도 하고 전혀 아닌 것 같기도 했다.

"타."

가차 없이 묵살당한 나는 아주 잠깐 머뭇댔으나 결국 순순히 네 차에 올라타고 말았다. 문을 탁 닫은 네가 다시 보닛 앞을 지나 운전석에 앉을 동안 나는 난처하게 입술만 씹고 있었다. 내숭처럼 보였을까 봐 신경이 괴롭고, 이게 내숭이 아니면 또 뭔가 싶어 저절로 눈이 질끈 감겼다. 아, 딱 일 분만 시간을 되돌렸으면.

이어 운전석 문마저 닫히고 나자 나는 다시 너와 비좁은 차 안에 갇혔다.

"집 사직동이랬지."

히터의 온도부터 끝까지 올린 뒤 네가 아무렇지 않게 물었다. 내비게이션을 조작하는 태연한 손길과 말투가 나는 고마웠다. 내가 지금 더없이 한심하게 구는 이유를, 머릿속이 헝클어져 엉망이 된 까닭을 너는 훤하게 알고 있을 텐데도.

"아니. 합정."

"합정?"

디스플레이의 시옷 자판을 누르려던 네가 내 쪽으로 얼굴을 돌렸다. 짙은 눈썹 위로 이맛살이 밀려 서너 개의 주름이 잡혔다. 집중해 되묻는 표정. 네가 때때로 짓던 이 표정을 나는 너 몰래 많이 좋아했었다. 너의 주의가 나한테 몰리는 게 좋아서. 마치 기계처럼 잘 정렬된 네 머릿속의 톱니바퀴들이, 일제히 딱 움직임을 멈추고 오직 내 대답만 기다리는 것 같아서.

"이사했어."

"언제."

"……어제."

너는 아무래도 의외라는 듯 내 얼굴을 보다가 다시 내비게이션으로 시선을 돌려 자음열의 맨 마지막 자판을 누른다. 주소 줘. 너의 말에 나는 순순히 오피스텔 이름을 알려 주고, 너는 정확한 주소를 찾아 목적지로 설정한 뒤 안전벨트를 끌어당겼다.

"나 양평 사는데."

네 말에 나는 아, 어색하고도 멍청한 탄성으로 대꾸했다.

오피스텔을 구했을 때 부동산 중개인이 강조한 장점 중 하나가 바로 한강 조망권이었다. 고층 빌딩들로 대부분 가로막히긴 했어도 내 원룸에서는 한강이 살짝 보였고, 해가 지면 강 너머 건물들이 조명을 밝혀 제법 볼만한 풍경을 만들었다. 강물을 건너 다시 육지가 시작되는 곳. 거기가 양평동이라는 것을 나는 알고 있다.

유진욱이 거기 사는구나.

"합정이면 십 분도 안 걸리겠는데. 다리 건너서 바로잖아."

그렇게나 가까이 와 버렸구나.

"거기 조깅하기 좋아. 나 아침마다 양화대교 왕복하는데 십오 분 정도 걸리거든. 선유도로 들어가면 산책 코스도 잘 돼 있고."

이제 나는 매일 아침, 거실 창을 가린 커튼을 젖힐 때마다, 창밖에 비친 한 조각 강물을 볼 때마다, 그 위에 가로놓인 다리를 지날 때마다 빠짐없이 너를 생각하게 되겠구나.

"어제 이사했으면 정신없겠네."

"어, 뭐, 슬슬 정리해야지."

"도와줄까."

나는 이번에도 대답 대신 그저 한숨처럼 흐리게 웃고 말았다.

결정을 방해하는 것은 언제나 대립이다. 욕망의 대립. 손을 뻗어 움켜쥐고픈 마음과 이미 쥔 것을 놓치지 않으려는 마음의 대결.

그러니까 이것은 결국, 또다시 욕망과 욕망의 대결인 것이다. 나는 십 년 만에 똑같은 링에 다시 오르게 되었지만 그때보다 승산은 훨씬 더 낮아졌다. 나의 담력은 한결 작아진 반면 상대의 위력은 비교할 수 없도록 강해졌기 때문에.

'엄마 딸 이혼한 지 한 달 됐어.'

오늘 너와 함께 레스토랑에 들어선 순간 내가 가장 먼저 한 일은 실내에 가득한 얼굴들을 재빨리 훑어본 것이었다. 혹시나 아는 사람이 있을까 가슴이 다 쿵쾅거렸다. 나는 학회에서 마주쳤던 동료 학자나 내 수업을 들었던 학생에게 너를 들킬 것이 불안했다. 아주 사소한 구설수, 좁쌀만 한 흠결조차 피하고 싶은 것은 아주 명징한 욕망이며 나는 그것을 부정할 수 없다. 또한 그것이 지난 십 년 새 내게 벌어진 가장 커다란 변화라는 것도.

'하긴. 남들 눈이 무섭긴 하지.'

지금의 나는 스물넷의 최민주가 아니다. 네게 매혹당하고 너를 매혹시켰을, 세상의 관습과 시선 따위 아랑곳 않던, 갈 데까지 가 보자고 무모하게 달려들던 씩씩한 이십 대가 아니다. 이제 나는 가진 것을 잃을 것이 두려워졌다. 새로운 것을 욕심내기보다 소유한 것을 지키고 싶은 나이가 됐다. 너는 여전히 피터 팬처럼 눈을 빛내고 있지만, 나는 어느새 손사래 치는 어른이 되어 버렸다.

네거리의 신호등에 빨간 불이 들어왔다. 정지신호에 맞춰 너는 차를 세운다. 늦은 시각 부촌의 거리는 행인이 거의 보이지 않았다. 환하게 빈 점포들은 온통 크리스마스 장식.

"유진욱."

네가 내 쪽으로 고개를 돌리는 게 느껴졌다. 보지 않아도 나는 느낄 수 있다. 너의 시선이 왼쪽 뺨에 닿는 순간 손끝이 떨리기 시작했다. 네가 튼 히터가 가장 더운 공기를 가장 세차게 뿜어내고 있는데도.

"미안한데 우리, ……이건 좀 아닌 것 같다."

나는 정면을 향해 시선을 고정했다. 너를 마주 보는 대신 도로 위 횡단보도 표시선만 쳐다봤다. 네가 나를 바라보고 있다는 걸 뻔히 알면서도. 아무 말도 하지 않는 네가 어떤 표정을 짓고 있는지 또한 알고 있다. 보지 않아도, 나는 느낄 수 있다.

빵. 뒷차가 짤막하게 경적을 울렸다. 그제야 나는 녹색으로 바뀐 신호를 확인한다. 우리를 태운 차는 반 박자쯤 뒤늦게 나아가기 시작했다. 너는 여전히 아무런 말도 하지 않는다.

—

몇 번을 돌이켜도 나는 부정할 수 없을 것이다. 그 시절의 내가 무척이나 비겁했다는 걸. 모르는 척 눈을 감으면 모면할 수 있을 줄 알았다. 천적이 나타나면 모래에 머리를 박고 안심하는 동물이 타조였던가. 그게 사실이라면 그때 나는 타조보다 하등 나을 게 없는 수준이었다.

'나 목요일에 나가.'

내가 출국한 것은 이월이었다. 새해의 축복은 완전히 가시고 봄빛은 아직도 멀기만 한 계절. 광야 같은 이월. 우리는 갓 스물여섯이었다.

나는 희망하던 대학의 교수에게 박사과정 지도를 승낙받은 상태였다. 입학을 허락받았을 뿐인데 아빠는 딸이 박사 다 된 것처럼 흥분했고, 출국으로 인해 석사학위 수여식에 불참하게 된 것마저 자랑스럽게 여기고 있었다. 독일행 편도 항공권과 장기비자 수속이 일사천리로 이뤄졌다. 그때까지도 나는 네게 아무런 내색도 하지 않았다.

너는 나보다 생일이 반년쯤 이르다. 그러나 한국에서 나이는 평등하고도 집단적으로 먹는 거라서 너 또한 공평하게 갓 스물여섯이었다. 너는 아직 학부생이었고, 여전히 성실하게 나와의 거리를 유지했고, 늘 그렇듯 방학도 없이 설계실에서 대부분의 시간을 보내고 있었다. 어제도 밤샜어, 공모전 코앞이라서. 까슬하게 잠긴 네 목소리를 수화기 이편에서 들었을 때 나는 나도 모르게 두 눈을 꽉 내리감았다.

'나 목요일에 나가.'

145

내가 생각해도 그건 너무나 느닷없는 통보였다. 그걸 알고 있었기 때문에 내 심장은 미친 듯 뛰고 있었다. 이래서는 안 된다는 마음과 이러지 않으면 또 어 쩌냐는 마음이 동량으로 가슴을 두드려 댔다. 그리고 한참 동안 이어진 너의 침묵. 그 두려운 고요에 한쪽 귀를 바짝 갖다 댄 채로 나는 너 모르게 한없이 떨고 있었다.

'그게 다야?'

너는 한참 만에 되물었다. 뭔가에 짓눌린 듯한 소리. 혹은 뭔가를 힘껏 누르 고 있는 듯한 목소리. 그때껏 한 번도 들어 본 적 없는 음성에 나는 더럭 겁이 났던 것 같다. 더불어 심장이 터질 것 같았다. 최악의 방식으로 비수를 꽂은 쪽 은 나였는데도.

너는 다시 물었다.

'더 할 말 없어?'

'……무슨 말.'

하. 싸늘하게 웃는 소리. 네가 어떤 표정을 짓고 있을지 나는 감히 상상해 낼 수 없었다.

'야, 최민주.'

그리고 너의 목소리는 조금 더 거칠어졌다. 어절 사이의 간격이 길어졌다. 그 사이로 한숨이 거세어졌다. 숨죽인 몇 번의 돌풍이, 수화기를 타고 이쪽으로 전해졌다.

'너는…… 진짜 아무렇지도 않아?'

나는 입술을 구겨 물었다.

'너 진짜로…… 나한테 할 말 없냐고.'

내 방 침대에 걸터앉은 채 고개를 떨구었다. 할 말 없냐고. 기어이 그런 걸 묻고야 마는 네가 나는 뻔뻔하게도 원망스러웠다. 너한테 내가 무슨 말을 할 수 있는데. 너는 나한테 또 무슨 말이 듣고 싶은 건데. 해가 두 번이나 바뀌도록 하지 못했던 말을 이제 와서 한들 뭐가 달라지는데.

'유진욱.'

그냥 이렇게 끝내면 되는 거잖아. 쿨하게든 쿨한 척이게든 그냥 아무렇지 않아 보이면 되는 거잖아. 너도 나도 이럴 줄 알고 있었잖아.

'잘 지내.'

나는 최대한 짧게 말하며 고개를 들었다. 너를 보듯 창밖의 하늘을 올려다보았다. 잔뜩 흐린 하늘은 잿빛이었다. 눈도 한바탕 쏟아 내지 못하면서. 빗방울 하나 뿌리지 못하는 주제에.

'⋯⋯고마웠어.'

그 순간 툭, 전화가 끊어졌다.

심장이 쿵 멈추면서 머릿속이 하얗게 타들어 갔다.

네가 사라진 전화기를 붙든 채로 나는 한참을 멍하니 앉아 있었다.

전화기는 끝끝내 다시 울리지 않았다.

그리고 나는 끝까지 울지 않았나.

—

좁은 차 안의 공기가 모래 더미 같다. 뜨겁고 건조해서 숨이 막힌다. 그러나 손가락은 차게 굳어 뻣뻣해지고 숨을 들이쉴 때마다 가슴이 얼어붙었다. 나는 감각의 질서를 완전히 잃어버렸다.

자동차 안이 이렇게 좁다는 걸 예전엔 왜 몰랐을까. 밀폐된 공간에 너와 나란히 앉은 나는 처음부터 지금까지 줄곧 긴장하고 있다. 마치 눈에 보이지 않는 파장이, 네 주위를 흐르는 자기장 같은 것이 내 왼쪽 팔과 허벅지에 닿는 것 같아서.

더불어 나는 방금의 발언을 후회했다. 우리 이건 좀 아닌 것 같다. 어쩌자고 그런 말을 지금 했을까. 겁쟁이답게 박차고 달아날 수도 없는 처지에. 내릴 수도 없고 꼼짝없이 네 옆 조수석에 묶여 있는 주제에. 거침없이 달리는 너의 자동차 안, 뻥 뚫린 야간 도로 한복판에서.

"뭐가 아닌데."

침착한 목소리로 네가 되물었다. 정면을 주시하며 운전대를 잡은 채로. 아까보다 주행속도가 눈에 띄게 빨라졌다.

"알잖아, 무슨 뜻인지."

"모르겠는데."

"……."

"정확하게 말해 봐. 뭐가 아닌데."

당황한 내 눈앞으로 한강이 나타났다. 주황색 가로등 불이 수면 위에 촛불처럼 번져 있다. 영동대교 진입로에 접근하면서 너는 속도를 조금 줄였다. 그리고 그때껏 대답하지 못하는 내게,

"여전하네."

코웃음을 섞어 그렇게 말해 준다. 그 비소가 무척이나 싸늘하게 들려서 나는 마치 뺨을 슥 베인 것 같았다. 생략된 후반부가 귀를 찔렀다. 여전하네. 비겁한 건.

"겁나?"

너는 노골적인 질문을 아무렇지 않게 던지더니,

"난 겁나."

또다시 내 가슴을 쿵 내려앉게 만들었다.

"등신 같은 짓 또 할까 봐. 나는 딱 그거만 겁나."

교량 진입로에 오른 차가 완만한 커브를 돈다. 도로를 따라 일정하게 늘어선 가로등. 검은 강물 위에 반짝이는 인공의 윤슬. 그림처럼 차분한 그 풍경과 달리 내 심장은 가쁘게 내달리고 있었다.

"이제 말해 봐. 넌 뭐가 겁나는데."

그와 함께 우리는 영동대교로 들어섰다. 밤 여덟 시를 갓 넘긴 시각, 교량은 뜻밖에도 한산했다. 뭐가 겁나냐고? 겁나는 게 한둘이 아니라서, 그리고 하나같이 치사한 것들이라서 구구절절 입에 올리기도 부끄러운데. 나는 노골적인 대화가 정말 내키지 않았지만 더 이상 대답을 피할 길은 없는 것 같았다.

"나 이혼한 지 얼마 안 됐어."

"……근데."

"이제 한 달 좀 넘었어."

"그래서."

나는 결국 고개를 틀어 너를 바라보았다. 전방을 주시하는 네 옆얼굴은 아무렇지도 않다. 그냥 출근길에 운전하는 보통 사람 같았다. 그 태연한 태도와 거침없는 대답들이 나는 좀 기막혔다.

근데라니. 그래서라니. 전남편과 호적 가른 지 한 달밖에 안 된 여자가 돈 주고 고용한 건축사와 데이트하는 게 꺼릴 것 없는 일인가. 너는 또한 직장 클라이언트, 갓 계약한 의뢰인과 크리스마스 밤을 보내도 문제 될 게 전혀 없단 말인가. 우리가 속한 이 한국이라는 나라, 서울이라는 도시가 타인의 사생활에 언제부터 그렇게 관대했는데. 나는 막 나가는 문제아를 상대하는 것처럼 갑자기 가슴이 갑갑해졌다.

"넌 지금 그걸 말이라고,"

"왜 그런 걸 벌써 걱정해. 누가 결혼하재?"

"뭐……?"

"아. 얘기 나와서 말인데 우리 집 그렇게 보수적이지 않아. 우리 누나도 한 번 이혼했고. 지금은 재혼해서 잘 살고."

대화는 점점 더 기함할 방향으로 뻗어 갔다. 이제 나는 정말로 할 말을 잃는다. 네 반응이 너무나 뜻밖이어서 급기야 나는 사회적 가치관과 분위기에 대한 나 자신의 감수성마저 의심하기 시작했다. 통제 불가능한 상황에 맞닥뜨리면 사고력도 판단력도 마비돼 버린다. 그리고 이건 내 예상과 너무나도 판이한 전개였다.

"전남편 아직 못 잊었어?"

"……뭐?"

"그건 좀 싫은데."

"유진욱."

"아니면 됐고. 누가 알까 봐 무서운 거면 안 들키면 되지. 몰래 만나, 그럼."

재밌겠네. 정면을 향해 중얼거리며 네가 웃는다. 웃어? 나는 내 눈을 의심했다.

"옵션 두 개 줄게. 일 번, 대놓고 만난다. 이 번, 몰래 만난다."

입이 절로 벌어졌다. 너 진짜 미친 거니.

"어떤 걸로 할래."

"너 원래 이렇게 막무가내야?"

"나는 일 번이 더 좋은데 선택권은 너한테 줄게. 뭘로 할래."

"그걸 내가 왜 선택해야 되는데?"

"그럼 그냥 이대로 있던가."

대화가 잠깐 끊겼다. 그 틈에 다시 찾아온 침묵. 카오디오도 틀지 않은 차 내에는 부드러운 엔진 소리만 으르렁거린다. 달리는 차 안에서 나는 여전히 너를, 너는 여전히 정면을 바라보고 있다. 석고상처럼 반듯하고도 견고한 옆얼굴.

"최민주."

어느새 웃음기가 사라진 얼굴.

"이대로 있어. 모른 척해도 되니까."

너와 이토록 가까이 있다는 것이 나는 새삼 믿기지 않는다.

"그냥, 있어 줘."

그로부터 너는 굳게 입을 닫았다. 그리고 널찍한 교량 위를 직선으로 가로질렀다. 정면을 향해 일자로 뻗은 다리 상판 위, 검은 강물 위를 빠르게 날아가듯이. 끝내 내 쪽으로는 눈길을 주지 않는, 오직 정면만을 주시하는 너로부터 나는 천천히 시선을 거두었다.

가슴이 심하게 뛰었다.

나는 흥분한 신경을 잠재우려 애썼다. 그리고 이 짧은 대화로 인해 우리의 구도가 크게 바뀌었음을 인정한다. 어설프게 말 꺼냈다가 본전도 못 찾은 셈이지만 나는 또한 수용하지 않을 수 없다. 솔직하지 못한 사람은 절대로 솔직한 사람을 이길 수 없으니까.

그래서 나는 어딘가 기진해진 기분으로, 패배를 시인하듯 중얼거렸다.

"너 왜 이렇게 뻔뻔해졌어."

그러자 너는 승자답게 코웃음을 쳤다.

"니이 들이시 그래."

그거 어디서 많이 듣던 소리네. 나는 시선을 딴 군 채 자조했다. 방점까지 근사하게 찍어 준 유진욱. 나의 완벽한 패배를 다시 한 번 인정하면서.

우리는 그렇게 또 한 번 강을 건넜다. 한강을 지나 육지에 다시 닿은 순간 가슴이 울렁거렸다. 낯선 땅에 새로 도달한 기분. 새로운 챕터가 시작된 기분. 두려움을 떨칠 수 없으면서도 또한 기대감으로 가슴이 설레는 기분.

하지만 우리, 정말 이래도 되는 건가.

영동대교를 빠져나온 차가 크게 커브를 돌았다. 곡선도로를 따라 완벽한 원을 그린 뒤 강변북로로 진입했다. 그래서인지 나는 좀 어지럽다. 더듬이가 잘린 곤충처럼 방향감각을 잃은 느낌. 그리고 그 난데없는 현기 속에서, 차창 밖으로 강변의 야경이 재생되기 시작했다.

자동차는 강을 따라 서쪽으로 달린다. 잘 닦인 직선 도로는 평탄하고도 명료했다. 너는 믿음직한 솜씨로 차를 몰고 도로는 막힘없이 쾌적한 편이다. 그러나 모든 것이 그토록 아무렇지 않은 와중에도 나는 끝내 불안을 완전히 떨쳐 내지 못했다.

우리 정말, 이래도 되는 건가.

—

"글쎄. 별로 놀랍게 들리진 않는데?"

점심시간을 느지막이 빗긴 오후인데도 대학로의 파스타 전문점은 꽤나 붐비고 있었다. 손님도 직원도 온통 입술이 딸기색인 이십 대들. 나는 식전 빵 하나를 집어 들면서 마주 앉은 여자의 말을 잠자코 들었다.

"자의식 과잉, 가면 증후군, 불안증. 완벽주의의 흔한 패턴 아냐?"

혜경은 채도가 낮은 겨자색 터틀넥을 입고 있다. 그 위에 하얀색 가운 걸친 모습을 나는 상상해 본다. 키가 크고 마른 체격의 혜경은 뭘 입어도 잘 어울렸다.

"한마디로 과민 반응이지. 너 같은 완벽주의자들은 바늘구멍만 한 흠도 도끼 자국처럼 확대해서 보니까."

"또 보균자 취급하네."

"보균자 맞다니까? 이건 진지한 임상소견이라고. 물론 난 고등학생 때부터 알고 있었지만."

겁주듯 두 눈을 크게 뜨는 모습. 나는 빵을 뜯어 입에 넣으면서 픽 웃어 주었다.

휴일이 아닌 평일, 저녁도 아닌 점심에 일부러 누군가를 만나는 것은 내게 그리 흔한 일이 아니다. 그리고 그건 내가 별안간 한가해졌기 때문도, 엄마한테 크리스마스 날 혜경을 만난다고 거짓말했기 때문도 아니었다. 그저 어떤 식으

로든 이야기를 나눌 상대가 필요했고 가장 적절한 대상으로 떠오른 게 공혜경
이라서. 혜경은 내 고교 동창이자 대학병원에서 근무하는 정신건강의학과 전임
의다.

"내가 항상 얘기하잖아. 말이 좋아 완벽주의지 그거 강박이라고. 더 진행
되면 진료받아야 돼, 너. 정신이든 육체든 병은 초장에 안 잡으면 커지는 거거
든."

"너 환자들한테도 이렇게 막말하냐?"

"거야 케이스 바이 케이스지. 너처럼 고집 센 환자들은 살살 말하면 안 먹
혀."

이제 대놓고 환자 취급이네. 나는 투덜대며 손가락의 빵 부스러기를 털어 냈
다.

내가 오늘 꺼낸 주제는 '불안'이었다. 결정에 확신이 없어 불안하다. 가치
관에 대한 감각이 자꾸 흐려진다. 그런 것들이 화제에 오르면 몹시 당황하면서
충동적인 감정에 매몰된다. 그러니까 한마디로 정리하자면, 이제 와서 온 세상
이 뒤흔들리는 느낌, 비정상인가요.

"누구나 그래. 그걸 비정상이라고 생각하는 게 문제지. 완벽주의 성향은 불
안한 상태에 특히 취약하거든. 환경이 바뀌면 불안정해지는 건 누구에게나 지
극히 당연한 반응이야."

혜경은 너에 대해 전혀 모른다. 유진욱이라는 사람 자체를 알지 못한다. 그
러니 내 불안의 원인이 최근에 이혼한 탓이라 여기고 있을 것이다. 나는 굳이
바로잡아 줄 마음은 없었다. 어차피 완전히 틀린 생각도 아니고.

"그래, 내 병인은 완벽주의고, 네 처방은 뭔데."

"기대에 부응해야 된단 생각을 버려. 기대하는 주체가 너 자신이든 다른 누
구든. 의식하지 마."

"말이 쉽지. 어떻게 의식을 안 하고 살아."

"의식적으로 의식하지 말도록 해야지. 그거 컨트롤 안 되면 너 진짜 내원해야 된다?"

"의식적으로 의식하지 말라고? 야, 그런 처방은 나도 내리겠다. 정신과 의사 중에 돌팔이가 많다던데 일선에선 어떻게 생각해?"

뚱하게 쏘아붙이자 혜경이 킥킥대며 웃었다. 그래도 어지간한 점쟁이보다 내가 나을걸. 혜경은 길쭉한 손을 뻗어 물잔을 쥐면서 말을 이었다.

"자, 최민주의 심리 상태를 들여다볼까? 어려서부터 똑똑하단 소리 들었고, 그래서 부모의 기대를 한 몸에 받았고, 꾸준히 노력해서 성취도 했어. 그런데도 본인은 불안한 거지. 지금보다 더 잘해야 될 거 같고, 스스로 우수하다는 걸 계속 증명하지 못할까 봐 두렵고, 그래서 힘들게 쌓아 둔 게 무너질까 봐 걱정되고."

"……."

"너무 뜨끔하진 마, 너만 그런 거 아니니까. 사회적으로 인정받는 사람들한테 흔히 보이는 현상이야. 여자들은 특히나."

얄밉도록 정확한 발음의 혜경에게 되묻고 싶었다. 너도 그러냐고. 고등학교 내내 전교 일등이었고 서울대 출신에 모교 병원에서 근무하는 공혜경도 나처럼 때때로 몹시 불안해지느냐고. 내가 과연 제대로 살고 있는 건가 의심할 때가 있냐고. 그러나 이른 오후의 대학로 파스타집은 그런 대화를 나누기엔 너무 밝고 경쾌해서, 나는 더 이상 그 화제를 이어 가지 않기로 했다.

"너랑 얘기하면 뭔가 께름칙해."

"분석당하는 기분 들어서?"

"그래. 가끔 되게 별로야."

"나 이거 진료비 받아야 하는 거니?"

"안 그래도 오늘 내가 사려고 했어."

"아, 아깝다. 그럼 어디 호텔 같은 데 갈걸."

나는 픽 웃었다. 호텔은 무슨. 점심시간도 빠듯해 병원 근처에 묶인 처지에.

"학교 이제 방학이겠네."

"응, 지난주에 종강했어."

"너 교수 임용되고 첫해지? 어땠어?"

"그냥 정신없었지. 다음 달은 돼야 좀 실감 날 거 같아. 아직 성적 처리도 덜 끝났고."

때맞춰 주문한 음식이 나오고 대화는 전환됐다. 혜경은 새하얀 크림파스타를 포크에 돌돌 말면서 엄마가 선보라고 성화라느니, 몇 년째 지치지도 않아 죽겠다느니, 채팅앱에다 두 살배기 조카 사진을 미사일처럼 투하한다느니 하는 푸념을 늘어놔서 나를 웃겼다. 그러고는 접시가 반쯤 비었을 때,

"정 선배 이번에 임용된다더라."

혹시 너 궁금해할까 봐. 혜경이 덧붙이며 슬쩍 내 눈치를 살폈다. 갑작스런 화제였지만 나는 그 어떤 반응도 꾸며 내지 않았다. 뜻밖의 뉴스였고, 반가운 소식이었다.

"어떻게? 티오가 났대?"

"교수 한 분이 그만뒀대나 봐."

"그만둬? 사직했다고? 정년도 아닌데?"

되묻자 혜경이 어깨를 으쓱하며 가벼운 한숨을 쉰다.

"의사는 아무래도 자기 길이 아닌 것 같다 그러더래. 그 교수님은 학부 때부터 그랬대, 이건 자기 길 아닌 거 같다고. 그러면서 이십 년간 메스 잡은 거 보면 참, 대단하다고 해야 할지 독하다고 해야 할지."

혜경은 갑자기 수다스러워졌다. 흉부외과 교수의 사직 소식이 병원 내에서도 한참 이슈인 모양이다. 그도 그럴 것이, 의국 사정을 웬만큼 아는 내가 생각해도 그건 확실히 드문 일이었다.

"그 과는 총체적으로 헬이야. 여간한 각오로 하는 게 아닌데 다들 참 대단

해. 흉부외과 전공해서 개업을 하겠니, 페이 닥터를 하겠니. 이러나저러나 학교 병원에 남는 수밖에 없는데 그럼 교수 되는 거밖에 더 있냐고. 정 선밴 잘됐지. 거긴 교수 티오도 가뭄에 콩 나듯 하는 덴데."

나는 들으며 고개를 끄덕였다. 내가 아는 바로도 그건 맞는 말이다. 교수가 되기 위해 그는 아주 많은 시간과 신경과 에너지를 쏟아부었고, 그 과정을 수 년간 지켜본 나로서는 이제 그와의 관계가 종결된 것과 별개로 안도의 감탄사 가 절로 나왔다. 잘됐다, 정말 잘됐어.

"근데 진짜 의외다, 사직이라니. 너 말대로 그 과는 교수 관두고 쉽게 개업 할 수 있는 것도 아닌데."

"뭐, 많이들 몰라서 그렇지 사실 전문 직종들 그런 케이스 꽤 있어. 의사, 변 호사, 잘나가는 금융맨, 하루아침에 때려치우고 진로 확 바꾸는 거. 내 환자 중 에도 여럿 있었고."

아, 대학교수도 있었다. 혜경이 그러며 말을 잇는다. 나는 어쩌면 전남편의 임용 소식을 전한 의도가 좀 다른 데 있을지도 모르겠다는 생각이 들었다.

"근데 가만 생각해 보면 그리 이상할 것도 없어. 우리 어릴 때 생각해 봐라? 서울대만 가면 인생 알아서 풀릴 줄 알고 다들 죽어라 공부만 하잖아. 대학 가 서는 이왕 들어온 거 졸업은 해야 하니까 또 줄창 공부만 하고. 그렇게 공부한 거 아까워서 석사, 박사, 포닥 하다 정신 차려 보면 그땐 이미 너무 멀리 와 버 린 거지. 그러니까, 자기도 모르게 떠밀리듯이."

자기도 모르게 떠밀리듯이.

"이게 아닌데 하면서도 컨트롤이 가능하면 참고 계속 하는 거고, 안 되면 그 교수님처럼 이십 년쯤 참다가 그만두는 거고. 도저히 못 견디면 자살도 하고 그러는 거지. 그래도 죽는 것보단 실직이 낫지 않겠어? 인생 사는 방법이 그거 하나인 것도 아닌데."

시니컬한 말투와 달리 혜경의 눈빛은 포근하다. 직업적으로 다듬어진 표정일지 몰라도.

"민주, 그러니까 너무 빡빡하게 생각하지 말라고."

덕분에 나는 조금 위로받는 기분이 든다.

"사람답게 살려면 여백이 필요하더라. 시간이나 공간이나. 머릿속, 여긴 특히나."

혜경이 검지 끝으로 제 관자놀이를 톡톡 두드렸다.

"그러니까 적당히 비워. 가끔은 아무 생각도 하지 말고."

알았지? 다짐 받듯 되물으며 크림파스타를 감아올리는 모습. 그에 나는 착한 환자처럼 순순하게 대답했다. 토마토소스에 익힌 리조토를 한 스푼 크게 뜨면서.

"그래. 노력해 볼게."

보모처럼 웃은 혜경이 파스타를 입에 쏙 집어넣는다. 그와 거의 동시에 테이블에 올려 둔 내 스마트폰 액정 위로 네모난 알림창이 떴다. 나는 쥐고 있던 스푼을 놓고 손을 뻗었다.

몇 개 안 되는 글자보다 선명한 건 너의 이름.

[내일 뭐 해]

가볍게 버튼을 눌러 액정을 끄고 폰을 제자리에 돌려 놓았다. 그러나 스푼을 다시 쥐기도 전에 연이어 두 번째 메시지.

[밥 먹자]

아까보다 좀 더 손을 빠르게 뻗었다. 화면을 가리듯 손바닥을 펼쳐서 다시 한 번 액정을 꺼 버렸다. 그러는 동안 나는 슬쩍 혜경의 눈치를 살핀다. 자꾸만 귓가에 웅웅대는 목소리가 그 애의 귀에도 들릴 것처럼.

'등신 같은 짓 또 할까 봐. 나는 딱 그거만 겁나.'

나는 아무 일도 없는 척 오이피클 하나를 포크로 찍었다. 파스타를 우물대며 손목시계를 보는 혜경을 남몰래 계속 의식하면서. 어지간한 겁쟁이보다 나은 이 고교 동창이 또 내 속을 훤히 꿰뚫어 볼까 봐.

민주, 너 남자 생겼어?

만약 누군가 그렇게 묻는다면, 나는 이제 표정을 숨길 자신이 없다.

Chapter IV.

양생

10.

유진욱

　사람답게 살려면 체력이 필수다. 건설 판은 특히나 그렇다. 현장에선 가소롭게 여기겠지만 설계자들은 스스로 노가다라 자칭하는데, 학부 때부터 입에 달고들 사는 말이라서 우리한텐 거의 태명이라고 보면 된다. 머리와 힘을 동시에 쓰는 노가다를 버텨 내려면, 창의력과 정확도를 유지하려면, 가차 없는 경쟁에서 살아남으려면 체력 관리는 반드시 해야만 한다.

　나는 매일 아침 한강을 따라 조깅을 한다. 지금 사는 아파트에서 가장 마음에 드는 것도 양화 한강공원까지 불과 오 분 거리라는 점이다. 강변을 지나 양화대교를 왕복하고 돌아오는 사십오 분짜리 운동을 나는 여간해선 빼먹지 않는다. 건축을 배우면 기본이 얼마나 중요하다는 걸 알게 된다. 토공사를 제대로 하지 않고 올린 건물은 나중에 반드시 문제가 생긴다.

　그렇게 조깅에 더해 출퇴근까지, 매일 최소 두 번씩은 왕복해 온 교량이 오늘부터 갑자기 낯설어졌다.

　강 너머에 네가 살고 있다는 걸 알게 된 순간부터 양화대교는 내게 더 이상 그냥 다리가 아니게 되었다. 한강 양안과 섬 하나를 연결한 투박스런 거더교가 마치 무지개빛 오작교처럼 반짝거렸다. 오늘 아침 집을 나선 순간부터 나는 강 건너 너의 오피스텔 건물부터 눈으로 찾았다. 그리고 다리를 따라 북쪽으로 달리는 동안 줄곧 그 건물에다 시선을 뒀다.

너는 지금 뭐 하고 있을까.

저기에서 너는 아직 잠들어 있을까. 혹시 지금 이쪽을 보고 있지 않을까. 마치 네가 창가에 서서 커피를 마시며 나를 내려다보고 있을 것 같아 나는 내도록 가상의 시선을 의식해야 했다. 제대로 뛰려고 평소보다 자세에 더 신경 써가면서. 너는 처음부터 거기 없었을 수도 있는데. 일찍감치 학교로 출근했는지도 모르는데.

집 안에서 강을 볼 수 없다는 것도 나는 수년 만에 처음으로 불만스러워졌다. 내가 사는 아파트는 남향이라서 네가 있는 북쪽을 등지고 있다. 운동 후 샤워를 마치고 옷을 골라 입으면서도, 집으로 배달된 프로틴 음료를 두 번 만에 끝까지 마시면서도, 시리얼바 하나를 입에 물고 주차장으로 내려가는 동안에도 나는 온통 그 생각뿐이었다.

너는 지금 뭐 하고 있을까.

업무 일과는 아침부터 정신없었다. 감리 스케줄이 있어서 인천으로 출근했는데 현장에서 약간의 문제가 발견되는 바람에 예정보다 시간을 더 잡아먹었다. 사무소로 들어갔을 땐 점심시간이 지나 있었고, 막내 디자이너가 맡은 작업이 더뎌서 봐주다 보니 밥 먹을 시간이 애매해졌다. 이러면 어쩔 수 없이 점심은 샌드위치. 아래층 카페에 내려갔더니 알바생이 알은체하며 말을 건넸다. 실장님, 오늘도 많이 바쁘신가 보네요. 예, 클럽샌드위치랑 아메리카노 미디움 주세요. 간략한 대화를 나누는 동안에도 나는 알바생의 웃는 얼굴에서 너를 보았다.

너는 지금 뭐 하고 있을까. 오늘 날씨가 이렇게나 화창한데. 어제 만났는데 오늘 또 보자면 부담스러워하겠지. 성적 처리 기간이라 바쁘다고 했으니까. 계산을 위해 신용카드를 건네는 짧은 순간에도 나는 그렇게 많은 생각들을 한꺼번에 했다.

[내일 뭐 해]

[밥 먹자]

그래서 커피를 기다리는 동안 결국 참지 못하고 메시지를 보냈는데, 너는 지금 삼십 분이 지나도록 확인조차 않고 있는 것이다. 나는 작업 중인 모니터에서 다시 전화기로 시선을 옮겼다. 대화창에는 읽히지 않은 메시지가 여전히 두 개.

바쁜가. 설마 일부러 안 읽고 있는 건 아니겠지.

'너 혹시라도 도망갈 생각 하지 마.'

어젯밤 네가 사는 오피스텔 앞에 도착했을 때, 나는 안전벨트 버클을 푸는 너에게 말했다.

'나 이제 너 어디 사는지 안다. 직장도 알고.'

그러자 너는 떼쟁이 조카를 보듯 어처구니없단 표정을 지었다. 그리고 짤막하게 헛웃음을 웃었다. 농담이라고 생각한 모양인데 사실 그거 농담 아니었다. 정말 최악의 비상사태가 벌어진다면, 그러니까 네가 갑자기 잠적하거나 연락을 두절하는 등의 도발을 감행해 날 미치게 만든다면 나는 어떻게든 너를 다시 찾아낼 것이다. 어디라도 얼마든지 찾아갈 수 있다. 오피스텔이든 학교든, 혹은 북아현동 너의 부모님 집이든.

'너 왜 이렇게 뻔뻔해졌어.'

이제 그럴 수밖에 없으니까. 기적에 가까운 두 번째 기회를, 하늘에서 동아줄이 내려온 것보다도 믿기 어려운 이 기회를 놓쳐 버릴 수는 없으니까. 너를 들여보내고 다시 한강을 건너면서 나는 내 인내심이 얕아진 이유를 깨달았다.

그것은 불안. 너로 인해 내가 지금 불안하기 때문이다.

'유진욱. 잘 지내.'

네가 다시 그렇게 떠나 버릴까 봐. 담담한 척 서글픈 목소리로, 소용없이 붙잡을 기회 한 번 주지도 않고, 끝까지 한번 울어 주지도 않고서 갑작스레 작별 인사를 해 버릴까 봐. 네가 없는 도시에 덩그러니 남아서 아무렇지 않은 척 살아갈까 봐. 나는 울지도 못하고 원망도 못 하고 하다못해 친구들에게 위로 한마디 듣지 못하고,

생각만 해도 다시 심장이 와들거린다.

나는 눈앞의 모니터에 집중하려 애썼다. 오늘 안에 끝내야 할 일이 정해져 있는데 자꾸만 집중력이 흩어졌다. 근무 중에 멍때리고 있는 것도 참 오랜만이라고 생각하면서 다시 슬쩍 전화기를 곁눈질했다. 그리고 여전히 잠잠한 이 기계를 멀리 치워 버려야겠다 결심했을 때,

[내일 저녁에 선약 있어]

너의 메시지가 액정에 떴다.

반가움과 실망이 초 이하로 엇갈렸다. 많지도 않은 글자들을 빠르게 읽어 낸 직후 내 머리는 짖어 대듯 질문을 던지기 시작했다. 금요일 밤에 선약? 누구랑? 어디서? 왜? 그러고는 이어 더 빠른 속도로 추론을 한다. 연말 모임? 동창 모임? 교수 모임? 아니면 가족 모임?

그러나 중요한 사실은 내일 너를 볼 수 없다는 것. 고작 열 글자도 안 되는 메시지 때문에 나는 그만 물속으로 우르르 가라앉는 기분이 들었다. 그리고 심히 호들갑스런 이 실망감이 약간 당혹스러워졌을 때,

[끝나고 잠깐 볼 수는 있을 것 같은데]

새로운 메시지가 연이어 올라왔다. 나는 눈앞이 대번에 확 밝아진다.

[늦게라도 괜찮으면]

당연히 괜찮지. 안 괜찮을 리가 없지. 언제든 무조건 괜찮지. 의지보다 앞서 튀어나온 생각들 속에서 전화기를 집어 들었다. 몇 시쯤. 마음과 달리 꽤나 이

성적인 활자로 답하면서 나는 물 밖으로 단숨에 날아오른다.

[8시 좀 넘어야 할 거야. 늦으면 8시 반쯤]

[알았어 끝나고 연락해]

[그래]

짧은 채팅은 실시간으로 끝났다. 전화기를 내려놓고도 실없이 가슴이 울렁거렸다. 자꾸만 웃음이 비죽거려서 입술을 안으로 말아 넣어 본다. 모니터에 시커먼 캐드 도면을 띄우고 앉아 히죽거리고 있으면 누가 봐도 정상은 아닐 것 같아서.

"엇, 실장님, 새 폴더 벌써 생겼네요?"

이거 북아현동 건 맞죠? 팀원 누군가가 묻는 바람에 나는 괜히 흠칫 놀랐다. 미친놈처럼 히죽대는 걸 들켰나 싶어서 얼른 표정을 가다듬었다. 나는 어제 공유 하드에 네 폴더를 만들어 뒀다.

"예, 맞아요. 주택신축 건."

대답하자 사무실 안이 잠깐 웅성거렸다. 대박, 우리 팀 올해 수주 기록 깨겠다. 이거 건축주가 철학과 교수래. 우와, 그럼 호그와트 컨셉 어때요? 철학자가 마법사냐, 무슨 호그와트야. 막내급 팀원들의 발랄한 대화에 나는 피식 웃었다. 철학 교수라니까 너를 무슨 덤블도어 친구쯤 생각하는 모양이다. 모자 쓰고 수염 길고.

"실장님, 근데 이거 프로젝트명이 아이디어예요?"

"아이디어 아니고 이데아."

"이데아? 그게 뭔데요?"

모니터 너머 서 있는 윤 대리가 무구한 표정을 지었다. 그 똘망똘망한 얼굴을 향해 나는 두 눈을 가늘게 떴다.

"플라톤 몰라?"

"플라톤요? 철학자는 알죠."

"플라톤을 아는데 이데아를 모른다고?"

"들어 본 거 같은데 무슨 기관인가? 아카데미아 같은 거예요?"

"윤 대리님은 아카데미아 가서 개집이나 지어야겠는데."

모니터 앞에서 팀원들이 큭큭 웃었다. 우리 팀에선 이게 최고 레벨의 욕이라고 보면 된다. 가서 개집이나 지어. 윤 대리는 과장된 표정으로 억울함을 호소하더니 재빨리 자리에 앉아 자판을 타닥거렸다. 검색하는 눈치다.

"아아, 플라톤의 이데아. 아이디어의 어원이 이거였구나."

그러는 동안 나는 생각했다. 어떻게 이데아를 몰라. 요새 졸업생들은 인문학을 아예 안 하는 건가. 우리 때는 교양 강의도 엄청 빡세게 들었는데. 불식간에 속으로 중얼댔다가 나는 곧 뜨끔하게 깨달았다. 아, 꼰대가 이렇게 태동하는 거구나.

"이데아를 왜 몰라? 서태지와 아이들 노래도 있잖아, 교실 이데아."

구석 쪽 모니터를 끼고 앉았던 소장이 불쑥 끼어들었다. 덕분에 나는 또 피식 웃음이 난다. 우리 팀원들 절반은 아마 그 노래 모를 텐데.

"모를걸요. 그게 언제 적 노랜데."

"교실 이데아를 모른다고? 에이, 진짜 아무도 몰라?"

"저는 압니다."

"저도 알아요."

"소장님, 검색해 보니까 그거 발매 연도가 구십사년인데요. 저 구십사년 생이에요."

히익. 소장이 헛숨을 들이켰다. 그러게 내가 뭐랬어. 모를 거 같더라니까.

"유 실장은 알지?"

"당연히 알죠, 전 그때 틴에이저였는데."

"구십사년이라고? 그럼 유 실장 그때 몇 살이야? 초등학생 아니야?"

"……열한 살이요."

"에라이, 그럼 사 학년이구만. 우리 딸이 지금 오 학년이다."

열한 살이면 틴에이저 맞는데. 내가 다 들리게 중얼대자 팀원들이 또 킥킥거렸다. 디근자 책상에 둘러앉아서 웃다 보니 꼭 초등학교 교실로 돌아간 것 같다. 모둠활동으로 '우리 동네 지도'나 '내가 살고 싶은 집' 따위를 만들던 사학년 때로.

"우리 사무소 진짜 젊구나. 나만 빼고 다 청춘이네."

낼모레 오십 대인 소장이 부러운 얼굴로 기지개를 켰다. 반대쪽에서 이십 대디자이너가 텀블러를 들고 자리에서 일어섰다. 그 사이에 앉은 채로 나는 생각한다. 어쩌면 우리 모두는 그저 다른 지점에 서 있을 뿐이라고. 시간은 누구에게나 같은 속도로 흐르고, 사람들은 각자의 순서대로 그걸 지나는 것뿐이고.

그러니 내가 아주 건방지기 짝이 없었네. 꼰대라니. 몰래 여자 생각하느라회사에서 멍때린 주제에. 정신 못 차리고 실망했다가 설렜다가, 잠겼다가 솟구쳤다가, 쓸데없는 걱정으로 시간까지 허비하고 있었으면서.

열한 살짜리처럼 좋아하는 애 생각에 홀딱 빠져서는.

"자, 한 살씩들 더 먹기 전에 얼른 마감합시다. 김 대리님, 드림캐쳐 이층 언제 마무리될 거 같아요?"

"오늘 퇴근 전까지 드릴게요."

"오케이."

전염되듯 퍼졌던 브레이크타임 분위기가 자연스럽게 흩어졌다. 나는 양쪽귀에 이어폰을 꽂고 손목을 두어 번 돌려 푼다. 내일 밤 너를 기다릴 시간이 생겼으니 오늘 허비한 삼십 분은 벌충할 수 있을 것이다. 이번 주 내 해야 할 일들의 목록을 떠올리면서 나는 다시 업무로 돌아갈 준비를 했다.

그러는 동안에도 별수 없이 궁금하다.

너는 지금 뭐 하고 있을까.

—

서울에는 구석구석 새로운 곳이 많다. 뜨는 동네도 많고 속도도 빠르다. 미국서 이십 년 넘게 살았다는 어느 건축주는 그게 대단히 인상적이라고 했다. 이렇게나 큰 도시가 시시각각 변하는 게 다이내믹하다고. 그때 나는 '다이내믹'에 스며 있던 영어식 발음이 더 인상적이었지만, 그 말을 듣고 나서 유심히 살펴보니 서울은 정말로 다이내믹한 도시였다.

합정동에도 멋진 가게들이 많이 생겨 있었다. 너의 오피스텔 부근에 갈 만한 곳을 검색했더니 식당이며 술집이 즐비하게 나왔다. 나는 이런 곳들이 대체 언제 생겼나 감탄하다가, 그동안 참 인간답지 못하게 살았구나 한탄했다. 대학 때부터 지금까지 십오 년쯤 서울에 살고 있지만 이 다이내믹한 도시를 즐길 기회는 사실 별로 없었던 것 같기도 하고.

금요일은 어지간하면 전원 칼퇴가 불문율이라 사무실은 진작부터 비어 있었다. 나는 불 꺼진 사무실에 혼자 앉아서 합정동의 아기자기한 업소들을 훑어보고 있다. 시간을 확인하니 일곱 시 오십 분. 너에게선 아직 연락이 없다.

그러나 할 일을 다 마치고 너를 기다리는 지금, 너와 어디에 갈까 고민하는 이 시간이 좀 더 길어지더라도 나는 얼마든지 기꺼울 수 있을 것 같다.

'내일 영화 보러 안 갈래?'

'주말엔 시간 내기 어렵다니까.'

그 시절 나는 너와 하고 싶은 일이 참 많았다. 영화와 연극, 한 권의 책을 같이 보고 싶었다. 놀이공원과 불꽃놀이, 해수욕장과 스키장에 같이 가고 싶었다. 전화기가 뜨거워질 때까지 통화하고 싶었고 문자판이 벗겨지게 문자도 주고받고 싶었다. 그러나 가장 하고 싶었던 건 네 손을 잡고 걷는 거였다. 아무 데도 가지 않아도, 아무것도 사지 않아도 그냥 너와 손잡고 거리를 걷는 것.

마치 과시하듯이. 우리는 이런 사이라고, 이렇게 서로에게 이어져 있다고 온 세상에 자랑하듯이. 풀리지 않도록 단단히 손깍지를 끼고서. 달라붙은 손바닥에 땀이 배어도. 네가 지쳐서 투덜거릴 때까지 도시를 걸어 다니는 것.

나는 끝까지 그걸 해 보지 못했다. 등신같이.

[나 출발해]

전화기에 새로운 메시지가 뜨자마자 재빨리 대화창을 열었다. 너의 이름을 보기만 해도 온 신경이 들뜬다. 너는 빠른 속도로 글자를 입력해 올렸다.

[어디로 갈까 지금 장충동인데]

[신촌까지 30분 더 걸릴지도 모르겠다]

나는 대략의 동선을 떠올리며 아마 그럴 거라고 수긍했다. 금요일 저녁 서울의 도심 도로는 으레 인내심을 요구하니까.

[너 오피스텔 근처로 갈게]

나는 그렇게 입력한 뒤 약간 텀을 뒀다가,

[천천히 와]

[운전조심]

곧바로 읽음 표시가 된 글자들을 지켜봤다. 너는 약 일 분쯤 대답이 없더니,

[너도]

짤막한 답을 보내 주었다.

나는 우리의 대화창을 눈으로 훑었다. 그리고 불과 며칠 만에 이토록 장족의 발전을 거둔 것에 고무됐다. 믿기지 않아서 굳이 다시 읽어 본다. 천천히 와, 운전조심, 너도.

누가 봐도 이건, 그냥 연인 같잖아.

거기까지 생각하자 웃음이 난다. 입이 절로 벌어진단 표현을 나는 제대로 체감했다. 전원이 꺼진 모니터 앞에 앉아 히죽거리고 있으니 분명 제정신이 아닌 것처럼 보일 것이다. 그것도 불이 다 꺼져 컴컴한 사무실에서.

하지만 지금 여기에는 아무도 없으므로, 나는 내키는 대로 마음껏 히죽히죽

웃는다.

—

　고심 끝에 내가 고른 곳은 선술집이었다. 너의 오피스텔에서 그리 멀지 않은, 너무 유명하지 않아 보이면서 지나치게 아담하지도 않은 곳. 반지하에 조명이 아늑한 가게는 금요일 밤다운 활기가 오르는 중이었다. 적당히 간격을 둔 테이블들이 이미 절반 넘게 찼다.

　"일행 오면 주문할게요."

　"네, 알겠습니다."

　서버가 가져다준 물잔에는 따끈한 보리차가 담겨 있다. 나는 구석진 테이블에 앉자마자 너에게 이곳 주소를 보냈다. 집에서 가까우니 차는 주차장에 넣어두고 나오라는 조언과 함께. 내 차는 지금 물론 사무소에 있다. 오늘도 나는 너랑 술을 마실 거니까.

　벽을 향해 앉은 탓에 나는 입구 쪽을 볼 수 없다. 하지만 너는 틀림없이 올 것이므로 군이 입구를 확인할 필요가 없었다.

　틀림없이 올 사람을 기다리는 일은 이미 함께 있는 것 못지않게 즐겁다. 네가 차를 넣고 걸어오고 있단 메시지를 받은 후부터 나의 즐거움은 최고조로 달아올랐다. 그리고 등 뒤에서 어서 오세요, 종업원이 환대하는 소리가 났을 때, 네 것이 틀림없는 발소리가 들리기 시작했을 때, 즐겁던 나의 기다림은 이제 짜릿한 쾌감이 되었다.

　너인 줄 뻔히 알면서도 나는 뒤돌아보지 않는다. 또각또각 내 쪽으로 다가오는 기척. 점점 가까워지는 그 소리가 듣기 좋아서.

　"미안해, 너무 많이 기다리게 했지."

　너는 빠른 걸음으로 다가와 의자 위에 핸드백을 내려놓았다. 너무 미안하단 표정으로 나를 내려 보면서 코트를 벗는다. 가지런한 머리칼과 옅게 화장한 얼굴. 예쁘네. 오늘도.

"차 많이 막혔지."

"어, 장난 아니야 오늘. 서울 시민 다 나왔나 봐."

진지한 얼굴과 너스레에 웃음이 났다. 진짜야, 꽉 막혔어. 네가 볼멘소리를 하면서 코트를 세로로 길게 접었다. 의자 등받이에 걸쳐 놓으려고 하는 걸 보고 나는 손을 내뻗었다. 너는 아마 이런 데 통 안 와 본 모양이다.

"옷 줘 봐."

빼앗다시피 네 코트를 받아서 옆에 놓인 스툴에 잘 말아 넣었다. 그러자 너는 세상에 이런 기발한 물건이 다 있다니 하는 표정으로 뚜껑 닫힌 스툴을 살펴본다. 애는 나보다 더하네. 덕분에 저절로 웃음이 났다.

귀엽게.

"주문했어?"

"아니, 아직."

"뭐라도 좀 시켜 놓지. 저녁 먹었지?"

안 먹었는데. 하지만 아홉 시가 다 될 때까지 밥도 안 먹고 기다렸다면 분명 부담스러워할 것이므로, 나는 그냥 대답을 하지 않기로 한다.

"너 오면 같이 주문하려고."

"아무거나 시켜도 되는데."

"장충동에서 뭐 먹었어?"

"그냥, 한정식."

아. 무슨 모임이었는지 알 것 같다.

"학교 회식했어. 송년회식."

역시 교수 모임.

"성적 이의신청이 오늘까지였거든."

"그럼 이번 학기 다 끝난 거야?"

"어, 이제 끝."

"오, 축하해. 술을 마셔야 되는 날이었네, 오늘."

너는 홀가분한 얼굴로 웃었다. 나는 뒤따라 웃으면서 서버를 불러 주문을 했다. 네 의사를 물어 가며 음식 몇 가지와 청주 한 병을 시켰는데, 너는 말은 안 했지만 그렇게 많이 시켜서 과연 다 먹을 수 있을까 하는 표정이었다. 그리고 음식이 차례차례 나오기 시작했을 때, 도수가 그리 높지 않은 술을 서너 잔쯤 마시면서 내가 그것들을 차근차근 먹어 치우는 걸 보고는 고개를 살짝 기울였다.

왼손에 든 술잔. 하얀 손. 어린 가지처럼 가늘고 우아한 손가락.

"너 저녁 안 먹었지."

역시나 쉽게 들통나 버렸지만 나는 백 프로의 진실은 털어놓지 않았다. 밥까지 굶어 가며 기다린 남자보다는 밥 먹을 시간도 없이 바쁜 남자가 아무래도 나아 보일 것 같아서.

"밥때를 놓쳤어."

"바빠도 식사는 제때 해야지. 다 먹자고 일하는 건데."

너는 덮밥 한 그릇을 막 해치운 나를 향해 딱하다는 표정을 지었다. 덕분에 딱한 대상이 되고도 나는 기분이 조금 부푼다. 바빠도 식사는 제때 해야지. 엄마나 누나, 심지어 소장에게까지 자주 듣는 말인데도 네가 하니까 완전히 다르게 들렸다. 그래서 나는 사실 오늘 점심도 제대로 못 먹었단 말까지 하려다 그만뒀다. 그건 또 너무 불쌍해 보일 것 같아서.

"대체적으론 잘 챙겨 먹어. 바쁠 땐 어쩔 수 없지만."

"사무소 일이 많은가 봐."

"어, 요새 좀 그러네."

"건설 경기 안 좋다더니."

네가 타박하듯 그러며 애매하게 웃는다. 나는 시선을 맞춘 뒤 역시 애매한 미소로 응답했다. 꼬시려고 맘먹었는데 뭔 말을 못 하겠냐. 속으로 대답하면서 젓가락을 뻗어 볶음우동 면발을 집어 올렸다. 서버가 다가와 빈 접시들을 거둬 가고 너는 따끈한 보리차를 한 모금 마셨다. 볶음우동 접시까지 퇴장하고 나자 비로소 테이블이 좀 헐렁해졌다. 샐러드를 깨작이던 네가 대단하다는 듯 감탄한다.

"진짜 잘 먹는다."

"뭔데, 몰랐던 것처럼."

"넌 일 열심히 해야겠다, 식비 대려면."

"걱정 마. 그 정돈 벌어."

너는 뭔가에 쿡 찔린 사람처럼 잠깐 입을 다물었다. 나는 모른 척 너를 향해 술잔을 내밀었다. 가볍게 찰캉 맞부딪힌 술잔을 훌쩍 비웠다. 순하고 달아서 밤새 마실 수도 있을 것 같다.

"하긴 잘 먹긴 했지. 예전에 너 학식도 두 개씩 먹고 그랬잖아."

"어, 우리 학교 학식 맛있었는데. 가격이 좀 세서 그렇지."

"지금은 더 올랐어."

"너도 학식 먹어?"

"학생 식당은 거의 안 가지. 이제 교직원 식당 주로 가고."

재미있다는 듯 대꾸하는 너를 보면서 나는 새삼 시간이 흘렀음을 자각했다. 더불어 모교에서 근무하는 기분은 어떨까 좀 궁금해졌다. 학생에서 교직원으로 신분이 바뀌면 학교의 의미도 분명 달라지겠지. 거기까지 생각이 미치자 나는 또한 궁금해진다.

이제 일터가 된 학교에서 너는 가끔 나를 떠올렸을까. 예전과 변함없는 도서관을 드나들 때마다 그 앞에서 널 기다리던 나를 생각했을까. 인적 없는 철학 서고에서 몰래 입 맞추던 나를, 정색하고 나를 보다가 풉 웃어 버린 너를, 구석

173

진 서가에 숨어 키득대던 우리를 이제 교수가 된 너는 이따금씩 떠올렸을까.

거기까지 생각하자 기분이 묘해지면서, 나는 학교에서 다시 너를 보고 싶다는 생각이 들었다. 도서관도 같이 가고 마주 앉아 학식도 먹고. 그러나 아마 이제 그러기는 어렵겠지. 그때도 몇 번 하지는 못했지만.

"너 올해 임용 첫해랬나."

"응."

"교수 되기 전에도 원래 강의는 하지?"

"어, 시간강사로 하지. 나도 한 삼 년 정도 했나."

"강사로 삼 년이나 있었어?"

되묻자 너는 약간 놀라는 것 같았다.

"삼 년 만에 전임이면 짧은 거야."

"보통 몇 년쯤 걸리는데?"

"글쎄. 강의 경력대로 임용되는 게 아니라서 이렇게 따지긴 좀 그런데, 십 년 걸려도 테뉴어 받으면 다행이지. 요새는 있는 교수들도 줄이는 판이라 티오 자체가 없어. 앞으로 점점 더 어려워질 거고. 학령인구가 계속 주니까."

"박사학위에 십 년씩 강의해도 교수 될지 안 될지 모른다고? 그럼 리스크가 너무 큰 거 아닌가."

"거기다 연구 실적도 꾸준히 쌓아야 하거든. 시간강사 하면서 논문까지 제대로 쓰기 힘들어. 생계 부담 있으면 더더욱."

나는 운이 좋았던 거고. 어쩐지 조금 어두운 얼굴로 네가 말했다.

"대학교 교원, 비정규직 차별 되게 심해. 똑같이 교수님 소리 들어도 신분이 천차만별이야. 태반이 시간강사에다 교수 직함 쓴다고 다 전임 아니고, 전임이라도 정년트랙이랑 비정년트랙이 또 나뉘고, 신분 따라서 처우도 하늘과 땅 차이고. 너 대학들 강사료 얼만 줄 알면 아마 깜짝 놀랄걸."

나는 잠자코 들으면서 두 개의 빈 잔에 술을 따랐다. 가볍게 한숨을 쉬고서 말을 잇는 너.

"시간강사법이라고 올해부터 시행된 법 있어. 강사 처우 개선하라는 취지였는데, 인건비가 오르니까 대학들이 아예 고용을 줄여 버렸거든. 전공수업은 전임들한테 더 주고 교양과목은 벌써 많이 폐지됐고. 그러니까 강사 일자리는 오히려 준 데다가 수업 질은 질대로 떨어지게 된 거야."

언젠가 뉴스에서 본 것 같은 얘기였다. 나는 고개를 끄덕이며 얌전히 경청한다. 네 목소리가 더 듣기 좋아졌다는 생각을 하면서. 너는 예전부터 또랑또랑한 말투였지만 지금은 좀 원숙하달까, 발음도 억양도 편안하게 더 잘 들렸다. 사년 넘게 강의하면서 다듬어진 걸 수도 있겠지. 그러고 보니 강단에 선 네 모습도 보고 싶다. 진짜 언제 한번 철판 깔고 학교로 찾아갈까.

"그 법 때문에 대학들 졸업 이수 학점도 줄였다? 학교가 강사료 아낀다고 수업을 줄이는 게 말이 돼? 유지가 안 되면 문을 닫아야지. 우리나라는 인구에 비해 대학이 너무 많아, 이제는 애들도 없는데. 미안. 재미없지, 이런 얘기."

"아니야, 재밌어."

진심이다. 너랑 같이 있는데 무슨 얘긴들 재미없을 리가. 그러나 나는 반사적으로 대꾸하고 나서야 생각했다. 근데 이건 재미있으면 안 되는 얘기 아닌가.

"아니, 그 강사법 문제가 재밌다는 건 물론 아니고."

해명하듯 덧붙이자 네가 가볍게 코웃음을 쳤다. 낮게 퍼지는 웃음 어딘가에 푸르스름한 피로가 묻어 있었다.

"나도 이런 얘기 재미없는데 어쩔 수가 없네. 아까도 회식 자리에서 그런 얘기만 하다 왔어. 내년엔 우리도 강의시수 더 맡아야 할 것 같다고."

"교수들 일만 늘어나는 거네."

"승진 요건은 조정 안 해 준다는 게 더 문제지. 이제 나 같은 신임들은 연구시간 빼려면 잠을 더 줄이는 수밖에 없게 됐어. 새해에도 잠은 다 잤지, 뭐."

"보통 몇 시에 일어나는데."

"다섯 시."

"새벽 다섯 시?"

나도 모르게 되묻자 너는 조금 멋쩍게 웃었다.

"난 아침에 머리가 맑은 편이라서."

"밤엔 몇 시에 자고?"

"대중없긴 한데 보통은 열한 시 반쯤. 일하다 보면 자정 넘기기도 하고. 대신 수업 없을 땐 잠깐씩 낮잠도 자. 그래도 하루에 한 대여섯 시간은 자나 봐."

저절로 입이 벌어졌다. 종일토록 공부하고 글 쓰는 일상이라니 생각만 해도 좀이 쑤신다. 나는 고삼 때도 일곱 시간은 잔 거 같은데.

"교수가 원래 그렇게 힘든 직업이야?"

"야, 누가 들으면 욕해. 배부른 소리 한다고."

"남들이 모르는 고충은 있지. 어느 직종이나."

"내 성격 탓도 있을 거야. 선배들 말로는 첫해라서 그럴 거래. 슬슬 요령 생기면 괜찮다고. 그래도 직장 생활 하는 사람보다야 덜 힘들지. 출퇴근 부담도 없고 사람 스트레스 받을 일도 많이 없고, 어쨌거나 방학도 있으니까."

네 이야기를 들으면서 나는 서재와 침실의 동선을 생각했다. 네가 새벽 다섯 시에 눈을 떴을 때 보게 될 천장의 모습을 상상하고, 가장 빨리 일광을 끌어올 수 있도록 창의 방향과 위치를 계산했다. 부스스 주방으로 향하는 너를 따라 가장 효율적인 구조를 생각한 뒤, 커피를 끓이는 동안 새벽을 감상할 전면창을 배치해 본다. 낮에도 방해 없이 깊이 잠들 수 있도록 하려면 공간을 어떻게 구성할지도 잠깐 고민했다. 건축주의 수면 습관이 불규칙한 것은 설계 시 고려할 가치가 상당한 요소다. 그렇게 다분히 직업적이기도, 전혀 그렇지 않기도 한 그림을 머릿속에 그려 보다가 나는 문득 궁금해졌다.

"독일에 있을 때도 그렇게 힘들었어?"

말을 꺼내는 순간 나는 질문의 파장을 예감한다. 너는 과연 잠시 멈칫하는 것 같았다. 맞닿은 시선을 따라 가느다란 진동 같은 게 느껴졌다. 종이컵에 실을 펜 전화기처럼, 단순하고도 선명한 떨림 같은 것.

"유학생이 다 그렇지 뭐."

너는 가짜 미소를 앞세워 시선을 피하고, 그래서 나는 심술궂게 더 건드리고 싶어졌다.

"뭐가 제일 힘들었는데."

다문 네 입술에 시선을 고정시켰다. 잠깐의 침묵이 이어질 동안 깔깔대며 웃는 소리가 옆 테이블에서 넘어왔다. 너는 잠잠히 술잔에 고인 술을 응시하다가,

"나 거기 있는 동안 한 번도 한국 안 나왔어."

대답과 함께 천천히 눈을 들었다.

"한 번도?"

"응. 육 년 동안."

너는 이제 내 시선을 피하지 않는다. 똑바로 마주 보는 눈길에서 단단한 심지가 느껴졌다. 나는 이제 외려 거기에 찔린 것 같은 기분이 든다.

"왜."

"갈 때 그렇게 마음먹었으니까. 박사 따기 전엔 절대 한국 안 온다고."

"너 독일에 아는 사람도 없다고 한 거 같은데."

"없었지. 쭉 혼자 있었어. 룸메이트도 없이 작은 아파트에서. 육 년 동안."

"……"

"그게, 제일 힘들었어."

너는 무슨 말인가 덧붙일 듯했으나 결국 입술을 다물었다. 그리고 나는 무슨 말을 해야 좋을지 모를 지경이 됐다. 불현듯 가슴 안쪽이 갑갑해지면서 뭔가가 울컥 배어 나왔다. 동질감일 수도 동정심일 수도 있을 그것은 무르고도 아릿한

감각이었다.

어쩌면 그것은 확신이다. 네가 싸워야 했던 외로움과 그리움이 내 것보다 훨씬 더 컸을 거란 확신. 너를 가장 아프게 한 것들 중에 나도 포함돼 있었다는 확신. 그러니 힘들었던 건 나뿐만이 아니었단 확신이 마치 거대한 돌처럼 가슴을 짓눌러서, 나는 잠깐 동안 대화를 잇지 못했다.

너는 더 이상 나와 눈을 맞추지 않는다. 시선을 내리깔고 아무렇지 않은 척 젓가락을 집더니 샐러드를 뒤적이기 시작한다. 그런 너를 나는 잠자코 바라보았다. 양쪽 팔꿈치를 테이블에 얹은 너. 포인트도 패턴도 없는 심플한 스웨터를 입은 너. 얼마든 닿을 거리에 아주 가까이 있는 너. 똑똑하고 용감하고 냉정한 최민주.

"……외로웠겠다."

그 밖에 나는 달리 할 말이 없었다. 너는 눈을 들어 나를 보더니 그저 웃었다. 지나간 일들에 대해 우리가 할 수 있는 일은 어쩌면 이것뿐인지도 모르겠다. 그저 웃는 것. 좋았던 시간이든 아팠던 날들이든 일단 과거로 지나고 나면, 그저 소리 없는 웃음으로 요약되는 건지도.

한 병의 청주는 슬슬 바닥을 보인다. 서른여섯의 마지막 금요일이 끝나 가고 있었다. 나는 분위기를 환기하려 네게 독일어를 해 보라고 했고, 너는 어차피 알아듣지도 못할 거 아니냐며 피식 비웃었다. 그래서 나는 고등학교 때 제이외국어가 독어였던 것을 강조하면서 혀끝으로 기억하는 관사와 동사변형을 자신 있게 읊어 보여 너를 웃겼다. 예전에도 지금도 네가 소리 내 웃을 때면 나는 가슴이 뿌듯해진다.

비어 가는 술병이 아쉬웠다. 집에서 맥주 한잔 더 할래? 예전에 네가 했던 도발적인 제안을 나는 너에게 똑같이 하고 싶었다. 그러나 내가 그러지 않을 것을 나는 또한 알고 있다. 오늘 나는 너를 집까지 데려다준 다음 얌전히 택시를 타고 돌아갈 것이다. 나는 한번 실패한 경로를 다시 시도할 정도로 멍청하지 않으니까.

내가 너에게 원하는 것은 부담 없는 관계가 아니다. 이번에는 부담을 아주 잔뜩 안길 작정이다. 네가 결코 아무렇게나 빠져나갈 수 없게, 우리 대체 무슨 사이냐는 말 따위 나올 수조차 없도록 시작부터 확실히 선을 그어야 한다. 그러려면 역시 인내심을 더 발휘해야겠지. 인내는 쓰지만 열매는 달다고 한 사람이 누구였더라. 너는 정답을 알고 있을 것 같지만 나는 묻지 않았다. 이따 집에 가면서 검색해 봐야지.

"어, 벌써 열한 시 다 돼 가네."

"진짜. 시간 왜 이렇게 빠르냐."

"그러게."

"일어나자. 집까지 데려다줄게."

너와 함께 있을 때 시간은 빠르게 내달린다. 올해의 마지막 금요일도 이제 머지않아 끝날 것이다. 우리는 가게를 나와서 완만한 비탈길을 나란히 걸었다. 너와 나 사이의 거리는 어느새 불과 한 발짝. 오피스텔까지 소요될 시간은 대략 칠 분. 주황색 가로등이 우뚝우뚝 선 골목을 너의 속도에 맞춰 걸으면서, 나는 시간을 비끄러매고 싶단 생각을 아주 오랜만에 했다.

대화는 칠 분 동안 끊이지 않는다. 말할 때마다 웃을 때마다 입김이 하얗게 번져 나왔다. 너의 오피스텔이 오 킬로미터쯤 더 떨어져 있으면 좋았을 텐데. 나는 저만치 보이는 건물을 너 몰래 서운해하면서 생각했다.

그러고 보니, 이번 겨울은 유독 춥지 않은 것 같다.

11.

최민주

눈을 떴다. 주위는 아직 한밤처럼 어둡다. 지금은 겨울이라 일출까지 두 시간쯤 기다려야 하지만 여름에는 천장에 푸른 여명이 고일 것이다. 예전 집보다 훌쩍 높아진 복층의 층고도 이제 눈에 익었다.

습관대로 스마트폰부터 집어 화면을 확인했다. 시간은 다섯 시를 조금 넘었고 새로 들어온 메시지는 없다. 새로 들어온 메시지가 없음. 나는 불식간에 조금 실망했다가 곧 의식적으로 자조한다.

이사 후 천장은 높아졌지만 잠자리는 반대로 낮아졌다. 프레임 없이 매트리스만 놓았기 때문에 이제 침대 아래로 내려가는 게 아니라 바닥 위로 올라서는 느낌이다. 이불을 젖히고 몸을 틀어서 매트리스 밖으로 가볍게 올라섰다. 이것 또한 이제 제법 몸에 익었다.

잠에서 깬 직후 내가 하는 일은 주방으로 걸어가는 것이다. 여기는 아주 작은 원룸이므로 방문을 열거나 걸을 것도 없이 몇 발짝만 떼면 곧장 싱크대다. 잠 부스러기를 덕지덕지 묻힌 채 전기스토브를 켠 다음 주전자에 물을 올리고,

원두를 꺼내 자동 분쇄기로 드르륵 간다. 원두가 으스러지면서 고소한 냄새가 나야 비로소 진짜 기상이다. 나는 잠기운을 털어 내기까지 시간이 좀 걸리는 편이다.

봄이나 여름에는 갓 내린 커피를 들고 창가를 향해 앉는다. 지금은 이층의 책상으로 올라가지만 이것은 이것대로 나쁘지 않다. 해가 짧은 계절엔 일출 전의 어둠이 마치 덤으로 얻은 시간 같은 착각이 드니까. 두어 시간쯤 전날 읽던 책을 읽거나 사색을 하다가 시간에 맞춰 창 쪽으로 몸을 돌린다.

하루 중 내가 가장 좋아하는 때가 바로 지금이다.

해가 떠오르는 광경은 경이롭다. 새까맣던 하늘이 남색으로 바랬다가 서서히 복숭앗빛으로 밝아진다. 그 과정은 제법 느려서 언뜻 정지한 것처럼 보이지만 일출은 또한 도둑처럼 날쌔게, 어느 순간 훔치듯 어둠을 거둬 가 버린다. 나는 그렇게 갓 깨어난 아침의 말간 하늘이 좋다. 옅은 구름이 크림처럼 가볍게 떠 있어도 좋고, 아직 남아 있는 초승달이 창백해지는 풍경도 예쁘다. 맑은 날은 맑은 대로 흐린 날은 또 흐린 대로, 새로운 날이 열리는 순간은 언제나 희망을 품게 한다.

희망.

희망은 기대감이다. 무슨 일이 일어나길 바라는 마음. 무언가가 나타나길 고대하는 것. 내게는 이를테면, 어둠 속에서 점점이 빛나던 한강대교가 온전한 모습을 드러내는 광경 같은 것.

나는 두 눈을 가늘게 뜨고서 저 아래쪽 멀리 보이는 교량에 안력을 모았다. 스탠드 조명까지 꺼 버린 실내에 안전히 몸을 숨긴 채로. 네가 설령 독수리에 버금가는 시력을 지녔대도 여기 선 나를 알아볼 수 없도록.

'아침에? 일곱 시 좀 넘어서 나가. 사십오 분 코스.'

그러나 여기서 양화대교는 검지손가락만 하게 보이고, 그 위를 벌레처럼 지나는 자동차들도 차종을 전혀 알 수 없다. 인도 위의 사람 또한 움직이는 것이 구분될 뿐 어떤 사람인지까지 식별하기란 맨눈으로 불가능했다. 이른 아침 다리 위를 오가는 건강하고 부지런한 사람들은 의외로 한둘이 아니었다. 콘택트렌즈가 지겨워 시력교정술을 받았지만 내 눈은 역시 독수리에 한참 못 미치므로, 다리 위를 달리는 네 모습도 매번 상상에 그치는 형편이다.

그래서 너를 찾아보려는 시도는 오늘도 당연히 실패로 돌아갔다. 망원경이라도 하나 구비해야 하나. 나도 모르게 그런 생각을 했다가 그만 어이가 없어졌다.

망원경.

미쳤니.

무슨 스토커도 아니고.

나는 헛웃음을 흘리며 이층 책상으로 돌아간다. 닫아 뒀던 노트북을 열면서 청광차단 안경을 펼쳐 쓴다. 그 짧은 찰나에도 시선은 또 전화기로 끌려갔지만 휴대폰 화면은 여전히 잠잠하다. 새로 들어온 메시지 아직도 없음. 유치한 실망감 사이로 엉뚱한 아이디어 하나가 번뜩거렸다.

요새는 스마트폰 카메라도 줌 기능이 좋다던데.

"……하."

실소가 절로 나온다. 우습기도 하고 좀 가엾기도 하다. 나는 망원경 못지않은 그 발상을 실천으로 옮기지 않기 위해, 그래서 스스로 자부해 온 지성을 배반하지 않기 위해 상당한 자제력을 발휘해야 했다.

그러나 나는 또한 알고 있다. 내가 잃지 않으려는 것은 보잘것없는 지성 따위가 아니라는 걸. 나는 나를 막기 위해, 너로 인하여 비롯될 수 있는 위험과 손해를 최대한 부풀리려 안간힘을 쓰고 있다는 걸. 지금의 나보다도 더한 속물이 되기 위해 온갖 계산을 동원하고 있다는 걸.

또한 그 모든 노력에도 불구하고, 나는 결국 버텨 내지 못하리라는 것도.

—

최대한으로 집중할 때면 온몸의 세포가 뾰족해지는 기분이 든다. 날카롭게 벼려진 신경이 풀잎처럼 가늘어져서 아주 작은 바람에도 휘청거리기 일쑤다. 나는 원고의 마지막 단어까지 입력한 뒤 안경을 벗으면서 노트북 화면의 시간을 확인했다.

삼십일 일. 화요일. 저녁 여덟 시 반. 올해는 이제 네 시간도 채 남지 않았다. 그러나 내게 더 중요한 사실은 보스턴에서 열릴 학회가 일주일 앞으로 다가왔다는 것.

손깍지를 끼고 가볍게 스트레칭을 한 다음 양쪽 귀에 꽂은 이어플러그를 빼냈다. 꽉 막혔던 소리 길이 뚫리면서 공기의 흐름이 다시 들리기 시작했다. 집중하기 위해 귀를 막는 것은 고교 시절부터 밴 습관이다.

〈인식론적 대상으로서의 언론―허구와 실제는 어떻게 인식되는가〉

영어로 쓰인 원고는 구두 발표에 쓸 대본이다. 저널에 실려 이미 공개된 논문을 동료 학자들 앞에 설명하는 건데, 관심을 보이는 질문자가 있으면 즉석 토론으로 이어지기 일쑤라서 비영어권인 나 같은 사람은 부담이 만만치 않다. 나는 영어도 독어도 학습을 통해 익혔기 때문에 구사에 아무래도 한계가 있다. 철학은 특히나 언어에 의지하는 학문이라서, 국제학계에 발 들이려면 연구 실적보다 오히려 외국어 능력이 더 큰 문제처럼 느껴진다.

나는 갓 완성된 문서를 인쇄했다. 프린터가 뱉어 낸 원고와 펜을 들고서 처음부터 소리 내 읽기 시작했다. 어색한 부분은 다듬고 더 나은 표현은 덧붙여 가면서 원고를 끝까지 읽어 내고, 수정한 내용을 컴퓨터로 옮겨 새 버전으로 다시 인쇄한다. 발표 연습을 하면서도 계속 수정할 것이기 때문에 아직 최종 원고는 아니다. 교수 자격으로는 처음 참여하는 해외학회라 평소보다 더 신경이 쓰였다.

시간은 이제 아홉 시에 가까워지고 있다. 나는 뻣뻣한 어깨를 주무르면서 즐겨 듣는 음악 목록을 재생시키고, 돌돌 말아 세워 둔 요가 매트를 바닥 위에 펼쳤다. 앉아서 일하는 직업을 가진 사람은 누구나 공감할 테지만 컴퓨터를 다루는 자세는 생각보다 많은 부위를 힘들게 한다. 운동에 소질 없는 내가 십 년 이상 요가를 하는 것도 그래서다.

너의 메시지가 도착한 것은 맨발로 막 매트 위에 올라섰을 때였다.

[초고 끝났어?]

지난 금요일 이후 우리는 거의 매일같이 문자를 주고받았다. '주고받는다'는 표현이 등가교환의 의미를 내포한다면 약간의 어폐가 있겠는데, 너와 나의 대화창을 본다면 누구라도 쉽게 눈치챌 수 있을 테다. 적극적으로 말을 거는 쪽은 언제나 너고 나는 그 질문에 대답하는 수준이니까. 그러니 길지 않은 우리의 대화는 '주고받기' 보다 '공격과 수비', '돌진과 방어', '가속과 제동' 정도가 더 적확한 표현일 것이다.

그러나 내 양심을 걸고 고백하건대, 이건 결코 너를 애태우기 위한 술수가 아니다.

관계에 신중을 기하는 태도에는 크게 두 가지 목적이 있다. 상대방에 대한 자신의 판단을 신뢰하지 못해서. 또는 상대에게 좀 더 진중한 사람으로 보이기 위해. 그러나 내가 머뭇대는 이유는 그것들과 조금 달랐다.

나의 목적은 그저 행동을 유보하는 것이다. 예상되는 상황을 최대한 유예하는 것. 방학 숙제를 개학 전날까지 미뤄 두거나, 기말고사 직전까지 시험공부를 미적대던 습관과 근본적으로 같은 것. 더욱 한심한 것은 스스로 문제를 훤히 알고 있음에도 내가 여전히 변하지 않고 있다는 점이다. 지식이나 논리는 때로 싸구려 장식품처럼 아무짝에도 쓸모가 없다.

[응 지금 막 끝냈어]

나는 요가 매트 위에 선 채로 답을 써 보냈다. 네가 지난 주말에 뭐 하냐고 물었을 때도, 신년 전야인 오늘의 스케줄을 물었을 때도 나는 학회 준비를 구실 삼아 이어질 제안을 차단했었다. 사흘 뒤에 출국하며 오박 육 일 일정이라는 것도 말해 주었다. 명백히 필요 이상의 정보를 흘려주면서도 아무렇지 않은 척 시침을 뗐다. 나는 아직 너에 대한 결정을 유보 중이란 메시지를 간접적이고도 일관되게 강조하면서.

마치 내가 정말로 냉담한 태도를 유지하고 있는 것처럼. 아침마다 양화대교를 노려보면서 너의 모습을 찾고, 수시로 전화기를 힐끔댄 일 따위는 전혀 없었던 것처럼. 끈질긴 발뺌에도 네가 아직 마음을 바꾸지 않은 것을 또한 날마다 내심 안심하면서.

'이대로 있어. 모른 척해도 되니까.'

패를 먼저 내보인 사람은 자연스레 열위에 놓인다. 상대의 마음을 알고 있다는 건 관계에서 더없는 권력이 된다. 그러나 지금 우리의 관계는 그 일반적인 구도와 법칙에서 크게 벗어나 있는 것 같다. 마치 고수와 하수의 대국처럼 관대하게 한 수 접어주고 있는 듯한, 그럼에도 주도권을 쥔 쪽은 어디까지나 너인 것 같은 기분.

'그냥, 있어 줘.'

나는 네가 고마운 동시에 난감하고, 불안한 동시에 다행스럽다. 네 손을 잡는 것이 두렵지만 또한 너의 관심을 잃을까 조마조마하다. 뇌의 일부를 도려내기라도 한 것처럼 도무지 결정을 내리지 못하고 있다. 한 달도 채 되지 않은 기간 동안, 나는 강렬한 희망과 치열한 자기혐오 사이를 쉼 없이 오가고 있었다.

[10분만 쉬자]

스마트폰 화면 위로 다시 네 이름이 떠올랐다. 가부좌를 틀던 나는 찌릿한 예감에 동작을 멈췄다. 순간 아주 가까이 있는 너의 모습이 그림처럼 눈앞에 그려졌다. 오늘은 신년 전야. 새해까지는 불과 세 시간.

[잠깐 나와]

너의 메시지는 주저 없이 이어지고,

[집 앞이야]

나는 기대하던 일이 실제로 벌어진 것에 다시금 놀라워한다.

—

오피스텔 앞 골목에 선 네 차를 나는 단번에 찾아냈다. 운전석에 앉은 너의 옆얼굴이 스마트폰 불빛에 반쯤 젖어 있었다. 차림새와 안색으로 보아 갓 퇴근한 모양이다. 신년 전야는 둘째 치고 밤 아홉 시가 다 됐는데. 나는 이런 날까지 야근을 시키는 너의 직장을 속으로 조금 원망했다.

패딩 점퍼 주머니에 양손을 찌르고서 가까이 다가갔다. 표정 없는 얼굴로 전화기를 들여다보던 네가 내 쪽으로 고개를 돌렸다. 나는 우리의 시선이 마주친 찰나, 무심한 타인 같던 너의 얼굴에 한순간 온기가 번지는 걸 본다. 드러내어 웃거나 반가운 표정을 짓지 않았지만 나를 보는 너의 눈빛에서, 보일 듯 말 듯 희미한 입가의 미소에서 나는 더없이 뚜렷한 너의 마음을 느꼈다.

따뜻한 강물이 출렁출렁 가슴까지 차올랐다.

나는 네게 나오지 말라는 눈길을 던지면서 빠른 걸음으로 보닛을 돌았다. 조수석 문을 열자 약간의 열기와 네가 쓰는 향수 냄새가 훅 끼친다. 나는 태연하고도 자연스러운 동작으로 네 옆자리에 앉아 문을 탁 닫았다. 그러나 두꺼운 책을 포개 놓은 것처럼 가슴이 갑갑하고도 무거워졌고, 그래서 더더욱 일상적인 말투로 가볍게 대화를 시작했다.

"지금 퇴근한 거야?"

"어."

"이렇게 맨날 야근해도 돼? 악덕 회사네."

"너도 여태 일했잖아."

그건 그러네. 나는 얕게 실소하고 말았다.

"하루 종일 원고만 썼어?"

"아니, 이것저것 다른 것도 하다가. 틈틈이."

"초고 나왔으면 거의 끝난 건가."

"거의. 이제 시뮬레이션하면서 수정하면 돼."

"애썼네."

"너야말로 늦었는데 들어가지. 피곤할 텐데."

"보고 싶어서."

나는 순간 귀를 의심했다. 한 대 얻어맞기라도 한 것처럼 생각이 뚝 멎었다. 너 지금 뭐라고 했니. 되묻는 대신 한 박자 뒤늦게 네 얼굴을 바라보았고, 너는 제대로 들은 게 맞다는 듯 좀 뻔뻔하게 나를 마주 보았다. 진지한 눈매와 장난기 어린 입술. 상반되는 표정이 혼재한 네 얼굴이 나는 낯설다.

"잠깐 얼굴 보고 가려고. 해 바뀌기 전에."

"……밥은 먹었어?"

"먹었는데 네가 먹자면 또 먹을 수 있어."

너는 말을 탄 기수라도 된 양 거침없이 돌진했다. 졸지에 기습당한 것처럼 나는 별수 없이 허둥거렸다. 어째 단단히 말리는 형국이지만 빠져나갈 묘안도 구실도 마땅치가 않다.

"밥 먹으러 갈까?"

"됐어. 먹었다며."

"그럼 잠깐 어디 좀 갔다 오자."

"지금? 어디?"

"그냥. 이 근처."

너는 멋대로 그렇게 결정하더니 시동을 넣었다. 이 급작스럽고 일방적인 상황 속에서 나는 우습게도 내 옷차림부터 걱정하기 시작했다. 패딩 안에는 집에서 입는 티셔츠와 바지 차림인데. 이런 몰골로 밤 아홉 시에 어딜 가자고. 생각들이 구슬처럼 와르르 쏟아져서 어쩔 줄 모르고 있을 때, 네가 돌연 내 쪽으로 상체를 기울였다.

그리고 나는 숨을 멈춘다.

착각은 희망을 투영할 때가 많다. 반사적으로 튀어 오른 상상의 장면들은 대개 꿈처럼 무의식을 반영한다. 운전석에 앉은 네가 팔을 뻗어 왔을 때, 순식간에 코앞까지 다가온 얼굴과 체온과 체향을 인지했을 때, 너와 나의 몸이 거의 포개지듯 밀착되려던 순간, 나는 불식간에 호흡을 멈춘 채로 두 눈을 질끈 감았다.

온몸의 솜털이 일어섰다. 어깨가 절로 움츠러들었다. 귓가에는 아무 소리도 들리지 않았고 신경은 접촉에 대비해 극도로 예민해졌다. 그 모든 반응들은 놀랍도록 짧은 순간에, 일 초가량의 찰나에 대단히 빠르게 이뤄졌다.

그리고 곧 안전벨트 버클이 딸깍 잠길 때까지, 나는 정말로 네가 내게 키스할 줄 알았다.

"차 안에만 있을 거야."

여전히 상체를 가까이 기울인 채로 네가 말한다. 침착하기 그지없는 어조였지만 나는 심장이 터질 것 같다. 내가 방금 눈 감은 걸 봤을까. 거기까지 생각하자 얼굴이 불처럼 확 달아올랐다.

"걱정 마. 멀리 안 갈 테니까."

네가 그러며 나를 향해 슬쩍 웃는다. 덕분에 나는 이제 심장도 얼굴도 터질 것 같다. 너는 능숙하게 안전벨트를 맨 다음 천천히 주행을 시작하고, 보기 좋게 조수석에 묶인 나는 벙어리처럼 한마디도 하지 못했다. 그리고 차에 조금씩 가속이 붙기 시작할 때 비로소 깨달았다.

유진욱, 너 일부러 그런 거지.

자동차는 골목을 빠져나가 큰길로 들어선다. 눈에 익은 거리 풍경이 시야를 스쳐 지난다. 나는 평정을 되찾기 위해 몰래 깊은 숨을 들이쉬었다. 그러나 한

번 날뛰기 시작한 박동은 좀체 가라앉지 않는다.

창밖을 향해 고개를 돌린 채로 다시 눈을 질끈 감았다. 밤이라 새빨개진 얼굴은 보이지 않을 테니 그나마 다행이라 위로하면서. 그럼에도 도저히 운전석 쪽을 돌아볼 용기가 나지 않았다. 네가 아직도 전방을 향해 조용히 웃고 있을 것 같아서.

'걱정 마. 멀리 안 갈 테니까.'

급기야 나는 창피함과 원망으로 머리를 쥐어뜯고픈 심정이 된다. 봤겠지. 당연히 봤겠지. 눈 감은 걸 네가 못 봤을 리 없지. 역시 너는 일부러 그랬던 게 틀림없다.

나쁜 놈,

유진욱,

진짜 치사한 놈 같으니라고.

—

너의 목적지는 망원 한강공원이었다. 우리는 출발한 지 사 분만에 텅 빈 주차장에 도착했다. 검은 강물에서 아주 가까운 주차장은 양화대교보다 성산대교에 더 인접해 있다. 부챗살 같은 교각마다 노란 조명을 켠 성산대교. 나는 전면 유리 너머 한강의 야경을 바라본다. 엔진이 꺼지면서 차 안에는 완벽한 침묵이 흘렀다.

두 교량 사이에 끼인 강변 공원. 너와 여기 온 것이 처음은 아니라는 걸, 목적지를 눈치챈 직후부터 나는 상기해 내고 있었다.

학생 시절 우리의 동선은 대단히 제한적이었다. 함께 시간을 보낸 곳은 절대적인 비중으로 너의 원룸이었고, 이따금씩 식당과 포장마차, 그보다 더 가끔씩 도서관, 그리고 서너 번쯤 교내 학생 식당에 함께 간 정도였다. 한 손에 꼽히는 그 지점들을 제외하면 우리가 함께 걸었던 유일한 곳이 바로 여기다. 성산대교 근처의 한강공원.

기말고사가 끝나고 여름방학이 시작된 날, 너는 대뜸 강을 보러 가자면서 반대편 버스정류장으로 나를 이끌었다. 마지막 시험을 막 끝내고 나온 나는 엉겁결에, 솔직하게는 약간 들뜬 심정으로 너를 따라 버스에 올랐다. 실은 그때 나도 너와 함께 하고 싶은 것들이 참 많았다.

그림처럼 싱그러운 여름날이었다. 차창으로 불어오는 바람마저 초록빛 냄새를 풍기던 날. 늦은 오후 반쯤 빈 버스에 나란히 앉은 우리를 기억한다. 목덜미에 달라붙은 머리카락이 바람에 흩날려 상쾌해지던 것도. 왼쪽에 앉은 네게서 풍기던 시원한 향수의 잔향도. 기말고사가 끝났고 날씨 또한 좋았지만 그때 나를 가장 들뜨게 한 건 역시 너였다.

평일 오후의 강변은 평화로웠다. 우리는 일회용 컵에 담긴 얼음과 커피를 달각달각 흔들면서 천천히 강가를 걸었다. 너는 서울에서 가장 좋아하는 것이 이 강이라는 것, 세계의 다른 대도시들도 강을 낀 곳이 많지만 한강처럼 웅장한 규모는 드물다는 것, 저쪽에 있는 양화대교 구교는 국내기술로 건설한 최초의 다리라는 상식까지 내게 들려주었다. 서울에서 태어나 자란 내겐 하나같이 처음 듣는 얘기였고, 덕분에 나는 이 도시에 대해 지나치게 무지했음을 깨달았다.

그때 나는 석사과정을 한 학기 남겨 두고 있었다. 그것은 졸업논문 심사가 순조롭게 진행될 경우 반년 후에 출국한다는 뜻이었다. 너무나도 명백해서 가릴 수 없는 사실이었지만 우리는 누구도 그걸 언급하지 않았다. 마치 금기라도 다루듯이 회피하려 노력했다. 다가올 미래를 무시하는 것 외에 너와 내가 할 수 있는 일은 없는 것 같았다. 예정된 결말을 못 본 척하는 것. 그것 말고는 아무것도.

그날 하늘은 구름 없이 화창했다. 수면 위에서 윤슬이 설탕처럼 반짝거렸다. 나는 푸른 강물을 향해 선 채 네게 물었다. 반쯤은 어색함을 상쇄할 의도였다.

'넌 강이 왜 좋아?'

그리고 잠깐의 공백 후 돌아온 너의 목소리.

'변함이 없어서.'

나로선 예상 못 한 답변이었다.

'강은 늘 그대로잖아. 도시는 변해도.'

너의 말은 어쩐지 좀 감상적으로 들렸다. 그래서 나는 약간 삐딱하게 토론을 유도하기로 했다. 그때 나는 우리 사이에 감상이 짙어지는 걸 원하지 않았다.

'왜 변함이 없어? 강도 계속 흐르잖아, 시간처럼. 같은 강물에 두 번 몸을 담글 수 없다는 거 몰라?'

똑똑한 척 고대 철학자의 명언까지 인용한 내게,

'시간은 흐르는 게 아니야. 정지된 순간들의 연속일 뿐이지.'

너는 물리학자들의 보편적인 주장으로 응수했다.

'형이하적 차원에서만 얘기하자, 유진욱. 물리적으로 봐도 한번 흐른 강은 다시 돌아오지 않아.'

'물은 순환하는 건데.'

'그건 거시적으로 봤을 때 얘기지. 그 물이랑 이 물이랑 같아?'

'같은 강물인지 아닌지 어떻게 알아. 물 분자에 이름표 붙인 것도 아니고.'

너는 온건하고 상식적인 데다 논리적인 사람이어서 나는 거의 모든 주제에 대해 너와 토론하길 좋아했었다. 그러나 그날따라 우리 대화는 자꾸만 아귀가 어긋나는 느낌이었다. 상식이나 논리의 궤도에서 한참 벗어난, 온건하지 않은 방향으로 삐걱삐걱 구르는 기분.

'그러니까, 한번 흘러간 강물이 되돌아온다고?'

'오지 말란 법 있어?'

'뭐야, 어이없어.'

농담처럼 대꾸했지만 그때 나는 알고 있었다. 네가 일부러 억지를 부리고 있다는 걸.

'무슨 연어도 아니고.'

'물고기도 돌아오는데.'

그 순간에도 강물은 흐르고 있었다. 그 거대한 불가항력 앞에서 우리는 어설픈 토론을 멈춰야 했다. 순환하는 물 분자든 정지한 순간의 연속이든, 흐르는 강이나 시간을 붙잡아 둘 능력이 너와 나에겐 없었기 때문에.

그때 우리를 둘러싼 것은 연한 물비린내와 새하얀 햇살, 온통 새파란 녹음이었다. 그리고 빛나는 색채 사이로 눈부시게 존재하던 너.

'돌아와.'

그랬던 너에게 나는 대답하지 않았다. 돌아온다는 선언인지 돌아오라는 당부인지 구태여 묻지 않았다. 돌아올 거라는 희망도 돌아오겠다는 다짐도 나는 네게 줄 수 없었다. 그때 나에게 미래란 거대하고 난폭한 괴물 같았다. 제어할 수도 예측할 수도 없는 존재 앞에서, 내가 장담할 수 있는 일은 아무것도 없어 보였다.

그것은 무력감. 이십 대 시절의 나를 대체로 지배한 감정이었다.

그때의 무력감을 나는 다시 느낀다. 십 년도 더 지난 감정이 이토록 생생하게 가슴을 적신다. 마치 시간이 종이처럼 절반으로 딱 접힌 기분이다. 그때의 나와 지금의 나는 놀랍도록 그대로인데 주변을 둘러싼 세상만 바뀐 것 같았다. 내 머릿속에서는 시간의 질서가 일순 어그러지고, 미궁에 빠진 것처럼 문득 현기증이 몰려왔다.

그때 현실 속의 네가 말을 건다.

"좋지."

덕분에 나는 잠에서 깨듯 상념에서 벗어났다.

"뭐가."

"강."

"……어두워서 보이지도 않는데."

"원래 진짜 좋은 건 눈에 안 보이는 거야."

말이나 못하면. 나는 코끝으로 웃는 것으로 대답을 대신했다.

"나는 퇴근길에 가끔씩 여기 들러. 기분 안 좋을 때나 머리 복잡할 때."

"오면 기분이 좀 나아져?"

"나아질 때도 있고,"

너는 잠깐 말을 멈췄다가,

"더 안 좋아질 때도 있고."

"나빠진다고?"

"나쁘다기보다 우울하다고 해야 하나. 좀 가라앉는 기분. 그냥, 그럴 때 있잖아."

나는 너를 향해 고개를 돌렸다. 너는 뒷머리까지 완전히 안기듯 운전석에 기대어 있다. 이완된 옆얼굴을 따라 가로등 불빛이 맺혀 있었다. 웃지 않는 얼굴. 어쩐지 침울해 보인다고 생각한 순간 나는 가슴 밑바닥이 저릿해졌고, 억지로라도 너를 조금 웃게 만들고 싶어졌다.

"그럼 지금도 기분 안 좋아서 여기 온 거야? 왜, 한 살 더 먹으려니까 머리가 복잡해?"

너스레를 떨자 네가 피식 웃는다. 그러고는 내 쪽으로 고개를 돌렸다. 운전석에 푹 안겨 헤드레스트에 옆머리를 댄 너는 마치 모로 누운 소년 같았다.

"아니. 좋은데."

우리는 그렇게 서로를 본다. 너와 나의 얼굴은 정확히 운전석과 조수석의 거리만큼 떨어져 있다. 경계 없이 나를 보는 너의 눈동자. 뚜렷한 눈매와 미소 띤 입술. 그 입술이 다시 벌어지는 장면을 나는 또 속절없이 눈으로 좇고 말았다.

낮고도 부드러운 너의 목소리.

"되게 좋은데. 지금."

그 말을 듣는 순간 나는 입 안이 말랐다. 코를 통해 내쉬는 숨이 과하게 의식되기 시작했다. 직선으로 응시하는 네 눈은 거침이 없어 도발적이다. 나는 갑자기 야경에 관심이 생긴 척 정면으로 고개를 돌렸다. 왼쪽 얼굴에 느껴지는 너의 시선은 여전했다.

"금요일 몇 시 비행기야?"

"아홉 시 반. 아침."

"올 때는."

"오후에 도착해. 네 시 넘어서."

"그럼 주말에나 볼 수 있겠네. 피곤할 거 아냐, 시차 땜에."

무슨 학회를 새해 벽두에 하나. 나지막이 투덜대는 소리에 나는 다시 네 쪽으로 고개를 돌렸다. 너는 아직도 똑같은 자세.

"올 때 선물 사 와."

"뭐 필요한 거 있어?"

"아니. 그냥 선물. 아무거나. 거기 특산물 같은 거."

토속적인 어휘 선택에 푹 웃음이 났다. 천안 호두과자나 상주 곶감 같은 게 보스턴에도 있던가. 나는 곧 적당한 것을 생각해 낸다.

"하버드대 기념품 사 오면 되나?"

"난 엠아이티가 더 좋은데."

"그래, 머그잔 하나 사 올게. 엠아이티 로고 박힌 걸로."

"무거워. 컵 말고 열쇠고리 사. 냉장고 자석이나."

"야구 모자는 어때. 보스턴 레드삭스."

네가 낮게 웃는다. 느슨하게 휘어진 눈매가 예뻤다. 너는 웃지 않을 때와 웃을 때의 인상이 많이 달라지는 편이다. 예전에도 그랬지만 지금은 더 그렇다. 얼굴의 윤곽이 한층 날카로워서 무표정의 온도도 훨씬 차가워졌다. 그러나 지금 여기, 연한 미소를 품고서 나를 보는 너는 편안하고도 나른해 보인다.

나는 말없이 너를 마주 보았다. 사선으로 내린 시선과 반쯤 뜬 눈꺼풀. 그 눈으로 물끄러미 나를 보던 네가 가만히 입술을 뗐다. 얕게 속삭이듯이. 낮게 탄식하듯이.

"민주야."

그리고 그 순간 쿵, 가슴속에서 무언가 멈춰 섰다.

콧날이 시큰해져 숨을 멈췄다. 예고 없이 솟아오른 습기가 눈가에 뜨겁게 엉기는 것 같았다. 내 몸은 삽시간에 중력을 벗어난 것처럼 아무것도 느낄 수 없다. 오직 이 좁은 차 안에 나란히 앉은, 가까이 눈을 맞춘 너와 나만이 세상의 전부인 듯한 착각이 들었다. 그 외에는 아무것도 중요하지 않은 느낌. 폭풍처럼 급하고도 압도적인 감정이었다.

나는 다만 묶인 듯 너를 본다. 지척에서 흐르는 거대한 강물도, 우리를 에워싼 시간의 존재도 씻은 듯 완전하게 잊고 말았다. 이 순간 나의 세계엔 그 무엇도 존재하지 않는다. 여기서 나란히 숨을 쉬는, 너와 나 이외에는 아무것도.

그리고 네가 곧 눈을 돌려 시계를 볼 때까지, 나는 팔을 뻗어 너를 만지고픈 충동을 억눌러야 했다.

"아. 십 분 넘었네, 벌써."

시간을 확인한 네가 정면을 향해 자세를 바로 했다. 길게 숨을 뱉으며 시동을 넣는 모습을 나는 미련처럼 눈으로 따라간다. 하마터면 가슴속 생각을 입밖에 낼 뻔했다. 십 분이 아니라 한 시간도 나는 괜찮다고. 조금 더 이대로 같이 있고 싶다고. 할 수만 있다면 밤새도록, 이렇게 너와 함께.

당장 오늘 밤이라도.

그러나 너는 서운하도록 냉정하게 차를 출발시켰다. 공원에서 오피스텔까지는 순식간이었다. 들어가, 너무 늦게 자지 말고. 다정스런 네 말에 나는 쫓겨나듯 차에서 내렸다. 조수석 문을 탁 닫은 뒤 한 걸음 물러서자 차 안의 네가 물끄러미 나를 본다. 나는 네가 창을 내릴 때까지 움직이지 않았다.

"뭐 해, 안 들어가고. 추워."

"너 먼저 가."

말과 함께 하얀 입김이 부슬부슬 흩어졌다. 열린 차창 너머로 네가 나를 올려다보았다. 눈썹 위로 밀려 올라간 이맛살. 묘한 표정의 그 얼굴을 내려다보며 나는 생각한다.

최민주, 우리 집 갈래? 만일 지금 네가 제안한다면 나는 고민 않고 다시 차에 올라탈 거라고.

하지만 너는 끝끝내 성실한 태도를 유지했다.

"문자할게."

고개를 끄덕여 대답하자 차창이 올라갔다. 나는 천천히 멀어지는 후미등의 날렵한 눈매를 바라보았다. 네가 시야에서 말끔히 사라진 뒤에도 나는 취한 듯 그 자리에 가만히 서 있었다.

공기가 차고도 맑았다. 상시적인 잡음조차 지워진 밤이었다. 이제 두어 시간이 지나면 오늘은 어제가 되고 올해는 작년이 될 것이다. 그 모호한 시간의 틈새에서 나는 네가 사라진 골목 끝을 바라본다. 아무도 없는 그곳에는 그러나 여전히 네가 있다.

'민주야.'

나는 눈을 감았다. 성급한 결론을 피하듯 천천히 심호흡했다. 앞으로 일주일쯤 너를 만나지 못할 것이다. 감춰 둔 것들을 드러내기에 일주일은 충분한 시간일까. 나는 십 년의 세월과 이레의 날들을 양팔저울에 달아 보았다. 하지만 시간이 정지된 순간의 연속이라면, 그것들의 무게를 재는 것은 애당초 무의미하지 않을까.

나는 오피스텔 입구를 향해 걸음을 옮긴다.

세상은 아직도 강처럼 일렁이고 있다.

사색하기 좋은, 고요한 밤이다.

12

유진욱

타이어 아래서 자갈이 우글거렸다. 자동차는 낚싯배처럼 흔들흔들 목적지에 접근했다. 차고로 통하는 진입로에 낯선 에스유비 한 대가 서 있었다. 나는 그 옆에 주차한 뒤 트렁크를 열고 차에서 내렸다. 도심에서 약간 벗어났을 뿐인데 공기가 빛깔부터 달라졌다.

초록과 분홍 보자기로 포장된 상자를 양손에 나눠 들었다. 초록색은 엄마가 좋아하는 굴비 세트고 분홍색은 누나가 주문한 떡이다. 잠실동 떡집에서만 판다는 이 세트를 사기 위해 나는 닷새 전에 미리 전화로 예약을 해야 했다. 누나 말로는 오늘 같은 날 예약자 명단에 끼인 것만으로도 운이 좋은 거란다. 내 돈 주고 떡 사 먹는데 운까지 좋아야 하는 건가. 맛집 투어에 관심이 없는 나로서는 별로 이해되지 않는 취미다.

"외삼추운!"

현관문이 벌컥 열리더니 조카 녀석이 힘차게 달려 나왔다. 이제 다섯 살이 된 조카는 누나의 외아들이자 내 부모님의 하나뿐인 손자다. 보아하니 창가에서 내다보며 기다리고 있던 모양. 녀석은 차돌처럼 쌩 날아와 퍽 부딪히듯 내 다리를 끌어안았다.

"오, 키 많이 컸네, 조카."

"삼촌도 키 컸어?"

"아니, 삼촌은 다 컸지."

"언제까지 컸는데?"

"음, 군대 가기 직전까지?"

"삼촌 군대 어디 갔다 왔어?"

"철원."

"강원도?"

집을 향해 걷던 나는 다섯 살짜리의 대화 수준에 흠칫 놀란다. 최전방 육군 부대가 얼마나 빡센지 호소해도 얘는 왠지 고개를 끄덕일 것 같다. 내가 유치원 다닐 때는 철원이 뭔지도 몰랐던 거 같은데. 인류는 세대마다 진화하는지 요새 애들은 참 놀랍도록 똑똑하다.

"한희준, 외삼촌한테 복 많이 받으세요, 했어?"

현관을 지나 집 안으로 들어서자 누나가 거실에 서 있었다. 조카는 그제야 다섯 살다운 모습으로 나를 향해 고개를 꾸벅 숙였다.

"외삼촌, 새해 복 많이 받으세요."

"그래, 조카도 복 많이 받아."

"세뱃돈은 나한테 바로 주면 돼."

"뭔 소리야. 희준아, 삼촌이 이따 몰래 줄게. 너 엄마 손에 한번 넘기면 끝인 거 알지?"

"얘 좀 봐, 애한테 좋은 거 가르치네."

누나가 픽 웃으면서 떡 상자를 받아 들었다. 나는 주방 쪽으로 몸을 돌려 굴비 상자를 내밀었다. 가스레인지 앞에 선 엄마가 활짝 웃는다.

"땡큐. 일찍 왔네?"

"도로가 뻥 뚫렸어요. 더 걸릴 줄 알았는데."

"이쪽은 원래 잘 안 막히잖아. 배 안 고프니?"

"괜찮아요, 천천히 먹어도 돼. 아버지는?"

"매형이랑 마트. 맥주 떨어졌다고 아침 댓바람부터 한 짝 들이러 가셨어. 둘이 어제도 자정까지 마셨어. 너네 매형은 아직도 술 덜 깼을걸."

누나가 끼어들어 키득거렸다. 식탁 의자에 앉더니 소쿠리에 담긴 귤 하나를 집어 껍질을 깐다. 조카는 그 옆에 서서 떡 상자의 보자기 매듭을 관찰하더니, 곧 흥미를 잃은 듯 제 엄마를 졸라 스마트폰을 받아 냈다. 나는 전화기를 들고 쪼르르 거실로 달려가는 녀석을 보며 물었다.

"쟤 왜 저렇게 똑똑해?"

"왜?"

"철원이 강원도에 있는 걸 알던데?"

"야, 미국 수도가 워싱턴인 것도 알더라. 난 고등학생 때까지 뉴욕인 줄 알았는데."

"……내 조카가 누날 안 닮아서 참 다행이야."

"맞을래?"

폭력적인 말과 달리 누나는 잘 깐 귤 알맹이를 내게 내밀었다. 나는 순순히 건네받아 반으로 가른 뒤 입에 넣는다.

"차 또 바꿨어? 못 보던 거던데."

"또라니? 이전 거 삼 년 넘게 탔는데."

"공장 잘 되나 봐, 꼬박꼬박 차도 바꾸고."

"요새 잘 되는 게 어딨어. 그럭저럭 안 망하고 버티는 거지."

웃는 얼굴로 엄살 피우는 누나의 말을 대수롭지 않게 들어 넘겼다. 장사하는 사람들은 기본적으로 저렇게 앓는 소리 한다는 것쯤 나도 아니까.

누나는 아버지가 하던 공장을 물려받아 운영 중이다. 반도체 부품을 만드는 곳인데, 대기업 연구소에 근무하던 아버지가 엄마의 반대를 무릅쓰고 퇴직해서 차린 작은 회사였다. 어릴 때부터 공부에 취미가 없어 부모님을 걱정시켰던 누나는 사업에서 의외의 소질을 발휘했다. 남들은 아들이 아닌 딸이 공장을 맡은 것이 대단히 의외라고 생각하지만 내가 봤을 때 그건 아주 자연스러운 결과였다. 나는 대기업에 반도체 부품을 납품하며 살 적성이 아니다.

"너네 사무소는 잘 돼?"

"그냥, 그럭저럭."

"안 망하고 버티는 거야, 거기도?"

누나는 다 안다는 듯 눈으로 웃더니,

"연봉은 잘 올려 주지? 여태 안 나오고 붙어 있는데 잘 해 줘야지. 딴 사람들은 면허 따자마자 자기 사무소부터 차린다는데."

"그래서 본인 월급도 못 챙기는 데 수두룩해. 요새 건축사 사무소가 좀 많아야지."

"첨부터 잘되는 사업이 어딨냐? 자리 잡힐 때까진 좀 참아야지. 넌 올해도 독립 안 할 거야?"

"지금도 바빠 죽겠는데 사업까지 하라고? 나 사무소 차려서 나왔으면 이 집이랑 누나네도 못 맡았어요. 개집이라도 하나 더 수주하려고 눈에 불을 켰을걸."

나는 심드렁하게 대꾸한 뒤 남은 귤 반쪽을 한입에 넣었다. 볼 때마다 안부 인사처럼 나오는 화제라서 새삼스러울 것도 없었다. 누나의 '독립 안 할 거야?'는 '결혼 안 할 거야?'와 등가 수준이다. 해도 그만 안 해도 그만이라는 태도가 기본적으로 깔린 멘트.

"누가 들으면 내가 너 공짜로 부려 먹은 줄 알겠다. 나도 정식으로 계약서 쓰고 의뢰한 거잖아."

"그러니까 더 신경 쓰이지. 설계비 안 받으면 차라리 부담이라도 덜해."

"그래? 그럼 우리 세컨홈은 공짜로 해 주라, 부담 없게."

"공장 진짜 잘 되나 보네, 별장 지을 생각도 하고."

"말 돌리지 말고, 짜샤."

부모님이 사는 이 집은 삼 년 전에 설계했고, 수원에 있는 누나네 집은 올봄 완공을 앞두고 있다. 건축사들 중에는 의외로 가족이나 친지의 집을 맡지 않는 사람이 많다. 외과의사가 자기 식구 수술은 집도하지 않는 것과 비슷한 이유라는데, 나도 해 봐서 알지만 설계비를 떠나 필요 이상으로 신경이 쓰이는 건 사실이었다. 사심의 크기와 일의 효율은 대개 반비례하니까.

거기까지 생각한 나는 다시 너를 떠올린다.

'잘해 줄게. 계약해, 나랑.'

예측하건대, 이데아의 완성도는 설계자의 사심 극복이 관건일 것이다.

나는 너도 오늘 북아현동 집에 간다는 걸 알고 있다. 내일은 아버지의 퇴임식 있고, 다음 날인 금요일에 출국한다는 것도. 너희 가족은 새해 첫날 아침에는 집에서 떡국을 먹고 설날에는 큰댁에서 떡국을 또 먹는다는 것까지 나는 어젯밤 메신저 대화로 알게 되었다. 지금껏 너와 문자로 나눈 대화를 통틀어 가장 길게 이어진 채팅이었다.

가장 많은 자제력이 소요되기도 했고.

건축에는 양생이라는 과정이 있다. 골조 공사 후 콘크리트가 완전히 굳는 동안 갖는 일종의 휴지기인데, 양생을 제대로 하지 않고 마감 시공을 해 버리면 완공 후에 높은 비율로 하자가 생긴다. 조급한 건축주들은 왜 집을 짓다 만 채로 놔두냐며 닦달하기도 하지만, 정성껏 지은 집에 금이 가거나 곰팡이 피는 꼴을 보고 싶지 않다면 양생기간을 반드시 충분히 확보해야 한다.

뻔히 아는 이론이라도 실천에 옮기는 건 늘 쉽지 않지만.

샤워 후 비스듬히 누워 너와 메시지를 주고받는 동안 나는 몇 번이나 집 밖으로 뛰쳐나가고 싶었다. 네가 불과 십 분 거리에 있다는 사실이 오히려 조갈증을 부추겼다. 나는 지금은 때가 아니라는 것을, 너도 나도 아침 일찍 할 일이 있고 너는 특히나 중요한 학회를 앞두고 있으므로 지금은 적당한 타이밍이 아니라는 것을 계속해서 스스로에게 각인시켰다. 네가 조금씩 빗장을 열고 있다는 걸 감지했기 때문에 참는 건 더더욱 미칠 노릇이었다. 너는 내가 얼마나 애쓰고 있는지 알기나 할까. 모른다면 나는 진짜 억울할 거 같은데.

"진욱이 넌 요새도 많이 바빠?"

"많이 나아졌어요. 예전엔 일주일에 엿새씩 야근하고 그랬잖아."

"그러고 보니까 너 추석 때보다 얼굴이 좋아졌다? 그치, 엄마. 얘 얼굴 좀 좋아진 거 같지 않아?"

"좋아지기는, 볼이 아주 푹 들어갔구만."

엄마가 중얼대며 냄비 뚜껑을 열었다. 갇혀 있던 수증기가 퍼지면서 구수한 육수 냄새가 짙어졌다. 애도 아니고 여태 볼이 빵빵하면 어쩌게? 누나는 킬킬대며 반박하더니,

"너 여자 생겼냐?"

실로 놀라운 통찰력을 발휘해 냈다. 이 누나 귀신이네. 나는 진심을 담아 입 속으로 감탄해 준다.

"어어, 얘 좀 봐. 대답 대신 웃는 거 이거 인정인데?"

"아니야, 아직."

"아직? 엄마, 들었지? 웬일이야, 얘 여자 생겼나 봐."

누나는 사냥꾼처럼 눈을 빛내고, 육수 간을 보던 엄마도 이쪽으로 고개를 돌렸다. 너무 솔직했나. 나는 역시 거짓말엔 영 소질이 없다.

"그래? 만나는 여자 있니?"

"아니요, 아직 그렇게 만나는 건 아니고."

"뭐야, 무슨 애들도 아니고 썸 타는 거야? 너 설마 막 띠동갑 이런 건 아니

지?"

띠동갑은 아니고 그냥 동갑.

"그래, 잘 해서 이왕이면 결혼도 한번 해 봐. 그래도 남들 다 하는 거 안 해 보면 좀 아쉽잖아. 난 두 번이나 할 동안 넌 진짜 뭐 했냐?"

"진아 너는 애 듣는 데서 참."

"괜찮아, 엄마, 우리 아들은 진보적이라서. 그치, 한희준?"

그러자 스마트폰 게임 중이던 조카가 고개를 돌리더니 네, 한다. 나는 썸에서 결혼으로 비약해 버린 화제보다도 다섯 살 난 조카의 정신세계가 더 놀라웠다. 쟤는 진짜 어디까지 알아듣는 거지.

"뭐 하는 사람인데? 어떻게 만났어?"

"아직 만나는 거 아니라니까."

"뭐가 그렇게 점진적이야, 분위기 타기 시작했으면 그냥 되는 거지. 야, 남녀 관계는 일단 저지르고 보는 거야. 역시 연애하는 재능은 나만 물려받았다니까."

"우린 그런 거 물려준 적 없거든? 성격만 놓고 보면 진욱이만 우리 자식이다. 연애한답시고 천지 분간 못 하는 사람, 이 집에 평생 딱 너밖에 없어."

농담 반 정색 반인 엄마의 말에 나는 그저 조용히 웃었다. 누나는 아랑곳없이 떡 보자기를 풀면서 너무 뜸 들이다 태워 먹지나 말라는 둥, 이거야말로 남중, 남고, 군대, 공대 루트의 전형적인 폐단이라는 둥, 고등학교만이라도 남녀 공학을 보냈으면 희준이도 지금쯤 외사촌들이랑 놀고 있었을 거라는 둥 실없고 근거 없는 소리들을 늘어놔서 다시 한 번 나를 픽 웃게 만들었다.

"너 이 집 떡 안 먹어 봤지? 여기 진짜 끝내준다. 다 줄 서서 먹는 이유가 있어."

나는 누나가 내민 찰떡 하나를 받아 입에 넣는다. 제 엄마를 닮아 떡을 좋아한다는 조카도 어느새 식탁 앞에서 새처럼 입을 벌리고 있다. 고운 계핏가루를 묻힌 떡은 쫀득하고 적당히 달아 정말로 맛있었다. 너도 아마 이런 거 좋아할 것 같은데. 나는 너의 귀국일에 맞춰서 한 세트 더 예약하기로 마음먹는다.

"삼촌 여자 친구도 떡 좋아해?"

나는 코앞에 선 조카를 내려다봤다. 녀석은 입가에 고물을 묻힌 채로 대답을 기다리고 있다. 엄마와 누나가 웃기 시작하자 조카는 조금 어리둥절한 얼굴을 했고, 나는 그렇다고도 아니라고도 할 수 없어서 적당한 대답을 궁리해야 했다. 근데 애는 진짜 어디까지 아는 거지. 역시 인류는 꾸준히 진화하는 게 분명하다.

—

해가 바뀌어도 일상은 변함이 없다. 나는 여전히 아침마다 사십오 분 조깅을 한 뒤 프로틴 음료와 시리얼바를 먹고 강을 가로질러 출근한다. 첫날과 첫 주말, 첫 월요일을 지나자 신년의 이채는 사라지고, 새해는 또다시 아무렇지 않은 보통의 날들이 되었다.

겨울철은 건축업계 비수기라서 우리도 몇 가지 업무가 줄어든다. 기온이 떨어지면 공사를 못하니 도면 마감 압박이 느슨해지고, 시공 현장 대부분이 초겨울 완공됐거나 휴지기에 걸려 감리 스케줄도 여유로워진다. 물론 마감을 두 달 남긴 도면들이 있고 이데아를 비롯해 시작 단계인 프로젝트들도 있으므로 업무 자체가 한가한 건 아니다. 나는 오늘도 아래층 카페 알바생의 친절한 우려 속에서 샌드위치와 아메리카노로 점심을 때웠으니까.

모든 것이 이토록 여전한데도, 네가 없는 도시는 빈 유리병 같다.

일주일의 시간은 느릿느릿 지나갔다. 이른 아침의 양화대교도 더 이상 무지개빛이 아니었다. 다리 위를 달리면서 나는 가끔 너의 오피스텔에 눈길을 주었지만 이제 너는 거기에 없으므로 그건 그저 콘크리트 덩어리에 불과했다. 다리

위를 왕복하는 십오 분도 전에 없이 길고 지루해졌다.

보스턴의 시간은 서울보다 열네 시간 뒤처져 흐른다. 너는 목적지에 잘 도착했으며 그곳에는 한바탕 눈이 왔단 소식을 전해 왔다. 스마트폰 앱은 어디서나 똑같이 구동되지만 지구 반대편에 있다는 실감까지 사라진 건 아니었다. 낮과 밤이 뒤집어진 시차가 그랬고, 외국에서 혼자 애쓰고 있을 네가 그랬다.

나는 운동시간을 늘리고 야근도 자청해 가면서 부지런히 시간을 흘려보냈다. 일주일을 소모하기 위해 한 달쯤 소요한 기분이지만 시간은 착실히 흘러가 주었다. 다른 대륙에 있는 너와의 시간 차이도 그리 큰 장애물로 느껴지진 않았다. 너는 곧 돌아올 것이고, 학회를 위한 출장은 오박 육 일 일정이며, 무엇보다 나는 네가 내일 오후에 귀국한다는 걸 알기 때문에. 언제 끝날지만 알고 있다면 기다림은 고통보다 즐거움이다.

하이델베르크와 서울의 시차는 여덟 시간이었다.

네가 독일로 떠났을 때, 나는 황량한 도시에 홀로 남아 어쩔 줄 몰랐다. 이월의 서울은 몹시도 추웠으며 하늘은 며칠이나 개지 않았다. 하필이면 방학이라 수업도 없어서 내 시간은 듬성듬성 비어 있었고, 너는 그 틈새를 따라 끈질기게 고여 들었다.

나는 모형을 만들다 자주 손을 베었다. 이유 없이 욕설을 뱉는 일이 잦아졌다. 설계실 동기들이 내 눈치를 보기 시작했지만 나는 그들에게 아무 말도 하지 않았다. 빌어먹을 이 상황이 생각할수록 비참해서 누구에게 말을 꺼낼 엄두가 나지 않았다. 날카로운 커터에 베어 피가 흐르면 차라리 속이 조금 후련해졌다. 그때 나는 뭐라도 밖으로 흘려 내야 했다. 쪽팔리게 울 수는 없었으므로, 내 손에는 상처와 밴드가 늘어 갔다.

처음에는 분명히 너를 원망했던 것 같다. 나쁜 계집애, 너는 진짜 나쁜 년이라고 욕도 했던 것 같다. 너는 처음부터 이럴 작정이었는데 나만 등신처럼 마음 준 거라고 자책도 했다. 한마디로 그냥 갖고 논 거지. 그게 아니라면 어떻게 일 년이 넘을 동안, 보고 싶다는 말도, 좋아한다는 고백도, 좀 더 오래 같이 있고 싶단 말도 단 한 번 해 주지 않을 수가 있냐고.

하지만 그런 말을 하지 못한 것은 나도 마찬가지였는데.

그래서 나는 다시 나를 원망하기 시작했다. 등신 같은 새끼. 쫄보 같은 놈. 그렇게 많던 기회 다 날려 버리고 이제 와서 누굴 탓해. 몰랐던 것도 아니면서 왜 끝까지 몰랐던 척하는데. 뭐가 무서워서 미루기만 하더니 꼴좋게 됐다, 유진욱.

더디게 흐르는 시간 속에서 나는 꽤 오랫동안 너를 놓지 못했다. 그리고 분노가 가시고 자책에 지쳤을 즈음에야 비로소 핵심과 마주하게 되었다. 끝내 인정하지 않았고 인정할 수도 없던 것. 내가 이토록 괴로워하는 진짜 이유는 네가 나쁜 년이거나 내가 등신이기 때문이 아니라는 것.

내가 가장 참을 수 없던 건 네가 떠났단 사실이 아니었다. 너를 붙들고 가지 말라고 애원하지 못한 것이 아니었다. 너는 거기서도 잘 해낼 거라고, 네가 원하는 것이라면 나도 이뤄지길 바란다고 멋지게 말해 주지 못한 것도 아니었다.

내가 말하고 싶던 건 한 가지뿐이었다. 네가 나에게 어떤 사람이었는지. 나는 너의 남자 친구였던 적이 한 번도 없지만 사실 그런 건 하나도 중요하지 않았다고. 이제는 명확히 짚을 수 없는 어느 시점부터, 무작정 너를 기다리고 기대하던 그때부터 나는 너를 정말 많이 좋아하고 있었다고.

그리고 네가 떠난 지금에야 확실히 알 것 같다고. 그저 너 하나만 사라졌을 뿐인데, 모든 게 문제없이 돌아가고 있는데도 이 도시가 왜 이렇게 텅 빈 것 같은지. 나는 또 왜 이렇게 죽을 것 같은 기분이 드는지. 너만 없어졌을 뿐인데 어째서 자꾸 세상이 무너지는지. 그러니까 이건 내가, 내가 너를,

사랑하는 거잖아.

그때부터 나는 너에게 메일을 쓰기 시작했다. 스마트폰도 모바일앱도 없던 시절이라서 해외에 있는 너에게 닿을 길은 이메일뿐이었다. 한 계절쯤 후부터

네게 보낸 메일은 주로 어색한 안부 인사와 내 근황 소개로 채워졌다. 너는 잘 지내고 있는지. 그곳의 사람들은 어떤지. 나는 아직도 설계실에서 먹고 자고 있으며 졸업 작품 구상을 시작했다는 따위 소식들.

그때 나는 이게 끝이 아니라고 생각했다. 우리는 나중에 다시 만나게 될 테니 하지 못한 말들은 그때 전하면 된다고. 현재의 아픈 마음이 과거형으로 바뀌고 우리의 기억도 먼 추억이 되더라도, 나는 언젠가 너에게 직접 말해 주고 싶었다.

나는 항상 네 곁에 있고 싶었어.

너도 늘 여기 있어 주길 바랐어.

나는 너 때문에 좋아서 미칠 것 같았고 너 때문에 아파서 죽는 줄 알았어.

그런 게 사랑이라면 최민주, 네가 내 첫사랑이었어.

이듬해 졸업 후 첫 직장에 취직해서 어리바리 막내로 사회에 편입할 때까지, 두어 해가 지나는 동안 나는 너에게 모두 다섯 통의 이메일을 보냈다. 그러나 한 통도 수신확인이 되지 않았다. 나는 너에게 무슨 일이 생겼기 때문이 아니라 네가 일부러 확인하지 않는다는 걸 알고 있었다. 그리고 언젠가 네가 메일을 확인하게 되면 언제고 답장을 하리라고 생각했다.

그렇게 무려, 십 년에 가까운 시간이 흐르고 말았지만.

"그럼 방배동 건 시방서는 일단 보류하자. 내가 건축주랑 다음 주쯤 미팅 잡을게."

소장이 손에 쥔 펜을 빙글빙글 돌렸다. 나는 예, 짧게 대답하면서 노트에 메모를 끄적였다. 회의실에는 나와 소장, 그리고 역시 학교 선배이자 동료인 선태 형이 삼각형 구도로 앉아 있다.

"나는 이걸로 끝. 두 사람 이슈 더 없어?"

"없습니다."

"오케이. 그럼 우리 오늘 회식 어때? 새해니 셋이서 한잔해야지, 오랜만에."

"좋죠."

"강 실장님 시간 돼요? 육아는 어쩌고."

"나 수요일 비번이야. 타이밍 좋은데요, 소장님."

"선태는 비번이고 진욱이는 싱글이고. 완벽하다. 그럼 이따 일곱 시에 마포 갈비."

나한텐 왜 물어보지도 않고 완벽하대. 내가 투덜대자 선태 형이 킥킥 웃는다. 거기에 덧붙여 소장이 한마디 더 얹으려는 찰나 노크 소리가 나더니,

"소장님, 건축주분 오셨어요."

경리 담당 직원 말에 소장이 눈썹을 치켰다.

"누구? 오늘 미팅 스케줄 없는데?"

"북아현동 건이라고 하시던데요."

말과 동시에 소장이 나와 눈을 맞췄다. 어떻게 된 거냐고 묻는 눈이었지만 어리둥절한 건 나도 마찬가지였다. 너는 지금 미국에 있는데. 뒤이어 설마 하고 생각한 순간 역시나 직원이 설명을 더했다.

"남자분이세요. 나이 좀 있으시고."

"아, 알았어, 지금 갈게요. 유 실장."

소장이 자리에서 일어서더니 내게 따라오라는 눈짓을 했다. 나는 얼떨떨한 기색을 감추고 뒤를 따랐다. 회의실에서 소장실까지 짧은 거리를 지나는 동안 나는 좀 긴장했고, 소장실 문이 열렸을 때는 정말로 긴장했다. 앞장선 소장은 문을 열자마자 지기지우라도 맞는 것처럼 반갑게 알은체했다.

"아이고, 최 상무님, 어떻게 이렇게 연락도 없이."

손님맞이용 소파에 앉아 있던 남자가 일어나 이쪽으로 몸을 돌렸다. 반백의 머리에 호리호리한 체격. 반색하고 웃으며 오른손을 내미는 모습. 사회생활로 단련된 표정과 소탈한 차림새.

너의 아버지.

"이거 불쑥 찾아와서 미안합니다, 소장님."

"아이, 별말씀을요. 새해 복 많이 받으십시오, 상무님."

"소장님도 복 많이 받으십쇼. 좋은 건물 마이 지으시고."

손을 맞잡고 인사하는 두 사람을 나는 한 발짝 떨어진 채 지켜보았다.

"그리고 이제 상무 아닙니다. 퇴직했습니다, 지난주에."

"아, 그러셨구나. 축하드려야 하는 거죠, 정년퇴직은?"

"저는 좋은데 우리 집사람은 싫어하는 거 같애. 이제 나랑 하루 종일 붙어 있어야 되니까."

너의 아버지는 한눈에 봐도 너와 많이 닮은 얼굴이었다. 흰 피부가 그랬고 날렵한 콧대와 살짝 도드라진 광대뼈가 그랬다. 가장 인상적인 것은 뚜렷한 경상도 억양. 너는 서울 토박이에다 대단히 정확한 표준어를 구사하는 사람이어서, 너와 저토록 닮은 사람이 사투리를 쓰는 것이 내게는 무척이나 이질적으로 느껴졌다.

"상무님, 이쪽이 설계 맡은 유진욱 실장입니다."

"처음 뵙겠습니다. 유진욱입니다."

"최형식입니다. 말씀 마이 들었습니다."

나는 상체를 꾸벅 숙여 인사한 뒤 상대가 내민 손을 맞잡았다. 따뜻하고 부드러운 손이었다.

"와, 진짜 잘생겼네. 우리 집사람이 그러더라고요. 설계사가 훤칠하니 마 그냥 탤런트 같다고."

바다 냄새가 풍길 것처럼 강한 사투리였지만 내가 듣기에 그건 고용인을 편하게 해 주려는 계산된 화술이었다. 장단 맞춰 껄껄 웃은 소장이 자리를 권하자 너의 아버지는 아까 앉았던 소파에 다시 앉는다. 집사람이 차에서 기다리고 있어서. 서둘듯 중얼대며 탁자 위에 내려 둔 것은 웬 열쇠 꾸러미였다.

"우리 오늘 이사 갑니다. 아침에 짐 다 빼서 먼저 내려보내고, 집사람이랑 따라가기 전에 잠깐 들렀습니다, 이거 드릴라고."

"아, 통영에 벌써 내려가시는 거예요?"

"예, 이제 출근도 안 하겠다, 서울에 살 이유가 없지요. 사십 년 넘게 서울살이 하면서 별에별 꼴을 다 봐 가지고. 하루라도 빨리 가고 싶더라고요, 고향에."

바다 촌놈은 어쩔 수가 없어. 너의 아버지가 웃으며 덧붙였다.

"이제 곧 집 철거도 해야 될 거고, 그 전에 또 필요할지 모르니까 갖고 계시라고. 어차피 이제 빈집이니까."

나는 탁자에 놓인 열쇠 꾸러미를 바라보았다. 동그란 고리에 네댓 개의 열쇠가 꿰어져 있고 그중 하나에 노란색 라벨이 붙어 있었다. 그게 대문 열쇠라고 일러 준 말에 나는 고개를 끄덕이며 대답했다.

"철거일은 다음 달 중으로 잡을 예정입니다. 경계측량 스케줄은 확정됐고요. 일정대로만 진행되면 올해 안에 입주 가능할 겁니다."

"좋습니다. 앞으로 우리 딸애 잘 좀 도와주십쇼."

너의 아버지가 말하며 내 눈을 정면으로 본다. 웃는 인상이지만 안광이 날카로웠다. 거기엔 한 업종에 수십 년 종사한 노련함이 있었고, 그 눈이 마치 내 안의 부실 징후라든지 신용 리스크를 분석하려는 것 같아서 나는 어쩐지 꿰뚫리는 기분이 들었다. 아마 내 착각에 불과하겠지만.

"걔가 워낙에 숫기가 없어요. 많이 도와주셔야 될 겁니다."

나는 곧장 순순히 고개를 끄덕였다. 말한 사람의 의도를 잘 알면서도 나는 내 멋대로 다른 의미를 부여해 버렸다. 엉뚱하게도 가슴이 두근거린다.

"걱정 마십시오. 최선을 다하겠습니다."

"그래요, 잘 좀 맡아 주십쇼. 이제 일어나야겠습니다. 집사람이 차에 있어서."

너의 아버지는 용건 끝났다는 듯 가볍게 자리에서 일어섰다. 소장과 나는 즉시 일어서서 소장실 문밖까지 뒤따랐다. 바쁠 텐데 가서 업무 봐요. 건축주가 휘휘 손사래를 쳤지만 우리는 엘리베이터 앞까지 배웅했다.

"담에 토영 올 일 있으면 연락해요. 내 낚시해서 회 한 사라 떠 드릴게."

승강기 안에서 너의 아버지가 소장과 나를 향해 웃어 보였다. 둘 중 어느 쪽도 특정하지 않았지만, 그리고 누가 들어도 그건 그저 친절한 멘트가 분명했지만, 나는 마치 진짜로 초대받은 것 같은 착각이 든다.

"예, 꼭 가겠습니다."

'꼭'을 강조하면서 고개를 꾸벅 숙였다. 손을 들어 인사한 남자가 사라진 뒤에도 나는 엘리베이터 문 앞에 잠시 서 있다. 현재 시간은 오후 두 시 십오 분. 네가 돌아오기까지 이제 하루 남짓 남았다.

나는 가볍게 쥔 오른손에 힘을 넣어 본다. 미지근한 열쇠 꾸러미가 손바닥을 눌렀다. 오래된 서울의 개량 한옥, 조만간 철거될 주택의 쓸모없어질 열쇠. 그러나 나는 이 작고 평범한 열쇠로 아주 커다란 문을 열 수 있을 것 같은 기분이다.

거기엔 아마도 네가 있겠지.

보고 싶다.

보고 싶다, 민주야.

Chapter V.

에스테티카

13

최민주

나는 공항 가는 것을 그리 좋아하지 않는다. 장거리 비행을 앞뒀을 땐 더욱 그렇다. 내게 외국행 항공편은 여행의 설렘이 아니라 긴 이별의 시작처럼 느껴진다.

탑승을 마치고 비행기가 이륙을 준비하면 까닭 없는 불안이 더해진다. 기체가 활주로를 찾아 움직일 때부터 기억 속 잔영이 흔들리기 시작한다. 왼쪽 얼굴로 쏟아지던 햇살. 마구 눈을 찌르던 오후의 햇살. 그 따가운 볕이 마치 바늘처럼, 잔뜩 부풀어 있던 나를 터뜨려 버린 것도. 그래서 나는 아직까지도 창가 좌석엔 잘 앉지 않는다.

열 시간 이상의 장거리 비행을 한 것은 독일에 갔을 때가 처음이었다. 프랑크푸르트행 항공기는 오후 세 시를 좀 넘어 이륙할 예정이었고 승객들로 만석이었다. 나는 비행 경험이 몇 번 없는 초보 승객답게 불편하지만 낭만적인 창가 자리를 선택했다. 평일 오후였음에도 아빠가 공항까지 데려다주었고 엄마는 출국장에서 조금 훌쩍거렸다. 그리고 나는 어서 들어가라고 재촉당할 때까지,

215

머뭇대며 아닌 척 주변을 살폈다.

그러지 않으려 해도 어쩔 수 없었다. 한심하다 자조하면서도 머릿속에서 제멋대로 돌아가는 영상은 멈출 수 없었다. 혹시나 네가 나타날까 봐. 네가 영화 주인공처럼 숨을 몰아쉬면서 이리로 달려오고 있을까 봐. 그러나 너는 끝내 나타나지 않았고, 나는 결국 몸을 돌려야 했다.

그때부터 화가 나기 시작한 것 같다. 출국심사대를 통과해 면세구역에 들어갔을 때, 이제 정말로 돌아갈 수 없다는 실감이 나자 분노는 급기야 화르륵 타올랐다. 나는 북적이는 면세점 앞을 빠르게 지나면서 입 속으로 되씹고 되씹었다.

나쁜 놈. 나쁜 새끼.

유진욱 너는 진짜 나쁜 놈이야. 어쩌면 그렇게 전화를 끊어 버릴 수 있어. 끝까지 잘 가라는 문자 한 통 안 해 줄 수가 있어. 마지막으로 얼굴 한 번 보는 게 그렇게 어려워? 학교에서 우리 집이 얼마나 가까운데. 택시 타면 십 분도 안 걸리는데.

진짜 나쁜 새끼.

그리고 기내에 탑승해 안전벨트를 맨 후, 이륙 준비를 마친 비행기가 서서히 움직이기 시작하자 나는 갑자기 극도로 초조해졌다. 뜨거운 물을 확 뒤집어쓴 것처럼 별안간 실감이 났다. 내가 정말로 한국을 떠난다는 것. 아는 사람도 없고 가 본 적도 없는 나라에 가고 있다는 것. 아주 오랫동안, 적어도 이삼 년은 돌아올 수 없다는 것.

그러니 이제 다시는 너를 볼 수 없을 거라고.

둥근 창을 통해 비쳐 드는 오후가 따뜻했다. 느긋하게 활주로에 진입한 비행기가 빠르게 가속하기 시작했다. 몸이 뒤로 밀리면서 귀가 웅웅거렸다. 기체 전체를 감싼 소음과 무서운 속도 속에서, 참으려고 끙끙대던 나는 기어이 울음을 터뜨렸다.

꾸역꾸역 쌓아 둔 것들이 단번에 무너지는 기분이었다. 집을 떠나는 불안감과 낯선 나라에 대한 두려움과 혼자서도 잘해야 한다는 중압감이 한꺼번에 몸 위로 와르르 쏟아졌다. 견딜 수 없이 외롭고 무서워서 몸이 떨렸다. 손바닥으로 입을 틀어막고 어린애처럼 울면서, 나는 엄마도 아빠도 아닌 너를 찾았다.

진욱아, 진욱아, 진욱아.

끅끅대고 울면서 반복하고 반복했다.

진욱아, 미안해, 정말 미안해.

그때 나는 왜 그렇게 네 이름만 불렀을까. 왜 그렇게 미안하고 가슴이 아팠을까. 나쁜 놈에 나쁜 새끼라고 잔뜩 욕을 했으면서.

한번 터진 울음은 걷잡을 수 없었다. 기체가 부지런히 고도를 높여 갈 동안 나는 시끄러운 엔진 소리에 숨어서 엉엉 울었다. 그토록 서럽게, 시원하게, 마구 운 것은 수능을 망쳤을 때 이후로 처음이었다.

옆자리에 앉은 독일인 아주머니가 당혹하며 내 얼굴을 들여다봤다. 괜찮아요, 아가씨? 걱정스레 묻는 말에 울면서 대답했다. 미어 펠트 니히츠. 하지만 이륙이 끝날 때까지 나는 울고 있었고, 괜찮냐고 묻는 금발의 승무원에게도 똑같이 대답했다. 미어 펠트 니히츠.

그들은 믿지 않는 눈치였지만 나는 되풀이했다.

괜찮아요. 괜찮아요. 괜찮아요.

절대로 괜찮지 않았는데도.

울음은 음료 서비스가 시작된 뒤에야 완전히 그쳤다. 나는 플라스틱 컵에 담긴 오렌지주스를 홀짝대면서 옆자리의 아주머니에게 말을 걸었다. 독일로 유학 가는 길인데 부모님과 떨어지는 게 슬퍼서 그랬다고 묻지도 않은 해명을 했다. 저런, 가엾게도. 우리 엄마 또래의 독일인이 내 손등을 토닥여 줬다. 다정한 손길이었지만 위로는 되지 않았다.

십 킬로미터 이상의 상공에서 나는 네 생각뿐이었다. 귀마개와 안대를 한 채 창가에 머리를 기대고 앉아서 내도록 너만을 생각했다. 한바탕 울고 나니 정신이 좀 드는 것 같았고, 그때부터 다시 엉망이 된 조각들을 똑바로 맞춰 놓기 시작했다. 나는 통제되지 않는 상황과 감정을 견딜 수 없었다. 그래서 열 시간이 넘는 비행시간 동안 눈을 감은 채 중학생 수준의 삼단논법을 되풀이했다.

명제 일. 몸이 멀어지면 육체적 관계는 끝난다.

명제 이. 우리의 관계는 육체적 관계다.

결론. 우리의 몸이 멀어지면 우리의 관계는 끝난다.

나는 가장 냉담한 단어들만 골라서 우리를 정의했다. 대상의 본질을 들여다보려면 으레 그래야 한다고 독려하면서. 이미 지나간 과거의 일이 현재와 미래까지 타격을 주어선 안 된다고 다짐하면서. 감정에 얽매여 중심을 잃는 것이 얼마나 어리석은 짓인지, 나는 이전의 경험을 통해 이미 배웠다고 생각했다.

명제 일. 시간이 흐르면 감정이 커진다.

명제 이. 감정이 커지면 고통도 커진다.

결론. 시간이 흐를수록 고통은 더 커진다.

열두 시간 가까이 비행하는 동안 나는 한시도 잠들지 못했다. 비좁은 좌석에 웅크리고 앉아서 생각하고 또 생각했다. 그리고 비행기가 도착지에 내리기 직전, 모든 것을 완전히 잊기로 마음먹었다. 이제부터는 앞으로만 나아가기로. 절대 뒤돌아보지 않기로. 더 중요한 목표를 이룰 때까지 덜 중요한 것들은 잠시 잊기로.

너도. 나도. 우리의 시간도.

—

기억은 믿을 수 없다. 언제나 각색되고 왜곡되고 미화된다. 그러나 모든 기억이 완벽하게 보존된다면, 우리가 또한 어떻게 견뎌 낼 수 있을까.

—

고개를 젖혀 하늘을 보았다. 반달이 뜬 밤하늘 위에 별들이 드문드문했다. 이어플러그 덕택에 주위는 완벽한 정적이다. 금요일 밤 아홉 시 오 분 전. 차갑고도 맑은 밤이었다.

장거리 여행이 달갑지 않은 가장 큰 이유는 이것이다. 뒤틀린 시차에 맞춰서 생체리듬을 조작하는 것. 나는 귀국한 후 연이틀째 밤낮이 조각난 생활을 하고 있다. 대낮과 초저녁에 잠이 쏟아지다가 한밤중이나 이른 새벽에 다시 말짱해졌다. 내 경험상 완전히 적응하려면 앞으로 하루는 더 지나야 한다.

잠들지 않으려 애썼지만 오늘도 늦은 오후에 쓰러지듯 눕고 말았다. 아차 싶어 눈을 떴을 때는 이미 저녁 여덟 시가 훌쩍 넘어 있었다. 한숨을 쉬면서 전화기부터 확인하자 역시나 너의 메시지가 들어와 있었다.

[뭐 해]

[자는구나]

[내일 밥 먹자]

일곱 시쯤 보낸 걸로 봐서 너는 아마 오늘 저녁에 보자고 하려던 것일 터였다. 나는 화면 위에 뜬 알림만 확인하고 채팅앱은 열지 않았다. 아직 잠든 척 얕은 수를 부린 이유가 뭔지는 잘 모르겠다. 네가 당장 오겠다고 할까 봐 그랬는지, 아니면 내가 당장 와 달라고 조를까 봐 그랬는지.

구태여 솔직해질 것도 없이 지난 일주일 동안, 나는 네가 많이 보고 싶었다.

보스턴에서 나는 한국의 시간을 따져 가며 너의 메시지를 기다렸다. 뒤바뀐 밤낮에 적응하고, 학회에서 준비한 발표를 해내고, 각국의 학자들과 부지런히 교류하면서도 너의 출퇴근 시간이 되면 어김없이 스마트폰을 의식했다. 인천공항에 내렸을 때는 혹시 입국장에 네가 있을까, 대단히 우스운 기대를 아주 약간 품기도 했다. 스스로 막무가내 바보가 되고 있다는 걸 나는 이미 잘 알고 있다.

동시에 나는 여전히 걱정을 떨칠 수 없다. 이대로 너를 잡아 버리기엔 걸리는 게 많았다. 지금의 너와 나는 서로에게 득이 될 수 없으며 오히려 이건 자칫 꽤나 곤란할 수도 있는 상황이었다. 그리고 아무리 생각해도 그건 아주 타당한 우려였다. 타인들에게 온전한 어른으로 보이고 싶다면 그들이 따르는 기준을 무시해선 안 된다.

밤중에 점퍼를 걸쳐 입고 여기 온 것도 그래서였다.

나는 걸터앉은 오동나무 평상을 가만히 손으로 쓸어 본다. 인형 놀이와 그림일기와 사색을 함께 했던 평상은 오래 묵어 표면이 반들거렸다. 빈집이 되어 버린 우리 집엔 적적한 공기가 흘렀다. 사람이 떠나고 나면 집은 빈껍데기가 된다.

호주머니에 손을 찌르고 마당을 향해 앉아서 나는 한참 동안 너를 생각했다. 피곤할 테니 푹 쉬라고 말해 주는 너. 내가 다시 연락할 때까지 기다려 주는 너. 성실하고 사려 깊은 너. 너는 결코 나에게 상처 주지 않을 사람이지만 내가 그런 대접을 또 받아도 되는 건가. 나는 그때도 지금도 네게 줄 수 있는 게 없는데. 오히려 부담이나 실망만 끼칠지도 모르는데.

내가 좀 더 뻔뻔해져도 괜찮은 걸까.

그때 갑자기 불쑥 대문이 열렸다. 나는 흠칫 놀라며 그쪽을 주시한다. 귀를 막은 스펀지 사이로 가느다란 쇳소리. 녹슬고 오래된 경첩이 삐걱대는 찰나, 나는 숨 막히는 직감에 가슴이 쿵 내려앉았다.

그리고 생각했다. 너는 또 이렇게 날 찾아내는구나. 모른 척하고 숨어 다녀도 어떻게든 내 앞에 나타나는구나. 덜컥 눈물이 날 것 같아 나는 힘주어 눈을 떴다.

그리고 도리 없이 탄식한다.

내가 졌어.

내가 졌어, 유진욱.

—

귓가엔 여전히 아무 소리도 들리지 않았다. 고요 속에서 너는 꿈처럼 조용히 다가왔다. 나는 천천히 손을 들어 이어플러그를 뺐냈다. 눈앞에 선 네가 몹시 가까이 느껴지면서, 혀가 굳은 것처럼 말이 제대로 나오지 않았다.

"여긴 어떻게……"

너는 대답하듯 손에 쥔 열쇠 꾸러미를 들어 보였다. 내가 궁금한 건 그게 아니었는데.

"나 여기 있는지 어떻게 알았어?"

"몰랐어."

너는 우뚝 선 채로 나를 내려다본다.

"앞에 너 차 있는 거 보고 알았어."

"……."

"여기서 뭐 해."

너야말로 지금 여기서 뭐 하는 거야.

"자는 줄 알았는데. 문자도 안 보고."

"……확인을 못 했어."

너는 미덥지 않다는 표정으로 나를 보더니 잠자코 내 옆에 걸터앉았다. 패딩을 걸친 네 오른팔이 내 왼팔과 맞닿았다. 나는 매우 가까운, 불편하지 않은 범위에서 최대한 근접한 너를 강하게 인식했다. 그리고 이 평상 위에 이렇게 앉았던 적이 예전에도 있었다는 걸 기억해 냈다. 그때는 여름이었고, 지금은 겨울이다.

우리는 한동안 말을 않았다. 그저 팔을 맞대고 나란히 앉아서 각자의 생각을 감당했다. 어디선가 컹컹 개가 짖었다. 멀찍이 들려오는 그 소리가 약간의 현실 감을 불어넣었다. 나는 호주머니 안에 넣은 손가락을 꼬물거린다. 춥지 않은데 도 손끝이 뻣뻣해졌다.

"우리 소장이 자주 하는 말이 있는데."

침묵하던 네가 입을 열었다.

"간절히 바라면 우주의 기운이 도와준다."

"⋯⋯."

"헛소린 줄 알았는데 진짠가 보네."

그리고 이어 피식 웃는 소리.

"퇴근하는데 갑자기 와 보고 싶더라고. 너 머리 복잡할 때 여기 나온다고 했 던 거 생각나서. 나도 요새 생각할 게 좀 있어서 한번 보려고 했지, 효과가 있 나 없나. 근데 와 보니까 대문 앞에 네 차가 있잖아."

너는 신중하지만 가뿐한 말투로 나지막이 말을 이어 갔다. 그러나 나는 네 목소리에서 미묘한 흥분과 긴장을 느낄 수 있다.

"이 정도면 이제, 진짜 어쩔 수 없는 거 아니냐."

최민주. 네가 부르자 나는 다시 긴장했다. 잠깐의 틈을 둔 뒤 고개를 돌렸다. 너는 기다렸다는 듯 시선을 맞춰 왔고, 나는 앞으로 일어날 일을 예감한다.

"연애하자. 정식으로."

예감했음에도 심장이 멈추는 것 같다.

"잘해 줄게."

네가 말하며 희미하게 미소 지었다. 웃으라고 한 말이 분명하지만 나는 웃음 이 나오지 않았다. 그저 미친 듯이 가슴이 뛴다.

"싫으면 지금 얘기해. 셋 셀 동안."

네 얼굴이 좀 더 가까이 다가왔다. 아니, 어쩌면 그냥 내 착각인지 모르겠다. 나는 이제 수초의 시간이 있고 그동안 현명하게 대응해야 한단 생각을 했다.

하지만 어떻게. 머리가 텅 비어서 아무 생각도 못하겠는데. 그렇게 갈팡질팡하는 찰나 아주 가까이에서 네가 입술을 뗀다.

"하나둘셋."

고저 없이 연이어 셋을 센 뒤 너는 곧장 손을 뻗어 왔다. 부딪히듯 입술이 닿은 후에도 나는 미처 눈을 감지 못했다. 너는 느리게 부드럽게 따뜻하게 파고들고, 나는 그제야 순응하듯 눈을 감는다. 머릿속에서 미친 듯이 불던 돌풍이 거짓말처럼 뚝 그쳤다.

그리고 온몸이 수면 아래로 잠겨 들었다.

아무것도 보이지 않고,

아무것도 들리지 않고,

완전히 단절된 감각 끝에는 오직 너.

나와 함께 물속 깊이 잠긴 너 하나뿐이다.

—

목덜미에 있던 손이 뺨으로 옮겨 온다. 너는 이제 양손으로 내 얼굴을 감쌌다. 크고 따뜻한 손안에서 나는 보호받는 것처럼 마음을 놓는다. 너무나 쉽게도 마음이 그냥 놓여 버렸다.

입맞춤은 짧지 않았다. 지나치게 긴 것도 같았다. 그러나 길거나 짧다는 실감은 정확하지 않다. 시간이 얼마나 흘렀는지, 몇 시나 되었는지, 네가 열고 들어온 대문이 아직도 열렸는지 아니면 잘 닫혔는지, 바깥의 세상은 내 감각의 범위에서 완전히 배제돼 버렸기 때문에. 당장 비나 눈이 쏟아진대도 지금은 까맣게 모를 것 같다.

한참 후에야 너는 천천히 물러났다. 얼굴을 쓰다듬는 손길에 나도 가만히 눈을 떴다. 뒤섞인 숨을 나눠 쉬면서 우리는 가까이 서로를 들여다본다. 멈췄던 시간이 다시 흐르고, 나는 이제 나의 세계가 완전히 달라졌단 사실을 받아들여야 했다.

침묵을 흩뜨린 건 다시 너였다.

"여기 얼마나 있었어."

나는 네 양손에 얼굴을 붙들린 채 대답을 궁리한다. 한 삼십 분쯤 됐나. 그보다 더 됐던가. 역시 잘 모르겠다.

"······얼마 안 됐어."

"얼굴이 찬데."

너는 내 뺨의 온도를 가늠할 것처럼 엄지로 두어 번 쓸어 보더니 오른손을 옮겨 덥석 내 손을 잡았다. 호주머니에 들어 있던 내 왼손이 순식간에 밖으로 끌려 나왔다.

"일어나자. 감기 걸리겠다."

"아니, 괜찮은데."

"여기 더 있게? 생각 끝났는데 왜."

"······."

"너 내 생각 하고 있었잖아."

당사자가 그렇게 말해 버리면 내가 말문이 막히지 않겠니. 대꾸할 말이 없어 쳐다만 보자 네가 슬쩍 웃는다. 매끈하게 젖은 입술로 어린애처럼.

"너 이제 끝났어. 못 물려, 이제."

그러니까 그만 생각해도 돼. 덧붙여 말하면서 너는 잡은 손을 잠깐 놓았다. 그러고는 곧 손가락 사이를 파고들며 깍지를 낀다. 우리의 손이 단단히 얽혀들었고, 덕분에 너는 쉽게 나를 일으켜 세웠다.

"집에 가자. 춥다."

숫제 끌려가다시피 따라가면서 나는 바쁘게 생각한다. 지금 누구네 집에 가자는 거야. 설마 내 집에? 나 자고 일어나서 아직 샤워도 안 했는데. 욕실 청소는 또 언제 했더라. 멋대로 앞질러 나가는 생각 속에서 주춤주춤 대문을 지났다. 제집처럼 덜컹 문단속까지 마친 네가 차를 향해 걸으며 투덜거렸다.

"택시 타고 오지. 피곤한데."

"먼 거리도 아닌데 뭐."

"졸음운전이 음주 운전이랑 똑같은 거 몰라?"

"졸진 않았어."

"당연히 졸면 안 되지, 그걸 말이라고."

너는 낮은 톤으로 잔소리를 늘어놓으면서 리모컨 키를 누른다. 삑 소리와 함께 네 차가 전조등을 번쩍였다. 너는 그대로 조수석 쪽으로 나를 이끌었다.

"차 두고 가. 내가 내일 다시 태워다 줄게."

"됐어, 무슨. 괜찮다니까."

"운전하면 따로 가야 되잖아."

나는 네 차 앞에 선 채로 너를 올려다봤다. 그러자 너는 깍지 낀 손에 좀 더 힘을 실었다. 마치 내가 당장 이 손을 뿌리치기라도 할 것처럼. 설령 내가 뿌리쳐도 너는 놓지 않겠다는 것처럼.

"같이 가고 싶어서 그래."

"……."

"내 차 두고 가? 네가 운전할래?"

그래서 나는 더 고집부리지 않고 순순히 조수석 문을 열었고, 그제야 너는 잡은 손을 놓아주었다.

오피스텔로 향하는 십 분 남짓한 시간 동안 우리는 거의 대화하지 않았다. 너는 묵묵히 차를 몰고 나는 말없이 정면을 응시했다. 무슨 말을 해야 할지 알 수 없었다. 솔직히 너에게 뭐라고 할 말이 없었다. 나는 여전히 너무나 놀랍고 흥분이 가시지 않았으며 모든 것이 아직 어색하기만 했다. 급변한 이 상황에 적응하려면 역시 시간이 좀 필요할 것 같았다.

차 안의 침묵이 깨진 것은 네가 오피스텔 입구에 차를 세운 직후였다.

"사람들한텐 비밀로 할게."

너는 안전벨트 버클을 풀면서 지나가는 말투로 말했다. 별로 내키지는 않는다는 듯, 그러지 않아도 상관은 없다는 듯이 대수롭지 않은 어조로. 하지만 비밀로 안 하면 어쩌려고. 월요일에 출근해서 공식 발표라도 하려고? 나는 좀 어이가 없어졌다.

"공사 끝날 때까지만."

마감 시점을 굳이 강조하면서 너는 동의를 요구하듯 나를 본다. 봄에 도면이 완성되면 곧바로 공사를 시작해 겨울 전에 완공한다는 것이 네가 안내해 준 일정이었다. 그러니까 앞으로 일 년가량은 몰래 만나자는 소리. 내가 봤을 땐 합리를 넘어 지극히 지당한 대안이다.

"근데 들켜도 뭐 상관있나."

"왜 상관이 없어. 당연히 안 되지."

"난 괜찮은데."

"절대 안 돼. 곤란해질 거야."

"왜. 나 짤릴까 봐?"

농담 같은 직설에 나는 입을 다물었다.

"짤리면 나가서 사무소 차리면 되는데."

애가 진짜. 입을 벌리고 쳐다보자 너는 킥 웃더니 운전석 문을 열고 차에서 내려 버렸다. 뒤따라 내리면서 나는 재차 뒤바뀐 세상을 실감했다. 분명히 내 차를 몰고 나갔었는데 네 차를 타고 돌아오다니. 한 시간도 안 된 사이에 대체 무슨 일이 벌어진 거야. 나는 여전히 뭔가에 완전히 홀린 기분이다.

"아, 잠깐만."

너는 깜빡 잊고 있었다는 듯 트렁크를 열었다. 그러더니 웬 보자기에 싸인 상자를 가져와 내게 내민다. 곱게 매듭지어진 상자는 전공 서적 두 권을 포갠 크기였다.

"이게 뭐야."

"떡."

"떡?"

분홍색 보자기에 곱게도 싸인 그것을 나는 약간 황당하게 쳐다봤다. 이건 또 갑자기 무슨 떡인가. 잔칫날도 아니고. 거기까지 생각이 닿자 그만 푹 웃음이 났다. 어딘가 매우 극적인 상황이라 웃기기도 하고 좀 간지럽기도 하고.

"난데없이 웬 떡이야."

"그냥, 맛있길래. 너 먹어 보라고."

내 귀엔 참 뜬금없고 개연성도 없는 이유였지만 네 표정은 너무나도 태연했다. 그래서 잘 먹을게, 인사치레를 하면서도 나는 비실비실 웃음을 흘려야 했고, 너는 왜 자꾸 웃냐고 다그치면서 조금 쑥스럽게 따라 웃었다. 떡 한 상자 덕분에 우리 사이 어색함은 절반 이상 날아가 버렸다.

"내일 더 맛있는 거 먹으러 가자."

나는 해사하게 말하는 너를 본다. 훤칠하니 꼭 탈렌트 같다던 엄마의 표현이 절로 떠올랐다. 너는 원래부터 꽤나 눈에 띄는 타입이었지만 지금은 더 그런 것 같다. 바라보고 있으려니 새삼스럽게 가슴이 울렁거렸다.

"아침에 일어나면 연락해."

"아마 또 새벽에 깰걸."

"그럼 전화해."

잔잔하게 웃는 얼굴.

"어차피 나도 오늘 잠 못 잘 거 같으니까."

말하는 너의 눈길에 금빛의 환희가 스며 있었다. 그래서 나는 그만 황홀해졌다. 더불어 은근한 긴장감으로 뱃속이 조여 왔다. 잠을 못 잘 것 같다는 말은 그러니까 간접적인 사인인 건가. 그로부터 나는 다시 욕실의 청결 상태를 걱정하기 시작했지만, 너는 잠 안 오면 전화하라고 재차 강조한 다음 패딩 점퍼 호주머니에 양손을 찔러 넣었다.

"들어가. 들어가는 거 보고 갈게."

그래서 나는 다시 한 번 네 기색을 살핀다. 그러나 너는 오늘 밤 같이 있고 싶다는 눈치를 비치지 않았고, 집에 잠깐 올라가도 되느냐고 농담처럼 떠보지도 않았다. 덕분에 나는 헤어짐이 서운한 것과 별개로 기분이 좀 좋아졌다. 그러니까, 네가 나를 쉽게 생각하지 않는 것 같아서. 우습게도 십 년 전 너를 만났을 때 했던 생각과는 정반대의 감상이었다. 그때 나는 프리섹스를 표방하려 애쓰던 중이었고 무엇보다 너를 아직 진지하게 좋아하지 않았으니까.

아낌 받고 싶은 욕구는 언제부턴가 구식의 발상으로 취급되고 있지만, 사실 여기엔 여자의 육체적 순결성이나 그것을 강조하던 문화만 작용하는 것은 아니다.

누군가를 쉽게 생각하지 않는다는 것은 곧 그를 귀하게 여긴다는 뜻이다. 우리는 가치 있는 것만을 귀하게 생각하므로, 상대가 나를 어렵게 여긴다면 그건 그가 나의 가치를 높이 인식한단 의미가 된다. 성별과 관계의 종류를 막론하고 이 점은 누구에게나 유의미하다.

좀 더 직설을 더하자면 우리는 과거에 이미 관계를 가졌고, 너는 내가 사귀지도 않는 남자와 그런 관계를 이어 갔다는 사실을 잘 알고 있으며, 거기에 더해 이제는 이혼 경력까지 생겼음에도 여전히, 오히려 예전보다 더 나를 조심스럽게 대하고 있는 것이다. 그러니 설령 계산된 배려라 해도 나로서는 뿌듯함을 느끼는 게 타당했다.

그래서 나는 혼자 집에 들어왔다. 네가 준 상자를 풀고 낱개 포장된 떡 하나를 뜯어서 입에 넣었다. 가슴이 고장 난 문짝처럼 쉴 없이 열렸다 닫혔다. 찰떡은 확실히 달콤했지만 지금은 뭘 먹어도 달지 않을까 싶다.

옷을 벗고 욕실로 들어갔다. 깨끗한 욕실에서 샤워기를 최대한으로 틀었다.

뜨거운 물에 몸을 적시자 두근대던 신경이 조금씩 잠잠해졌다. 샤워를 마친 뒤에는 면세점에서 사 온 바디로션을 발랐다. 향기가 좋고 가격이 비싼 이런 로션 같은 걸 집었을 때부터 나는 사실 너를 생각하고 있었다.

로션을 펴 바르면서 거울에 맨몸을 비춰 보기도 했다. 원래부터 볼륨감 넘치는 몸은 아니었지만 오늘따라 왠지 더 볼품없어 보였다. 허벅지는 가늘어지고 가슴과 엉덩이는 준 것 같고. 운동을 꾸준히 해도 이젠 별수 없구나. 나는 새삼 나이를 한탄하면서 이십 대를 그리워하는 안 하던 짓까지 했다.

타월 가운을 걸치고 나와 물을 반 컵 마셨다. 싱크대 곁에 둔 떡 상자를 보자 저절로 미소가 피어올랐다. 너도 지금쯤 집에 도착했을 텐데. 생각하자 내 눈앞에는 다시 온통 너뿐이다.

[잘 들어갔어?]

메시지를 보내 놓고 네가 확인하길 기다렸다. 일 분쯤 기다려도 변함이 없어 화면을 끄고 이층으로 올라갔다. 책상 앞에 앉아서 읽던 책을 펼쳤지만 영 집중이 되지 않았다. 지금 나는 가만히 앉아 있어도 자꾸만 공중으로 튕겨 오르는 기분이다.

그때 전화기 화면에 알림창이 떠올랐다.

[어 지금 씻고 나왔어]

채팅앱을 구동하면서 나는 흠뻑 젖은 네 모습을 상상한다. 어디선가 비누 냄새가 풍기는 것 같은 착각마저 일었다. 슬며시 아랫입술을 당겨서 혀로 핥아 본다. 아직도 거기에 네 흔적이 남아 있을 것처럼.

[뭐 하고 있어]

[책 좀 읽다 자려고]

[무슨 책]

[소설책]

[단편집]

[늦게까지 책 보지 말고]

[억지로라도 누워]

[그래야 빨리 적응하지]

토막 난 메시지들이 경쾌하게 대화창을 채워 갔다. 너는 내게 학회가 어땠고 보스턴에서 뭘 먹었고 미국엔 자주 가는지 등을 물었고, 졸업 직후 혼자서 뉴욕에 여행 갔던 이야기도 해 주었다. 나는 미소 지었다가 입술을 말았다가 다시 소리 없이 웃음을 터뜨렸다.

너는 아무 일도 없었다는 듯 태연한 어조였지만, 나는 대화창 너머 네 진짜 속내를 예측할 수 있다.

우리 사이에는 줄곧 일종의 머뭇거림이 있었다. 마치 몸과 몸 사이에 풍선 하나를 끼우고서 어설프게 끌어안고 있는 느낌이었다. 조만간 터질 게 분명한데도 애써 터뜨리지 않고 있는 듯한. 그것이 배려든 예의든 혹은 서로를 위한 인내심이든, 우리가 예전과 가장 달라진 점 또한 그것이었다.

경험과 세월이 바꿔 놓은 것들. 사람과 인연에 대한 경외심 같은 것. 이렇게 만난 것이 믿기지 않고, 서로를 다치게 할까 두렵고, 또다시 놓칠 것이 염려스럽고. 너도 나와 같은 마음이라는 것을 그러므로 나는 잘 알고 있다.

[이제 잘 수 있겠어?]

[아니 아직]

[왜]

경쾌하게 놀리던 손가락을 우뚝 멈췄다. 시간을 보니 어느새 열 시에 가까워졌다. 나는 이제 책상을 떠나 아래층 매트리스 위에 누워 있다. 그러고 보니 처음이었다. 이렇게 전화기를 붙들고 히죽거리면서 너와 오래도록 이야기를 나누는 것이.

사실 예전부터 참 해 보고 싶었는데. 잠들기 전에 문자도 보내고 엄마 몰래 이불 속에서 통화도 하고. 시답잖은 수다와 유치한 농담들을 나는 또 얼마나 많이 삼켜 버렸는지. 이뤄지지 않은 순간들은 때로 더 질긴 기억으로 살아남는다.

독일에 갓 도착했을 때, 새벽마다 창가를 서성이면서 동이 트길 기다렸을 때, 고인 호수 같던 이국의 도시에서 나를 괴롭힌 것도 주로 그런 장면들이었다. 너와 손잡고 캠퍼스를 걷는 나. 도서관 입구에서 네게 입 맞추는 나. 출국장 앞에서 애써 웃으면서 도착하면 전화하라고 다짐 받는 너.

실제보다 생생한 그 장면들 속에서 나는 종종 숨을 쉴 수 없었다. 네가 정말 미치도록 보고 싶어서.

[진욱아]

얼마쯤 충동적으로 그렇게 불러 놓고 나는 그만 가슴이 뻐근해진다. 다른 생각은 하나도 나지 않았다. 그저 너를 보고 싶다는 마음에 휘몰려 버린 기분이다. 메시지는 곧바로 확인됐으나 너는 잠시 틈을 둔 뒤 대답했다.

[어]

그러나 다음 말은 아직 준비되지 않았으므로 나는 더 이상 대화를 잇지 못했다. 너도 달리 응답을 재촉하지 않았다. 어색하게 정지한 대화창 위로 시간은 멈춘 것 같았고, 곧 대기모드로 전환되면서 액정이 자동으로 꺼졌다.

그대로 일 분이 지나고 이 분이 지날수록 나는 슬슬 초조해졌다. 그리고 십여 분쯤 지났을 때 갑자기 전화가 들어왔다. 화면을 확인하기 전부터 나는 발신자가 너라는 걸 알고 있었다. 아무렇지 않은 척 전화를 받았지만 심장은 이미 쿵쾅대기 시작한다.

"어."

— 오피스텔 몇 호야.

"……천오백사호."

이어 현관 쪽 인터폰에서 요란한 호출음이 울렸다. 나는 맨발로 허둥지둥 걸어가 화면 속에 비친 너를 보았다. 귀에 댄 전화기와 인터폰 스피커에서 동시에 들리는 목소리.

— 문 열어 줘.

이제 심장은 무섭도록 빠르고, 세차게 뛰기 시작한다.

—

초인종이 울렸을 때 나는 이미 현관문 앞에 서 있었다. 여전히 샤워 가운 차림이었지만 갈아입지 않았다. 나는 이제 네가 나를 아끼지 말았으면 했고 너도 더 이상 그러지 않을 것임을 알고 있었다. 그런 건 이미 한 시간으로 충분히 누렸으니까.

현관문을 열었을 때 너는 곧장 들어오지 않았다. 열린 문 밖에 우뚝 선 채로 내게 물었다. 패딩 점퍼 안에는 티셔츠와 면 트레이닝 바지. 한눈에도 집에서 뛰쳐나온 차림새였다.

"들어가도 되지."

물음에 나 역시 곧장 대답하지 않았다. 나는 네 말이 의미하는 바를 잘 알았고 그래서 머뭇거릴 시간이 조금 필요했다. 우리는 열린 문을 사이에 둔 채 잠시간 서로를 응시했다. 그리고 높이 차오른 긴장감이 범람하기 직전,

"……들어와."

기다렸다는 듯 네가 들이닥쳤다.

나는 기꺼이 시인한다. 지금껏 이 순간을 기다리고 있었다는 걸. 더는 참을 수 없다는 네 표정과 내 얼굴을 움켜쥐는 손아귀와 거칠게 부딪혀 헤집는 입맞춤을 기대하고 있었다는 걸. 너는 너무나도 쉽게 나를 장악하고 나는 무력하게 너를 받아들인다. 할 수 있는 일이라곤 눈을 감은 채 제대로 숨을 쉬려 노력하는 것.

스스로 밀려 닫힌 현관문이 자동으로 삐리릭 잠겼다.

너는 무쇠로 엮은 그물처럼 계속해서 나를 조인다. 나는 벽과 너의 몸 사이에 끼인 채로 너의 체온과 숨소리에 완전히 갇혔다. 얼굴을 감싼 손바닥의 온도. 부드럽고도 완강한 입술과 혀의 감촉. 비누와 섬유유연제와 흐릿한 향수의 뒤섞인 잔향들.

호흡의 질서가 완전히 엉킨 후에야 너는 입술을 떼어 냈다. 민주야. 아주 가까이서 속삭이듯 부르는 소리. 나는 천천히 숨을 몰며 눈을 뜨고, 너는 시선을 맞댄 채 입술을 달싹인다.

"나 이제 못 참겠다."

거의 탄식 같은 말이었다. 밀착된 몸을 통해 단단하게 부푼 네가 느껴졌다. 너에게 완벽히 붙들린 나는 이제 무슨 말이라도 한마디 해야 할 것 같다.

"너 실망할지도 몰라."

하지만 왜 하필이면 그런 소리를 했을까. 좀 더 유혹적이고 관능적인 말이었다면 좋았겠으나 내 머릿속에 떠오른 게 고작 그런 소리뿐이었다. 너는 의미를 해석하듯 잠깐 생각하는 것 같더니 피식 웃었다. 그 웃음에서마저 나는 폭발 직전의 흥분을 듣는다.

"일단 좀 보고."

제법 오만한 대꾸를 끝으로, 너는 더 이상 내게 말할 기회를 주지 않았다.

14.

유진욱

실패를 겪어 보면 두려움이 구체화된다. 나이가 들수록 보편적인 기준에 더 솔깃해지는 건 그래서일 것이다. 나만 틀릴까 봐 불안해서. 남들은 다 잘 사는 데 나만 또 실패할까 봐. 아주 호되게 넘어진 경험이 있다면, 그리고 그때의 느낌이 아직 생생할수록 두려움은 발목을 잡는다.

내 생각에 우리의 결정적 실패 요인은 네가 유학을 간 것이 아니었다. 표준화된 루트를 어겼기 때문이었다. 바닥 기초를 다지고 골조를 세운 뒤 벽을 쌓는 프로세스를 무시하고 단번에 지붕 위로 올라갔기 때문에 보기 좋게 떨어진 거다. 긴 자기 성찰 끝에 내가 내린 결론은 그것이었다.

지금 생각하면 참 패배자다운 결론이지만 나는 여전히 거기서 벗어날 수가 없다. 네 앞에서 내도록 얼뜨기처럼 군 까닭도, 오늘 같은 밤에 얌전히 집에 돌아가서 찬물로 샤워를 한 이유도 그것이었다. 사귄 지 십 분 만에 자자고 하는 건 아무래도 표준 프로세스는 아닐 테니까.

그럼 사귄 지 한 시간 만에 자는 건 표준인가. 지금은 긴급한 상황이라 어쩔

234

수 없다.

"너 실망할지도 몰라."

너야말로 아직 잘 모르는 것 같다. 그런 말이 나를 더 미치게 한다는 걸. 포로처럼 갇혀서 가운 한 장 걸친 채로 그런 소릴 하면 도대체 나더러 어쩌라고. 나는 무슨 말이라도 한마디 해 줘야 할 것 같았지만 무슨 말을 했는지는 중요하지 않았다. 사실 내가 뭔 말을 지껄였는지도 잘 모르겠고.

내 머릿속의 생각은 딱 두 가지뿐이다. 지금 당장 여기서 해 버리고 싶다. 그래도 현관 앞보다는 일단 침대로 가자. 그래서 나는 너를 눕힐 만한 곳을 눈으로 찾았고, 다행히 매트리스는 불과 몇 걸음 거리에 있었다. 침대가 아니라 매트리스. 학교 앞 내 자취방에 있던 것처럼. 그 단순한 연상으로 인해 나는 다시 스무 살짜리처럼 조급해진다.

미친 듯이 네게 입 맞추면서 겉옷을 벗어 팽개쳤다. 매트리스 위에 널 눕혔을 때는 아찔한 절박감마저 들었다. 고개를 숙여 네 얼굴에 입술을 뭉갰다. 뺨에서 턱을 지나 목을 훑는 동안 손가락에 얽히는 너의 머리카락. 그 모든 감촉과 향기가 마치 꿈같아서 도저히 현실감이 들지 않았다.

나는 몇 번이나 낮은 숨을 몰아쉰다. 가운 안으로 손을 넣어 너의 어깨를 어루만진다. 입술과 코끝으로 맨 살갗을 더듬으면서 옷섶을 벌렸다. 취한 듯 정신 없는 와중에도 네가 뻣뻣하게 긴장하는 게 느껴졌다.

나는 단번에 네 허리의 매듭을 풀어 버린다. 샤워 가운은 도발적이고도 순종적인 옷이라서 나는 아주 쉽게 너의 몸을 한눈에 본다. 집 안의 조명은 충분히 밝았고 너는 이제 거의 완벽한 나신이다. 두 팔을 제외하면 가려진 곳이 하나도 없다. 나는 상체를 세워서 네 몸을 눈으로 훑었다.

기나긴 원정 끝에 승리한 전사가 된 기분이었다. 내가 무엇을 얻었고 어디에 도달했는지 좀 더 명료하게 확인하고 싶었다. 만찬 직전의 즐거움을 만끽하고도 싶었다. 나신으로 내 앞에 순순히 누워 있는 너. 황홀한 전리품이다.

"불이라도 좀,"

너는 당혹하면서 한쪽 팔로 가슴을 가렸다. 나는 그 팔을 쉽게 낚아채 네 얼굴 옆에 고정시켰다. 정물 같던 몸이 흔들리면서 부피감이 눈으로 느껴졌다. 나는 이제 입술이 바짝 마른다.

"똑같은데."

감탄처럼 중얼대며 손을 뻗었다. 다른 쪽 손으로는 여전히 네 손목을 움켜쥔 채로. 한쪽 가슴을 천천히 쓰다듬다가 엄지로 슬쩍 자극하자 네가 숨을 들이켜며 몸을 움츠렸다. 나는 네 몸을 어떻게 다뤄야 할지 아주 잘 알고 있다.

"봐."

울 것 같은 얼굴로 내게 사정하게 만들려면 어떻게 해야 하는지도.

"똑같잖아."

그래서 나는 하나씩 시험해 보기로 했다. 그때 익힌 방법들이 아직도 잘 통하는지. 그렇게 생각하자 조급함이 잠깐 수그러들었다. 긴장한 네 앞에서 나는 도리어 차분해진다.

상체를 숙여 네 몸에 다시 입술을 댔다. 보드라운 살갗에 코끝이 닿았다. 달콤한 향기와 체온을 깊이 들이마셨다. 아래가 최대한으로 부풀어 뻐근해졌지만 지금은 이러고만 있어도 좋아서 미칠 것 같다.

너는 아무 말도 하지 않았다. 너는 원래 관계할 때 말을 많이 하지 않는다. 그럼에도 나는 네가 무엇을 원하고 어떻게 해 주길 바라는지 거의 정확히 안다고 생각한다. 너의 몸짓과 표정, 호흡의 크기와 간격만으로도 나는 충분히 많은 것을 알 수 있으니까. 아주 내밀한 관계를 가질 때는, 그때 나누는 것이 몸이든 마음이든, 가장 간절한 순간이라면 굳이 말이 필요하지 않다.

너는 점점 가쁘게 숨을 쉬었다. 잡았던 손목을 놓아줬지만 더 이상 몸을 가리거나 나를 밀어 내지 않았다. 나는 양손과 입술로 마음껏 네 몸을 만지고 쓰다듬었다. 네가 더 찡그리고 더 단단해지고 더 촉촉해질 때까지. 그리고 받은 숨 사이로 신음성이 짙어졌을 때 가장 깊숙한 곳으로 손을 옮겼다. 너는 이미 완전히 젖었고 손끝으로 자극하자 심하게 몸을 뒤틀었다. 덕분에 나는 이제 진짜로 미칠 지경이 된다.

"······하나도 안 변했네."

손댔던 곳을 혀로 핥고 싶었으나 오늘은 참기로 한다. 앞으로 그럴 기회가 아주 많을 거니까. 대신 네 입술을 벌리고 입을 맞췄다. 촉촉한 혀에서 단맛이 났다. 너는 양팔을 들어 내 목을 끌어안고 나는 네 허리를 더 단단히 끌어당겼다. 너무 좋아서 그냥 이런 생각만 든다. 아직 시작도 안 했는데 큰일 났네.

"민주야."

부르자 네가 눈을 떴다. 벌어진 입술 새로 가쁜 숨을 내쉬면서. 너는 아무런 말도 하지 않았지만, 나를 보는 눈동자에서 나는 네 목소리를 들었다.

'진욱아.'

그건 그저 대화창에 떠오른 활자에 불과했다. 그럼에도 십여 년 만에 네가 나를 그렇게 부른 순간 나는 봉인이 풀린 것처럼 참을 수 없었다. 그냥 다 모르겠고 당장 너를 봐야겠단 생각만 들었다. 정신 나간 놈처럼 점퍼를 꿰어 입고 운동화에 맨발을 쑤셔 넣었다. 분명히 과속으로 양화대교를 건넌 것 같은데 정확하지는 않다. 여기까지 오는 동안 나는 한마디로 제정신이 아니었다.

지금도 딱히 그 정신이 돌아온 것 같지는 않지만.

나는 서둘러서 빠르게 옷을 벗어 던졌다. 그리고 더 빠른 속도로 콘돔을 꺼내 포장을 뜯었다. 후기가 좋고 가격이 비싼 이런 제품을 검색할 때부터 나는 당연히 너를 생각하고 있었다. 지난 한 달간 나는 줄곧 지금을 대비해 왔다. 언제고 네가 날 허락할 순간을 기다리고 또 기대하면서. 믿기 힘든 사건들이 엮어 낸 이런 기적 같은 순간을.

긴 숨을 뱉으며 네 허벅지를 쓸었다. 촉촉하고 부드럽고 날씬한 다리. 네 몸은 내가 기억하는 것보다 더 가늘다. 무릎과 발목의 뼈가 도드라지고 골반의

윤곽도 또렷했다. 너는 너이기도 하고 네가 아니기도 했다. 그래서 다리를 벌리고 몸을 밀어붙이는 순간,

"하,"

나는 설명할 수 없는 감정에 매몰됐다.

쾌감에 몸을 떨면서 생각한다. 지금 이 기분을 어떻게 표현해야 좋을까. 그러나 네 안으로 깊숙이 들어갈수록, 느리게 물러났다 나아가길 반복할수록 나는 더 이상 생각이라는 걸 할 수가 없다. 내가 인식할 수 있는 것은 그저 너의 얼굴. 찡그린 미간과 벌어진 입술과 가쁘게 흘러나오는 숨과 소리.

그리고 너의 몸. 시트 위에 흩어진 머리카락. 하얀 어깨. 흔들리는 가슴. 볼수록 만질수록 허기지게 만드는 몸. 물고기처럼 유연한, 생생하게 살아 있는 몸.

거기서 나는 좀 더 욕심을 내 본다. 움직임을 멈추고 너를 일으켜서 허리를 바짝 끌어안았다. 눈을 뜬 네가 나를 바라보자 결합된 쾌감이 더 부풀었다. 나는 마주 앉은 자세로 네 팔에서 가운을 벗겨 버렸다. 너는 이제 나처럼 완벽한 나신이다.

"움직여 봐."

말한 뒤 나는 머뭇대는 너에게 입을 맞췄다. 가슴과 가슴이 맞닿고, 네가 가만히 내 목을 감아 안았다.

"네가 해 줘."

너는 착한 학생처럼 내 지시에 따른다. 그것만으로도 충분히 자극적이다. 삐걱대듯 어색하던 너는 얼마 지나지 않아 더없이 매끄러워졌고, 끌려가듯이 함께 움직이면서 나는 드디어 한계점을 넘어 버렸다.

그래서 다시 쓰러뜨리듯 너를 눕혔다. 가장 깊은 곳, 내가 들어갈 수 있는 너의 가장 안쪽을 향해 사정없이 달려들었다. 몸에서 열이 끓고 땀이 배어도 짐승처럼 점점 더 빠르게 달렸다. 네가 사정하듯 짙은 소리를 내도 아랑곳하지

않았다. 나는 이제 나조차도 여기에 없는 것 같다.

그리고 기어이 도착점에 닿았다는 느낌이 들었을 때,

"아."

무너지듯 다시 너를 부둥켜안았다.

우리는 완벽히 겹쳐진 채 몸을 떨었다. 내 목덜미를 쓰다듬는 손길이 느껴진다. 그 품에 안겨 숨을 몰아쉬면서 나는 불현듯 깨달았다. 아까의 설명할 수 없었던 느낌, 강렬하게 몸을 조이던 그 감정을 어떻게 표현해야 하는지.

돌아왔다.

여기로.

드디어.

—

한동안 허공에 뜬 기분이었다. 먼지처럼 둥둥 떠다니는 기분. 현실감 없는 그 느낌이 좋아서 눈을 뜨기가 싫었다. 그러나 눈을 뜨고 현실감이 돌아오자 기분은 오히려 더 좋아졌다.

욕실에서 나와 보니 불이 꺼져 있었다. 얼굴 보기 부끄럽기라도 하다는 건가. 귀여워서 피식 웃음이 났다. 그래도 작은 스탠드를 켜 둔 덕에 나는 어렵지 않게 너를 찾아냈다. 매트리스 위에 앉은 너는 반팔 티셔츠에 긴 바지 차림이다. 아까 그 샤워 가운 좋았는데 왜. 나는 잔뜩 나른해진 주제에 그런 생각을 하면서 네 곁에 다가가 옆으로 누웠다.

너는 아무 말도 하지 않았다. 나는 네 눈치를 살피거나 말을 거는 대신 그냥 한쪽 팔을 낚아채서 끌어당겼다. 너는 아주 쉽고도 가볍게 내 품에 들어온다. 그리고 기막히다는 듯 작게 웃는 소리. 나는 조용히 따라 웃으면서 네 머리카락에 코를 묻었다.

"나 자고 가도 되지."

너는 얼른 대답하지 않았지만 나는 기다리는 대신 타당한 근거를 댄다.

"이제 남친이잖아."

이번에는 좀 더 가볍게 웃는 소리. 나는 너를 끌어안고서 깊은 숨을 들이마셨다. 샴푸와 바디로션, 섬유유연제 냄새.

너무 좋다.

"새벽에 깨면 나도 깨워."

눈을 감은 채로 네게 말했다. 너는 잠깐 동안 대답이 없더니,

"자."

내 품에서 순순히 승낙해 주었다.

소리 없이 웃는 동안에도 내 입술은 너의 머리칼 사이에 묻혀 있다. 나는 이대로 아주 깊은 잠에 들 수 있을 것 같다. 죽은 듯이 자고 일어나 보면 눈앞에 다시 네가 있겠지. 그 생각만으로도 나는 너무 좋아서, 급기야 눈물이 다 날 것 같은 심정이 된다.

—

미학적인 측면에서 한국의 공동주택은 공립학교 건물만큼이나 수준이 떨어진다. 외관은 말할 것도 없고 내부 역시 인테리어로 가릴 수 없는 한계가 있다. 투자와 보급을 목적으로 지은 이런 오피스텔 건물이라면 더더욱 그렇다. 직업적으로나 개인적으로나, 내 심미적 기준에 부합하는 보급형 주택을 나는 아직 보지 못했다.

그러나 오늘 아침 눈을 뜨자마자 나는, 아름답다, 라고 생각했다.

여섯 평쯤 됨직한 너의 공간은 아름다웠다. 층고가 높은 복층의 하얀색 천장이. 긴 창을 가린 감청색 모직 커튼이. 어둑하게 차단된 자연광이며, 공기 중에

옅게 남은 커피 냄새도.

날은 이미 밝아 아침이었고 주변에는 소리도 기척도 없었다. 잠에서 깬 내 곁엔 아무도 없었지만 나는 네가 이 공간 어딘가에 있다는 걸 느낄 수 있었다. 함께 잠들었던 사람이 아직 머물러 있다는 확신. 거기서 오는 만족감 또한 아득하게 아름다웠다.

스마트폰을 더듬어 시간부터 확인했다. 그리고 저 위쪽의 철제 난간을 눈으로 살폈다. 여기서는 안쪽이 보이지 않지만 네가 거기에 있다는 걸 나는 안다. 그러니 얼른 가서 직접 확인해야지. 몸을 일으키면서 무심코 머리맡을 돌아봤을 때, 나는 뜻밖의 장면에 그만 웃고 말았다.

엠아이티 로고가 박힌 머그가 나를 향해 씩 웃는 것 같았다. 무거운 거 사 오지 말라니까. 팔을 뻗으면서 속으로 투덜댔지만 내 입은 이미 박처럼 벌어졌다. 머그 안에는 레드삭스 로고와 자석이 붙은 병따개도 하나 들어 있었다. 두 가지 선물을 양손에 들고서 나는 애처럼 소리 죽여 웃었다.

너의 선물은 욕실에도 있었다. 반듯하게 접힌 타월 위에 새 칫솔 한 개. 나는 타월을 펼치고 칫솔 포장을 뜯으면서 내도록 웃음을 멈추지 못했다. 행복감에도 부피와 질량이 있었다면 이 욕실은 이미 남아나지 않았을 것이다.

씻고 나온 후에도 집 안은 조용했다. 계단을 타고 올라가자 역시나 너는 책상 앞에 있다. 이쪽을 향해 앉은 너는 나를 발견하고는 읽던 책을 내려놓고 귀마개를 뺐다. 불 켜진 탁상 스탠드 곁에 빈 커피 잔 하나.

"일어났네."

"언제 깼어. 나도 깨우라니까."

"얼마 안 됐어. 두 시간쯤."

너는 대답하면서 약간 어색하게 웃는다. 하얗게 맨얼굴과 회색 카디건.

"선물 고마워. 감동적이야."

불쑥 말하자 조금 쑥스럽게 웃는 얼굴.

"별것도 아닌데."

"산타 할아버지 다녀간 줄 알았어."

너는 낮게 웃음을 터뜨리고, 나는 책상 곁에 놓인 안락의자에 앉았다.

"두 시간 전이면 평소랑 비슷하게 일어났네."

"어, 이제 슬슬 돌아오나 봐."

"내가 도와줘서 그래."

넉살을 부리자 너는 어처구니없다는 듯 애매한 표정을 지었다. 하지만 뺨 언저리가 약간 붉어지는 걸 나는 놓치지 않았다. 교수님이 이렇게 귀엽다는 걸 네 학생들은 절대 모르겠지.

그리고 나는 네가 너무 민망해하지 않도록 그쯤 하고 훌쩍 일어섰다.

"나가서 아침 사 올까?"

"먹을 거 있어. 빵이랑 잼."

"냉장고에?"

"응. 내가 해 줄게."

네가 자리에서 일어나 스탠드를 껐다. 유일한 광원이 사라지자 공간이 창고처럼 어둑해진다. 나는 커다란 창을 가린 두꺼운 커튼에 잠깐 시선을 준 뒤, 계단을 지나 주방 쪽으로 가는 너를 뒤따랐다.

"커피 마실 거지?"

"어, 줘."

너는 수납장에서 원두와 분쇄기를 꺼내고 주전자에 물을 부었다. 네가 토스터에 빵을 집어넣는 동안 나는 분쇄기로 원두를 간다. 그런 다음 보스턴에서 날아온 머그를 가져다 너에게 내밀었고, 너는 웃으며 머그를 씻어서 물기를 털어 냈다. 우리는 싱크대 앞에 나란히 서서 커피 물이 끓기를 기다렸다. 소음 없는 집 안은 조용하고도 어둡다.

"밖에 비 와."

"어쩐지."

"오늘 하루 종일 올 것 같던데."

"그래?"

건성으로 대답하면서 팔을 뻗어 너의 왼쪽 손을 쥐었다. 이슬 같은 물기가 배어 있는 손. 식물처럼 우아한 네 손을 나는 예전부터 참 좋아했다. 가늘고 긴 손가락을 매만지다가 검지와 중지를 벌렸다. 깨알보다 작지만 또렷하게 박힌 점. 손가락 사이 움푹 들어간 그곳을 나는 검지 끝으로 천천히 문질렀다.

신체의 좁고 은밀한 곳은 대부분 신경이 예민하다. 외부에 잘 노출되지 않는 부위일수록 자극이 쉽게 전달된다. 그러나 가장 사회적인 부위인 손이 그렇게 느껴진다면 그건 내 취향이 독특하기 때문인가. 너의 손가락 사이를 문지르면서 나는 손 대신 혀를 쓰고 싶다는 생각을 했고, 그 생각에 이미지가 덧입혀지자 그만 배 아래쪽이 찌릿해졌다.

놀랍다, 유진욱. 무슨 청소년도 아니고.

"오늘 밖에 나가지 말까."

나는 중얼대며 네 손에 입술을 댄다. 핥고 싶은 충동을 여전히 다스리면서.

"나가지 말고 집에 있자. 비도 오는데."

말하며 네 손가락에 입술과 코를 대고 비빈다. 너의 손끝에는 물비누의 상쾌한 향기가 남아 있다. 커피 물이 끓기까지는 아직 한참 남았고, 나는 뜻밖에도 빠르게 달아오르고, 참는 대신 한쪽 손을 네 허리에 감자 너는 드디어 기막힌 얼굴을 했다.

"왜 이래, 아침부터."

"아침이니까."

그래서 나는 급한 대로 아무 이유나 갖다 붙여 본다.

"아침엔 한 번도 안 해 봤잖아."

그리고 이어지는 네 표정을 나름대로 번역했다.

"내 생각도 그래."

"뭐가."

"내가 생각해도 미친 거 같다고."

"무슨 소리야, 그게."

"너 지금 그렇게 생각했잖아. 유진욱 미친 새끼."

"얘 진짜 뭐라는 거야."

너는 결국 웃음을 터뜨리고 나는 웃는 네게 입 맞춘다. 키득대는 소리가 잦아들고 우리의 숨소리만 들릴 때까지 끈질기게 너에게 키스한다. 이어 주전자의 물이 끓기 시작했지만 스위치는 그냥 꺼 버렸다. 진한 향을 뿜는 원두도, 토스터에 반쯤 꽂힌 식빵도, 지금은 그 어느 것에도 아랑곳할 이유가 없다.

너의 주방은 작고도 단순하다. 온갖 가전을 욱여넣은 데다 동선에 대한 고려도 없다. 공산품처럼 성의 없게 구성된 곳. 이 개성 없고 비좁고 편리하지도 않은 곳에서 너는 기꺼이 내 품에 안겨 온다.

그래서 나는 이 공간마저도, 미치게 아름답다, 라고 생각했다.

—

새해 첫 달인 일월에 건축업은 비수기고 대학교는 방학이다. 타이밍마저 이토록 완벽하니 들뜨지 않을 수 없다. 주말 내내 너한테 달라붙어서 아무것도 못하게 만들어 놓고도 내가 뻔뻔할 수 있었던 것은 역시 그 훌륭한 타이밍 덕분이었다. 학교 지금 방학이잖아. 너는 방학에도 할 일이 많다는 걸 다시 상기시키는 대신 순순히 나와 함께 시간을 낭비해 주었다.

너의 오피스텔에는 그야말로 최소한의 집기만 있었다. 소파와 텔레비전은커녕 식탁도 없어서 뭘 먹으려면 접이식 간이 테이블을 펼쳐야 했다. 우리는 그 테이블에 마주 앉아서 배달 음식을 나눠 먹었다. 커튼을 활짝 열어 놓고 비 내

244

리는 한강을 내다보았다. 녹초가 된 채 나란히 누워서 구름과 빗방울을 바라보았다. 이불 속에서 알몸으로 낮잠을 잤다.

그러다 눈을 뜨면 이야기를 나눴다. 별의별 화제에 대해 수다를 떨다가 책을 펼쳐 읽기도 했다. 계단 위 복층 공간은 아래층과 달리 물건이 아주 많았다. 고급스러운 책상과 사무용 의자, 편안한 안락의자가 있었고 바닥엔 온갖 책들이 돌탑처럼 쌓아 올려져 있었다.

나는 네가 번역한 책을 읽다가 수시로 너를 바라보곤 했다. 네가 선택한 단어, 네가 써낸 문장, 네가 단 역주가 마음에 들 때마다 그저 자랑스러워서. 그러다 눈이 마주치면 너는 얼굴 닳겠다, 사랑스럽게 핀잔을 줬고, 그래도 내가 꿋꿋하게 쳐다보고 있으면 결국 예쁘게 웃어 버렸다.

너의 공간에서 나의 시간은 무게를 잃어버린다. 한없이 가벼워져 흐를 새도 없이 그냥 증발해 사라져 버린다. 손가락 사이로 빠져나가는 그 순간들이 나는 문득문득 안타까웠다.

비가 그치자 주말이 끝나고 세상은 다시 일상으로 돌아갔다. 평일에 나는 가끔 야근을 했고 너도 늦게까지 연구실에 머무는 날들이 있었다. 퇴근하는 길에 잠깐 얼굴을 보기도 했지만 오피스텔 십오층에 올라가진 않았다. 나는 우리의 일상과 책임을 인식할 만큼은 이성적이었고, 네 집에 들어가서 그날 안으로 다시 나올 자신이 없기도 했다.

그래서 너를 두고 혼자 강을 건너며 생각했다.

집에 가고 싶다고.

우리 집.

누군가 기다리는 우리 집으로.

내 생각에 그 집은 현관문을 여는 순간 소리가 날 것이다. 우리가 좋아하는 음악 소리나 방청객의 웃음소리, 혹은 막간의 광고 소리 같은 것들이. 하지만 가장 좋은 건 역시 너의 소리. 왔어? 주방에서 너의 목소리가 들리면 나는 왔어, 대답하면서 냄새로 저녁 메뉴를 추측하고.

그 반대 또한 더할 수 없이 좋을 것이다. 요리 동영상을 틀어 놓고 주방에서 집중하는 나. 다행스럽게도 꽤 그럴듯한 음식 냄새. 나 왔어, 현관에서 들리는 너의 목소리. 나는 그런 장면들을 상상하면서 신나게 한강교를 달렸지만, 불 꺼진 아파트 문을 여는 순간 환상은 그저 환상이 되어 버렸다.

그렇게 기나긴 일주일을 견뎌 내고 오늘은 다시 금요일이다.

[퇴근하고 바로 갈게]

[7시 좀 넘어서 도착할 거야]

[알았어]

너의 답을 확인하고 전화기를 껐다. 차에서 내려 건물 입구를 통과해 엘리베이터에 올랐다. 사층 버튼을 누르는 순간 전화기가 짧게 진동한다. 아무렇지 않게 꺼내서 확인했다가 나는 그만 웃음이 터졌다.

[천천히 와]

[운전조심]

미치겠네, 최민주. 나는 실실 웃으면서 다시 대화창을 연다. 뭐 깜찍한 이모티콘이라도 보내야 하나 고민하는데 엘리베이터 문이 열렸다. 전화기를 쥔 채로 고개를 들자 역시 같은 자세로 바깥에 선 소장과 눈이 마주쳤다.

"뭐야. 왜 그렇게 실실거려. 로또 맞았어?"

로또 맞아도 이렇게 좋으려나. 나는 진지하게 궁금해하면서 밖으로 걸어 나갔다.

"뭐가 그렇게 좋은데? 같이 좀 웃어."

"그냥요. 금요일이라서?"

"그게 뭐 또 그렇게 좋아, 같이 보낼 사람도 없으면서. 엇, 너 여자 생겼어? 소개팅했냐?"

소장이 안경 안쪽의 눈을 휘둥그레 뜨더니 목소리를 낮췄다. 나는 더 이상의 대화에 응하는 대신 웃음으로 눙치고서 사무실 안쪽으로 걸어갔다. 좋은 아침. 인사를 건네자 먼저 와 있던 팀원 서넛이 모니터 너머로 화답했다. 금요일이라 다들 어제보다 얼굴이 환하다.

"실장님, 어제 '목요일 밤 이십 분' 보셨어요?"

"그게 뭔데."

"텔레비전 프로요. 강연 프로."

"저는 티비를 잘 안 봅니다, 대리님."

대답하면서 윤 대리에게 다가가 옆자리 의자를 빼냈다. 우리 대리님이랑 오랜만에 사이좋게 앉아 봐야지 생각하면서. 그런데 그의 다음 말이 뜻밖이었다.

"우리 이데아 건 건축주가 최민주 교수 맞죠? 여자분."

갑작스레 튀어나온 네 이름에 나는 고개를 돌렸다.

"어, 맞는데 왜."

"맞죠, 맞죠? 그 교수님 어제 방송 나오셨더라고요."

여기 동영상도 올라왔는데. 제 모니터를 가리킨 윤 대리가 맞은편의 동료에게 생색을 냈다. 거봐요, 제가 맞다 그랬잖아요. 폴더에 인터뷰 파일 최민주라고 저장돼 있다니까.

"대박. 진짜 우리 건축주예요?"

"저번 방문 땐 분명히 남자분이었는데. 철학 교수가 왜 이렇게 젊어?"

"어, 저는 이분 오층에서 한번 뵌 거 같아요."

팀원들이 경쾌하게 한마디씩 내놓았다. 아마 너를 두고 맞다 아니다 실랑이 중이었던 모양이다. 나는 조금 얼떨떨한 기분으로 윤 대리의 모니터에 시선을 뒀다. 이십 분짜리 동영상 안에서 움직이는 사람은 정말로 너였다. 뭐야, 최민주. 방송도 나와?

"멋지다."

막내 디자이너가 감탄하더니 텀블러를 들고 자리에서 일어섰다. 나는 그 모습을 힐끗 곁눈질한 뒤 다시 동영상을 본다. 소리는 나오지 않았으나 화면 속의 너는 무척이나 여유로워 보였다. 공중파 방송 카메라 앞에서. 수백 명의 사람들 앞에서. 대단히 능숙한 모습으로.

나는 일순 벅차올랐지만 그렇게 보이지 않으려 애썼다. 하지만 속으로는 자랑하고 싶어서 죽을 것 같았다. 가장 유치한 방법으로 모두에게 알리고 싶었다. 야, 여기 봐 봐, 멋지지,

내 여자 친구야.

"요새 인문학 핫하잖아요. 이런 강연 프로도 많이 생겼는데 목밤이 제일 인기 많아요. 실장님 전현수 작가 아시죠? 소설가요. 원래 여기 나왔다가 계속 방송하잖아요. 유명해져서 책도 많이 팔리고."

윤 대리의 설명을 들으며 나는 표정 관리에 힘썼다. 그리고 아무렇지 않은 얼굴을 유지하려면 널 그만 봐야 할 것 같아서 동영상 아래 댓글창으로 눈을 옮겼다. 결과적으론 소용없는 짓이었다. 나는 웃음을 참으려 오히려 더 애써야 했으니까.

ㄴ 대박. 저 수능 다시 치러 갑니다

ㄴ 갑자기 철학에 큰 관심이 생긴다...

ㄴ 블라우스 어디 제품인가요?

ㄴ 멋진 강연이네요. 이 분 동영상 또 올려주세요.

"이 교수님도 이제 유명해지는 거 아니에요?"

그럼 우리한테도 좋은 거잖아요. 댓글창 스크롤을 죽 내리면서 윤 대리가 웃었다. 그게 좋은 걸까 나쁜 걸까 나는 잠깐 생각해 본다. 대학교수가 유명해지면 좋은 건가. 인지도가 올라가는 게 나쁜 일은 아닐 거다. 그러니까 너도 이런 데 출연했겠지.

금요일 아침의 짧은 소동은 곧 평소처럼 사라졌다. 팀원들은 각자 업무를 시작했고 나는 부팅이 완료된 컴퓨터 앞에서 전화기를 꺼냈다. 너 방송 나온 거 왜 말 안 했어. 다그치자 곧바로 네 대답이 올라왔다.

[ㅎㅎ]

진짜 미치겠네, 최민주. 웃음을 참으려 입술을 안으로 말면서 나는 의미 없이 시간을 헤아려 본다. 퇴근까지 앞으로 여덟 시간. 맙소사, 여덟 시간이라니. 그것은 실로 너무나 머나먼 여정이어서, 갓 출근한 나는 남몰래 좌절해야 했다.

—

남은 여덟 시간의 근무를 끝내자마자 가장 먼저 사무실을 빠져나왔다. 네가 먹고 싶다고 해서 미리 주문해 둔 찜닭 이 인분을 조수석에 태우고 오피스텔을 향해 차를 몰았다. 금요일 퇴근 시간대라 시내 도로는 역시나 밀리는 중이다.

— 철학은 숲에 들어가는 것과 같습니다. 앞의 사람들이 심어 둔 나무를 잘 구경한 뒤에 내 나무도 한 그루 심고 나와야 해요. 다른 나무들이 멋지다고, 위대하다고 열심히 보기만 하는 건 철학이 아닙니다. 그건 그냥 학습이죠.

스마트폰과 연결된 카오디오에서 네 목소리가 흘러나왔다. 운전 중이라 동영상은 볼 수 없지만 음질도 충분히 훌륭했다.

— 철학은 스스로 생각하는 과정입니다. 오늘 이후로 죽음과 삶이 진지하게 궁금해지기 시작했다면, 여러분도 이미 철학을 시작하신 겁니다.

강연이 끝나자 스피커에서 박수 소리가 쏟아진다. 소나기 같은 그 갈채 속에서 나는 정면을 향해 웃는다. 때맞춰 정체가 풀리면서 차들이 움직이기 시작했다. 요란하던 빗소리가 끊기고 차 안이 조용해진 후에도 나의 웃음은 좀처럼 멎지 않았다. 자랑스럽고, 사랑스럽고, 만나러 가는 지금 순간마저도 네가 너무

보고 싶어서.

"웬 와인이야?"

"건배하려고."

"내 참, 무슨 노벨상이라도 탄 줄 알겠다."

"방송 나온 것도 대단하지. 그거 인기 프로라던데."

"그래? 너도 봐?"

"아니."

"근데 무슨 인기 프로래."

대수롭지 않게 그러며 네가 웃었다. 뒤이어 맛있겠다, 애처럼 감탄하는 목소리. 갓 뚜껑이 열린 일회용 용기는 크기가 제법이라서 나는 빼앗듯 용기를 맡아 커다란 접시 위로 음식을 부어 옮겼다.

"녹화는 언제 한 거야?"

"지난달 말에."

"방송이 늦게 나가네."

"연말연시 편성이 끼어서 그렇다나 봐. 원래는 그렇게까지 텀이 길진 않고."

그렇구나. 나는 고개를 끄덕이면서 와인 코르크에 스크류를 돌려 넣기 시작했다.

"근데 철학이 죽음을 연구하는 학문이야?"

"음, 참이기도 하고 거짓이기도 하지."

와인 잔을 챙기던 네가 이쪽으로 고개를 돌렸다.

"어떻게 논증하느냐에 따라서 결론이 달라져. 너 논리가 얼마나 재밌는 건 줄 알아? 사실이 아닌 것도 얼마든지 참이 될 수 있거든. 유진욱이 개라는 명제를 세워도 참으로 증명해 낼 수 있어, 완벽하게 논리적으로."

흠. 스크류를 삐걱삐걱 돌리면서 잠자코 듣던 나는 네가 방금 범한 오류 하나를 지적했다.

"근데 그걸 굳이 논증해야 되나."

매끈하게 코르크를 뽑아낸 뒤 고개를 들어 시선을 맞췄다. 네 표정으로 보아 우리는 지금 같은 생각을 하는 게 분명하다. 하지만 너는 대꾸할 가치가 없다는 듯 가볍게 헛웃음을 짓더니,

"위층에서 먹자. 와인 잔이랑 같이 가지고 와."

음식을 담은 쟁반을 들고 계단 위로 휙 올라가 버렸다.

우리는 언제부턴가 위층의 책상과 의자들을 식탁으로 활용하고 있다. 학술 연구에 사용되는 네 노트북으로 이런저런 음악을 틀어 놓고서. 바닥엔 온통 책뿐이고 매트리스도 없지만 거기서도 나는 충분히 증명할 수 있을 것 같다. 유진욱이 개라는 명제가 진실일 수도 있다는 걸. 논리처럼 복잡한 건 끌어들일 것도 없이, 완벽하고도 또한 사실적으로.

15

최민주

철학에서는 아름다움도 학문적 탐구 대상이다. 십팔 세기 독일 학자가 에스테티카라고 명명한 이후, 오래된 담론이었던 미학은 철학적 학문으로 자립했다. 에스테티카. 발음마저 미려한 그 학문의 연구 대상은 아름다움과 감성의 본질이다. 그것의 비밀을 밝히려 많은 미학자들이 기꺼이 평생을 바치고 있다.

그러므로 미학을 전공하지 않은 나로서는 체계적으로 설명해 내기가 어렵다. 내가 느끼는 이 감동이 정확히 어디에서 비롯된 건지.

이따금씩 그것이 궁금해질 때면 나는 너를 가만히 바라본다. 주로 네가 무언가에 몰두하고 있을 때, 내가 곁에 있다는 걸 잠깐 잊은 게 아닌가 싶도록 네 세계에 푹 빠져 있을 때, 나는 마음 놓고 너를 훔쳐본다.

긴 안락의자 위에 기대앉은 모습. 책장을 넘기다가 문득 필기구 쪽으로 팔을 뻗을 때. 스마트폰이나 태블릿이 아니라 종이 위에 펜으로 메모하는 너. 그럴 때면 나는 펜을 쥔 네 손과 집중한 표정을 번갈아 보며 생각한다. 아름답다.

네가 그보다 더 아름다운 순간은 나에게 열중하고 있을 때다. 내 이야기를 들으면서 고개를 끄덕일 때. 진지하게 질문할 때와 가볍게 웃을 때. 너의 눈동자 빛깔과 앞으로 당겨 앉은 상체의 부피와 와인 잔을 매만지는 손의 윤곽에 나는 그만 홀리듯 매혹되어 버린다.

그러나 네가 가장 감동적인 순간은 따로 있다. 뭉쳐 있는 내 어깨를 커다란 손으로 주물러 줄 때. 당연한 듯 내 몫의 수저를 왼쪽에 놓아 줄 때. 관계가 끝난 후에 반쯤 적신 타월로 미끄러운 부위를 닦아 줄 때. 그럴 때 나는 그만 울 것 같은 기분이 되는데, 그것은 마치 웅장한 교향곡이나 혼이 담긴 걸작에 감동할 때처럼, 예술에 의해 자극되는 부위와 정확히 일치하는 것 같았다.

아름다운 것에 이끌리는 마음은 가장 강력한 욕망이라서, 그 불가항성에 굴복하지 않기란 매우 어렵다.

그래서 나는 스스로 정한 규칙과 습관들을 바꾸기 시작했다. 너에게 여분의 오피스텔 출입 카드를 주고 키패드 비밀번호도 알려 주었다. 주말을 비우기 위해 평일에도 늦게까지 연구실에 남았다. 십여 년 만에 다시 피임약을 먹기 시작했다. 고작 두 번의 주말을 함께 보내는 동안, 나는 미녀에게 홀딱 빠진 한심한 왕처럼 네게 무엇이든 주고 싶어 안달했다.

그렇게 다시 맞은 세 번째 주말. 나흘간의 설 연휴가 시작됐다.

"부모님은 유럽 여행 가셨어. 누나네는 제주도 갔고. 조카가 해외 말고 국내 여행으로 가자고 했대. 웃기지."

"조카가 몇 살인데?"

"다섯 살인데 엄청 똑똑해. 철원이 강원도에 있는 걸 알더라니까?"

나는 너의 가족이 새해 첫날에 모여 떡국을 먹고 음력설은 각자 보낸다는 걸 알고 있다. 우리 집은 매년 꼬박 통영 큰댁에 내려가지만 아빠는 올해부턴 나 혼자 움직일 것 없이 서울에서 쉬는 게 좋겠다고 했다. 나로서는 더없이 반가운 말씀이었다. 덕분에 나흘간의 연휴를 통째로 너와 보낼 수 있게 됐으니까.

연휴 첫날 오전의 한강공원은 예상했던 것보다도 한적했다. 나는 조깅도 외출도 내키지 않았으나 네가 평생의 소원 운운하며 조르는 데야 버텨 낼 재간이 없었다. 그래서 딱 한 번만이라는 조건까지 달고 나왔는데, 양화대교에 올라가볍게 달리기 시작한 순간부터 나오길 잘했다는 생각이 들었다. 몇 분 뛰지도 않았는데 벌써 건강해진 기분이었다.

그러나 초보자에게 조깅은 결코 쉬운 운동이 아니었고, 채 십 분도 되지 않아서 우리는 빨리 걷기로 종목을 변경해야 했다. 다리를 지나 선유도 공원에 들어갔을 때는 거의 산책 수준의 속도가 됐고.

"사람 진짜 없네."

"연휴잖아."

나 때문에 덩달아 뛸 수 없게 됐는데도 너는 전혀 개의치 않는 얼굴.

"설날 당일엔 아침에 거리가 텅 비어. 그럼 다들 고향 내려갔거나, 아니면 집에서 떡국 먹고 있나 보다 싶지."

"그럼 넌 명절을 매년 혼자 보내?"

"설은 거의 그렇고 추석 연휴엔 주로 일하고. 그때는 바쁜 철이기도 하고, 어차피 우리 집은 연휴엔 안 모이니까. 굳이 남들이랑 같이 움직일 필요 없잖아."

나는 고개를 끄덕였다. 합리적이네.

"좋지."

너는 주어가 생략된 물음과 함께 내 쪽을 돌아본다. 나는 표정을 바꾸는 대신 강물 쪽으로 자연스럽게 시선을 돌렸다. 너희 집 가풍이 개인주의와 합리주의를 따른다고 해서 내가 지금 덥석 좋다고 할 수는 없는 일 아닌가.

"응, 좋다. 나오니까."

말하며 나는 가볍게 걸음을 옮겼다. 못 알아들은 척 시침 떼고 있다는 것을 너는 물론 알고 있을 것이다. 그걸 내가 알고 있다는 것 또한 너는 알고 있을 테고. 알면서 모르는 척하는 기술은 어른들의 세계에서 필수적이다. 거짓말이라는 걸 서로가 뻔히 알더라도 때로는 뻔뻔한 거짓말이 필요할 때가 있으니까.

"이쪽으로 가자. 그래야 바로 돌아 나가기 쉬워."

나는 너의 안내에 따라 선유도 산책로를 걸으면서 잠시간 생각에 잠겼다.

우리는 공식적인 관계를 시작했지만 우리의 관계를 공개하지는 않았다. 공식적인 관계가 비공개라는 것은 근본적인 모순이다. 나의 염려를 헤아려 너는 일 년이라는 기간까지 먼저 제안해 줬지만, 우리 관계가 지닌 모순은 여전히 못처럼 삐죽 튀어나와 언제든 긁히거나 찔릴 수 있는 상태였다.

'공식적 연인'이 된 지난 보름여 동안 우리는 한 번도 밖에서 만나지 않았다. 내 오피스텔 이외의 장소에 함께 온 것은 지금 이 아침 산책이 최초다. 우리는 시내 맛집에 가는 대신 그곳의 음식을 포장해 집으로 왔고, 카페나 술집 대신 역시 집에서 커피를 내리고 술을 마셨다. 나는 우연히 마주친 누군가에게 너를 소개해야 하는 상황을 피하고 싶었다. 그런 상황이 닥치면 어떻게 해야 할지조차 생각해 두고 싶지 않았다. 이쪽은 저희 집 설계 맡으신 건축사 유진욱 실장님. 나는 분명 태연하게 웃으면서 그렇게 말할 테니, 그 이후에 어떤 것들을 감당해야 할지 떠올리기도 싫은 게 당연했다.

'연예인 만난다고 생각하지, 뭐.'

언젠가 네가 농담처럼 그렇게 말해 주었을 때도, 나는 그 말에 담긴 것들이 미안해서 웃어 보일 수도 없었다.

"점심에 떡볶이 해 먹을까."

갑작스런 네 제안을 거절하지 못한 것도 그래서였다. 너와 함께 마트에 가는 것이 실은 그리 내키지 않았음에도.

"집에 뭐 필요한 거 없나? 치약 있어?"

너는 필요 이상으로 커다란 카트를 끌면서 주위를 두리번거렸다. 처음으로 같이 장 보러 나온 것에 들뜬 눈치다. 나 또한 같은 이유로 기분이 제법 묘해졌고, 쇼핑객이 거의 없다는 것에 또 좀 안심했다. 그래, 명절 연휴 오전에 여기 누가 있겠어. 학교 근처도 아니고 더군다나 방학 중인데. 스스로 그렇게 달래면서 여분의 치약이 필요하다고 생각하던 찰나,

"교수님!"

그만 머리카락이 쭈뼛 서고 말았다.

"이 근처 사세요? 아. 새해 복 많이 받으세요, 교수님."

고개를 꾸벅 숙이면서 반갑게 인사하는 남자를 마주 보았다. 학부생 같은데 누구였더라. 재빨리 생각했지만 학년도 이름도 떠오르지 않는다. 지나치게 당황했다는 자각이 들면서 나는 일단 미소부터 지어 보였다.

"새해 복 많이 받아요. 이 근처 사나 보네."

"아뇨, 큰아버지 댁이 요 옆이라서요. 엄마가 식용유 떨어졌다고 하셔서 사촌 동생이랑 심부름 왔습니다."

"아. 착한 아들이네."

이름이 기억나지 않는 남학생은 고등학생쯤 되어 보이는 여학생과 함께였다. 그는 사촌에게도 내가 누구인지 소개해 가며 굳이 인사를 시켰고, 순진한 얼굴의 사촌은 본인이 올해 수능을 치른다는 것과 오빠가 다니는 학교가 일지망이라는 것 등을 구태여 설명하면서 내년에 내 수업을 꼭 듣고 싶단 희망을 꽤나 열성적으로 강조했다. 갓 고삼이 된 수험생에게 나는 또 몇 마디 격려를 해 주지 않을 수가 없었고.

"교수님 그럼 개강 때 뵙겠습니다."

"안녕히 가세요, 교수님."

그들이 물러갈 때까지도 남학생의 이름은 생각나지 않았다. 어지간히도 놀랐나 보네. 나는 식용유를 찾아 멀어지는 둘을 보면서 마트 한복판에 잠깐 멍청하게 섰다. 그리고 그제야 곁에 네가 없다는 걸 알아차렸다.

곧바로 전화기를 꺼내 쥐고서 너를 찾기 시작했다. 아직 전화를 해야 할 만큼 멀어지지는 않았기를 바라면서. 눈으로 주변을 살피며 걷던 나는 냉동식품

코너에서 발을 멈췄다. 너는 성에가 엷게 낀 냉동고 앞에 카트와 나란히 서 있었다.

"어떤 게 나을 거 같아?"

가까이 다가가자 꽁꽁 얼어붙은 어묵 세트 두 개를 들어 보이더니,

"둘 다 사지, 뭐."

성의 없이 카트 안에 툭 던져 넣는다.

나는 대꾸하는 대신 어묵과 함께 담긴 물건들을 내려다봤다. 필요한 것들과 그리 필요하지 않은 것들이 어느 틈에 수북이 쌓여 있었다. 너는 다시 카트를 밀면서 걷기 시작하고, 나는 말없이 네 뒤를 따라 걸었다.

—

집에 돌아올 때까지도 너는 아무렇지 않아 보였다. 마트에서 사 온 물건들을 정리해 넣고 물비누로 손을 씻은 뒤 냉장고에서 생수를 꺼내 마셨다. 나는 아닌 척 네 기색을 살폈지만 별다른 이상은 감지되지 않았다. 떳떳하지 않은 사람만이 상대의 눈치를 본다. 나는 내가 잘못한 게 없다고 생각하면서도 자꾸만 너의 기분을 살피고 있었다.

점심을 먹기에는 아직 이른 시각이어서 우리는 자연스럽게 위층으로 올라갔다. 텔레비전이나 소파가 없다 보니 아래층에는 앉을 곳조차 마땅치 않다. 책상을 놓은 위층엔 유선형으로 긴 안락의자가 있다. 함께 있을 때 너는 이제 네 자리처럼 당연하게 그곳을 차지했다.

가끔은 이렇게 나를 끌어다가 네 위에 올려 앉히기도 하고.

"야,"

"아무도 없잖아."

어깨를 넘어오는 네 목소리는 불평 같기도 하고 어리광 같기도 했다. 그래서

나는 네가 내 목덜미에 입술을 누르고 옷 위로 한쪽 가슴을 감싸 쥐어도 내버려 둘 수밖에 없었다. 등 전체로 느껴지는 너의 체온.

"너 가슴 커졌다."

"약 먹어서 그래."

"그거 먹으면 커져?"

"뭐, 사람에 따라서는……."

나는 대화가 이런 방향으로 흐르는 것이 달갑지 않다. 피임약이니 가슴이니 이성 앞에서 금기시된 단어들을 너와 주고받는 것도 불편했다. 무엇보다 여기서 이러는 건 싫은데. 여긴 이불이나 담요도 없어서 몸을 가릴 방법이 없는데. 나는 원래부터 누드모델처럼 맨몸에 당당한 성격이 못 된다. 특히나 지금은 밀도가 달라진 몸을 더더욱 너에게 보여 주고 싶지 않다.

"그만 좀,"

"확인해 보게. 얼마나 커졌나."

너는 기어이 티셔츠 안쪽으로 손을 넣는다. 브래지어를 밀어 올리고 맨가슴을 쥔다. 크기와 무게를 측정할 것처럼 가볍게 주무른다. 그리고 결국은 내 입에서 앓는 소리가 터지게 만들고야 만다.

"그만,"

그로써 나는 받아들일 수밖에 없었다. 좋든 싫든 놀이가 이미 시작됐다는 걸. 너는 감히 네 손을 밀어 내려 한 내 왼손을 가볍게 틀어쥐고서 벌주듯이 자극의 강도를 높여 갔다. 너는 나의 가장 약한 지점들을 손바닥 보듯 훤하게 안다. 이런 상대에게 저항하는 것은 애당초 가능하지 않은 일이었다.

그리고 드디어 네 손이 내 바지 안쪽으로 들어갔을 때, 내가 완전히 흥분한 상태라는 걸 들켜 버렸을 때, 나는 내 어깨 위에 닿는 너의 짧은 탄식을 들었다. 이어 나지막이 부르는 소리.

"교수님."

놀리는 어조가 확실했다. 나는 감고 있던 눈을 가늘게 떴다. 달콤한 자극이 너무 강해서 당장 과호흡으로 죽을 것 같다. 너는 원망스러울 정도로 노련하고 나는 거기에 완전히 조련당하는 기분이다.

"좋아?"

응, 좋아.

"계속 해 줘?"

계속 해 줘.

"……미치겠네."

나는 벌써 미친 것 같아. 헐떡이면서도 뱃속에 든 대답들을 착하게 뱉어 내자 너는 착실하게 보답해 준다. 그리고 내가 맨 꼭대기에 도달하기 직전에 귀신같이 알아채고 움직임을 멈췄다. 내 몸은 이미 완전히 녹아서 흐물거리는데.

"나 입으로 하고 싶어."

허리에 감고 있던 팔을 풀면서 네가 그러자 나는 몽롱한 상태에서도 기가 막혔다. 아예 죽이려고 작정을 했구나. 생각하면서 고개를 돌려 너와 시선을 맞췄다. 막 골인한 주자처럼 숨을 몰아쉬는 나와 달리 너는 얄밉도록 멀쩡한 얼굴이었다.

그래서 나는 똑같이 되갚아 주고 싶어졌다.

"내가 해 줄게."

너는 순간 멈칫했으나 나는 아랑곳하지 않았다. 팔을 뿌리치고 고집스레 내려가서는 노예처럼 무릎 꿇고 너를 머금었다. 내 몸에서 제일 고상한 부위로 너의 가장 외설적인 부분. 방송국 공개 홀과 대학 강단과 국제 학회에서 떠들던 내 입은 그로써 완전히 새로운 기능을 발휘했다. 그리 독창적인 방식은 아니지만, 적어도 내게는 지금껏 네가 유일하다.

네가 반응할수록 나는 뿌듯해진다. 너를 가장 빨리 흥분시킬 수 있는 방법을 아직 잊지 않은 것에 대해. 몸으로 익힌 것들은 대부분 오래 간직된다. 내 머리를 쓰다듬는 커다란 손의 움직임이나 점점 짙어지는 숨소리, 그러한 것들이 전하는 무언의 지시까지도 내 몸은 모두 기억하고 있었다.

"하, 그만."

그리 오래 지나지 않아서 너는 항복해 버린다. 나를 끌어당겨 거칠게 입 맞춘다. 타액을 모조리 빼앗을 것처럼 샅샅이 헤집어 놓는다. 자리에서 일어나 단번에 내 하의를 벗긴 뒤 번쩍 들어 책상 위에 앉힌다. 다리를 벌리고 밀려든 순간에는 언뜻 욕설을 중얼거린 것도 같았다. 그로 인해 나는 더 짜릿해진다.

예고나 배려는 필요하지 않았다. 우리는 지금 몹시도 급해서 상의까지 벗을 정신조차 없으니까. 너는 폭발하듯 곧장 질주하기 시작했고 나는 밀려나지 않으려 양손을 버텼다. 빠르게 움직이는 너의 어깨에 내 입술이 쉼 없이 닿았다 떨어졌다. 나는 교성을 참으려고도 하지 않았다. 그러기엔 이미 충분히 미쳐 있어서.

마찰에 몸이 온통 얼얼해질 무렵에야 너는 잠깐 멈췄다. 그리고 뒤늦게 생각났다는 듯 내 티셔츠를 머리 위로 벗겨 냈다. 나는 누더기처럼 어깨에 걸린 브래지어를 벗어 던졌다. 불공평하게 혼자만 알몸이 됐지만 수치심은 전혀 느껴지지 않았다. 이어 벗은 몸 위로 상처럼 입맞춤이 쏟아지고, 너는 내 안쪽으로 아주 깊숙이 들어왔다.

터져 버린 기계처럼 우리는 다시 폭주했다.

내 책상 앞에서 너는 미친 듯이 몸을 움직인다. 논문을 쓰고 학술서를 읽고 대학생들의 과제를 채점하는 이 책상 위에서 나는 더없이 천박한 자세로 짐승처럼 헐떡거린다. 네 앞에서 나는 가장 음란한 여자다. 거리낄 것도 창피할 것도 없는 사람이며, 부끄러움 없이 욕망하고 마음껏 욕망당한다. 예의 차린 사람들에게 어떻게 불렸든 이 순간만큼 나는 깨끗하게 잊어버린다.

타의로 붙여진 내 이름조차도.

"아,"

절정의 순간에 우리는 서로를 끌어안았다. 가슴 속의 심장과 폐가 한꺼번에 터질 것 같았다. 먹먹한 귓가에 너와 나의 숨소리가 폭풍처럼 거칠었다. 한계까지 닿았던 몸이 공중에 붕 뜬 것 같다.

일순간 내 몸의 무게마저 사라진 기분.

소름 돋도록 완벽한 해방감이었다.

—

함께 있을 때 우리는 시간을 아주 헤프게 썼다. 각자 지닌 몫을 아낌없이 서로의 몸 위에 쏟아부었다. 마음껏 게으름을 부리고 음탕한 짓을 하고 애들처럼 깔깔거렸다. 외부의 세상과 평일의 자아는 존재하지 않는 것처럼 굴었다. 잃어버린 시간을 보상받으려 애쓰는 것 같아서 나는 문득 가슴이 싸해지기도 했다.

너와 함께 있을 때 나는 아주 많이 웃는다. 별것도 아닌 농담에 배를 쥐고 웃기도 한다. 불량한 십 대처럼 상스러운 단어를 섞어 쓰고 무람없이 군다. 여우처럼 너를 살살 건드리다가 나중엔 개처럼 함부로 뒤엉켜 나뒹군다.

알몸으로 너를 안고 누워 있으면 나는 아무 생각도 들지 않았다. 완벽하게 만족해서 그 이상 더 필요한 것을 떠올릴 수 없었다. 해야 할 일도, 지켜야 할 것도, 원하고 꿈꾸는 것 모두 내게는 그저 너 하나뿐인 것 같았다. 그토록 믿기지 않는 충족감이 들 때면 나는 또다시 네게 감동했고, 어이없이 울어 버릴까 봐 너 몰래 숨을 참기도 했다.

"유진욱 씨."

세월은 모든 것에 흔적을 남기므로 지금의 너는 지난날의 너와 같기도 하고 다르기도 하다. 나는 네 익숙한 면면에 감격하고 낯선 모습에 두근거렸다. 물론 그 두 가지가 동시에 발현될 때도 있다. 지금처럼.

"나 배고파."

개수대 앞이 유독 갑갑해 보이는 건 공간이 좁아서일까 네 덩치가 커서일까. 아마 둘 다겠지.

"좀만 기다려. 거의 다 됐어."

그 좁은 곳을 독차지한 너는 완전히 집중한 상태다. 인터넷에서 초간단 황금 레시피를 찾아냈다며 장담한 것과 달리 불 앞에 선 표정이 시종 무척 심각했다. 나무 주걱이 아니라 비커나 현미경쯤은 쥐여 줘야 할 것 같은, 대과학자의 결기가 느껴져서 나는 웃을 수밖에 없었다.

"너 지금 표정은 아주 세기의 화학자야."

코웃음을 섞어 놀려 주자 네가 따라 웃는다. 그 광경을 지켜보다 나는 휴대폰을 집어 카메라를 켰다. 당당히 도둑 촬영을 할 동안에도 너는 아랑곳 않고 냄비 속만 들여다봤다. 매콤달콤한 냄새가 제법 그럴듯하게 풍기고, 나는 매트리스 위에 양반다리를 하고 앉아서 방금 찍은 사진들을 확인했다.

내 스마트폰에 저장된 사진들은 며칠 새 빠르게 늘고 있다. 나는 자진해서 일상을 공개하며 사생활권을 포기하는 사람들에게 여태 한 번도 공감하지 못했지만, 그들이 왜 그렇게 사진을 찍어 대는지는 이제 알 것 같았다. 시간을 타고 떠내려가는 귀한 순간들. 그 순간들을 붙잡아 둘 수단이 우리에겐 아직 이것뿐이니까.

"어때?"

작품을 대령하고 눈을 반짝이는 네게 나는 언제나 아주 관대한 점수를 준다. 근거도 빈약하고 말할 수 없이 편파적이지만 어쩌면 그게 가장 정확한 평론인지도 모르겠다. 네가 주는 거라면 나는 그냥 가래떡에 고추장만 찍어도 맛있을 것 같은데.

"맛있어."

우리는 떡볶이 한 냄비를 깨끗이 먹어 치우고 난 뒤 아이스크림도 먹고 커피도 마셨다. 그런 다음 둘 다 포만감에 겨워하면서 매트리스 위에 벌렁 드러누웠다. 이어서 천장을 향해 주고받는 멍청한 대화.

"오늘 무슨 요일이더라."

"몰라. 일요일 아닌가."

너는 귀찮다는 듯 팔을 뻗어 가까이 놓인 내 전화기를 집었다. 월요일이네.
달갑지 않은 네 말투에 나도 목 안으로 탄식했다. 벌써 마지막 날이라니. 나흘
씩이나 되던 연휴가 대체 어디로 다 사라진 거야.

"그러면 이제 일 좀 해 볼까."

벌떡 몸을 일으켜 계단으로 향하는 네 뒷모습을 나는 여전히 누운 채로 바라
보았다. 위층에 올라간 너는 노트와 펜을 갖고 돌아와 내 옆에 배를 깔고 엎드
렸다. 나는 턱을 괴고 모로 누워서 노트를 펼치는 너를 본다. 두 번 접어 갈피
에 넣어 둔 하얀색 인쇄용지를 펼치는 모습.

"음, 좋아하는 색깔. 이건 내가 알고."

노란색. 네가 중얼대며 알아서 정답을 써넣는 동안 나는 바닥에 굴러다니는
캐러멜 상자를 집었다. 손톱만 한 캐러멜을 하나 까서 넣자 입 안에 금세 침이
고였다. 줄까? 묻자 너는 펜을 쥔 채로 입을 벌리고, 나는 껍질을 깐 캐러멜 알
맹이를 네 입에 넣어 준다.

"집에서 머무는 시간이 가장 긴 장소는, 서재."

"질문지야 뭐야. 나 없어도 되겠네."

"인생에서 가장 중요한 것은?"

그리고 나는 툴툴대기 무섭게 곧 말문이 막혀 버렸다.

인생에서 가장 중요한 것. 그건 너무 어려운 질문이 아닌가.

내 인생에서 가장 중요한 것은 시기와 상황에 따라 조금씩 달라져 왔다. 어
릴 때는 서울대가 삶의 목적이었고 대학에서는 사 년 내내 과 수석을 유지하는
게 가장 중요했다. 그 이후에도 내 삶은 매우 구체적이고 명료한 것들, 이를테
면 우수한 석사논문을 써내는 것이나 인지도가 높은 학교에서 박사학위를 받는

것, 당당히 귀국해 교수 임용에 성공하는 것 등을 가장 중요한 위치에 두었다.

나는 스스로 정한 목표를 달성하려 필사적으로 매달렸다. 그래야 계속 나를 사랑할 수 있을 것 같아서.

세상 만물에는 인과의 법칙이 적용되므로, 나는 나를 사랑하는 데에도 합당한 이유가 필요했다. 주위로부터 인정받고 감탄을 사고 부모의 자랑거리가 되는 것은 그런 의미에서 내게 일종의 기본값이었다. 어떤 사람들은 그 기본값이 유독 높아서 성취가 지극히 당연하고 실수는 놀라운 실패로 기록된다. 그러니 내 인생에서 가장 중요했던 건, 실수 없이 그 기본값을 꾸준히 올려 가는 것이었다.

나는 나조차도 조건 없이 사랑할 수 없는 사람이어서.

"……모르겠어."

"왜 몰라."

"몰라. 패스."

나는 캐러멜 까기에 집중한 척 네 시선을 피한다. 너는 잠깐 말을 않았으나 더 고집부리지 않고 다음 질문으로 넘어갔다.

"새 집에서 가장 하고 싶은 일은."

그러나 나는 이번에도 같은 대답을 줄 수밖에 없다. 모르겠어. 내가 그 집에서 뭘 하고 싶은지. 그게 나한테 대체 무슨 의미인지. 굳이 최신식의 멋진 집을 짓고 살아야 하는 이유가 무엇인지. 건축사인 너는 아마 적당한 답을 갖고 있겠지만 나는 더 이상 그런 생각을 이어 가고 싶지 않았다.

그래서 네 노트를 낚아채며 딴청을 부린다.

"너 스케치한 거 볼래."

"어제 봤잖아."

"또 보고 싶어."

내가 노트를 팔랑팔랑 뒤지자 너는 손을 뻗어 바른 페이지를 찾아 주었다.

펜으로 거칠게 그려 낸 스케치들. 정육면체에 가까운 외관과 내부 구조를 그린 평면 도면들. 너는 이것들이 구상에 불과하다고 했지만 나는 새로 들어설 집의 풍경을 제법 선명하게 그려 볼 수 있다.

"철거 스케줄 언제랬지."

"다음 달 십 일."

"철거하는 데 얼마나 걸려?"

"무너뜨리는 거야 하루 이틀이면 되지. 전후 처리까지 한 일주일쯤."

우리 집이 사라지는 데 그것밖에 안 걸리는구나. 나는 문득 감상적인 기분이 들어 입을 다물었다. 우리 사이에는 잠깐 침묵이 흘렀다.

"중국 속담에 이런 말이 있는데."

그리고 나 대신 네가 계속 말을 잇는다.

"옛것이 가지 않으면 새것이 오지 않는다."

노트만 만지작대던 나는 그제야 조금 미소한다. 공돌이가 그런 것도 알고. 놀리듯 숭얼대자 네가 짧게 코웃음을 치더니,

"집 철거해서 아쉬워?"

"오래 살아서 그런가 봐."

"새 집에 더 오래 살면 되지."

"허, 그러려면 일흔은 돼야겠네."

"일흔이 뭐야. 백 살까지 편하게 살게 해 줄 건데."

지나가는 말처럼 아무렇지 않은 말투. 그러나 나는 왜 공연히 얼굴이 달아오르는지.

"그…… 평상 같은 건 진짜 버리기 아깝다."

"그걸 왜 버려. 그 중요한 걸."

여기다 놓을 거야. 너는 촉을 집어넣은 펜 끝으로 평면도 위에 원을 그렸다. 일층에서는 이쪽으로 나갈 수 있게 하고 이쪽은 밖으로 노출되게. 덧붙이는 설

명을 들으면서 나는 별수 없이 가슴이 뿌듯해진다. 그러나 역시, 하고 감탄하는 대신에 농담처럼 너를 타박했다.

"옛것이 가야 새것이 온다며."

"그건 중국 속담이고. 이건 국산이잖아."

나는 결국 웃음을 터뜨린다. 햇살에 데운 물이 퍼지는 것처럼 몸 한복판이 따스해진다. 곁에 엎드려 누운 너를 부시게 바라보다가 끌려가듯 다가가 입을 맞춘다. 가볍게 닿았다 떨어진 입술이 다시 닿고, 다시 닿고, 다시 닿는다.

네 혀에서 달콤한 캐러멜 맛이 났다.

너무 달아서, 나는 또 눈물이 날 것 같다.

—

꿈에서 깨어나면 다시 일상이 시작된다. 나는 매일 조교와 행정실 직원들보다 먼저 출근했고 그들이 모두 퇴근한 뒤에도 혼자 연구실에 남았다. 점심은 주로 김밥이나 샌드위치로 때웠다. 교수님 식사 안 하세요? 조교들이 물으면 웃으면서 미리 사 온 먹을거리를 가리켰다. 나는 상대가 편치 않을 것을 알면서 낄 정도로 눈치가 없진 않다.

지금은 방학 중이지만 학교 특유의 활기는 변함이 없다. 학생들은 여전히 도서관에서 공부를 하고 계절학기 수업을 듣고 스마트폰에 시선을 둔 채 바쁘게 캠퍼스를 누볐다. 학점 관리와 취업 준비의 무게는 방학이라고 해서 결코 덜어지지 않는다. 어디론가 쫓기듯 향하는 그들의 무표정을 볼 때마다, 나는 동정심과 더불어 짙은 무력감을 느꼈다.

이번 주는 월요일이 설 연휴로 빠지는 바람에 주말까지 평일이 나흘뿐이었다. 이제 목요일이니까 남은 날은 딱 하루. 내 평생에 주말을 이토록 손꼽아 기다린 것은 일곱 살 무렵 이후 처음 같다. 나는 주말 특집 만화영화를 기다리듯이, 순수하고도 간절히 너와의 시간을 기다렸다.

　　[집이야?]

　　[응 지금 들어왔어]

　　[늦었네]

　　[밥은]

　　[먹고 왔지 학교에서]

　　너는 늘 내가 귀가하기 무섭게 메시지를 보내온다. 매번 신기할 정도로 정확한 타이밍이라 나는 괜히 주위를 두리번거린다. 얘 혹시 어디 몰래 센서라도 달아 놓은 건가. 그런 생각을 하는 것도 그런 생각을 하면서 실실대는 것도, 어느 모로 보나 나는 지금 확실히 정상은 아니다.

　　[내일 뭐 먹을지 생각했어?]

　　[아니 아직]

　　[여기 어때]

　　기다렸다는 듯이 서너 개의 이미지가 주르륵 올라왔다. 푸짐한 낙지전골과 사람으로 꽉 찬 홀 사진을 보자 저절로 미소가 지어졌다. 맛있겠다. 중얼거리는 동시에 활자로 옮겨서 곧장 너에게 전달. 오케이 확인까지 받고 나서야 나는 입고 있던 코트를 벗었다.

　　손목시계를 풀어서 선반 위에 두는 순간 전화기 화면에 신규 메일 알림이 떴다. 제목을 보니 학회 참석 확인 메일. 다음 달에 열리는 학술 대회는 개최지가 해외라서 참석하지 않기로 정한 행사였다. 보스턴 다녀온 지 한 달밖에 안 됐는데 또 나가기는 좀 부담스럽지. 근데 낙지전골에는 무슨 술이 어울리려나. 전통소주를 마셔 볼까. 나는 내일 어떤 술을 사 둘지에 대해 진지하게 고민하며 양말 한 짝을 벗었다. 그리고 안동소주와 문배주 중에 어느 쪽이 나을까 생각하는 찰나,

　　[교수님, 늦은 시간에 죄송합니다.]

[아무래도 이거 좀 확인하셔야 될 거 같아서요.]

조교가 보낸 메시지가 액정에 떠올랐다.

그에 나는 일단 좀 의아해진다. 급하게 전할 만한 용건이 뭐가 있지. 억지로 몇 가지를 추측하면서 대화창을 열자 조교가 보낸 메시지와 이미지가 올라와 있었다. 스마트폰 화면을 캡처한 크기의 이미지 두 개는 모두 온라인 게시물을 찍은 것이다.

그걸 본 순간 가장 먼저 든 생각은 이게 뭐지, 였다. 이어 생전 처음 맞닥뜨린 상황 앞에서 머리가 잠깐 멍해졌다. 나는 사진 속의 사람이 나라는 사실을 인정하고 싶지 않았다. 찍거나 찍힌 기억이 전혀 없는 내 사진을 타인으로부터 전달받은 기분. 그 기분은 당혹감을 넘어 차라리 두려움에 가까웠고, 그래서 반사적으로 무작정 부인부터 하고 싶었을 것이다.

[조깅 나갔다가 목밤 최민주 목격. 거짓말 아니고 실물이 세 배는 더 예쁨. 이 와중에 남편 비주얼 실화냐ㄷㄷ 의사라던데 스펙 미친 거 아님?]

└ 남편 눈에서 꿀 떨어지네ㅋㅋ 의사 비주얼은 아닌듯

└ 의사 맞아 S대 흉부외과. 내 간호사 친구가 자기네 쌤 와이프라고 했어

└ 미친 ㅈㄴ그사세네

└ 서울대 맞아? 병원 홈피에 사진 없는데

└ ㅋㅋ남편 아닌데 같이 사진 찍힌거면 대박

└ 근데 원글 이런 직찍 올리면 고소미 먹을건데

└ 훈훈하구만 뭘. 그리고 공인은 초상권 없음

이 사람들은 누구지. 어떻게 나를 알지. 언제부터 내가 불특정 다수에게 공통으로 아는 사람이 됐지. 나는 조교의 메시지를 마저 읽어 내기 위해 정신을 집중했다. 해당 게시물은 이미 삭제됐지만 보다시피 캡처본이 돌아다니고 있다

는 것, 다른 커뮤니티에도 비슷한 이야기들이 떠돌고 있다는 것, 혹시 본인이 할 일이 있다면 알려 달라는 염려의 말까지 간신히 식별해 냈다. 그리고 냉정하려 애쓰면서 두 번째 이미지를 클릭해 확대한다.

[시아버지 줄 타고 교수 되자마자 이혼한 거래요. 임용 때부터 특혜라고 말 좀 나왔다네요. 학계에 있는 지인한테 들었어요. 최민주 교수 알더라고요.]

ㄴ 세상에 남편 불쌍해요

ㄴ 말 되네요. 그래서 애도 일부러 안 가진 모양이죠.

ㄴ 근데 지인 피셜로 이런 얘기 막 해도 되나요? 사실 아니면 어쩌려고

ㄴ 똥인지 된장인지 먹어봐야 아시나ㅉㅉ

ㄴ 새 남자는 이혼하고 만난 건 맞겠죠? 제발 그렇길

하. 나는 끝내 눈을 질끈 감고 말았다. 온몸의 물기가 바짝 마르는 기분이 들면서 가슴이 미친 듯 쿵쾅거리기 시작했다. 이성적인 사고가 가능하지 않았다. 나는 이 강렬한 감정의 정체를 명확히 구분할 수도 없다. 당황인지, 분노인지, 아니면 수치심인지.

'시아버지 줄 타고 교수 되자마자 이혼한 거래요.'

그리고 어릿한 어지럼 속에서 생각한다.

기어이 이렇게 되는구나.

이렇게 최악의 방식으로.

Chapter VI.

이데아

16.

유진욱

무엇이든 무너뜨리는 건 쉽다. 거대한 건물도 발파해체 하면 불과 몇 초 만에 가루가 된다. 집을 짓느라 쏟은 정성과 시간은 포클레인 팔을 휘두르는 순간 쉽게 무너져 버린다. 내가 설계한 건물이 아니더라도 철거 과정을 지켜보는 건 그래서 별로다. 나는 철거 현장 감리 업무가 늘 달갑지 않았다.

금요일 아침의 사무실은 빈집처럼 고요했다. 팀원들은 각자 숨죽이고 앉아서 기침 소리 한번 내지 않았다. 마우스 클릭하는 소리만 간간이 아주 또렷하게 들렸다. 모두가 잔뜩 긴장한 채 내 눈치만 살피고 있는 것 같다.

[단독제보] 유명 명문대 여교수, 임용 당시 특혜 의혹 있었다.

기사 작성 시간은 어제 자정에 가까웠지만 이미 스무 개가 넘는 댓글이 달려 있었다. 윤 대리가 이걸 내게 보내 준 이유도 기사 자체 때문이 아니었다. 빈정대는 댓글들 사이로 자극적인 단어가 눈을 찌른다. 불륜. 내연남. 건축사

유 모 씨.

[교수랑 건축사 더 놀라운 거 뭔지 알아? 둘이 동갑에 같은 학교 출신임. 장
담하는데 그때부터 만났을 가능성 백퍼다. 이건 아닐 수가 없음.]
　└ 소설 쓰고 앉았네
　└ 네 다음 작가지망생
　└ 설마 첫사랑?ㅋㅋ건축학개론 다시보기 추천
　└ 근데 이거 진짜면 개소름
　└ 아 불륜 극혐인데

"……하."
아무리 보고 또 봐도, 나는 이런 반응밖에 할 수가 없다.
내가 유명해졌다는 걸 알게 된 것은 지금으로부터 불과 십 분 전이었다. 신
나게 출근해서 컴퓨터를 켜고, 부팅할 동안 전화기를 꺼내 너와의 대화창을 확
인하고, 맞은편에 앉은 윤 대리가 굳이 메신저로 말을 걸어왔을 때까지도 나는
우리 프로썸러 또 썸 타나 보네, 한가로운 생각만 하고 있었다.
[실장님, 혹시 이거 보셨어요?]
그리고 그제야 납득할 수 있었다. 사무실 분위기가 왜 이리 절간 같은지. 팀
원들이 왜 어색하게 내 시선을 피했는지. 그리고 무엇보다,
어젯밤부터 네가 나와 대화하지 않는 이유.

해당 대학은 문과대 전임교수 임용 심사에서 다섯 명의 지원자 중 A교수를
최종 합격시켰다. 제보자에 따르면 당시 A교수가 사실상 내정된 상태였으며,
학계 유력 인사인 A교수 가족의 압력이 작용했다는 의혹이 있었다. 탈락한 지
원자들이 문제를 제기하지 않아 공론화는 되지 않았으나, 석연치 않은 특혜 의

혹이 다시 불거지면서 대학가 임용 문제가 재조명받고 있다.

나는 기사를 다시 읽어 본다. 중간쯤 읽다가 언론사 로고에 눈길을 준다. 처음 보는 이름이지만 사명과 기자명은 또렷하게 박혀 있었다.

사립대학의 교수 임용은 교내외 심사 위원으로 구성된 자체 위원회를 통해 이뤄지며, 전공적격 및 연구 실적 심사, 면접 등의 절차를 통하고 있다. 심사 위원들의 주관적 의견이 충분히 당락을 가를 수 있는 구조. 익명을 요구한 모 대학 관계자는 '임용 과정과 구직시장의 특성상 결과에 의문이 있더라도 탈락한 지원자들이 정식으로 이의를 제기하는 것은 현실적으로 어렵다'고 인정했다. 또 다른 관계자에 따르면……

모호하고 교묘한 기사였다. 나는 논란을 일으킬 작정으로 쓴 것이 분명한 기사를 한 번 더 끝까지 읽었다. 그리고 맨 아래 댓글창을 힐끗 봤다. 입술이 저절로 비틀렸다.

ㄴ 사학비리 심각하다. 검찰 조사해라.
ㄴ 이 교수 사생활 논란도 있던데 그건 보도 안하나요?
ㄴ 건축사 유모씨=내연남
ㄴ 진짜 뻔뻔하다. 무슨 자신감으로 방송까지 나왔지

처음에는 그냥 웃음이 났다. 너무 어이가 없어서. 그러나 악의로 가득한 말들을 되풀이해 읽을수록 조금씩 초조해졌고, 이어 더럽게 걸려든 건지도 모르겠단 생각이 들기 시작했다. 평소라면 세상에 별 한가한 사람도 많네, 코웃음을 친 뒤 기사를 닫았을 것이다. 그런 다음 한가한 사람들이야 뭐라고 찧고 까불

든 아무렇지 않게 내 일상으로 돌아갔을 것이다.

만일 이게 남의 일이었다면.

나는 온라인 커뮤니티 게시판 캡처본과 기사링크를 보내 준 윤 대리에게 답하는 대신 너와의 대화창을 열었다. 오늘 아침에 일어나서, 조깅을 마치고 돌아와서, 사무소에 도착해 엘리베이터에 오를 때까지 모두 세 번에 걸쳐 메시지를 보냈지만 너는 아직까지 하나도 확인하지 않고 있다.

[자?]

[어]

[벌써?]

[미안해]

[내일 전화할게]

너와의 마지막 대화를 다시 읽는다. 전화한다고 해 놓고 여태 연락이 없는 것보다 미안하다는 말이 더 눈을 찔렀다. 미안해. 어젯밤엔 대수롭지 않게 여긴 그 말로 인해 나는 너도 그때 상황을 알았다는 것을 확신했다.

나한테 말도 못 하고 혼자서 어떤 밤을 보냈는지도.

그래서 걱정은 빠르게 커지기 시작했다. 너는 지금 어디서 뭘 하고 있는 건지. 평소처럼 학교로 출근했는지 아니면 집에 있는지. 아직까지 자고 있을 리 없으면서 전화기는 왜 확인을 안 하는 건데. 나는 지금 당장 너에게 전화를 걸고 싶었다. 전화를 받지 않으면 오피스텔로 가서 잘 있는지 눈으로 확인하고 싶었다.

그러나 나는 지금 움직일 수 없다. 긍정도 부정도 할 수 없는 나로서는 그저 침묵하는 것이 최선이었다. 또한 이 사무실에 앉아 있는 십여 명의 팀원들. 클라이언트와 목하 열애 중이며, 영화에 버금가는 첫사랑 스토리 주인공에, 숨겨진 내연남이었을 가능성마저 농후한 직장 상사가 출근하자마자 사무실을 뛰쳐나간다면 그들이 대체 무슨 생각을 하겠는가.

빌어먹을.

[인터넷 지금 봤어]

[너 어디야]

[집에 있어?]

그래서 나는 얼어붙은 대화창에 자꾸 메시지를 써 올리면서 네가 어서 확인해 주길 기다리는 수밖에 없었다.

그리고 아무렇지 않은 척 업무를 시작한다.

"혜정 씨."

"네, 실장님."

부르기 무섭게 막내 디자이너가 화들짝 대답했다. 모니터 뒤의 팀원들이 일제히 귀를 기울이며 신경을 세웠다. 보이지 않아도 바보가 아니고서야 그쯤은 당연히 안다.

"킴스하우스 스터디 제작해요. 건축주 미팅 다음 주로 잡혔으니까."

"예, 알겠습니다."

경직된 막내의 말투에 나는 한숨을 삼켰다. 일단은 모른 척하자. 동요하는 모습을 보이면 안 돼. 주문처럼 되뇌면서 남몰래 심호흡했다. 아무 일도 없는 척 작업 중인 파일을 모니터에 띄우고 이어폰을 꽂았다. 오늘은 집중하려면 아주 센 게 필요할 것 같다. 생각하면서 음악 목록을 고르고 있을 때, 모니터 구석에서 새로운 메시지가 떠올랐다.

[잠깐 올라와]

나는 다시 한 번 한숨을 삭인다.

—

오층에는 아무도 없었다. 출근 직후라 휴게실도 텅 비어 있고 경리 담당 직원도 보이지 않았다. 나도 모르게 다행이라고 생각했다가 곧 쓰게 웃고 말았다. 유명해졌다는 걸 안 지 십 분밖에 안 됐는데, 나는 벌써부터 사람들을 피하려 하고 있었다.

문을 똑똑 두드리고 안으로 들어가자마자 소장과 눈이 마주쳤다. 몸을 돌려 문을 잘 닫은 뒤 그가 앉은 사무책상 쪽으로 다가갔다. 그리고 상담실에 끌려온 문제아처럼 두 눈을 내리깔고 입을 다물었다.

"아니라고 하기만 해 봐. 안 먹힌다, 나한텐."

소장은 초장부터 엄숙하게 으름장을 놓더니,

"너 최 교수가 건축주 딸인 거 알고 있었지? 그래서 갑자기 말 바꿔서 그 건 하겠다고 한 거지, 그때?"

완벽한 추리를 내놓는다.

"어쩐지 이상하더라니. 더럽게 깔끔 떠는 놈이 클라이언트랑 그럴 리가 없는데."

"어떻게 알았어요."

"선태한테 들었다, 오늘 아침에. 삼 팀도 지금 다들 웅성웅성한다고."

"……."

"보니까 너 사진이랑 신상까지 다 털렸던데. 커뮤니티? 거기 뭐 하는 데야? 무슨 사이버 수사대냐?"

내 참, 환장하네. 소장이 안경을 벗으며 헛웃음을 흘렸다.

"지금 우리 홈피 트래픽도 늘었어. 하필이면 또 클라이언트……."

덧붙이는 말은 이미 반쯤 한숨이다.

"일단은, 우리 직원들한텐 아니라고 하자."

나는 여전히 대답하지 않는다.

"그날 둘 다 시간 비어서 상담차 잠깐 본 거라고 해. 핑계야 만들면 많잖아."

"……."

"어차피 최 교수 쪽에서도 그러길 원할 거 아냐. 일단 부인하는 수밖에 더 있어, 이 상황에?"

보니까 거기도 곤란하게 됐던데. 중얼대는 소리에 나는 그만 가슴을 푹 찔린 것 같다.

"선태한테도 그렇게 얘기해 둘게, 네가 오해라고 하더라고. 너네 팀엔 내가 말할 테니까 잠깐 나갔다 와. 거래처 미팅 있는 걸로 하고, 응?"

속이 답답해졌다. 그러나 소장이 제시한 것보다 더 나은 방법을 당장 생각해 낼 수 없었다. 내가 당당하거나 억울한 것과 별개로 사무소에 피해를 줄 수는 없으니까. 실은 아까 윤 대리가 보내 준 캡처본들을 보자마자 그 생각도 들었다. 올해는 기어이 사무소 차려야 되나.

"……죄송합니다."

"유명인이랑 연애를 할 거면 자식아, 걸리지나 말든가."

소장이 분위기 환기를 시도하듯 농담조로 타박했다. 그렇게까지 유명한 줄은 몰랐던 게 실수였나.

"괜찮아, 뭐 죄지은 것도 아닌데. 인터넷에 기사 하나 뜬 거 가지고."

죄지은 것도 아닌데 왜 내가 거짓말을 해야 하지.

"선태네 막내가 자기 학교 동기한테 받았대. 너네 사무소 사람 아니냐고 물어보더란다. 이 바닥 워낙 좁잖아. 서로 다 선후배에 직장 동료에, 서너 다리만 건너면 다 알잖아. 거기다 너 얼굴이 좀 튀냐?"

거 사진 잘 나왔던데. 이죽거리는 소리를 나는 듣고만 있었다. 딴에는 위로라는 걸 아는데도 웃음이 안 나온다.

"근데 교수님은 괜찮아? 너도 너지만 거기는…… 됐다, 나도 참 뭐 이런 걸 물어봐."

소장이 난감한 얼굴로 입을 다물었다. 나는 대답하지 않았고 그도 말을 잇지 못했다. 거기도 곤란하게 됐던데. 그 완곡한 표현의 스케일이 얼마나 될지 나는 직업적으로 생각해 본다. 십분의 일. 백분의 일. 혹은 천분의 일.

"근데 대학교수도 공인으로 치나? 정치인이나 연예인도 아니고 무슨 그런 것까지 기사를 써? 가뜩이나 요새 그런 문제 민감한데."

대꾸하지 않았지만 나는 공감했다. 우리가 빠진 함정은 단순히 너와 나의 관계에 국한되지 않았다. 사람들이 포착한 것은 그보다 훨씬 더 광범위하고 예민한 문제들이었다. 그러니 앞으로 내가 직면하게 될 나쁜 상황들은 네가 감당해야 할 사태에 비하면 아무것도 아닐지 모른다. 내가 점점 더 심한 오명을 뒤집어쓸수록, 너에게는 그보다 더 큰 죄목이 보태질 테니까.

그럼 우리는 이제 어떻게 되는 건가.

"아, 거 사람들 참."

소장이 미간을 찌푸리며 쯧 하고 혀를 찼다. 그 앞에 선 나는 다시 한숨을 삼켰다.

—

짧은 대화 직후 사무소를 빠져나왔다. 소장이 사 팀장의 당혹감을 팀원들에게 설명할 동안 당사자는 자리를 비켜 줘야 하니까. 거래처 미팅은 누가 봐도 빤한 핑계였지만 나는 다행스러웠다. 너한테 전화해 볼 수 있는 틈이 생겨서.

차 문을 닫자마자 전화부터 걸었다. 스피커폰으로 돌린 전화기에서 신호음이 반복됐지만 연결은 되지 않았다. 나는 시동을 넣고 신촌역 쪽으로 빠져나와 적당히 한적한 곳에 차를 댄 다음 스마트폰을 집어 들었다. 이거야 뭐 대역죄인이 따로 없네. 속으로 한탄했을 때 화면 위로 메시지 알림창이 떠올랐다.

[미안해]

너였다.

[이번 주에는 만나지 말자]

[생각 좀 해야겠어]

[어떻게 해야 할지]

띄어쓰기 하나 틀린 데 없이 깨끗한 문장들.

[둘 다 일단은 반응하지 않는 게 좋겠다.]

[다음 주에 내가 다시 연락할게. 월요일이나 화요일쯤.]

그 침착함이 나는 왜 조금 원망스럽게 느껴질까.

[정말 미안해.]

그것을 마지막으로 메시지는 멎었다. 알림을 마친 화면이 다시 검게 꺼진다. 나는 대기모드를 해제하고 대화창을 여는 대신 전화기를 그대로 다시 품에 집어넣었다. 당장에 합정동으로 달려가려던 내 차는 목적지를 잃고 신촌 골목에 갇혔다. 나는 이제 어디로 가야 할지 알 수 없다.

운전석에 묶인 채로 시간을 흘러보냈다. 시간이 흘러도 너의 전화는 걸려오지 않았다. 왜 메시지를 확인하지 않냐며 재촉하는 문자도 오지 않았다. 얼마 못 가 나는 결국 대화창을 열었지만 대답을 써 올리지 않아도 너는 아무런 반응이 없었다. 그리고 나는 그제야, 내게 닥친 이 상황이 막막해지기 시작했다.

너는 나를 보고 싶지 않아 한다.

너는 나와 통화조차 하고 싶지 않은 것이다.

너는 어쩌면, 나를 원망하는지도 모르겠다.

–

근 한 달 만에 처음으로 너 없이 보낸 주말은 끔찍하도록 길었다. 시간이 마치 오물로 꽉 찬 하수도 같았다. 흘러가지도 않고 충충히 고여서 내도록 지독한 냄새를 풍겼다.

휴대폰으로 낯선 전화가 들어왔다. 모르는 번호라 받지 않고 꺼 버리면 잠시 후 같은 번호로 문자가 날아왔다. 마치 날 아는 사람처럼 유진욱 씨, 하고 부른 그들은 주로 자신을 기자와 변호사라고 소개했다. 나는 물론 답하지 않았다.

주말에 내가 응한 통화는 딱 한 건뿐이다.

'야, 너 어떻게 된 거야? 인터넷 봤어? 이게 무슨 난리야, 갑자기?'

누나가 전화를 한 것은 토요일 저녁이었다. 포털 사이트 실시간 검색어 순위에 네 이름이 등장하기 시작할 무렵. 명문대 여교수, 임용 청탁, 대학 비리. 네 이름 아래로는 주로 그런 검색어들이 인기 순위를 이어 갔다. 너를 다룬 기사가 하나둘 늘어나기 시작했다.

댓글마다 언급되는 건축사 유 모 씨가 나라는 걸 누나가 알게 된 것도 그리 놀라운 일은 아니었다. 나도 네 전남편의 실명과 근무지를 비슷한 과정으로 알게 됐으니까. 인터넷에는 바이라인이 없는 익명의 정보들이 아주 무수한 루트로 제공된다.

'집에서는 아직 모르시는 거 같아. 알았으면 나한테 연락했을 텐데. 혹시 엄마가 알게 되면 일단 오해라고 하자, 괜히 속 끓이고 걱정하신다. 나중에 좀 조용해지면 그때 말씀드려. 알았지?'

누나의 위로와 당부를 들은 후에도 낯선 전화는 간간이 걸려 왔다. 하지만 나는 전화기를 꺼 놓을 수 없었다. 언제라도 네가 연락해 올까 봐. 진욱아, 지금 와 줄 수 있어? 울먹이는 목소리로 그렇게 말할까 봐. 그래서 나는 번번이 실망하면서도 끝내 전화기를 끄지 못했고, 진동이 울릴 때마다 혹시나 하고 발신자명부터 확인했다.

그러나 주말이 다 가도록 너는 연락하지 않았다.

잘못이 없어도 죄책감이 주입될 수 있다는 걸 나는 처음 알았다. 너를 둘러싼 불길이 맹렬해질수록 점점 더 견딜 수 없어졌다. 이 모든 사태가 다 나 때문인 것 같아서. 그날 같이 나가지 않았다면 아무 일도 벌어지지 않았을 텐데. 끝까지 내키지 않아 하던 너를 조르지 않았더라면.

'유명인이랑 연애를 할 거면 자식아, 걸리지나 말든가.'

그럴수록 후회는 더 간절해졌다. 너한테 너무 미안해서 감히 먼저 말을 걸 수도 없었다. 미치도록 걱정돼도 그저 기다리는 것 외에, 나는 달리 내가 할 수 있는 일을 생각해 낼 수 없다.

'다음 주에 내가 다시 연락할게. 월요일이나 화요일쯤.'

하지만 나와 다르게 너는 무척 침착해 보였다. 냉정하고 명료했다. 적어도 마지막으로 나눈 대화에서 너는 그렇게 보였다.

'생각 좀 해야겠어. 어떻게 해야 할지.'

그래서 나는 더 불안해진다. 너는 지금 무슨 생각을 하고 있을까. 혹시 이미 어떤 결정을 내린 건가. 월요일인 내일이면 연락을 해 올까.

내일 너는 나에게 무슨 말을 할까.

"하……."

숨이 막히는 것 같아 자리에서 일어섰다. 커튼을 젖히고 베란다 문을 활짝 열었다. 이월로 접어든 늦겨울의 밤공기가 살갗을 맵게 찔렀다. 그러고 보니 또다시 이월이다. 광야 같은 이월. 내가 가장 싫어하는 달.

밀려드는 찬 공기를 온몸으로 맞으면서 저 멀리 바깥을 내다보았다. 발아래 반짝이는 도시의 야경은 이제 낭만적이지도 평화롭지도 않다. 내 일상은 이미 엉망이 됐고, 머지않아 남은 것마저 빼앗길지 모른다. 고인 듯한 일상과 권태로운 평화는 한순간에 박살 났다. 이 집은 여전히 조용하지만 더 이상 그런 평온한 것들이 존재하지 않는다.

전화기가 다시 진동하기 시작했다. 나는 힐끗 쳐다보는 것으로 낯선 발신자를 알아챈다. 팔을 뻗어 꺼 버리기도 이제 지쳤다. 이번에는 상대도 꽤나 끈질긴 모양인지 저만치 있는 내 전화기가 진동하고 또 진동한다.

앞으로 나는 더 끔찍한 것들과 싸워야 할까.

아마도.

—

누군가 벌집이라도 건드린 것 같았다. 사람들은 윙윙대면서 사납게 굴었다. 네가 실검에 오른 건 잠깐이었지만, 텔레비전 뉴스나 신문 일면에 나온 것도 아니었지만 최근 방송에 출연했던 젊은 여자 교수의 스캔들이 어떤 수요를 충족시킨 모양이었다. 교육, 비리, 불륜. 너를 둘러싼 루머에는 한국에서 가장 민감한 단어들이 다 들어 있었다.

"유진욱 씨."

그래서 월요일 아침 출근길, 돌멩이처럼 날아온 이 상황에 나는 그다지 놀라지 않는다. 요즘 나를 저렇게 부르는 사람은 딱 두 종류니까.

"팩트타운 이정은 기자라고 합니다. 잠깐 오 분만 말씀 좀 나눌 수 있을까요?"

역시. 나는 예상대로인 자기소개를 흘려들었다. 어제 나한테 전화해 댄 그 사람이구나 생각하면서 대꾸하지 않고 차 키를 눌러 문단속을 한다. 못 들은 척 사무소 출입구를 향해 걸었지만 기자는 쉽게 포기하지 않았다.

"인터뷰 요청드리러 왔어요. 몇 번 전화드렸는데 안 받으시더라고요. 이럴 땐 빨리 사실을 밝히는 게 유리하거든요. 시간 끌수록 루머만 더 많아지고요. 두 분 입장에서 최대한 기사 잘 써 드릴게요. 곤란하시면 일 분이라도, 한 말씀이라도 해 주세요."

한 말씀이라도 해 달라니. 이건 뭐 갑자기 국회의원 된 기분이네. 하느님이나.

"교수님이랑 교제하는 관계는 맞으시죠?"

나는 결국 걸음을 멈춘다. 고개를 돌려 내 덩치의 반도 안 되는 여자를 노려

봤다. 주말 내내 쌓였던 말들이 혀끝까지 올라왔다. 이게 대체 뭐 하는 짓이냐고. 그쪽도 월급 받으려니 뭐라도 해야 하는 건 알겠는데 그래도 이건 아니지 않냐고. 당신들은 모르는 사람한테 전화 걸고 문자 보내고 이제는 이렇게 찾아와서 대체 뭘 원하는 건데. 욕설이 치밀었지만 힘껏 참았다. 이 여자는 지금 녹취 중일 수도 있으니까.

"기사를 입장 따라서 쓰나 봐요."

기자는 대꾸 없이 내 얼굴만 쳐다본다. 역시 지금 녹취 중인 게 맞는 것 같다.

"뭘 쓰겠다는 건지는 모르겠는데 알아서 쓰세요. 잘 취재해서."

그래서 최대한 또박또박 말해 줬다. 녹취한 거 부디 지우지 말고 두고두고 잘 듣길 바라면서.

주차장에 선 여자는 더 들러붙지 않았다. 무시하고 출입구를 통과한 나는 욕설을 뱉지 않으려 끝까지 노력했다. 이런 상황에 분노하는 것 자체가 너무나 부당하게 느껴져서. 더불어 어쩔 수 없이 또 네가 걱정됐다. 설마 기자가 학교에도 찾아가진 않았겠지.

"실장님, 주차장에 기레기 보셨어요?"

사무실로 들어서자 막내 디자이너가 물었다. 나는 약간 웃는 것으로 대답을 대신했다. 뭐야, 아직도 있나 봐. 누군가의 말에 막내는 쪼르르 창가로 가서 블라인드 틈새로 밖을 내다본다. 이제 없어요. 갔나 봐요.

"미친. 기사 쓸 것도 더럽게 없나 보네."

윤 대리가 씹어뱉듯이 중얼거리자 다른 팀원들도 한마디씩 거들기 시작했다. 팩트타운이 어디야? 요샌 무슨 개나 소나 다 언론이래. 근데 저렇게 막 찾아오고 그래도 돼요? 경찰에 신고할까요? 단체로 공분해 주는 분위기에 나는 쓰게나마 조금 웃었다. 이 어처구니없는 상황에서 그나마 위로받는 기분이었다.

주말 동안 늘어난 댓글 중에도 악플만 있는 건 아니었다. 교수님을 옹호하는 학생들, 사생활 간섭에 기막혀하는 네티즌들, 추측성 기사를 경계하는 지적들. 나는 그런 댓글들을 달아 준 사람들이 고마워서 생전 처음으로 '좋아요'를 다 눌렀다. 하나도 빠뜨리지 않고 꼬박꼬박.

"실장님."

"네."

"저 킴스하우스 모형 다 만들었어요."

"벌써?"

"스터디야 이제 눈 감고도 만들죠. 학교에서 오 년 동안 그것만 했는데."

막내 디자이너가 으스대면서 텀블러를 들고 자리에서 일어섰다. 평소 그녀가 이렇게 친근하게 구는 성격이 아니라는 것을 나는 알고 있다.

"대단하네. 이제 후배 들어와도 스터디는 쭉 혜정 씨한테 맡겨야겠다."

"어, 실장님, 그건 아니죠. 근데 우리 신입 뽑아요?"

"아직 미정이에요."

"깜짝이야. 전 또 드디어 막내 탈출하는 줄."

그래서 나는 또 별수 없이 위로받았다.

—

나는 원체 뉴스에 관심이 없는 사람이다. 자투리 시간이 생기면 포털 사이트 메인화면을 훑어보고, 선거철에나 후보들에 대한 기사를 몇 건 뒤져 보는 정도다. 신문 같은 건 평생 구독해 본 적이 없고 텔레비전은 뉴스 외에도 원래 잘 보지 않는다.

그러니까 내가 이런 가십성 글을 찾아 정독한 것은 이번이 처음이었다.

너에 대한 이야기를 다룬 콘텐츠 가운데 기사 형태의 글은 몇 개 되지 않았다. 공신력 있는 유력 언론도 아니었다. 무슨무슨 미디어라고 이름을 단 빈약한 기사였지만 포털 사이트에서 문제없이 검색됐다. 인터넷 미디어가 그렇게 많은 줄도 나는 처음 알았다.

일시적으로 트래픽이 늘어나자 실시간 검색어에 오르고, 그걸 계기로 루머는 순식간에 공유되고 확산됐다. 인터넷 공간에서는 유력 언론과 영세 언론과 일인 언론이 동등한 기회를 가지는 것 같았다. 클릭 수만 많으면 누구든 실검에 오르고 앞자리에 노출될 수 있었다.

관심이 폭발하자 비슷한 기사들이 더 등장했다. 언론사와 기자 이름만 바뀐 수준이었지만 거기에도 어김없이 댓글이 달렸다. 너의 임용 소식을 보도했던 작년 기사엔 처음으로 댓글이 달리기 시작했고, 네가 출연한 동영상 댓글창은 토론의 장이 됐다. 사람들은 너에게서 공인의 공개성과 교육자의 도덕성, 연예인의 흥미성을 한꺼번에 요구하는 것 같았다.

예전이었다면 속닥속닥 전해졌을 이야기들이 인터넷에서는 공공연하게 공유됐다. 참여하는 사람이 많아질수록, 최초 유포자를 구별할 수 없게 될수록 더욱 적극적으로 확산됐다. 루머는 빠르게 수면 위로 솟구쳤다가 아무도 책임지지 않은 채 가라앉았다. 파장을 견뎌야 하는 건 당사자뿐이었다.

명문대 특혜 임용 의혹 또 제기돼. 올 들어 벌써 세 번째.
[인터넷 실시간 핫이슈] 대학가 임용 논란 끊이지 않는 이유는?

기사의 주제는 의혹의 진위가 아니라 의혹이 있다는 사실 자체였다. 반대편의 입장을 포함시키지 않은 것은 '문의했으나 답변이 돌아오지 않았다'로 책임을 떠넘겼다. 과거의 비슷한 사건을 끌어와 같은 맥락처럼 슬쩍 동기화시켰다. 익명의 제보자를 인용해 책임을 회피하고, 서로의 기사를 번갈아 인용하며, 비슷한 내용에다 경쟁하듯 더 자극적인 제목을 걸었다.

그런 기사에 댓글을 다는 사람들도 기사 자체엔 관심이 없는 것 같았다. 본

문과는 전혀 상관없는, 그러니까 주로 나와의 관계에 대한 내용으로 댓글창을 도배했다. 거기서 '교수'는 교활한 악녀에 야망가였고 '건축사'는 뻔뻔한 십년 차 내연남이었다. 아무리 그래도 십 년 차 내연남은 너무 지고지순한 거 아닌가. 그런 스토리를 만들어 낸 상상력이나 그걸 열심히 퍼뜨리는 성실함이나, 하나같이 이해할 수 없도록 적극적이었다.

그런 것들을 자꾸 읽다 보니 처음의 당혹감과 충격도 서서히 무뎌졌다. 그러나 시간이 갈수록 점점 네가 더 걱정됐다. 나는 신문에도 방송에도 나오지 않은 보통 직장인이지만 너는 이름과 얼굴이 알려진 사람이다. 내가 상대할 것은 수임이 절박한 변호사와 삼류 기자와 상상력 풍부한 네티즌 정도지만 너는 다르다.

너에게는 이런 논란 자체가 너무 큰 상처가 될 텐데.

너와 연락이 닿지 않은 지 오늘로 나흘째다. 전화도 문자도 오지 않았다. 너는 꼭 증발한 것처럼 내 일상에서 사라졌으나 나는 마음대로 너를 찾아갈 수도 없다. 프로메테우스처럼 바위에 묶여서 옴짝달싹 못 하는 심정이었다. 나 때문이라는 자책감과 아무것도 해 줄 수 없는 무력감 때문에 이제 온몸이 다 너덜너덜해진 기분이었다.

마감이 임박한 도면을 띄워 놓고도 나는 좀처럼 집중하지 못한다. 모니터를 향해 넋을 놓았다가 문득 정신 차리길 반복했다. 고개를 돌려 멍하니 창밖을 바라보기도 했다. 원망스러울 정도로 화창한 오전이었다. 햇살이 쨍쨍한 이월의 오전.

계절답지 않은 그 빛을 보자, 나는 다시 미치도록 가슴이 갑갑해졌다.

—

네가 독일로 떠나던 날도 더없이 화창한 이월이었다. 나는 전날 완전히 잠을 설쳤고, 덕분에 최악의 몰골을 하고 나타나 설계실 동기들로부터 밤에 대체 뭐 했냐는 조롱을 들었다. 밤에 뭐 했냐고. 별것 아닌 그 말에도 뜨겁고 습한 덩어리가 울컥 치밀었다.

나는 밤새 너를 생각했다. 날이 밝으면 사라져 버릴 너를 원망했다. 혹시나 네가 연락해 올까 기다렸고, 전화도 문자도 하지 않는 너를 미워했다.

어떻게 다시 연락을 안 해. 내가 그렇게 전화를 끊어 버렸는데. 왜 그랬는지 뻔히 알면서 너는 끝까지 모른 척해. 잘 있으라고 문자 한 통 보내는 게 그렇게 어려워? 한 번쯤은 너도 그냥 져 주면 안 돼? 내일부턴 하고 싶어도 못하잖아. 내일부턴,

보고 싶어도 못 보잖아.

'야, 너 또 벴어? 눈 감고 하냐?'

'야, 구급함, 구급함. 얘 피 많이 나.'

나는 너를 생각하다 커터에 손가락을 벴다. 그리고 벤 손가락이 왼손이라서 또 너를 생각했다. 작업대 상판에 핏방울이 떨어지자 동기들이 허겁지겁 상처를 싸맸다. 그때 내 손에 닿은 체온 때문에 나는 또 너를 생각했다. 나는 너밖에 다른 건 아무것도 생각할 수 없었다.

'유진욱 너 우냐?'

'……뭔 헛소리야.'

'눈이 그렁그렁했는데 지금.'

'아픈가 봐. 깊이 벴나?'

'병원 갈래?'

'됐어. 병원은 무슨.'

상비된 붕대로 손가락을 감으면서 나는 벽에 걸린 시계를 쳐다봤다. 두 개의 바늘이 눈을 찔렀다. 오전 열한 시. 네가 탈 비행기는 오후 세 시. 너는 아직 집에 있겠지. 집에 있을까. 집에 있을 거야.

아직 있을 거야.

'야, 진욱아, 어디 가?'

그때 나는 아무것도 생각하지 않았다. 하얗게 비어 버린 머리로 그저 교문을 향해 달렸다. 몇 번의 시도 끝에 택시를 잡아타고 너의 집 주소를 외쳤다. 아저씨, 빨리 좀 가 주세요. 재촉하면서 주머니에서 전화기를 꺼냈다. 단축번호 일번을 길게 누르면서도 나는 연결이 되지 않을 것을 알고 있었다. 역시나 네 번호는 이미 존재하지 않는 번호였다.

나는 아직도 그 순간이 생생하다.

달리는 택시 안의 방향제 냄새.

차창 밖으로 빠르게 흐르는 거리와 빛.

그 안에서 나는 기도처럼 제발을 되뇌고.

더럽게 한심한 나라는 새끼가 저주스럽고.

한 번만 더 널 볼 수 있다면 무슨 짓이든 할 수 있을 것 같은.

그러나 너의 집이 보이기 시작한 순간 잔뜩 긴장한 몸이 탁 풀렸다. 그때 나는 이미 빈집을 직감했던 것 같다. 그리고 느꼈던 절망감. 숨이 멎는 듯한, 차라리 숨이 멎기를 바랐던 그 강렬한 절망을 나는 그 이전에도 이후에도 느껴보지 못했다.

네가 없는 너의 집은 허물 같았다. 벽돌로 쌓은 담장과 짙은 초록색의 철제 대문이 싸늘하게 식어 있었다. 햇살이 봄볕 같던 날이었는데도 몸이 얼어붙었다.

택시가 떠나고 나는 골목에 홀로 남았다. 소용없다는 걸 알면서 천천히 걸어가 초인종을 눌렀다. 안쪽에서 울리는 버저 소리가 바깥까지 들렸지만 그뿐이었다. 아무도 나오지 않을 것임을 나는 알고 있었다. 너는 이미 여기 없다는 걸.

'민주야⋯⋯.'

그리고 나는 더 이상 나를 제어할 수 없었다. 빈혈 환자처럼 대문 앞에 주저앉아서 네 이름만 중얼거렸다. 민주야, 민주야, 민주야. 그리고 다섯 번이 채 되기 전에 울음이 터졌다.

남의 집 대문 앞에서 나는 볼썽사납게 울었다. 창피한 줄도 모르고 혼자서 소리 내 엉엉 울었다. 늦은 오전의 눈부신 햇살 속에 숨지도 못하고. 완전히 지쳐 더 이상 울 수 없게 될 때까지. 나는 그 이전에도 이후에도, 그렇게 서럽게 운 적이 없었다.

그리고 한참을 멍하니 앉아 있었다.

네가 없는 너의 집 대문 앞에.

버려진 개처럼 앉아 있었다.

17.

최민주

주말 동안 스마트폰을 수없이 들었다 놨다. 굳이 내 이름과 키워드를 검색해서 관련 기사를 읽고, 굳이 그 아래 새로 달린 댓글들을 들여다봤다. 중독자처럼 온종일 그것만 보고 있는 게 무서워서 전화기 전원을 잠깐 꺼 놓기도 했다. 몸에서 혼이 분리되는 기분이었다.

여론은 납득하기 어려울 정도로 쉽게 달아올랐다.

내 이름이 놀랍게도 실검에 오른 결정적 계기는 인터넷 기사였다. 익명의 제보를 인용한, 임용 당시 내가 내정자라는 의혹이 있었다고 두루뭉술하게 쓴 기사가 다른 루머들과 결합되면서 검색과 관심이 폭발한 것 같았다. 기사는 이니셜을 썼지만 나라는 걸 알기에 충분한 단서들이 또한 듬뿍 들어 있었다. 방송에 얼굴을 비친 적이 있으므로 내 실명은 곧 아무렇지 않게 노출됐다.

여론은 기존의 논리마저 손쉽게 뒤집었다.

내 임용이 파격적이고 혁신적이라던 과거 기사는 이제 정반대의 의미로 해석된다. 나는 동 대학 이상의 학부 출신도 아니고, 철학 교수 소리 듣기엔 풋내

난다 여겨지는 삼십 대고, 개교 이래 철학과에선 임용 유례가 없다는 여자였으므로 누군가의 청탁이 작용했을 수밖에 없다는 논리가 형성됐다. 방송 섭외를 받게 만든 나이와 성별과 외모도 이제는 학자의 자질에 어울리지 않는 의혹의 대상이 됐다.

나를 조롱하고 모욕하는 표현들은 다양성과 폭력성 모두에서 수위가 상승했다. 외국 대학에서 받은 박사학위가 진짜라는 걸 증명하라고 했다. 석사논문의 일부분이 표절 같다는 주장은 굳이 증거가 없어도 '좋아요'를 얻었다. 전 시부가 재직 중인 학교의 다른 학과에서 삼 년 전 발생한 특혜 임용 사건 기사가 다시 공유되기 시작했다. 거기에도 어김없이 나를 비난하는 댓글들이 달렸다.

청와대 홈페이지에 내 임용을 취소해 달라는 국민청원도 올라왔다. 그 지경까지 가자 나는 슬슬 웃음이 나기 시작했다. 하도 맞아서 미친 건지 혹은 초탈한 건지 모르겠지만 국민청원 글은 꽤나 흥미롭게 끝까지 읽었다. 추천 수가 턱없는 걸 봐서 교육부 답변은 듣지 못할 것 같지만.

그러나 그렇게 잠깐 무뎌졌다가도 갑자기 연극의 장이 바뀌듯, 어느 순간 나는 다시 한없이 예민해졌다.

가만히 누워 있어도 심장이 쾅쾅대고 머리가 쿵쿵 울렸다. 가슴 속에서 거대한 시계가 온종일 딸깍거려 진정되지 않았다. 갑작스레 쏟아지는 비난은 재해처럼 불가피한 것이었고, 그건 내가 결백하냐 아니냐와는 완전히 별개의 문제였다.

꿈속에서 나는 얼굴 없는 사람들을 붙들고 일일이 해명한다. 독일 학교에서 내 박사학위가 확인되지 않는다. 너와의 은밀한 시간들이 수천 장의 사진이 되어 서울 시내에 흩날린다. 그러다 화들짝 잠에서 깨어나 동틀 때까지 멍하니 천장만 쳐다본다.

그럴 때면 나는 마치 지구에서 밀려난 것 같았다. 나와 세상 사이에 아득한 우주가 가로놓인 기분.

북적이는 거리 한복판에 벌거벗고 선 것 같기도 했다. 남들은 다 멀쩡히 옷을 입고 있는데 나 혼자 알몸으로 쩔쩔매는 기분.

내 인생의 모든 것이, 가차 없이 아궁이에 밀어 넣어진 기분.

"대중이 그래요. 혼자 생각했을 땐 이상하다 싶어도, 여러 사람이 그렇다고 하면 또 헷갈리기 시작하거든요."

나는 변호사의 초록색 블라우스에 잠깐 시선을 주었다. 내 또래의 여자는 목소리 톤이 높고 눈매가 날카롭다.

"말들이 많아질수록 아니 땐 굴뚝에 연기 나겠냐, 뭐라도 있으니까 이런 소리 나왔겠지 하고 편하게 생각해 버려요. 남의 일에 굳이 정성 들여서 사실관계 확인 안 하죠. 군중심리가 그렇습니다. 논리보다 감정을 따라가거든요."

주말 동안 내 메일함은 각종 법률사무소에서 온 이메일로 북적였다. 그들은 하나같이 깊은 유감을 표시하고 승소를 장담하면서 과거에 수임했던 유사 케이스를 정중하게 나열했다. 그중에는 누구나 알 만한 이름들도 있었지만 나는 결국 내 이혼을 처리했던 로펌에 연락했다. 사생활을 여기저기 떠벌리는 건 역시 내키지 않아서.

"임용 이슈는 일단 좀 지켜보죠. 아직 누가 정식으로 나선 것도 아니고, 아시겠지만 이건 교수님 개인보다 학교 측이 상대해야 할 문제라서 지금 우리가 무슨 액션을 취할 단계는 아닙니다."

나는 대답하지 않는 것으로 동의를 표시했다.

"네티즌 개인들에 대한 소송은 당장 진행이 가능하고요."

그래서 변호사는 곧바로 본격적인 상담에 들어간다.

"무단 사진 유포는 초상권이랑 사생활권 침해 적용되고, 악의적 게시 글과 악플은 명예훼손과 모욕죄 적용할 수 있습니다. 대학교수는 명예가치가 큰 직종이라 손해배상금도 최고 수준으로 책정 가능하고요. 물론 비방 수위에 따라서 액수가 달라지고, 승소하더라도 가해자 상황에 따라서 배상액을 받아 내지 못할 수도 있습니다. 국내 접속자들은 거의 다 추적이 되고요, 증거자료는 직접 수집하기 번거로우실 테니까 대행업체 통하시면 됩니다."

마치 자동차 판매원이나 보험설계사 같은 말투라 나는 속으로 조금 감탄했다. 숨도 쉬지 않고 단숨에 설명한 후 변호사는 위로하듯 덧붙인다. 물론 이 케이스에선 배상금이 중요한 게 아니지만요.

"그리고 사생활 관련해서 말씀인데, 소송 준비될 때까진 당분간 조심하시는 게 좋겠습니다. 아예 만나지 마시라는 건 아니고, 되도록 사람들 눈에 띄지 않게요."

"……저희 관계를 부인하라는 뜻인가요?"

"굳이 강조할 필요는 없다는 뜻이죠."

"하지만 만나는 건 사실인데요."

나는 미심쩍어하면서 너와 찍힌 사진을 상기시켰지만 변호사는 대수롭지 않다는 투였다.

"열애설 터진 연예인들이 왜 그렇게 뻔하게 부인하겠어요? 인정하는 것과 인정하지 않는 건 완전히 다른 차원이라 그래요. 그리고 두 분 같은 경우는 지금, 일부는 사실이고 일부는 아니라는 논리가 되는데, 이러면 또 설득력이 약해집니다."

그래서 나는 혼란스러워진다. 이 사람도 내 얘길 믿지 않는 것 같아서 덜컥 불쾌해졌다. 변호사도 그걸 감지했는지 보충 설명을 더했다.

"어차피 지금 해명하셔도 안 통해요. 그런 사람들 한번 프레임 씌우면 어떻게든 끝까지 우기거든요. 물증을 갖다줘도 위증이라고 우길 텐데 두 분 우연히 그렇게 된 거다? 제가 봤을 땐 도움 안 됩니다. 그리고 이런 문제는 인간적으로 해명해 줄 필요 없어요, 법적으로 대응해야죠. 타인에게 사생활을 설명할 의무는 누구에게도 없습니다."

"그래도 잘못 알려진 사실은 바로잡아야 하잖아요."

"다시 말씀드리지만 두 분 관계를 부인하라는 게 아닙니다. 굳이 나서서 인정할 필요는 없다는 거예요. 해명한다고 괜히 입장문 같은 거 내면 다시 이슈화될 거고, 특히나 사생활을 진실 공방으로 만들어서 교수님한테 유리할 게 없어요. 지금은 상대하지 않는 게 상책이에요."

하지만 나는 여전히 뭔가 옳지 않다는 느낌이 든다.

"정직이 늘 최선의 방책인 건 아닙니다. 현실에선 오히려 진실이 방해물이 될 때가 많잖아요. 불편하시더라도 전략적으로 생각하세요."

그러나 변호사의 논리에 또한 얼른 반박할 수도 없었다.

"이래저래 심란하시겠지만 어디까지나 비난하는 사람은 소수니까요. 법적 대응한단 소식 알려지면 금세 잠잠해질 겁니다. 너무 걱정 마세요."

참 별일을 다 겪는다 싶으시죠. 변호사가 허탈하게 웃으며 덧붙였다. 연구실에 틀어박혀 세상 물정이라곤 모르는, 순진한 학자를 위로하듯이.

"생각하시는 것보다, 세상에 고약한 사람들이 참 많습니다, 교수님."

—

상담을 끝내고 곧장 학교로 향했다. 오늘은 월요일이니 연구실에 나가야 한다. 사람들의 시선이 신경은 쓰이지만 계속 집에 숨어 있을 수도 없는 노릇이니까.

나에 대한 논란은 주류와 비주류 사이 어딘가에 끼어 있었다. 정치인 비리 의혹이나 톱스타 열애설처럼 국민적인 관심을 받는 수준은 아니었지만 소셜미디어와 채팅앱은 또한 혈관처럼 촘촘하고 넓게 퍼져 있었다. 추문이란 것은 나를 모르는 만 명의 군중보다 나를 아는 열 사람의 귀에 들어갔을 때 훨씬 더 큰 의미를 지닌다.

학계나 대학이나 폐쇄적이고 좁은 사회라 항상 소문이 빨랐다. 기사가 터지기 전부터 내 조교는 나에 대한 루머를 이미 알고 있던 것처럼. 당사자는 늘 폭발 전후에야 알게 되는 것이 또한 추문의 특성이므로 내 주변에서는 그 전부터 꽤나 적극적으로 공유하고 있었을지도. 내가 너와 더불어 달콤한 꿈에 흠뻑 빠져 있는 동안에.

그러니 학교에선 이미 거의 모든 사람이 알고 있을 것이다. 옆방에 있는 동료 교수도, 위층에 있는 학과장도, 행정실 직원과 조교들도, 방학 중인 학생들까지.

그들은 내가 고용한 건축사와 그렇고 그런 관계이며, 알고 보면 오랜 내연관계일 수도 있는 데다, 어쩌면 그 남자 때문에 착한 남편을 이용하고 버린, 카르멘에 버금가는 팜므파탈이라며 낄낄대고 있을 수도 있다. 그에 더해 학력 위조며 논문 표절 의혹을 제기한 댓글들도 봤을 테고. 말이 되든 안 되든 간에 그런 저급한 공격 대상이 됐다는 자체가 나는 이미 너무나 수치스러웠다.

그런 것들을 다시 각오하면서 정지신호를 받았을 때 전화기가 울렸다. 나는 가볍게 한숨을 쉰 다음 통화 버튼을 누른다.

"어, 엄마."

— 변호사 만났니?

"응. 상담하고 지금 나왔어."

— 뭐래?

"소송하자 그러지 뭐."

— 당연히 고소해야지. 요새 연예인들도 보니까 다 강경하게 대응하더라. 싹 찾아내서 고소해 버려, 알았지?

세상에 어떻게 그런 못된 것들이 다 있어. 엄마는 아직도 씩씩거렸다.

— 근데 너 계속 서울에 있을 거야? 여기 집으로 내려와. 변호사한테 맡겨놓고 통영에 내려와 있어, 거기 있지 말고.

"아니야, 나 이번 주말에 나가."

— 어디?

"유럽 쪽에. 학회."

— 후, 그래. 아예 가서 며칠 더 쉬다 와라. 머리 좀 식히고.

후우. 엄마의 긴 한숨 소리가 차 안 전체를 울렸다.

"아빠는."

— 아침 일찍 낚시 가셨지. 요새 너네 아빠 하루 종일 낚시야, 뭐 낚아 오는 것도 없으면서.

나는 더 이상 말을 잇지 못했다. 그저 지난달에 퇴직하신 게 천만다행이라는 생각만 다시 했다. 만일 아빠가 회사에 계셨더라면 나는 정말로 견디기 어려웠을 것이다.

— 우리는 걱정 말고 너나 몸조심해. 밥 잘 챙겨 먹고. 알았지?

그리고 엄마는 오늘도 끝까지, 너에 대한 무엇도 묻지 않았다.

모두가 너에 대해 묻지 않았다. 댓글마다 온통 그 얘기니 못 봤을 리 없는데도 하나같이 모르는 척했다. 사생활을 존중하려 묻지 않는 건지, 아니면 내가 불편할까 봐 외면해 주는 건지, 혹은 정말로 미심쩍은 뭔가가 있을지 모른다고 여기는 건지.

소문은 한 사람을 죽이기 위해 천하를 돌 필요가 없다. 그가 살고 있는 마을만 덮쳐도 충분하다. 그것을 상기할 때마다 나는 숨이 막혔다. 너한테 너무 죄스러워서.

수치스럽고 미안해서. 이런 진창에 너를 끌어들인 게 끔찍해서. 또 한편으로는,

네게 이런 꼴을 보인 것이 견딜 수 없어서.

그래서 갑작스런 사태에 적응할 시간이 필요했다. 하루 종일 심장이 쾅쾅 뛰는 상태로는 도저히 냉정하게 생각할 수 없었고, 허둥거리다 더 큰 실수를 하게 될 것이 두려웠다. 내게 절실한 것은 차분해질 시간과 전문가의 조언이었

다. 손을 덜덜 떨면서 기사를 뒤지는 꼴도, 분해서 안절부절못하는 모습도 나는 너에게 절대로 보이고 싶지 않았다.

지금 나를 가장 두렵게 만드는 것은 너다. 결백한 네가 온갖 더러운 말들을 견디지 못할까 봐. 이 모든 악의와 수치에 곧 질려 버리고, 거기에서 나의 가장 추한 면까지 보게 될까 봐. 그러다 결국엔,

몸을 돌려 나를 떠나 버릴까 봐.

그래서 나는 이 모든 사태가 마치 별것 아닌 것처럼 굴었다. 냉철한 태도로 상황을 분석하는 척, 완벽한 해결책을 곧 찾아낼 것처럼 허세를 부렸다. 내 말대로 충실히 따라 주는 너에게 고마워하면서. 그러면서도 먼저 연락하지 않는 너를 또한 내심 불안해하면서.

오늘은 너를 만나야 하는데. 너는 어떤 얼굴을 하고 있을까. 내가 그 앞에서 떨거나 울지 않을 수 있을까. 너는 또 나에게 어떤 질문들을 할까.

나는 과연 그것들에 제대로 답할 수 있을까.

[오늘 잠깐 볼 수 있을까]

아는 사람의 시끄러운 소식은 순식간에 주위로 퍼져 나간다. 나쁜 소식일수록 더욱 빠르고 힘차게. 직장 동료, 동기 동창, 가족 친지가 이뤄 놓은 촘촘한 인맥을 타고.

그러니 이렇게 갑작스런 문자메시지가 오더라도 그리 놀랄 필요는 없는 것이다.

[학교로 갈게]

그의 이름이 화면 위에 떠오른 것은 갓 차를 세웠을 때였다. 연구실이 있는 문과대 건물 앞에서 막 시동을 껐을 때.

[병원이야. 지금 출발해도 될지 말해 줘]

나는 가벼운 한숨과 함께 전화기를 집어 든다.

—

여기 마지막으로 앉은 게 언제였더라. 나는 엉뚱하게도 그런 쓸데없는 걸 헤아리고 있다. 전남편의 차 안에서 어색한 숨을 나눠 쉬면서. 자동차는 여전히 안팎으로 깔끔했고 그가 쓰는 향수 냄새가 배어 있었다. 변한 것이 하나도 없어서 오히려 기이한 기분이 든다. 안에 있는 사람들은 이렇게나 변했는데.

그는 내게 잘 지냈냐고 묻지 않았다. 내가 어떻게 지내고 있다는 걸 뻔히 알면서 새삼스레 안부 묻기도 곤란할 것이다. 그러니 내 쪽에서 먼저 운을 떼는 것이 맞았다.

"미안해."

그는 대답하지 않았다. 다만 침묵 끝에 긴 숨을 내쉬는 소리.

"아버님은 뭐라셔."

"……그저 황당해하시지."

"뭐라고 드릴 말씀이 없네. 죄송해서."

나는 조수석에 앉은 채로 고개를 떨궜다. 저절로 그렇게 되어 버렸다.

"당신이 왜 죄송해. 말도 안 되는 소리에 억지라는 거 알 만한 사람은 다 아는데."

대화가 트이자 그는 비로소 말을 꺼내기 시작했다. 아무래도 기가 막히다는 듯 탄식을 섞어 가면서.

"임용 청탁이라니. 아버지 어떤 분인지 알잖아. 당신 위신 깎아 가면서 며느리 잘 봐 달라고 할 분 아니라고. 거기다 요즘이 그럴 분위기야? 심사 위원이며 다른 지원자들은 다 바보였다는 건가? 이 정도 되는 학교에서 무슨 교수 임용을…… 아니, 그런 말 같지 않은 소리 하는 건 대체 뭐 하는 사람들이야?"

순식간에 흥분한 그는 더 말할 가치도 없다는 듯 헛웃음을 뱉었다. 나는 대꾸하지 않았다.

"그러니까 혹시라도 주눅 들지 마. 학력으로나 업적으로나 당신 자격 충분해. 큰아버지는 아직도 나만 보면 그 말씀 하셔. 또래 학자들 중에 최 교수 같은 사람 없다고."

그의 백부는 철학 석좌교수로 학계의 원로 학자다. 아끼는 후배들에겐 원체 격려를 후하게 해 주시는 분이기도 하고. 나는 계속 입을 다문 채로 다음에 나올 말을 예측했다.

"그리고 우리 이혼 말인데."

"……"

"혹시 필요하면 내가,"

"당신이 뭐. 기자회견이라도 해 주게?"

나는 일찌감치 말허리를 자르면서 부러 약간의 웃음기를 섞었다.

그는 본인의 직업만큼이나 맺고 끊는 것이 칼 같은 성격이다. 이혼 서류를 건넨 직후부터 깨끗하게 연락을 끊었던 사람이다. 합의 과정과 법적 절차를 밟는 내도록 우리는 통역자가 필요한 외국인들처럼 오직 각자의 변호사를 통해서만 서류와 의사를 주고받았다. 그러므로 나는 이제 그가 무슨 말을 꺼낼지 알고 있다. 갑작스레 연락해서 대뜸 만남을 청해 왔을 때부터 이미 알고 있었다.

"내 잘못이잖아."

가만히 듣던 나는 운전석을 향해 고개를 돌렸다. 시선을 맞추고 말없이 그의 얼굴을 마주 본다. 해쓱한 얼굴. 늘 피로가 묻어 있는 눈가가 여전하다고 생각하면서.

"내가 유책 배우자였잖아."

이토록 가까이서 대화를 나눈 게 얼마 만이던가. 나는 다시 그렇게 쓸데없는 것을 헤아려 본다.

따져 보니, 거의 일 년 만이었다.

—

'나 어제 병원에서 잔 거 아니야.'

그가 대뜸 회심한 죄인처럼 자백했을 때 나는 몹시 당혹했다. 남편의 외도라는, 예고 없이 맞닥뜨린 화제에 충격을 받아서가 아니었다. 순간 나도 모르게 아, 그랬구나, 납득해 버렸기 때문이었다.

그때 내 머릿속에 가장 먼저 떠오른 생각은 '어떻게 나한테 그럴 수가' 가 아니라 '그래서 지금 나랑 이혼하자는 건가' 였다. 더불어 성가시고 복잡한 이혼 절차와 그 후에 겪게 될 각종 사회적 손실들이 순식간에 머릿속에 도표처럼 그려졌다. 배신감이나 슬픔, 분노 같은 감정은 애당초 끼어들 자리조차 없었다. 그리고 침묵 속에 잠깐 시간이 흐른 뒤에야, 나는 그것이 대단히 끔찍한 반응 이라는 것을 깨달았다.

'당신,'

그래서 나는 실소했다. 아마 그에게는 냉소로 보였겠지만.

'그런 건 보통 숨겨야 하는 거 아니야?'

그리고 재빨리 생각했다. 너그럽고 이성적으로 굴면서도 또한 정절의 의무 를 상기시키려면 어떻게 말해야 할지.

'실수라고 생각하면 이번엔 넘어갈게. 앞으로도 계속 눈감아 달라고 하는 거면, 그건 생각 좀 해 봐야겠네.'

그날의 그는 평소보다 해쓱한 얼굴이었다. 거기서 내가 본 것은 안도감도 당 혹감도 죄의식도 아니었다. 그것은 오히려 커다란 절망감이었다.

'당신은 지금, 아무렇지도 않아?'

'글쎄. 내가 화낸다고 이미 벌어진 일이 없던 게 되나.'

나는 나조차 당황할 정도로 전혀 화가 나지 않았다. 그저 어떻게든 이혼만은 피하고 싶다는, 귀찮고 성가신 일들을 면하고 싶다는 마음뿐이었다. 나는 완벽하게 균형 맞춘 나의 세계가 조금이라도 흔들리는 걸 원치 않았다. 그래서 그가 원하는 것이 부디 이혼이 아니라 용서이기를 바랐다. 용서라면 얼마든 기꺼이 해 줄 의향이 있었으니까.

그리고 한참을 침묵하던 그가 말없이 퇴장한 뒤, 나는 서재에 홀로 앉아 꼬박 밤을 지새웠다.

모니터에서 깜빡이는 커서를 바라보며 생각했다. 어째서 지금 내가 죄책감을 느끼고 있는 건지. 배우자로서의 의무를 저버린 것은 내가 아닌데도 어째서 상처는 도리어 그가 받은 것 같은지. 부부가 지키기로 서약한 것이 오직 서로의 성욕을 독점하는 것뿐인가. 다른 남자와 관계하지 않은 나는 그러므로 배우자의 의무를 다한 건가. 그런 질문들 때문에 자조하지 않을 수 없었다.

깊고 커다란 구덩이 안에 웅크리고 들어앉은 기분이었다. 축축하고 어두운 그곳에서 나는 밤새도록 입 속으로 되뇌었다. 이게 아닌데. 이러면 안 되는데. 지금 뭔가 단단히 잘못됐는데. 결혼식 날 신부 대기실에 앉아 거울을 보며 했던 것과 똑같은 생각이었다.

그로부터 이 주 뒤에 그는 서재로 돌아와 이혼 서류를 건넸다. 그리고 그날로 짐을 챙겨 아파트를 나갔다. 이제 거의 만 일 년. 작년 봄의 일이었다.

"당신 잘못 아니야."

그러니 우리의 관계는 그의 잘못으로 파탄 난 것이 아니다.

"알잖아. 우리가 왜 이혼한 건지."

두 사람의 공통된 실수를 조금 뒤늦게 바로잡았을 뿐.

"그리고 나 뭐 하나 묻고 싶은 게 있는데."

불쑥 꺼낸 말이었지만 그는 개의치 않는 얼굴로 내 질문을 기다린다.

"당신은 나 사랑한 적 있었어?"

꽤나 저돌적인 질문에 그가 잠깐 멈칫하는 것 같았다. 그리고 생각하듯 나로부터 잠깐 시선을 돌렸다. 상당한 공백 끝에 짧은 한숨 소리.

"나 그날, 몰랐어."

"……"

"구청에 서류 접수할 때까지도 몰랐어. 병원 들어가서 오후 회진 때, 차트 날짜 보고야 알았어."

그리고 그제야 나는 '그날'이 무슨 날인지 알아들었다.

"미안해."

그래서 사과하는 그를 가만히 쳐다보다가 그만 짧게 소리 내 웃어 버렸다. 내 생일이자 이혼기념일. 그러면 그렇지, 죽을 때까지 평생 기억하란 의도는 아니었구나. 그때는 참 답지 않은 행동이라고 생각했는데 듣고 보니 과연 너무나 그다운 행동이다.

"참 여전하다, 당신도."

그랬구나. 그렇게 된 거였구나. 나는 핀잔처럼 몇 번 더 피식거리고, 그는 뒤따라 씁쓸하게 헛웃음을 지었다.

"모르겠다, 민주야."

"……"

"나이가 사십이 넘었는데도 아직 잘 모르겠어."

이제 한숨에 가까워진 그의 말을 나는 잠자코 들었다.

"이 정도 되면 뭔가 좀 보일 줄 알았는데. 아직도 내가 모르는 게 너무 많네."

그 한탄 같은 말을 들으며 나도 모르게, 입가에 쓴웃음이 돌았다.

그의 말이 옳다. 우리는 아직도 모르는 게 너무나 많다. 긴 시간 공부하고 연구했어도, 그 덕에 선생님 소리를 듣고 고장 난 심장을 고칠 줄 알아도, 우리가 아는 것은 다소 배우기 까다로운 몇 가지 지식과 기술들에 지나지 않는다.

우리는 대부분의 사람들이 알지 못하는 것들을 안다. 그러나 모두가 아는 것은 정작 알지 못했다. 덜 중요한 것과 더 중요한 것을 구분하지 못했다. 가장 중요한 것과 더없이 소중한 것을 알아차리지도 못했다. 심지어 도저히 모를 수 없는 것조차도 우리는 착각하거나 놓치고 있었다. 이를테면,

내가 누구를 사랑하고 있다는 사실 같은 것.

우리의 결혼이 실패할 수밖에 없었던 이유는, 우리 둘 다 그렇게 모자란 사람이기 때문이었다.

"참. 교수 임용 축하해."

혜경이한테 들었어. 첨언하자 그가 아, 감탄사처럼 어색한 웃음을 웃는다.

"이제 들어가 봐, 바쁜데."

"나중이라도 도움 필요하게 되면 연락해."

"아마 그럴 일 없을 거야. 급하게 병원 갈 일 생기면 또 몰라도."

"그럴 일은 더더욱 없어야지."

"민재 씨."

부르자 그가 다시 시선을 맞춰 왔다. 차창을 통과한 햇빛이 창백한 미간을 비췄다. 이다지도 화창한 날. 나는 문득 가슴 한구석이 미미하게 따뜻해지는 것 같다.

"와 줘서 고마워. 위로가 좀 되네."

그와 눈을 마주친 채 미소 지었다. 그리고 비슷한 표정을 돌려받았다. 덕분에 나는 조금 홀가분해졌다. 내 몸 위에 묵직이 얹혀 있던 돌무더기 중에서, 아주 큼직한 한 개가 사라져 버린 기분이었다.

—

중요한 일을 앞두고 나는 늘 시뮬레이션을 철저히 한다.

상대의 질문을 예상하고 상황을 설정한 뒤 대응할 답변과 태도를 미리 생각해 둔다. 당황하지 않도록 모든 상황을 최대한 예측과 제어 아래 두려고 한다.

깐깐한 선배 학자들을 상대로 학위논문 심사를 준비할 때처럼. 내게 유의미한 상황이 예상되고 준비할 시간이 있다면 대단히 강도 높게 매달려 그런 시뮬레이션을 되풀이한다. 혜경은 이런 내 습관이 강박 증세라고 겁주곤 하지만.

그렇게 머릿속으로 가상 상황을 그리고 또 그리다 보면 시간은 금세 가 버린다. 나는 손에 쥔 전화기를 눌러 시간을 확인했다. 벌써 오후 여섯 시. 마지노선이 임박해 오자 가슴이 다시 두근두근 뛰기 시작했다.

이제는 너한테 연락을 줘야 하는데.

학교에서 오피스텔로 돌아와서 아직 옷도 갈아입지 않았다. 오전에 변호사를 만난 차림 그대로 손목시계조차 풀지 않았다. 나는 지금 흐트러진 모습을 보일 수 없으므로 너를 만날 때까지 이대로 유지할 작정이다. 이 모든 것은 아무것도 아니어야 하니까. 성숙한 인간은 그따위 저급한 입방아에 동요하지 않으며, 짓지도 않은 죄 때문에 불안해하는 것은 실로 한심하고 어리석은 짓이니까. 나는 긴장하지 않기 위해 자꾸만 자기암시를 되풀이했다.

하지만 어쩌지. 만약 네가 그냥 다 없던 일로 하자고 하면.

더 상처받기 전에 그만두자고 하면. 너와의 관계가 오해이며 사실무근이라는 입장문을 내 달라고 하면. 네가 대체 왜 이런 일을 겪어야 하냐고 씁쓸하게 웃으면. 임용이며 전남편 이야기는 또 어떻게 된 거냐고 물어오면.

나는 그래도 울거나 떨지 않을 수 있을까.

다시 최악의 상황을 설정해 버리자 손끝이 차갑게 식었다. 그러나 시간은 이미 여섯 시를 넘었고 이제는 더 이상 미룰 수 없음을 안다. 나는 업무용 모니터 앞에 앉아 전화기를 확인하는 네 모습을 그려 본다. 무책임하고 비겁한 나를 어이없어하는 표정.

상상만으로도 너무 끔찍해서 눈을 질끈 감았다. 그리고 가슴 가득 큰 숨을 한 번 깊이 들이마셨다. 가장 나쁜 상황들까지 연습했으니 준비는 끝났어. 이제 어떤 상황이 닥쳐도 의연하게 대처할 수 있어. 그렇게 재차 스스로 격려하면서 전화기를 집어 들었을 때, 까맣게 꺼진 화면 위로 알림창 하나가 하얗게 떴다.

[민주야]

그리고 그걸 본 순간 나는, 그만 왈칵 눈물이 솟구쳤다.

넘어진 아이는 혼자 울지 않는다. 놀란 엄마가 달려와 안아 주면 그제야 서럽게 울음을 터뜨린다. 진정으로 절박하고 위급한 상황에서는, 기댈 사람 하나 없고 오직 스스로 견뎌야 할 때는 누구도 그저 울기 위해 시간을 허비하지 않는다. 울음은 아픔의 표현이자 위로를 청하는 신호이기 때문에.

[진욱아]

[지금 와 줄 수 있어?]

그래서 서둘러 메시지를 보내고 나는 간신히 울음을 삼켜 냈다. 현관으로 걸어가 벽에 붙은 거울을 보면서 속눈썹에 엉긴 물기를 닦아 냈다. 벽에 등을 기대고 선 채 눈을 감고 천천히 심호흡했다. 심하게 끓어오르는 주전자처럼 자꾸만 가슴이 뜨겁게 들썩거렸다.

너는 지금 사무소에 있을 것이다. 아직 퇴근까지 시간이 좀 남았을 테고, 지금 당장 온다 해도 이 시간엔 신촌에서 여기까지 못해도 십오 분은 걸린다. 그러니까 아직 시간이 충분해. 진정해야 돼, 진정해야.

그러나 심호흡을 열 번도 채 하지 않았을 때 돌연 현관문 키패드가 삑삑대기 시작했다. 순간적으로 나는 너 외에 또 누가 비밀번호를 알고 있던가 더듬어 본다. 엄마도 아빠도 모른다는 사실을 상기하고 나서도 얼른 믿을 수 없었다.

문이 열리고 나타난 너와 정면으로 눈이 마주칠 때까지도.

"너…… 어디 있었어?"

그래서 나는 뻔히 아는 것을 구태여 묻고.

"집 앞에."

너는 당연한 사실을 또 굳이 설명해 주고.

"기다리고 있었어."

하지만 왜.

"너 오늘은 연락하겠다고 했잖아."

나는 이제, 정말로 무슨 말을 해야 할지 모르겠다. 벌어진 입술 사이로 그저 얕은 숨만 토막토막 흘러나왔다. 너는 나의 가상에서처럼 쓸쓸하게 웃지도 어이없어하지도 않았다. 그저 너무나 지친 얼굴. 걱정과 불안에 시달려서 완전히 지쳐 버린 얼굴.

나처럼, 당장이라도 울 것 같은 얼굴.

"너 바보야……?"

그래서 나는 주제도 모르고 울컥 성이 난다. 왜 기다려. 내가 언제 연락할 줄 알고. 혼자 집 앞에서 기다리긴 왜 기다려.

"미안해, 민주야."

네가 왜 미안해. 잘못한 것도 없으면서 왜 네가 나한테 미안해. 정말로 그렇게 따지고 싶었지만 목이 완전히 메어서 소리가 나오지 않았다. 나는 그저 벙어리처럼 몇 번 벙긋거리다, 기어이 울음을 터뜨리고 말았다.

참을 수 없게 눈물이 터져 양손으로 얼굴을 가렸다. 불과 두 발짝 앞에 있던 너는 거의 동시에 다가와 나를 안는다. 너의 체온과 몸의 감촉과 익숙한 내음 속에서 나는 완전히 마음을 놓아 버렸다. 미안해. 귓가에 닿는 너의 숨과 소리.

"내가 너무 늦었어……"

틀림없이 울먹이는 너의 목소리.

"내가…… 좀 더 일찍 와야 했어."

그때부터 나는 마음 놓고 울기 시작했다. 네 품에 안겨서 어린애처럼 목놓아 울었다. 얼굴도 소리도 못나게 일그러뜨려 가면서. 더 이상 눈물이 나오지 않을 때까지. 온몸의 물기를 모조리 짜낼 것처럼 나는 울고 또 울었다.

네가 아직도 날 기다려 줘서.

여전히 바보처럼 날 믿어 줘서.

그게 나는 너무 기뻐서.

숨도 쉴 수 없을 만큼 너무 기뻐서.

18.

유진욱

왜 나는 이제야 깨달았을까. 그 모든 이유가 실은 너였다는 걸.

모르는 척 단조로운 삶에 집중한 이유.

나를 검열하며 온건한 세상에 머물던 이유.

내가 누구의 곁에도 다가가지 못한 까닭을, 아무도 내 곁에 머물지 못한 이유를 나는 왜 이제서야 깨달았을까.

—

사무실을 나온 것은 오후가 막 기울기 시작한 무렵이었다. 새파랗던 하늘빛이 바래기 시작하자 도저히 더 참을 수 없는 지경이 되어 버렸다. 나 오늘 좀 일찍 들어갈게요. 굳이 적당한 핑계를 붙이지 않았는데도 팀원들은 이구동성으로 대꾸해 줬다. 조심히 들어가세요, 실장님.

오피스텔 앞에 차를 세웠을 때는 아직 세상이 환하게 밝은 시간이었다. 시동

을 끄고 안전벨트를 풀고 머리를 뒤로 기댄 채 눈을 감았다. 뻑뻑한 눈가를 손
끝으로 누르면서도 나는 오직 전화기에 온 신경을 집중했다. 가까운 데서 또각
또각 여자 발소리가 들리면 네가 아닌 줄 알면서도 눈을 떠서 확인했다. 시간
이 느릿느릿 흐를수록, 하얗던 세상이 조금씩 붉어질수록 나는 초조해져 몇 번
이나 숨을 크게 쉬었다.

무너진 건물 잔해에 갇힌 것 같았다. 콘크리트와 철근 따위에 완전히 깔려
버린 기분이었다. 내 인생에 한바탕 지진이 일어난 기분. 모래 알갱이처럼 까끌
대던 너는 어느 틈에, 또다시 바윗덩이가 되어 내 숨통을 누르고 있었다.

따져 보면 고작 나흘이다. 기사가 난 건 금요일, 실검에 오른 건 토요일, 그
리고 이제 겨우 월요일. 평소 같으면 가는 줄도 모르고 흘려보냈을 시간이 꼭
차원이라도 바뀐 것처럼 끔찍하게 느려졌다.

말의 힘은 대단했다. 사실이 아닌 것들을 감쪽같이 사실로 만들어 버렸다.
나에 대한 이야기인데도 나의 의견은 전혀 중요하지 않은 것 같았다. 사람들은
아직도 모른 척 뻔뻔하게 군다며 비웃음을 아끼지 않았다. 마치 그 터무니없는
의심을 해결할 의무가 나한테 있는 것처럼.

그러나 얼굴 없는 사람들이 뭐라고 지껄이든 나는 거기에 신경을 분산할 생
각이 없었다.

그저 눈을 감고 너만 기다렸다. 파랗던 하늘이 노랗게, 붉게, 짙푸르게 변해
갈 동안. 그리고 드디어 도시가 밤의 권역에 들어갔을 때, 나는 완전히 지쳐서
너한테 사정이라도 하고 싶은 심정이 됐다. 그래서 민주야, 간신히 불러 놓고도
차마 말을 이을 수가 없었다. 이제 나 좀 봐 줘. 목소리 좀 들려줘. 한마디라도
해 줘.

제발, 다 괜찮다고 말해 줘.

그리고 네가 내 이름을 불러 줬을 때, 단숨에 너의 집으로 달려 올라갔을 때,
불그스름하게 젖은 눈과 마주쳤을 때 나는 그만 온몸이 무너지는 것 같았다.

미안하고 후회스러워서. 애처롭고 가슴이 아파서. 무엇보다도,

네가 나 없이 잘 지내지 못했다는 것이 미치도록 다행스러워서.

'너…… 어디 있었어?'

그리고 그제야 알 것 같았다. 나는 줄곧 너를 기다리고 있었다는 걸. 너무 오랜 세월이 흘러서 나도 모르게 그만 익숙해졌을 뿐이라는 걸. 아주 긴 동면에 들었던 것처럼, 내 안의 너는 죽은 게 아니라 다만 잠들어 있었을 뿐이라는 걸.

'집 앞에.'

미처 깨닫지 못한 동안에도, 나는 여기 앉아 네가 돌아오길 바라고 있었다는 걸.

—

손에 쥔 머그에서 더운 김이 올라왔다. 나는 까만 바탕에 노란색으로 박힌 엠아이티 로고에 시선을 준다. 카모마일이라고 했지. 둥근 티백에서 꽃향기가 흘렀다.

"나 특혜 노렸던 거 맞아."

나는 다시 네 쪽으로 눈을 옮겼다. 사무용 의자를 가까이 두고 앉은 너는 의류 광고에서 튀어나온 것처럼 완벽한 차림새다. 울어서 하얗게 질린 얼굴과 찻잔을 감싸 쥔 손. 네 무릎 위의 작은 머그에서도 내 것과 똑같은 향기가 올라왔다.

"나도 날 믿지 못했어."

작지만 또렷한 목소리를 나는 잠자코 듣는다.

"실패할까 봐 불안했어. 혹시라도 억울하게 밀리게 될까 봐. 학계나 학교에 연줄 없어서 탈락할까 봐. 뻔히 내정자 있는 학교에 지원해서 들러리나 하게 될까 봐. 나도 믿지 못했어. 내 힘만으로 교수 될 수 있다고 확신 못 했어,

나도."

너는 줄곧 무릎 위의 머그에만 시선을 두었다. 나는 아까부터 쭉 너만 보고 있는데.

"나 그거 때문에 너무 많이 포기했잖아. 이삼십 대 좋은 시절 통째로 바쳤잖아. 십 년 넘게 공부하고 외국에서 혼자 고생한 거 다 물거품 될까 봐 무서웠어. 그래서…… 안전망이 하나라도 더 필요했어."

그랬구나. 좋은 대학에서 학위 받고 국제 학회에서 주목받고 매일 잠 못 자가며 연구 업적 쌓고도 너는 그렇게 불안했구나.

"이혼한 뒤에도, 하필 임용 직후라 타이밍이 안 좋아서 지레 사람들 의식하고. 시댁 덕 본 거라고 뒷말 나왔던 거 나도 알고 있었으니까. 어쩌면 내가 제일 그렇게 생각했을 거야. 내가 왜 그 결혼 했는지 내가 제일 잘 아니까. 그래서 그런 걸로 오해 사기 싫었어. 아직 승진이나 정년 심사도 한참 남았고…… 학계가 워낙 좁아. 말도 많고."

그래서 그렇게 겁먹었었구나. 나한테 끝까지 거리 두려고 한 것도 그래서였구나. 네가 차마 말로 옮기지 못한 것들까지도 나는 이제 이해할 수 있다.

"빨리 연락 못 해서 미안해. 당장 어떻게 할 수가 없었어. 너 얼굴 보기가 무서워서 준비할 시간이 필요했어. 나는 뭐든, 완벽히 준비되지 않으면 시작할 엄두가 안 나서……"

후우. 네가 어깨를 들썩이며 깊은 숨을 내쉬었다.

마주 보고 앉은 우리의 거리는 일 미터도 채 되지 않았다. 나는 더 가까이 다가가고 싶은 걸 참는다.

"나는, 내 진짜 모습을 들킬까 봐 항상 불안해."

"……"

"알고 보면 그렇게 뛰어나지 않은데 뛰어난 척하려니까 매번 힘들어. 근데 그걸 멈출 수가 없어. 누구한테든 부족한 모습을 보이는 게 견딜 수가 없어. 아무도 완벽할 수 없다는 거 아는데, 다른 사람들한텐 얼마든지 관대할 수 있는데도 이상하게 나한텐 그게 안 돼."

네가 아랫입술을 살짝 깨물었다. 시선은 여전히 동그란 카모마일 티백.

"아마 난…… 조건 없이는 나를 사랑할 수가 없나 봐."

그리고 너는 그것으로 입을 다물었다. 나는 아직도 너를 바라보고 있다. 똑똑하고 냉정하고 용감한 최민주. 이런 얘기 듣게 돼서 영광이네.

"사람들, 너한테 그렇게 관심 없어."

내가 말하자 너는 천천히 시선을 들어 올렸다. 눈이 마주치자 피식 흐리게 자조하는 모습.

"네가 생각하는 것처럼 너한테 기대 안 해. 너한테 제일 많이 기대하는 건 너 자신이야."

"……."

"그리고 그건 네가 널 사랑하지 않아서가 아니라, 널 너무 사랑해서 그래."

사랑할수록 괴로워진다. 내가 사랑하지 않는 것들은 나를 괴롭히지 못한다.

"그러니까 널 너무 사랑하진 마. 그럼 힘들어져."

어쩌면 우리가 서로를 사랑하는 이유도 그래서인지 모르겠다. 나 혼자서 평생 나만 사랑하기는 좀 외롭고 벅차니까. 스스로 기대하고 스스로 만족하고 스스로 아껴 주기란 참 어려운 일이니까. 그러니까 혼자서 감당하기 너무 무거우면, 너도 그냥 나한테 좀 나눠 주면 안 될까.

"근데 너 왜 이렇게 소심해졌어?"

대뜸 묻자 네가 움찔하며 눈을 들어 올렸다. 귀엽기는. 나는 미소를 참아 가며 말을 이었다.

"원래 되게 뻔뻔했잖아. 나 그래서 너한테 반한 건데."

"……."

"그땐 너 하고 싶은 대로 다 했잖아. 내가 널 어떻게 볼지, 속으로 무슨 생각을 할지 신경 하나도 안 쓰고. 생각해 보니까 나 그래서 너한테 넘어간 거 같아. 애가 너무 파격적으로 솔직해서."

내 말에 너는 잠깐 침묵했다. 그리고 약간 씁쓸하게 웃더니,

"그러게. 이제 나이 들어서 그런가."

죄지은 사람처럼 다시 시선을 바닥에 떨구었다.

나도 안다. 어른이 되면 온건한 세상에 머물고 싶어진다는 걸. 우리는 각자의 자리에 앉아서 되도록 움직이지 않으려 한다. 서로의 눈치를 살피며 스스로를 통제하고, 위험한 것들은 상자에 담아 자물쇠를 채운다. 그 안쓰러운 소심함을 나 또한 알고 있으니 너는 너무 부끄러워하지 않아도 된다.

남을 위해 나를 잊고 살아가는 어른은 너뿐만이 아니니.

"괜찮아, 최민주."

괜찮아. 나는 한 번 더 힘주어 말했다.

"이제 울지 마. 다 괜찮으니까."

너는 생각하듯 살짝 고개를 떨궜다가 다시 천천히 얼굴을 들었다. 그리고 부숭부숭한 눈으로 나를 보더니,

"……너도 울지 마."

지지 않고 작은 소리로 웅얼거렸다. 귀엽게.

"응. 나도 안 울게."

아, 너무 울었더니 배고프네. 연극조로 그러자 네가 흐리게 웃는다. 나는 이제 분위기를 좀 바꾸고 싶었다. 이제 우리 둘 다 충분히 울었으니까.

"근데 나 진짜 배고픈데. 우리 뭐 엄청 매운 거 시켜 먹자. 적당한 마조히즘이 스트레스 해소에 좋대."

"누가 그래."

"우리 소장이 신입생 때 좋아한 첫사랑 선배가."

뭐가 그렇게 디테일해. 너는 좀 더 또렷하게 웃더니,

"변호사가 당분간은…… 소송 준비 끝날 때까진 조심하는 게 좋겠대. 괜히, 그런 얘기 더 나와서 좋을 거 없다고."

다시 살짝 침울한 얼굴을 했다.

하지만 나는 간단히 납득했다. 미친개 앞에 어슬렁대다 물리면 우리만 다친다. 제대로 된 입마개를 씌울 때까지는 조심하는 게 나았다. 운 없게 눈에 띄어 목격담이라도 나돌면 뻔뻔하다고 또 한바탕 공분을 살지도 모르니까. 정말이지 그 사람들 죄다 무슨 외도 트라우마라도 있는 건가. 그렇게 생각하니까 또 좀 불쌍하기도 하고.

"알았어."

"미안해."

"괜찮아. 나 비밀 연애 잘 해."

"……뭐 많이 해 본 것처럼 말해."

"너랑 했잖아. 햇수로 치면 무려 이 년 동안."

나는 들으란 듯이 뻔뻔하게 대꾸했다. 이 지경까지 왔는데 이제 뭔들 못 할까. 십 년 차 내연남 소리까지 듣고 있는데.

"근데 내가 그렇게 청순가련형이야?"

"응?"

"십 년 동안 순순히 첩살이하게 생겼냐고, 내가."

"……."

"생각할수록 이해가 안 되네. 대체 어딜 봐서."

내 사진을 보고도 그런 소리가 나오나. 이건 뭐 논리도 없고 안목도 없고. 연이어 구시렁대자 너는 그제야 피식 웃고, 목적을 달성한 나는 비로소 뿌듯해졌다.

어쨌거나 이제 네가 웃으니까.

—

애써서 간신히 좀 웃겨 놓았지만 너는 여전히 아픈 사람 같았다. 편안한 옷으로 갈아입고 나서도 창백한 얼굴은 그대로였다. 크지도 않은 용기에 담긴 밥을 반 공기도 채 먹지 않았다. 입맛이 없어서. 조금만 더 먹으라고 권할 때마다 억지로 웃으면서 고개를 저었다.

마주 앉아 밥 먹는 동안에도 네 스마트폰으로 계속 메시지가 들어왔다. 나를 의식해서인지 너는 전화기를 집어 들지 않았고, 식사를 끝내고 뒷정리를 마칠 즈음이 되자 드디어 전화가 울리기 시작했다. 어, 엄마. 네가 별수 없이 전화를 받았을 때 나는 조용히 계단을 내려가 욕실로 들어갔다.

오피스텔엔 내가 가져다 둔 물건들이 고스란했다. 나는 내 집처럼 샤워를 하고 이를 닦고 옷을 갈아입은 뒤 젖은 머리를 털면서 밖으로 나갔다. 통화를 마친 너는 몹시 지친 얼굴이었다. 집에서 많이 걱정하시는 모양이라고 생각했지만 나는 모른 척 아무 말도 하지 않았다.

네가 샤워를 하는 동안 나는 위층에서 시간을 보냈다. 노트북으로 음악을 듣고 스마트폰을 만지작거렸으나 너의 이름은 검색하지 않았다. 실컷 떠들다 지겨워지면 그만두겠지. 남 얘기 사흘 못 간다는데 다들 곧 지쳐서라도 닥치겠지. 어떤 상황도 결국엔 적응되기 마련인 건지 나는 이제 거의 아무렇지 않은 경지에 이르렀다.

내가 걱정하는 건 너 하나뿐이다.

"빨리 자."

그래서 거의 반강제로 너를 끌고 누웠다. 머리맡에 작은 스탠드 하나만 남겨 놓고 집 안의 불도 다 꺼 버렸다. 알을 품듯이 보듬어 안고 어깨까지 따뜻하게 이불을 덮었다. 아직 아홉 시도 채 되지 않았지만 너는 일단 좀 자야 한다. 핏기 없는 얼굴이 금방이라도 쓰러질 것 같아서 불안했다.

"잠이 안 와."

품속에서 네가 조그맣게 대꾸했다. 주말 내내 이렇게 혼자 뒤척였겠구나. 나는 다시 내가 원망스러워진다.

"……내가 재워 줄게."

나는 네게 밀착한 몸을 떼어 내고, 닫혀 있는 너의 입술에 키스하기 시작했다.

너는 흔쾌히 몸을 열지 않았다. 지금은 이럴 기분이 아니라는 신호를 나는 못 알아들은 척했다. 그저 머뭇대는 입술이 열릴 때까지 집요하게 두드리고 또 두드렸다. 옷 안으로 손을 넣어서 네 몸을 어루만지고 문지르고 쓰다듬었다. 시간이 조금 걸리더라도, 나는 네가 끝내 내게 반응하게 만들 방법을 이미 다양하게 알고 있다.

네가 낮게 숨을 몰기 시작하면 나는 본격적으로 흥분한다. 거추장스러운 모든 것을 벗겨 내고 벗어 던진다. 언제라도 무엇이든 할 수 있도록 완벽한 맨몸이 된다. 나는 그 상태로 너를 눕혀 놓고 천천히 네 몸을 탐험하기 시작했다.

너의 몸은 부드럽고 촉촉하다. 입술과 코끝으로 쓰다듬으면 그냥 영원히 이러다 죽고 싶어진다. 너는 내가 하는 대로 얌전히 받아들이고 내가 원하는 대로 순순하게 반응한다. 내가 실망할 거란 네 생각은 도대체 어디서 나온 건지 모르겠다. 지금도 이렇게 예뻐서 미치겠는데.

그리고 너는 역시나 내 의도대로 곧 완전히 몸을 열어 주었다.

나는 너를 가만히 손끝으로 문질렀다. 얕게 헐떡이는 얼굴을 바라보다가 예고 없이 몸을 옮겨 아래로 내려간다. 너의 가장 예민하고 비밀스러운 곳. 네가 가장 숨기고 싶어 하는 곳. 가장 부끄러워하는 그곳을 나는 들여다본다.

"잠깐만."

너는 본능처럼 물러서며 밀어 냈지만 나는 너를 붙잡고 놓지 않았다. 그리고 서슴없이 입 맞추기 시작했다. 할 수 있는 한 가장 부드럽게. 내가 할 수 있는 모든 것을 동원해서.

상처를 핥듯이 조심스럽게.

"진욱아, 그만,"

그리고 네가 이러면 나는 더더욱 멈출 수 없게 된다.

너는 곧 네가 아닌 것처럼 마구 몸을 뒤챘다. 전속력으로 달린 사람처럼 심하게 숨을 몰아쉬었다. 비명에 가깝도록 날카로운 소리를 듣고서야 나는 너를 놓아주었다. 그리고 바르르 떨리는 네 몸 안으로 밀려 들어갔다. 아. 절로 탄식이 샌다.

"민주야."

부르자 네가 눈을 떴다. 우리는 완전히 겹쳐진 채로 서로의 얼굴을 바라본다. 병에 걸린 사람들처럼 열에 달떠서. 서로가 뱉은 숨을 가쁘게 들이마시면서. 너와 나 사이에는 이제 빈틈이 없다. 두 명의 인간이 할 수 있는 가장 완벽한 결합.

그 순간 나는, 입 밖으로 터져 나오는 마음을 더 이상 막아 낼 수가 없었다.

"사랑해."

말해 놓고도 심장이 멎는 것 같다. 그리고 그건 너도 마찬가지인 것 같았다. 너는 굳어진 채 두어 번 눈을 깜빡이더니 갑자기 눈물을 흘리기 시작했다. 나는 달래듯 네 입술에 키스하며 다시 한 번 속삭인다. 사랑해.

"울지 마."

울지 말자.

"아무 데도 가지 마."

헤어지지 말자.

"숨지 마."

이제 우리 서로 숨지 말자.

"……사랑해."

사랑하자. 거짓 없이. 두려움도 없이.

너는 자꾸만 눈물을 흘린다. 그러나 미안하게도 나는 멈출 수가 없다. 별다른 기교를 동원하지 않아도 너무 좋아서 도저히 그만둘 수 없었다. 나는 지극히 단순한 방식으로 우리를 몰아갔고, 어느 순간부터 너는 내게 매달리기 시작했다. 나를 부둥켜안은 두 팔의 힘과 귓가의 높은 숨소리.

"아,"

이제 나는 우리가, 마침내 서로의 가장 깊은 곳에 닿았음을 알았다.

—

아침에 눈을 떴을 때 너는 변함없이 내 곁에 있었다. 내 쪽으로 모로 누워서 얌전히 잠들어 있었다. 애처럼 천진한 얼굴로, 내가 덮어 준 그대로 이불 속에 고이 파묻혀서. 나는 네 쪽으로 팔을 괴고 비스듬히 누워서 잠든 너를 가만히 바라보았다. 신기해서 한참을 바라보며 생각했다. 이건 정말 너무나 꿈같은 장면이라고.

그리고 뜬금없게도 약간 겁이 났다. 이 모든 것이 진짜로 꿈일까 봐. 이렇게 기분이 둥둥 뜨게 만들어 놓고 어느 순간 감쪽같이 사라질까 봐. 사람이 너무 행복하면 겁이 날 수도 있다는 걸 나는 처음 알았다.

완전히 새로운 생각들이 버섯처럼 돋기도 했다. 나는 내가 독재자나 왕이 아니라서 아쉬워졌다. 그럼 너한테 듣기 싫은 소리 하는 것들 싹 쓸어서 안 보이게 가둬 버렸을 텐데. 내가 아주 부자였더라면 당장 전용기에 태워서 어디로든 데려갈 텐데. 아니면 아예 대학을 만들어서 죽을 때까지 석좌교수 시켜 줄 텐데. 우스운 공상들은 한계를 모르고 쑥쑥 뻗어 나갔다.

내가 너한테 뭘 해 줄 수 있을까. 그게 그렇게 서글픈 질문이라는 것도 나는 이제 알았다. 빚진 게 없어도 부채감이 들 수 있다는 것, 그저 뭐든 해 주고 싶어서 이토록 조바심이 날 수 있다는 것도.

그때 네가 잠에서 깼다. 미간을 살짝 찌푸리며 눈을 뜬 너는 나와 마주치자 두어 번 눈꺼풀을 슴벅인다. 그러고는 부스스 이불을 끌어당겨 정수리까지 휙 덮더니,

"……지금 몇 시야."

"일곱 시 반."

하아. 가볍게 한숨을 쉬고 다시 이불 밖으로 고개를 내밀었다. 믿기지 않는다는 듯 창문 쪽을 힐끔대는 너에게 나는 잊지 않고 생색을 내준다.

"거봐. 내가 확실히 재워 줬지."

그거라도 해 줄 수 있어서 다행이네. 권력도 돈도 없는 놈은 역시 몸으로 때우는 수밖에.

"……어, 고마워."

너는 눈을 감은 채 느리게 중얼거렸다. 그리고 피식 웃는다. 그게 또 예뻐서 나는 저절로 손이 갔다.

관자놀이에 흘러내린 머리카락을 가만가만 뒤쪽으로 쓸어 넘겼다. 커다란 손바닥 아래 네 얼굴은 더없이 조그맣게 보인다. 나는 내 손이 야수 앞발처럼 보이는 것에 인상 깊어 하면서 천천히 네 머리를 쓰다듬었다. 너는 싫지 않은 눈치였다. 잠기운을 털어 내지 못해 비몽사몽 하는 모습.

최민주가 잠투정을 부리는구나. 이런 귀여운 습관이 있었다니.

"더 자."

"학교 가야지."

"며칠 쉬면 안 되나. 어차피 방학인데."

너는 여전히 눈을 감은 채 대답하지 않는다.

"우리 이번 주말에 놀러 갈까."

나는 말하면서도 고양이를 어르듯 계속해서 네 머리를 쓰다듬었다.

"어디 조용한 데 가서 푹 쉬다 오자. 펜션 같은 데."

즉흥적으로 떠오른 아이디어에 스스로 만족했다. 이월은 어디나 비수기니까 사람도 별로 없을 테고. 그리 유명하지 않은 지역에 잘 지어진 펜션 몇 곳을 나는 알고 있다. 바다도 보고 해산물도 먹고 재래시장 구경도 할 수 있는 곳.

거기까지 생각이 닿자 나는 신이 나서 머릿속으로 계획부터 세우기 시작했다. 그리고 너는 그제야 천천히 눈을 뜨더니 약간 난처한 얼굴을 한다.

"나 토요일에 나가."

"어디?"

"부다페스트."

갑자기 웬 부다페스트.

"학회 있어서."

"학회 간단 얘기 안 했잖아."

"원래 안 가려고 했는데."

너는 말을 잇는 대신 슬쩍 내 눈치를 보고, 덕분에 나는 재빨리 막후 사정을 이해해 버렸다.

"와, 치사한 거 봐. 너 혼자만 나간다고? 나는 여기다 놔두고?"

진짜 너무하네, 최민주.

"나도 갈래."

"네가 거길 어떻게 가."

"따로 가면 되지. 하루 늦게 나가서 너보다 일찍 들어올게."

나는 이번에도 내 즉흥적 아이디어에 감탄한다. 그리고 난감한 표정의 네가 안 된다고 할까 봐 서둘러 조금 간절한 얼굴을 했다.

"아니, 그거 말고. 너 출근해야 되잖아."

"휴가 내면 되지. 안 그래도 소장이 쉬라고 성환데."

"휴가 내래? 왜? 사무소 나오지 말래?"

너는 대번에 잠이 깬 듯 목소리를 높였다. 또렷해진 얼굴이 당장이라도 소장한테 또박또박 따져 줄 것 같은 기세다. 덕분에 나는 갑자기 약간 서러워져서, 이상한 기레기들이 사무소 앞에도 찾아오고 막 전화도 하고 인터뷰하자고 조르고 그랬다는 소리를 너한테 줄줄 하고 싶어졌다. 그러니까 나 혼자 두고 가지마.

"아니 그냥, 내 꼴이 말이 아니니까 좀 쉬라고. 어차피 지금 좀 한가한 시즌이기도 하고."

그리고 나 짤리면 나가서 사무소 차리면 된다니까. 나는 허세를 부리면서 이불을 들추고 슬쩍 네 품에 파고들었다. 부드러운 몸과 따스한 냄새.

"안 걸리게 갔다 올게."

너는 아무 말도 하지 않았지만 나는 그게 동의라는 걸 안다. 그래, 이왕 비밀연애 하는 거 제대로 한번 해 보지 뭐. 내가 언제 또 여자 친구랑 해외 도피 데이트를 하겠나. 어지간한 여자 만나지 않고서는 감히 엄두도 낼 수 없는 경험이다. 네 품에 얼굴을 묻은 채 그런 생각들을 하면서 나는 그만 제풀에 픽 웃고말았다.

민주야. 덕분에 내가 참 별걸 다 해 본다.

—

일요일의 인천공항은 사람들로 무척이나 붐볐다. 부다페스트행 직항편이 없는 날이라 나는 경유편을 타야 했다. 네가 탄 항공편은 어차피 매진이라서 표를 구할 수도 없었다.

생애 첫 유럽 여행을 이런 식으로 가게 될 줄은 상상도 못 했지만, 상상한 대로는 절대 풀리지 않는 게 삶이란 것을 나는 또한 알고 있다. 하지만 다시 따지고 보면 이거야말로 내가 늘 상상했던 바로 그 여행이기도 했다.

네가 있는 도시로 찾아가는 상상을 나는 아주 많이 했었다. 혼자서 유럽행 비행기를 타고, 거기는 한국발 직항편이 없으니 주변 도시 한 곳을 경유해서, 캐리어 하나를 끌고 너를 만나러 날아가는 상상. 그래서 나는 금발의 승무원과 외국인 승객들 사이에 끼인 채 열 시간 이상 비행하면서도 전혀 지겨운 생각이 들지 않았다.

부다페스트 국제공항은 크지 않았다. 김포공항과 비슷한 규모였는데 사람도 많지 않았다. 아마도 비수기라 그렇겠거니 생각하면서 입국심사대를 통과했다. 대기 줄은 길지 않았고 심사관들은 친절했으며 한국 여권은 헝가리에서 무비자 입국이 가능했다. 모든 것이 수월하기만 했다.

그리고 입국장으로 빠져나왔을 때, 나는 문이 열리는 것과 동시에 너부터 눈으로 찾았다. 바리케이드 너머에는 마중 나온 사람들로 꽤나 북적였지만 나는 그 틈에 선 너를 단번에 찾아냈다. 사람들 사이에 섞여 있어도 너는 신기할 정도로 내 눈에 쉽게 띄었다.

타인종 사람들 사이에서 네가 웃는다. 그 얼굴과 눈이 마주친 순간 나는 그만 감격해 버린다. 당장 뛰어가고 싶은 마음을 누르고 빠르게 걸어서 네 앞에 도달했다. 그리고 다짜고짜 팔부터 뻗어 너를 끌어안았다.

아, 보고 싶어 죽는 줄 알았네.

"오느라 힘들었지."

너는 내 등허리를 토닥여 주고,

"아니."

나는 네 목덜미에 입술을 댄다.

"배고프겠다."

"어, 배고파."

"뭐 먹고 싶어?"

"여기 뭐가 맛있는데?"

"글쎄, 나도 헝가리는 처음이라 잘 모르는데. 가면서 찾아보자."

너는 내가 놓아줄 때까지 얌전히 안겨 있었다. 나는 몸을 떼고 너의 얼굴을 한 번 더 본 다음, 캐리어 손잡이를 쥐지 않은 손으로 네 손을 잡았다. 이국의 작은 공항에서 우리는 자연스럽게 손을 맞잡았다. 그리고 나란히 출입문을 통과했다.

공항 밖은 어둑했고 구름이 잔뜩 끼어 있었다. 너는 어제부터 내내 이런 날씨여서 아직 한 번도 햇빛을 보지 못했다는 것, 이월은 최대 관광 비수기라 시내며 호텔이 텅텅 비었다는 것, 한국인을 비롯한 외국인 관광객들이 지금은 거의 없다는 것 등을 얘기해 줬다. 우리나라 관광객이 없다는 게 나는 특히 마음에 들었다.

네가 렌트한 차는 공항 출구 가까이 면한 주차장에 세워져 있었다. 트렁크에 캐리어를 싣고 나는 조수석에 올라탔다. 운전석 앞 핸들에는 서울에서 흔하게 볼 수 없는 유럽 회사 엠블럼이 박혀 있다.

"일단 호텔로 가자. 짐부터 넣어 놓게."

"어. 룸서비스 시켜서 대충 먹어도 돼."

"그래, 그럼."

너는 내비게이션을 설정한 뒤 거치대에 스마트폰을 고정시켰다. 능숙하게 차를 몰고 공항을 빠져나오는 모습을 나는 어쩐지 뿌듯한 심정으로 지켜봤다. 사차선 도로는 뻥 뚫려 있었고 지나는 차도 드물었다.

"학회 나올 때마다 국제면허증 받아?"

"아니, 운전할 필은 거의 없지. 큰 학회는 주로 도심에서 열리니까. 대중교통 잘 돼 있어, 대부분."

너는 고속도로를 직진하면서 부다페스트도 대중교통이 편리하다는 것, 유럽 대륙 최초의 지하철이 여기서 개통됐다는 것, 백이십 년이 훌쩍 지난 아직까지도 운행 중이며 유네스코 세계문화유산으로 지정됐다는 것 등을 이야기해 주었다. 분명 흥미로운 내용이었지만 내가 가장 감명 깊은 부분은 그럼에도 네가 굳이 자동차를 빌렸다는 것. 그리고 굳이 차를 끌고 공항까지 나를 데리러 나와 줬다는 것.

도로 양옆으로 펼쳐진 들판은 지평선이 가물거릴 정도로 넓었다. 장난감 같은 집들이 붉은 지붕을 이고 띄엄띄엄 서 있었다. 그 목가적인 풍경을 이십 분쯤 지나자 오래된 창고 건물들이 보이기 시작했다. 신호등과 건널목이 등장하고 도로에 점점 자동차들이 늘어났다. 너는 서서히 주행속도를 줄인다.

"학회는 며칠 동안 하는데."

"내일부터 사흘간. 수요일까지."

"하루 종일?"

"아니, 몇 시간 안 해. 처음부터 끝까지 있을 필요도 없고."

때맞춰 정지신호를 받은 네가 차를 세웠다. 그리고 내 쪽으로 고개를 돌리고는,

"아예 안 가도 되고."

예쁘게 웃는다.

—

겨울철이라 그런지 해가 굉장히 짧았다. 도심에 진입했을 때는 이미 완전히 어두워져 곳곳에 조명이 밝혀져 있었다. 유서 깊은 건물들을 비추는 고풍스런 주황색 불빛. 야경으로 이름난 도시답게 아름다운 풍경이었다.

부다페스트는 다뉴브 강을 중심으로 동서로 나뉜다. 서울이 한강을 따라 남북으로 나뉘는 것처럼. 여러 개의 다리가 가로놓인 다뉴브는 한강에 비하면 폭이 삼분의 일로 아담한 규모였다. 서울처럼 거대한 강을 낀 도시는 세계적으로 드물다.

"이게 말로만 듣던 그 다뉴브구나."

"응. 근데 다뉴브는 영어식 이름이야."

주말 저녁답게 도심 도로는 제법 정체 중이었다. 너는 다리 진입로로 향하는 자동차들 사이에서 느리게 보조를 맞췄다. 우리가 묵을 호텔은 반대편 강변에 있다고 했다.

"독일에서는 도나우라고 불러. 여기 사람들은 두나라고 한대. 헝가리어로 두나."

두나. 나는 작게 따라 해 본다.

"재미있지. 같은 강인데 부르는 사람에 따라서 이름이 달라지는 게."

너는 정면을 바라보며 말을 이었다.

"홀로코스트 때는 여기서 유대인들을 총살했대. 하루에 수십 명씩. 강물에 빠뜨려서."

"아."

"헝가리에서 희생된 사람만 오십만 명이었다더라. 이 작은 나라에서. 끔찍하지."

너는 묵념하듯 잠깐 말을 멈췄다. 나는 저만치 가로등 조명이 일정하게 켜진, 얇게 출렁이는 검은 강물을 바라보았다. 수많은 사람들의 목숨을 삼킨 강. 부르는 사람의 기호에 따라 여러 개의 이름을 지닌 강.

"독일은 철학의 나라이기도 하고 나치의 나라이기도 하잖아. 히틀러도 선거로 선출된 사람이었고. 철학 전통이 그렇게 깊은 곳에서 나치를 집권당으로 택했어. 그래서 독일은, 사유의 위력을 가장 극단적으로 증명하는 나라야."

너는 차분한 톤으로, 약간은 느지막한 속도로 말을 이었다.

"그걸 떠올릴 때마다 난 생각의 힘이 가장 무섭다는 걸 느껴. 똑같이 인간으로 태어났어도 철학자가 되기도 하고 살인마가 될 수도 있고. 제대로 사유하지 않으면 거기에 휩쓸려서 동참하기도 하고. 자기도 모르는 사이에 사람을 죽일 수도 있고."

　나는 잠자코 들으면서 검은 강물을 바라본다.

　"그래서 연구할수록, 철학이 정말 중요하다는 걸 더 깊이 깨닫게 돼."

　우리가 탄 차는 이제 다리 위로 진입했다. 막상 교량에 들어서자 오히려 속력이 나기 시작했다. 나는 핸들을 쥔 채 정면을 향한 너의 옆얼굴을 바라보았다. 조용히 생각에 잠긴 얼굴. 탐구하고 사색하는 사람의 얼굴.

　너는 네가 하는 일을 진심으로 사랑하고 있구나.

　나는 혹여 너를 방해할까 얌전히 입을 다물었다. 차 안은 엔진 소리를 제외한 그 어떤 소음도 없다. 다리를 통과해 강을 건너온 우리는 이제 서쪽 강안을 따라 달리기 시작했다. 아름다운 야경을 지닌 도시. 소리 없이 흐르는 검은색 강.

　저만치 우리가 묵을 호텔이 보인다.

19.

최민주

이렇게 될 줄 나는 이미 알고 있었다. 너와 손을 잡고 호텔 로비를 지날 때부터. 엘리베이터 안에 단둘이 서서 바뀌는 숫자만 쳐다볼 때부터. 네가 깍지 낀 손을 반쯤 풀고, 내 손가락 사이와 손바닥 안쪽을 천천히 손끝으로 문지를 때부터.

아니 그보다 한참 전, 공항에서 네가 나를 안고 목덜미에 입술을 댔을 때부터 나는 우리가 무슨 생각을 했는지 이미 알고 있었다.

문을 열고 카드키를 슬롯에 꽂은 직후, 캄캄하던 방 안에 전등이 들어오자마자 너는 내게 입 맞추기 시작했다. 내가 걸친 코트를 벗기고 네가 입은 패딩도 벗어 던졌다. 우리의 옷가지들은 카펫이 깔린 바닥에 아무렇게나 널브러졌다. 네 손이 내 등과 허리를 쓸어 올리고 나는 허겁지겁 너의 바지 버클을 푼다. 대화 따위는 일찌감치 집어치웠다. 마치 잔뜩 굶주린 짐승처럼, 지금 우리는 오직 시선과 숨소리와 움직임만을 나눈다.

누군가 나를 이토록 원한다는 것. 내가 이처럼 강하게 지배된다는 사실은 그 자체로 강렬한 흥분을 불러온다.

네가 정신없이 내 입술에 입 맞출 때, 혼까지 앗아 가겠다는 듯 거칠게 혀를 감을 때, 커다란 손바닥으로 내 맨살을 문지를 때 나는 이미 완전히 항복한 상태가 됐다. 기꺼이 이성을 잃고 스스로 스웨터를 벗어 던졌다. 너에게 매달려 닥치는 대로 몸을 만진다. 가슴과 허리, 어깨와 등, 얼굴과 머리카락. 우리는 그렇게 점점 더 서로를 고조시킨다.

여기는 한국도 내 오피스텔도 아니다. 우리가 누운 곳은 호텔방에 놓인 높고 넓고 푹신한 침대다. 완전히 낯선 공간에서 너는 달라 보였다. 아마 나 또한 네 눈에 그렇게 비칠 것이다. 우리가 이토록 갈급하게 구는 것도 다소간은 그런 까닭에서 비롯된 건지도.

너는 속옷 차림의 나를 쓰러뜨리듯 침대에 눕힌 다음 입고 있던 니트를 머리 위로 벗었다. 역시 속옷만 걸친 너의 몸은 선이 굵어 아름답다. 그 몸에 짓눌리는 상상만으로도 나는 벌써 어딘가가 뜨거워진다.

너는 틈을 두지 않고 곧장 내게 달려들었다. 포식자처럼 목덜미에 얼굴부터 박은 뒤 능숙하게 브래지어 버클을 풀었다. 그리고 그때부터 우리 사이에는 약간의 폭력성이 합의된다.

반항하지 않아도 너는 내 팔을 틀어쥔다. 쾌감에 몸을 뒤틀면 더 세게 붙잡는다. 감히 움직이지 말라는 듯이 완전히 제압한 뒤에야 너는 만족하는 것 같다. 이런 때 내가 할 수 있는 일은 그저 복종하는 것뿐이다. 제단 위의 제물처럼 고분고분하게. 압도적이지만 위협적이지 않은 상대 앞에서.

네가 이렇게나 정신 나간 사람처럼 굴 때면, 걸신들린 듯이 마구잡이로 내 몸에 입을 맞추면, 나는 마치 세상에서 가장 매혹적인 몸을 지닌 것 같은 착각이 든다.

"하아."

나는 애가 타서 자꾸만 허리가 들렸다. 그러나 너는 내가 원하는 것을 쉽게 주지 않는다. 그저 내 몸 구석구석을 끈질기게 건드리고 자극하고 괴롭힌다. 성에 찰 때까지. 혹은 약 올리듯이.

내가 더 이상 기다리지 못할 지경이 됐을 때 너는 가볍게 내 몸을 뒤집어 눕혔다. 속옷을 벗겨 내고 우악스럽게 엉덩이를 주무른다. 어쩔 줄 모르겠다는 듯 거친 숨소리 사이로 당장에 욕이라도 뱉을 것 같다. 그러던 네가 단번에 꿰뚫고 들어오면 나는 아릿한 고통과 선명한 쾌감을 동시에 느낀다.

우리는 짐승처럼 씩씩대며 마음껏 침대를 어지럽혔다. 언어 대신 호흡과 소리와 몸짓만으로 소통하면서. 욕망을 공유하고 일탈을 모의하면서. 이 세상에 오직 서로만 존재하는 것처럼.

"아,"

나는 이대로 너를 영원히 삼켜 버리고 싶다.

—

사실, 나는 그때부터 이미 알고 있었어. 네가 나를 사랑하고 있었다는 걸. 아름다운 곳과 추한 곳을 똑같이 어루만져 줬을 때. 강한 곳과 약한 곳을 공평히 핥아 줬을 때. 말하지 않아도 그런 순간 사랑은 느껴지니까. 몸으로. 마음으로. 숨길 길 없이.

—

학술 대회의 목적은 여러 가지가 있지만 전공에 따라 그 성격이 좀 달라진다.

최신 연구 성과를 공유하고 협업이 활발한 이공계 학자들과 달리 철학자들은 대체로 개인적이고 독립적이다. 각자의 연구실에 틀어박혀 곰팡내만 피우던

학자들이 한데 모여 상호작용 할 기회란 학회가 아니면 좀처럼 드물다. 그러니까 철학학회의 목적은 많은 부분 학자들 간 교류에 있다고 봐도 된다.

국제 학회도 예외 없이 그런 경향이 있어서 주로 관광지나 휴양지로 이름난 도시에서 열린다. 각국의 동료 학자를 만나 서로의 연구를 소개하고 토론하거나, 개최지 주변을 돌아보고 즐기며 휴식과 자극을 받아 간다. 외국 학자들은 학회에 가족을 동반하는 경우도 흔했다.

내가 학회에 오면서 누군가를 동반한 것은 처음이었다. 학회 핑계로 해외까지 나와서 정작 딴짓에 골몰한 것도 생전 처음이고.

이월의 부다페스트는 날씨가 좋지 않았다. 구름이 끼어 어둡고 비가 내렸으며 바람이 심하게 불어서 우산 쓰기도 버거울 정도였다. 이곳에 머문 일주일을 통틀어 갠 하늘을 본 적이 몇 시간도 채 되지 않았는데, 아침에 날이 맑아 기대하게 했다가도 거짓말처럼 금세 먹구름이 몰려들었다. 비수기라는 것이 완벽히 이해될 만큼 최악의 기후였다.

그 흐리고 냉랭한 도시를 우리는 마음껏 누볐다.

유럽 국가의 수도가 대부분 그렇듯 부다페스트는 고풍스런 건물들로 꽉 차 있었다. 서유럽 대도시들에 비해 세월의 풍파가 고스란히 노출된 것이 인상적이었다. 보수가 더뎌서 변색되거나 부서진 건물들이 군데군데 그대로 방치돼 있었다. 아름다운 도시는 그래서 어쩐지 처연한 멋이 있었다.

너는 성 이슈트반 대성당과 오페라 하우스, 국회의사당 건물에 특히나 깊은 관심을 가졌다. 호텔에서 강 건너 위치한 대성당은 세 번이나 갔다. 우리는 무성영화에 나올 법한 트램을 탔고 구시가지의 작은 상점들도 하나씩 구경했다. 시간이 갈수록 도시의 생김새가 점점 눈에 익었다.

중심가는 볼거리의 밀도가 높은 데다 주차할 곳도 마땅치 않아서 우리는 주로 걸어 다녔다. 너는 걸을 때면 항상 내 손을 잡았는데, 단단히 깍지 낀 손을 네 패딩 호주머니에 집어넣고 좀처럼 놓지 않았다. 돌아다니다가 지치면 아무 카페나 들어가 뜨거운 커피를 마셨다. 모바일앱으로 리뷰를 뒤져 가며 맛집을 찾아다녔다. 현지 식당들은 대체로 훌륭했고, 너는 역시나 뭐든 참 잘 먹었다.

비수기라지만 한국인 여행자들이 가끔 눈에 띄었다. 유명한 관광지에서는 단체 관광객도 두어 팀 마주쳤다. 너는 식당이나 카페에서 한국인처럼 보이는 사람이 있으면 아닌 척 그들을 의식했다. 그쪽이 우리에게 전혀 관심이 없는 걸 확인하고 나서야 완전히 이완돼 다시 편안하게 굴었다. 모르는 척했지만 네가 그럴 때면 나는 별수 없이 죄책감을 느껴야 했다.

날마다 흐린 날씨가 좀 아쉬웠으나, 다행히도 야경을 감상할 때는 맑은 하늘이 필요 없었다.

"여기다 차 대놓고 걸어서 올라가자. 꼭대기까지 얼마 안 걸린대."

겔레르트 언덕은 한산했다. 지대가 높아 야경 감상 포인트로 이름난 곳인데도 비수기 평일의 늦은 시간이라 그런지 주차장에 관광버스 한 대뿐이었다. 나는 차에서 내려 무인 정산기로 다가갔다. 터치스크린을 꾹꾹 누르자 뒤에 선 네가 감탄한다.

"오, 최민주 현지인 같아."

장난스레 추켜세우는 말에 나는 비시시 웃었다. 식당에서 음식을 주문할 때나 행인에게 길을 물을 때, 그러다 우연히 마주친 독일인으로부터 도시에 대한 이런저런 정보를 받았을 때 너는 늘 자랑스러운 얼굴을 했고, 그러면 나는 그 별것도 아닌 칭찬에 마치 논문이라도 탈고한 것처럼 뿌듯해졌다.

실없이 으스대며 주차권을 뽑아 들자 너는 당연한 듯 다시 내 손을 잡는다. 우리는 잘 닦인 길을 따라서 나란히 언덕을 걸어 올라갔다. 꼭대기까지 가지 않아도 이미 왼쪽으로 그림 같은 야경이 등장해 있었다. 우리는 끝까지 오르는 대신 수풀 사이 외진 전망대로 들어섰다.

"와. 진짜 환상적이네."

호들갑스럽지 않아서 너의 탄성은 더욱 진심처럼 들렸다.

도시를 둘로 나눈 강을 따라 여러 개의 다리들이 티아라처럼 반짝인다. 서안의 성채와 동안의 국회의사당을 비롯해 오래된 건물들이 조명으로 빛난다. 도나우의 보석이라는 별칭이 과연 너무도 잘 어울리는 풍경이었다.

그 광경을 내려다보며 나는 다시, 너와 함께 오길 잘했다고 생각했다.

"다음에 하이델베르크도 같이 가자."

"거긴 왜?"

"나 거기 되게 가 보고 싶었거든."

시내 지리도 다 외웠어, 하도 봐서. 너는 웃으며 덧붙였지만 나는 가슴이 아릿해진다. 그래, 담에 꼭 같이 가자. 나지막이 대답하자 네가 잡은 손에 살짝 힘을 주었다. 바깥이 아무리 추워도 네 호주머니 속은 항상 너의 체온으로 따뜻하다.

그로부터 우리는 잠시 말을 않았다. 별가루 같은 도시의 빛을 그저 바라만 보았다. 주위에는 아무도 없었고 나목의 가지들이 바람에 쏠리는 소리만 간간이 들려왔다. 지대가 높아서인지 평지보다 바람이 더욱 차고 거셌다.

그 무인지경 속에서, 나는 나도 모르게 다짐하듯 중얼거렸다.

"나 꼭 정교수 될 거야."

테뉴어도 받을 거야. 공언 같은 말들이 저절로 입 밖으로 흘러나왔다. 마치 솥 안에 꽉 찬 증기가 압력을 버티지 못해 기어이 새 나오는 것처럼. 이국의 도시를 향해 서서 나는 입 속으로도 중얼거렸다. 보란 듯이 해내고 말 거야. 누구도 꼼짝 못 하게 할 거야. 충분히 그렇게 만들 수 있어. 지금껏 했던 대로만 해도 얼마든지 충분히.

"그렇게 해."

너는 가만히 격려해 주더니,

"너 하고 싶으면."

달래듯 이어서 말을 붙였다.

"하기 싫으면 안 해도 돼."

"……"

"보여 줄 필요 없어."

"……"

"증명하지 않아도 돼."

나는 입을 다문 채 얌전히 듣고만 있다.

"너 하고 싶은 대로 해."

흔들림 없이 나를 감싼 네 손의 체온.

"우리, 그냥 하고 싶은 대로 하자."

그 후에도 나는 아무 말 하지 않았다. 그저 몸을 기울여 네 품 안에 얼굴을 묻었다. 너는 말없이 내 머리를 쓰다듬어 주고, 나는 네 허리를 끌어안고서 어리광처럼 볼을 부빈다. 소리 없이 자꾸만 웃음이, 또한 실없이 눈물이 날 것 같아서.

우리가 선 언덕 위로 다시 바람이 불기 시작했다. 낯선 생김새의 나무들이 스산한 소리를 냈다. 하지만 나는 여기가 너무도 따뜻해서, 아주 오랫동안 떠나고 싶지 않다.

—

사흘짜리 학회에 나는 거의 불참하다시피 했다. 그로도 모자라 다시 이틀을 더했지만 너와의 시간은 여전히 부족했다. 일주일의 휴가가 순식간에 끝나 버렸다. 나는 고집을 부려 가며 너를 공항까지 데려다준 다음 같은 길을 다음 날 다시 운전했다.

마음 같아선 함께 돌아가고 싶었지만 내가 탈 토요일 비행기는 이미 남은 표가 없었고, 네가 예약한 금요일 경유편은 변경 수수료가 터무니없었다. 인천에 도착했을 때는 네가 공항 지하 주차장에서 나를 기다리고 있었다. 시차 때문에 피곤할 텐데도 너는 삼 년 만에 팔자 좋게 쉬고 있다면서 여유를 부렸다.

여행은 끝났다. 이제 주말이 지나면 우리는 다시 일상으로 복귀해야 한다.

나는 네 머그잔에 뜨거운 차를 반쯤 담아서 책상 앞에 앉았다. 너는 아까 낮에도 이 컵에 커피를 마셨다. 여기서 자고 내일 아침 일찍 가겠다는 걸 간신히 달래서 보낸 게 겨우 두어 시간 전이다. 지금 일요일 밤인데 너는 내일 출근을 안 하겠다는 건지 뭔지.

생각하자 또 웃음이 나서 나는 혼자 비실비실 웃는다.

노트북을 부팅시켜 이메일을 열었다. 학교 도메인으로 된 주소 말고 예전부터 쓰던 개인 이메일. 최근에 새로 도착한, 쓸모없는 스팸메일 몇 개를 삭제한 뒤 보관함 페이지를 뒤로 넘겼다. 타임머신에 오른 것처럼 수신 날짜가 연 단위로 줄어들고, 나는 과거에 보관된 너의 이름을 어렵지 않게 찾아냈다.

나야. 잘 도착했는지 모르겠다. 물론 잘 도착했겠지만. 어떻게 지내는지도 궁금하고.

네가 보낸 이메일들을 나는 육 년 뒤에야 확인했다. 학위를 받을 때까지 모든 것을 잊겠단 다짐은 지도교수의 연구소에서 박사 후 과정을 시작하면서 좀 더 뒤로 미뤄졌다. 공부와 연구에 집중한다는 구실이었지만 그 모든 이유가 실은 너였다는 것을 나는 또한 모르지 않았다. 그렇게 목표했던 것들을 손에 넣은 뒤, 그러니까 서른이 훌쩍 넘어서야 나는 처음으로 이 메일 계정에 로그인했다.

기다리겠다는 말은 아니야. 기다려 달라는 건 더더욱 아니고. 그냥 나중에,

우리가 다시 만나게 되면, 그때 너한테 꼭 하고 싶은 말이 있어서 그래.

　귀국일을 앞두고 나는 가슴을 떨었다. 그러나 너에게 다시 연락하기엔 이미 너무 많은 시간이 흘러 있었다. 마지막으로 도착한 메일조차 사 년 전의 것이었고, 그러므로 나는 네가 써 보낸 그 모든 말들이 더 이상 유효할 리 없다고 단정했다.

　돌아오면 알려 줘. 언제가 됐든. 꼭.

　무엇보다 나는 네가 다른 누군가와 함께 있는 모습을 보고 싶지 않았다. 달라진 내 모습도 보이고 싶지 않았다. 너에게 나는 이미 추억이 되었을 것이 분명했고, 그렇다면 차라리 그냥 그 추억 속에 영영 묻혀 버리고 싶었다.
　시간의 아득한 위력을 나는 감히 의심하지 않았다. 더군다나 육 년씩이나 네 메일에 답장조차 하지 않았으면서. 그러므로 새삼스레 연락해 귀국을 알리지 않기로 한 것은 지극히 자연스런 선택이었다.
　너에게는 차마 말하지 못했지만, 결혼식 날에도 나는 너를 생각했다.
　나는 네가 내 결혼식장에 나타날지도 모른다고 기대했다. 그러면서 정말로 나타날까 내심 두려워하기도 했다. 가능성도 현실성도 없는 공상에 빠져서 휘청휘청, 삐걱삐걱, 갈팡질팡. 너를 향한 나의 감정은 진정코 끝이라 믿었던 순간에마저 기이하게 비틀거렸다.
　'난 애완동물 같은 거 안 키워.'
　'왜?'
　'아무리 예뻐해도 어차피 죽잖아. 나보다 먼저 죽는 거 보기 싫어.'
　나는 지금껏, 내가 상처받기 두려워서 너를 놓쳤다고 생각했다.
　그러나 이제 와 생각하니, 내가 너를 놓친 이유는 두려움 때문이 아니었다.

그것은 불리한 타이밍 때문도 아니었다. 사랑과 학업 가운데, 감정과 이성 가운데 어느 한쪽을 택일해야만 했기 때문도 아니었다. 그때 내가 너를 잡지 않았던 건 믿지 못했기 때문이다.

내가 나를 믿지 못했기 때문에.

또다시 사랑에 실패하더라도, 믿었던 너에게 버림받더라도, 그래서 더 처참한 고통을 겪더라도 나는 결국 극복해 내리라는 것을 내가 믿지 못해서.

그래서 나는 시도하는 대신에 지레 단정해 버렸던 것이다. 어차피 헤어질 거야. 어차피 끝은 좋지 않을 거야. 우리의 관계는 어차피 여기까지인 거야. 더 가 봤자 결국엔 같은 결말일 거야.

나는 계속해서 사유를 잇는다.

불안의 근원은 불신이다. 변화를 이겨 낼 수 있음을 믿지 못해서 변화가 두렵고, 상처가 아물 것을 믿지 못해서 모든 싸움을 회피한다. 내가 제대로 살고 있다는 걸 믿지 못해서 불안하다. 설령 정해진 궤도에서 벗어나더라도, 나는 어떻게든 새로운 길을 만들 수 있음을 스스로 믿지 못해서.

[마지막으로 물을게]

[정말 실명 써도 돼?]

내가 너에게 보낸 메시지는 언제나 곧바로 확인된다.

[뭘 새삼스럽게]

그리고 나 또한 실시간으로 너와의 대화창을 들여다본다.

[벌써 다 팔렸는데 내 이름]

[너랑 연관 검색어야 이미]

또한 네가 나를 웃길 때마다 키득키득 쉽게 웃는다.

나는 비로소, 무수한 오답들을 헤친 끝에 해답을 움켜쥔 기분이었다. 이토록 간단한 답을 나는 왜 이제야 알았을까. 그러고 보면 삶이란 꼭 방학 숙제와 같다. 겪어 내야 할 과제는 정해져 있고, 미뤄 두면 언젠가 큰코다친다.

바로 이렇게 큰코다치는 거지.

나는 조금 경쾌하게 생각하면서 새로운 메일 창을 열어 커서를 옮겼다.

—

최민주입니다.

사생활을 공개하는 것이 편치 않습니다만, 저와 관련해 불필요한 오해와 피해가 있어 몇 말씀 드립니다.

저는 전 배우자와 지난해 3월부터 별거에 들어가 11월 이혼 절차를 완료했습니다. 이혼의 사유는 부부 양방의 과실이 합쳐진 결과였고, 사적인 사정이라 설명하지 않겠으나 어느 한쪽의 일방적인 잘못이 아니었다는 것은 말씀드리겠습니다. 본의 아니게 심려를 끼치게 되어 전 배우자와 가족들께 무척 송구한 마음입니다.

제 임용 과정에 대해서는 학교 측의 권한이라 저로서는 드릴 말씀도 그럴 권리도 없습니다. 다만 저는 모교이자 재직 중인 학교가 교직원 임용에 공정한 기준을 취한다고 믿고 있습니다. 제 연구 업적과 학력, 경력 증명 자료는 정식 요청 시 제공 가능합니다.

유진욱 씨와는 교제하는 관계가 맞습니다. 학생 시절에 처음 만난 것도 사실이며, 이후 십 년 이상 연락이 끊겼다가 지난 12월 가족의 건축설계 건으로 뜻하지 않게 다시 인연이 이어졌습니다. 시기와 계기가 공교로운 것에 대해서는 그저 그렇게 된 것이므로 저 또한 더 이상의 해명이 불가능하다는 점을 이해 바랍니다. 유진욱 씨에게 저로 인한 그 어떤 피해나 침해도 없기를 각별히 부탁드립니다.

허락하신다면 이번 일에 관하여 몇 말씀 더 드리고 싶습니다.

철학을 할 때 반드시 기억해야 할 것이 있습니다. 완벽한 논리가 곧 진실은 아니라는 사실입니다. 저에 대한 이번 소동은 낯선 광경이 아니었습니다. 아시겠지만, 무고한 일에 대해 해명하는 사람 또한 제가 처음은 아닙니다.

그래서 나름대로 고찰해 본 결과, 저는 이것이 우리가 서로를 불신하기 때문이라는 결론을 얻었습니다. 우리는 타인을 믿지 않기 때문에, 늘 누군가 우리를 속이고 있다고 생각하기 때문에, 사회의 도덕성과 공정성을 신뢰하지 않기 때문에 쉽게 의심하고 분노합니다. 아무것도 믿을 수 없다는 가정하에서는 어떠한 합리적 결론도 이끌어 낼 수 없기 때문입니다.

그러니 이것은 어느 누가 억울해하기보다, 우리 모두가 슬퍼해야 할 일이 아닌가 생각했습니다.

고백하자면 저 또한 의심이 많은 사람입니다. 아직도 저 자신조차 믿지 못할 때가 많습니다. 저는 늘 의심이 진리를 찾는다고 믿어 왔지만, 의심 때문에 진실이 가려질 수 있다는 것은 최근에야 배웠습니다.

그러므로 저부터 신뢰해 보겠습니다. 더 이상의 허위사실유포와 명예훼손은 없을 거라고 믿겠습니다. 개인들에 대한 제도적 개입은 청하지 않겠습니다. 순진한 결정일지 모르겠으나 조건 없이 한번 믿어 보겠습니다.

다만 확인되지 않은 사실을 기사화해 명예를 훼손하고 사생활권을 침해한 언론사들에 대해서는 소송을 준비 중입니다. 언론의 이름으로 개인과 대중을 기만하는 행위는 반드시 처벌되어야 합니다.

고민이 길었지만 저는 이제 그렇게 믿기로 했습니다.

그러니 당신도 믿어 주길 바랍니다.

이 밖에 우리가 할 수 있는 일은, 달리 없는 것 같습니다.

20

유진욱

출근 직후의 사무실이 절간 같다. 올 사람은 다 와서 앉아 있는데 마우스 클릭하는 소리조차 들리지 않는다. 각자의 모니터 앞에서 팀원들은 하나같이 입을 다문 채 아무 말도 하지 않았다. 그러다가,

"대박."

누군가가 떠밀리듯 중얼거리자 그제야 여기저기서 탄식이 일기 시작했다. 허. 장난 아니다. 진짜 대박.

"실장님, 이제 어떡해요?"

맞은편의 윤 대리는 꽤나 신이 난 것 같았다. 뭘 어떡해, 장가 다 간 거지. 나는 줄곧 노코멘트를 유지하면서 입 속으로 그렇게 대꾸해 준다.

네가 변호사를 통해 입장문을 냈다는 건 나도 방금 전에 알았다. 출근하자마자 사무실 분위기가 이상하기에 무슨 일이 벌어졌는지 곧바로 눈치챘다. 네가 공식 입장을 발표할 계획이란 것은 알고 있었다. 거기다 내 실명 써도 되냐고 몇 번이나 거듭 물어봤으니까.

341

하지만 너도 알다시피 실명 공개는 이미 문제가 아니었다. 내 이름과 나이, 출신 학교는 물론 사진까지 온갖 신상이 탈탈 털린 데다 어디 사무소에 근무한다는 것도 벌써 다 알려졌는데. 몇몇 기자와 변호사들은 내 개인 연락처까지 공유하는 것 같던데. 이미 이렇게 된 마당에 나로서는 거리낄 까닭이 없었다. 그리고 네 명의로 내는 입장문에서 나를 건축사 유 모 씨라고 하면 그것도 너무 이상하잖아.

"멋지다."

오른쪽에 앉은 막내 디자이너가 모니터를 향해 중얼거렸다. 그 말을 듣자 나는 더 이상 노코멘트를 유지할 수가 없다. 몸통 한복판이 풍선처럼 부풀어 올라서.

"멋지지."

대꾸하자 막내가 내 쪽으로 휙 고개를 돌렸다. 맞은편 어딘가에서는 누군가 헉하는 소리를 낸다. 그래서 다음 말은 그냥 속으로만 중얼거렸다.

내 여자 친구야.

"유진욱 씨."

나는 못 들은 척 포털 화면을 띄운 모니터에 시선을 고정시킨다. 굳이 눈을 옮겨서 확인할 필요가 없었다. 안 그래도 이제 슬슬 오층에서 내려올 때 됐다고 생각했는데.

"이걸 축하해야 할지 위로해야 할지 통 모르겠네, 유진욱 씨."

이제 유진욱 씨 생명은 끝난 거야. 소장이 이죽거리자 팀원들이 킥킥 웃는다.

"아, 다들 거짓말해서 미안. 원래 열애설은 일단 부인하는 거잖아. 이해하지?"

원빈 부부도 처음엔 그렇게 아니라고 하더라. 소장의 너스레에 나는 결국 피식 웃고 말았다.

"저희도 다 알고 있었는데요."

"어떻게?"

"사진을 봤는데 어떻게 몰라요. 그게 어디 건축주 보는 눈빛인가."

윤 대리가 택도 없다는 듯 코웃음을 쳤다.

"저 사무소 들어온 지 사 년 됐는데 실장님 그런 표정 첨 봤어요."

"삼 팀도 아무도 안 믿었다던데요."

"솔직히 바보도 아니고 누가 믿어요, 빼박 커플 샷이었는데."

"그리고 소장님 거짓말할 때 얼굴에 티 나요."

조용히 끼어들어서 한 방 먹인 건 역시 우리 막내.

"실장님 축하드려요."

건너편에서 누군가가 목소리를 돋웠다. 여자 친구 생긴 걸 축하한다는 건가, 아니면 여자 친구 있다고 전국적으로 알려진 걸 축하한다는 건가. 어느 쪽이든 남에게 축하받을 일은 아닌 것 같아서 나는 그저 애매하게 웃는 것으로 대답을 대신했다.

너의 소송 발표는 유력 언론들까지 일제히 기사로 다뤘다. 주요 신문사 명의로 발행된 기사는 영세 미디어보다 파급력이 월등해서 오늘 아침에 난 기사인데도 이미 댓글들이 주르륵 달려 있었다. 나는 그것들을 통해 생각보다 더 많은 사람들이 너에 대한 논란을 알고 있었다는 것에 놀랐고, 비난하는 대신 조용히 지켜본 사람들이 훨씬 많았다는 것에 또 새삼 놀랐다.

 ㄴ 처음부터 너무 억지였어요. 그런 사람들은 잊을 만하면 또 생사람 잡더라고요.

 ㄴ 꼭 승소하길 바랍니다. 저질언론 근절되길.

 ㄴ 대인배시네요. 악플 스트레스 컸을 텐데.

 ㄴ 교수님 죄송합니다

ㄴ입장문 설득력 1도 없는데? 학력증명이나 해라. 현실성 없는 해명 안 믿김

　ㄴ너 같은 인간이 있는 게 더 안 믿김

　ㄴ교수님 죄송합니다

　ㄴ이런 사람들은 그냥 고소해 주시지

　ㄴ어휴 진짜 답없다

어쩌다 빈정대는 댓글이 달리면 매타작하듯 대댓글이 주르륵 달렸다. 그러면 나는 어김없이 '좋아요'를 눌렀다. 하나도 빠뜨리지 않고 꼬박꼬박. 그리고 너를 지지하는 댓글들을 볼 때마다 자랑스러워서 가슴이 뿌듯해졌다. 역시 교육자는 다르구나 하는 생각도 들고.

입장문을 세 번쯤 읽은 뒤에야 나는 엄지손가락을 치켜세운 이모티콘을 너에게 보냈다. 그러자 너는 기다리고 있었다는 듯 신속하게 답을 보내온다.

[ㅎㅎ]

귀엽게.

[너 이제 끝났어]

[못 물려 이제]

미치겠네, 최민주. 나는 모니터 뒤에 숨어 소리 없이 히죽대면서 히읗을 다섯 개쯤 나열해 답을 보낸다.

"와, 이거 지금 실검 일위예요."

"허, 진짜네."

"실장님도 여기 순위 올랐는데요?"

포털 사이트 실시간 검색 순위 맨 꼭대기에는 '최민주 입장문'이 있었다. 그 뒤로 언론사 고소, 명예훼손 배상금, 악플러 선처 등이 이어졌고, 십위권 끄트머리에는 정말로 유진욱 건축사가 있었다. 맙소사. 실명 써도 된다고 했지 실검에 올리라고는 안 했는데.

"아이고, 유진욱 씨 큰일 났네. 전국 방방곡곡으로 다 퍼지네."

좋다고 낄낄대는 소장을 나는 기가 막힌 눈으로 한번 쳐다봐 줬다. 그리고 계속 업데이트되는 실검 순위로 다시 시선을 준다. 부동의 일위가 끄떡도 없는 걸 봐서 앞으로 얼마간은 족히 유지될 기세였다.

근데 이건 어쩐지, 오히려 일이 더 커지는 것 같다.

—

"언론플레이 좀 했어."

너는 대수롭지 않다는 듯 대답하며 술잔을 집어 들었다. 우리는 내 아파트 식탁에 마주 앉아 늦은 저녁을 먹는 중이다.

"언론플레이?"

"소송한다는 내용 보도 자료 만들어서 언론사에 먼저 돌렸어. 입장문 공개하기 전에."

"왜?"

"이슈 키우려고."

"키운다고?"

"내 쪽으로 여론 끌어와야지. 그래야 나중에 재판에서도 유리하니까."

나는 너를 따라 잔을 들어 입으로 가져갔다. 네가 사 온 문배주는 도수가 높은데도 질감이 부드럽고 향긋했다. 너는 국자로 전골냄비를 휘저으며 말을 잇는다.

"규모 좀 있는 언론사들은 나서고 싶어도 그동안 입맛만 다시고 있었을 거야. 임용 논란을 기사로 쓰자니 근거가 빈약하고, 너 관련된 얘기는 또 너무 가십성이라. 근데 내가 소송한다고 발표하면 보도할 명분이 생기잖아. 사이버불링(특정인을 사이버상에서 집단적으로 따돌리거나 집요하게 괴롭히는 행위)이나 가짜 뉴스 문제로 확대할 수도 있고. 안 그래도 요새 제일 시의성 넘치는 이슈니까."

맞불을 더 크게 놓아서 여론을 뒤집겠다는 건가.

"어차피 개인들 하나하나 고소하면 일만 많아져. 승소해 봐야 나한테 별 득될 것도 없고. 혜경이가 그러더라. 악플은 콤플렉스 표현이라고. 본인이 느끼는 박탈감, 소외감, 고독감, 이런 걸 어디 풀 데가 없으니까 댓글창에 쏟는 거야. 그게 결국은 본인한테 더 해가 되는 건데."

안타까운 일이지. 중얼대면서 너는 휴대용 가스버너에 다시 불을 켰다. 탁 소리와 함께 파란색 불꽃이 올라왔다.

"정말로 괘씸한 건 언론사야. 그런 기사로 트래픽 끌어서 돈 벌잖아. 메이저 언론이라고 뭐 대단히 훌륭한 건 아니지만 지금 인터넷 언론들이랑 경쟁 관계니까. 영세 미디어에 저질 언론 프레임 씌우면 그쪽엔 손해될 게 없지."

"그래서 신문사들이 그렇게 열심히 보도를 해 줬구나."

"이슈로 띄워야 자기네도 반사이익 생기니까. 품위 있는 정통 언론으로 보이잖아, 상대적으로."

언론플레이가 이런 거였네. 나는 약간 혀를 내두르고, 너는 웃는 듯 마는 듯 말을 이었다.

"나도 마찬가지고. 이왕 대인배로 캐릭터 잡은 거 널리 알려서 이미지 좀 굳혀야지, 나도 당한 게 있는데."

이제 보니 교육자보다 전략가 쪽인 것 같기도 하고.

"그거 다 네 생각이야?"

"변호사랑 의논했지."

아닌 거 같은데. 죄다 네 머리에서 나온 구상 같은데. 나는 어쩌면 아주 무서운 여자랑 사귀고 있는 건지도 모르겠다.

"표정이 왜 그래."

"내 표정이 뭐."

"뒤늦게 마녀의 정체를 깨달은 헨젤과 그레텔 같은 표정이었는데, 방금."

네가 마녀처럼 한쪽 눈썹을 치켜올렸다. 나는 웃음을 터뜨리면서 네 잔을 채워 주고, 너는 다시 데워진 낙지전골을 퍼서 내 그릇에 담아 줬다.

"난 그냥 네 말 들은 거야."

똑똑하고 따뜻하고 용감한 최민주.

"네가 나 하고 싶은 대로 하라고 했잖아."

너무 예쁜 최민주.

"그래, 잘했어."

다 해. 뭐든. 너 하고 싶은 대로.

너는 얼마든지 잘 해낼 수 있는 애니까.

그리고 내가 끝까지 옆에서 지켜봐 줄 거니까.

—

소송 결정을 발표하자마자 해당 기사들은 모두 내려갔다. 그 아래 길게 달렸던 댓글들도 함께 사라졌다. 각종 커뮤니티 게시 글들은 삭제되거나 관심에서 멀어졌고, 실시간 검색어 순위는 불과 반나절 만에 새로운 이슈들로 바글거렸다.

재판절차가 시작됐지만 너는 변호사가 알아서 할 거라며 여유를 부렸다. 승소하면 좋고 패소하더라도 여론이 이미 기울었으니 손해날 것 없다는 설명이었다. 주류 언론은 승소하면 '가짜 뉴스 근절 필요성 법원도 인정'으로, 패소하면 '가짜 뉴스 근절하기에 현행 법률 턱없다'로 어쨌거나 너에게 호의적으로 보도해 줄 거라면서. 여론이란 그렇게 무섭고도 우스워서 우리는 좀 허탈한 웃음을 그려야 했다.

너는 하루아침에 부도덕한 야망가에서 관대한 교육자가 됐다. 너의 임용 의혹을 보도했던 미디어들은 가십과 가짜 뉴스를 퍼뜨린 사회악으로 지탄받았다. 비슷한 피해를 입었던 연예인이며 정치인 몇이 너를 언급하며 한 그룹으로 묶이려 들었고, 너의 소송과 입장문을 논평하는 사설들도 등장했다. 그것들은 하나같이 너를 지지하는 논조로 통일됐다.

나는 십 년 차 내연남에서 운명의 남자로 신분이 뒤바뀌었다. 언제는 죄도 없이 욕을 먹었는데 이제는 또 까닭 없이 부러움을 사고 있다. 사무소까지 덩달아 홍보 효과를 얻었지만 나랑 직접 상담하고 싶다는 예비 건축주들이 많아져서 소장도 나도 좀 난감하다. 올해는 어떻게든 사무소 차리게 생겼구나. 나는 속으로 한숨을 쉬었다.

그러니 네 말처럼 참 재미있는 일이다. 우리는 변함없이 그대로인데 우리를 보는 시선은 이렇게나 다를 수 있다는 것이. 부르는 사람의 기호에 따라 이름이 달라지는 어느 강처럼.

올해는 한강이 얼지 않았다. 결빙 없이 겨울을 난 건 십삼 년 만이라고 했다. 지나고 보니 이번 겨울은 생각했던 것처럼 길지도, 그리 춥지도 않았던 모양이다.

봄이 다가오면서 우리는 다시 바빠졌다. 너는 개강을 앞두고 새 학기 수업을 준비하기 시작했고 나도 새로 수주한 프로젝트들이 몇 건 더 생겨서 예년보다 일이 많아졌다. 이제 본격적으로 날씨가 풀리면 아마 정신없이 바빠질 것이다.

그러는 동안에도 꾸준히 방송 섭외가 들어왔지만 너는 응하지 않았다. 멋모르고 방송 한번 나갔다가 그 난리를 치렀는데 다시는 어림도 없다고 했다. 이미 식당이나 거리에서 너를 알아보는 사람들이 있어서 같이 다닐 때면 나까지 낯선 시선을 감당해야 했다. 내가 모르는 사람이 나를 안다는 것은 나처럼 평범한 직장인에겐 별수 없이 좀 불편한 일이다.

그래서 우리는 아직도, 이렇게 집에서 보내는 시간을 제일 좋아한다.

"수요일이나 목요일 어때."

"오전?"

"오전에 와 주면 좋고."

"그럼 목요일 점심시간 전에 갈게. 끝나고 같이 밥 먹자."

"그래. 그럼 목요일 열한 시 반으로 잡아 놓을게."

"오케이."

이데아의 설계 초안이 완성됐다. 다음 주에 네가 사무소를 방문하면 스터디 모형을 보여 주고 컨셉을 컨펌 받을 것이다. 나는 어째 은근히 긴장이 된다.

"근데 스터디가 뭐야?"

"과정 중 모형. 도면만 봐서는 집 형태나 구조를 이해하기 어려우니까 입체 모델로 만들어서 보여 주는 거야. 그걸로 전체 컨셉이랑 구조 보고, 맘에 안 들거나 고칠 곳 있으면 또 수정하고."

너 왜 예전에 내 자취방에서 많이 봤잖아. 상기시켜 주자 네가 아아, 고개를 끄덕였다.

"폼보드랑 우드락?"

"어, 그걸 기억하네."

"기억하지. 너 방에 맨 그거였는데."

프로젝트 이데아는 순조롭게 진행 중이다. 북아현동 너의 옛집은 이미 철거돼 사라졌다. 설계 초안도 나왔고 실력 좋은 시공업체도 섭외해 뒀으니 이제 잘 정리된 택지 위에 토공사 시작할 일만 남았다. 우리가 같이 그린 새 집의 설계도가 완성되는 대로.

"스터디도 네가 만들어?"

"아니, 그건 다른 팀원이 하지. 왜. 내가 만들어 줘?"

"아아니."

만들어 달라는 눈친데.

"나중에 파이널 모형으로 만들어 줄게. 입주 선물로."

"파이널은 최종 도면대로 만드는 거야?"

"어. 재료도 아크릴같이 견고한 걸로 써서. 피규어처럼."

안 만들어 줘도 되는데. 너는 만족한 얼굴로 중얼대며 캐러멜 상자로 손을 뻗더니 바스락대면서 하나를 까 입에 넣었다. 그러면 곧 네 입술에서 풍기는 달콤한 냄새.

"줄까?"

내 입맛에 캐러멜 같은 건 너무 달지만 나는 두말 않고 새처럼 입을 벌린다. 네가 우아한 손가락으로 껍질을 벗겨 내고 알맹이만 내 입에 넣어 주는 게 좋아서. 그렇게 주는 거라면 나는 각설탕이라도 얼마든지 우적우적 씹어 먹을 수 있을 것 같다.

우리는 매트리스 위에 나란히 배를 깔고 엎드렸다. 나는 네가 번역한 책을, 너는 흰 종이에 인쇄한 논문 한 편을 앞에 두고서. 온통 독일어로 쓰여 있어서 그게 논문인지 뭔지도 사실 나는 알 수 없다. 그냥 네가 열심히 보니까 아마도 논문이겠거니 추측할밖에.

"민주야."

"어."

"너 나중에 책 내면 헌사에 내 이름 넣어 줘."

이렇게. 나는 읽고 있던 책의 맨 앞 페이지를 펼쳐 보였다. 훌륭한 친구이자 조언자, 아내 엘라에게. 그 헌사를 번역한 너는 슬쩍 들여다보더니 헛웃음을 짓는다.

"아직 쓰지도 않은 책에 무슨 헌사야."

"언젠가는 쓸 거잖아."

"언제 쓸 줄 알고."

"언제가 됐든. 내 이름 넣어 줘. 이렇게 맨 앞 장에. 응?"

나는 답지 않게 생떼를 써 보고,

"알았어."

너는 뜻밖에도 순순히 약속을 해 준다.

"진짜지. 약속한 거다."

나는 대답을 한 번 더 다그쳐 듣고 나서야 읽던 페이지로 고개를 돌렸다. 이 두꺼운 책도 거의 다 읽고 이제 마지막 챕터만 남겨 뒀다. 너도 언젠가 이런 책을 쓰겠지. 약속한 대로 맨 앞 장에 내 이름을 넣어서. 생각만 해도 벌써 신나네.

"진욱아."

"어."

"나 새 집에서 하고 싶은 일 생각났어."

"뭐. 책 쓰는 거?"

"아니."

"그럼."

"니랑 시는 거."

순간 내가 뭘 들었나 싶었다. 부드럽게 흐르던 문장들이 갑자기 뚝 멈춰 섰다. 나는 책장에 눈을 둔 채로 멍하니 시선을 놓는다. 이건 분명히 한국어인데 글자가 하나도 읽히지 않는다.

되묻듯이 고개를 돌려 너를 보았다. 너는 이미 나를 바라보고 있었다. 우리는 나란히 엎드려 누운 채로 잠시 서로의 얼굴을 들여다본다. 어깨가 닿도록 몸을 바짝 붙이고서.

"우리 같이 살자."

미소를 품고 있는 너의 목소리.

"이데아에서."

나는 여전히 아무 말도 할 수가 없다. 그저 너의 두 눈만 천천히 번갈아 보았다. 사랑한다는 말 같은 건 나오지 않았다. 말로 옮기는 것조차 아까운 마음이라서. 그리고 나를 마주 보는 너의 눈길을 통해 너 또한 나와 같은 마음이라는 걸 이미 알아서.

그래서 나는 말하는 대신 너에게 입을 맞춘다. 부드러운 너의 입술. 닿는 순간 마법처럼 열리는 입술. 네 혀에서 달콤한 캐러멜 맛이 났다.

이데아는 본질이다.

완전한 것. 이상적인 것. 불변하는 것.

감각할 수 없지만 존재하는 것.

실존하지 않지만 실재하는 것.

누구도 그것을 본 사람은 없다.

그러나 그게 무엇이든 어디에 있든

설령 그 어디에도 없을지라도

적어도 지금 내 곁엔 네가 있으니.

그래서 여기는 이미 우리의 이데아.

너와 나는 이곳에 함께 있고

지금은 그것으로 충분하다.

完

에필로그 1.

필리아

온종일 날씨가 흐리다. 창밖으로 먹구름이 손에 잡힐 듯 낮았다. 오늘 첫눈 올 확률이 오십 퍼센트라던데. 절반의 확률은 희망과 실망 중 어느 쪽에 더 가까운가. 나는 생각하며 창 너머 하늘빛을 바라보다가 무심코 창가의 화분에 시선을 주었다.

나는 일주일에 닷새 이상 연구실에 나온다. 여섯 평쯤 되는 이 방은 문과대 교수실답게 온갖 종이 뭉치로 꽉 차 있다. 그나마 널널한 책상 뒤쪽 창가에 놓인 이 관엽들을 나는 연구실에 드나들며 늘 보았을 것이다. 지나치게 익숙해진 바람에 오히려 존재한다는 걸 잊었을 뿐.

산세베리아, 호접란, 동양란. 화분에 담겨 일렬로 놓인, 촌스럽도록 전형적인 그 종들을 나는 새삼스레 곰곰이 바라보았다. 언제 누가 준 것인지도 가물가물하지만 지금 내가 궁금한 건 관엽들의 출처가 아니다. 아직도 파랗게 살아 있네. 나는 물 한번 제대로 준 기억이 없는데. 무신경하기 짝이 없는 주인을 만나고도 이것들이 여태 살아 있는 이유는 뻔했다.

[보살펴 줘서 고마워]

밑도 끝도 없이 대화창에 써 올린 뒤 화분 사진을 찍어 전송했다. 늘 그렇듯 내 메시지를 즉각 확인한 조교는 별말씀을 다 하신다는 취지로 답해 왔다. 손사래 치며 웃는 얼굴이 보이는 것 같아서 나는 가슴 밑바닥이 따뜻해진다.

고마운 마음은 식어 버리기 전에 얼른 전달해야 한다. 말하지 않으면 상대는 내 마음을 알 수 없으니까. 인식되지 않는 것은 존재하지 않는 것과 마찬가지다.

인식되지 않는 것. 그러나 존재하는 것. 나는 초록색 불꽃 같은 산세베리아를 응시하며 잠시간 생각에 잠겼다. 그리고 얼마쯤의 시간이 흘렀을 때,

똑똑.

"네."

적막을 깨듯 문이 열리면서 남학생 하나가 들어왔다. 누구더라. 공손하게 문을 닫고 꾸벅 인사하는 모습을 보며 재빨리 기억을 뒤져 본 나는,

"김석준?"

정확한 이름을 생각해 냈다.

"안녕하셨어요, 선생님."

"어, 오랜만이야. 제대했어?"

교수 임용 첫해에 가르친 신입생이라는 것까지 나는 연이어 기억해 냈다. 학부 남학생 다수가 그렇듯 일 학년 마치고 군휴학을 신청했었다는 것도.

"예, 지난달에 전역했습니다."

"그러네, 벌써 그렇게 됐구나. 아, 미안. 고생하고 온 사람한테."

"아닙니다."

"앉아. 차 한 잔 줄게."

"아뇨, 선생님, 제가,"

"앉아 계세요, 병장님."

나는 웃으며 자리에서 일어나 입구 쪽에 놓인 원탁을 가리켰다. 정수기 앞으로 걸어가는 동안 석준이 의자를 빼내 앉았다. 커피랑 현미녹차, 율무차 있는데 뭘로 할래. 그는 녹차를 골랐다.

"부대 어디 있었어?"

"인제요."

"인제? 최전방이네. 고생 많았겠다."

감탄사를 뱉으면서 머그잔에 뜨거운 물을 반쯤 담았다. 더운 김과 함께 구수한 현미 냄새가 퍼진다. 나는 똑같은 디자인의 머그잔 두 개를 양손에 나눠 들고 돌아섰다. 원탁 앞에 앉은 손님에게 하나를 건네고 나머지 하나를 든 채 책상으로 돌아가 앉았다. 손님과 나 사이 거리는 대략 삼 미터 정도.

"전역 신고하러 온 거야? 휴학 중에 여길 다 찾아오고."

"인사도 드릴 겸, 겸사겸사요."

"인사가 주목적은 아니란 소리네."

"유일한 동기는 아니지만 근본적인 동기는 맞습니다."

"음, 미필 때보다 넉살이 좀 늘었나?"

군대서 좋은 거 배워 왔네. 내가 그러자 그가 가볍게 웃는다.

"그럼 부수적인 동기는 뭔지 한번 들어 보자."

"제가 엊그제, 입대 전에 제출했던 레포트를 다시 읽어 봤거든요."

"레포트? 어떤 거."

"에로스의 정의요. 사랑과 갈망의 관계. 일 학년 기말에 제출했었는데."

"아아."

생각났다.

"열심히 써 왔지만 시험 면제는 못 받았던 그 레포트?"

가볍게 놀려 주자 석준이 멋쩍게 웃었다.

"기억하시네요."

"그 정도만. 근데 그거 왜?"

"다시 읽고 관련 자료 좀 찾다가 생각한 게 있어서요. 선생님께 말씀드리고 싶어서."

"그래? 그럼 그 레포트 내용부터 상기하고 시작하자. 나 이제 본 지 일 년 넘은 건 기억이 잘 안 나."

노인네처럼 푸념하고 차 한 모금을 마셨다. 눈앞에 뿌옇게 김이 서리자 그제 안경을 쓰고 있었다는 걸 깨달았다. 인식되지 않는 존재가 이렇게나 많네. 생각하며 청광차단 안경을 벗어 다리를 접었다. 그리고 문답은 즉시 시작된다.

"향연에서 에로스를 어떻게 정의했지?"

"아름답고 좋은 대상에 대한 갈망입니다. 결핍을 해소하려는 인간의 내적 열망이고, 그것이 사랑의 근원이자 사랑 자체입니다."

"결핍을 해소하려는 욕구가 사랑이라면, 그것들이 충족되었을 때 사랑은 종결되나?"

"네."

그는 망설임 없이 고개를 끄덕였다.

"그래서 감각의 에로스, 즉 육체적 아름다움만 탐닉하는 사랑은 시효가 짧습니다."

나는 잠자코 들으며 차를 한 모금 더 마셨다.

"아름다운 육체와 사랑에 빠진 사람은 다른 육체들도 아름답다는 걸 인지하면서 육체보다 더 고차원의 아름다움을 욕구하게 돼요. 저는 그걸 에로스의 소멸로 해석했고요. 그러나 플라톤이 생각한 궁극의 에로스는 지혜에 대한 사랑, 진리와 이데아에 대한 갈망입니다. 그건 인간이 평생을 바쳐도 충족될 수 없죠."

"그럼 영원히 변치 않는 사랑은 진리 탐구뿐이겠네."

흐릿하게 웃는 얼굴을 보면서 나는 재작년의 대화를 떠올려 냈다. 그때 그가 내게 했던 질문도. 그래서 사랑이 변하는 거 아닙니까.

"선생님, 근데 제가 향연에 나온 내용 말고, 사랑이 지속될 수 있는 다른 근거를 좀 찾아봤거든요."

"그래? 뭔데?"

"필리아요."

필리아라.

"상대를 인격적 대상으로 욕망하는 거죠. 내가 갖지 못한 상대의 아름다운 인격을 갈망하고, 닮으려 하고, 지적으로 결합하고픈 욕구가 생기면 사랑이 지속될 수 있지 않을까요?"

"이때는 에로스의 범주를 감각적 사랑으로 제한한다는 전제부터 세워야겠지."

"아, 예. 에로스를 협의(狹義)로 설정했을 때요."

"필리아의 정의가 뭐지?"

"보통은 우정으로 번역되는데 그보단 더 넓은 개념입니다. 독립적인 두 주체가 상호 교감하는 상태, 정신적 사랑, 우애로 정의할 수 있어요. 에로스와 대립되지만 동시에 에로스의 일부라고도 할 수 있습니다."

나는 가볍게 고개를 한번 끄덕이고,

"필리아가 지속적인 사랑의 근거가 되는 이유는?"

"육체가 아닌 인격적 결합을 갈망하니까요."

"인격적 결합에 대한 욕망은 지속적인가?"

"네. 아, 그렇지 않나요?"

토론은 검술 겨루기와 비슷하다. 팽팽하게 쟁쟁 맞부딪히다가 어느 순간 상대의 검이 빈틈으로 쑥 들어올 때가 있다. 그걸 받아칠 수 있을지 아닐지는 양쪽 모두 순간적으로 직감하게 된다.

"본인은 지금 육체에 대한 욕망은 시효가 짧고, 인격에 대한 욕망은 지속된다고 가설하고 있네. 맞아?"

"으음, 예, 그런 것 같아요."

"아까 다른 육체들도 아름답다는 걸 인지하면서 에로스가 소멸한다고 했잖아. 그럼 필리아도 마찬가지 아닌가? 사랑하는 대상보다 더 아름다운 인격이 있다는 걸 인지하면 필리아도 사라져야 하지 않아?"

"……."

"육체적 사랑은 제한적이고 정신적 사랑은 지속적이라는 근거가 있나? 논증할 수 있겠어?"

진지하게 철학을 배우는 학생들은 선생으로부터 정답을 요구하지 않는다. 철학의 핵심은 질문이니까. 중요한 문제일수록 남이 주는 답은 나에게 의미가 없다. 철학에 정답 같은 건 어차피 존재하지도 않고.

"생각해 보겠습니다."

"그래, 잘 생각해 봐."

정리해서 다음 학기에 제출해 보던가, 라고 하려다 나는 말을 삼켰다. 그리고 놀랍게도 내 생각을 읽기라도 한 것처럼 석준이 대뜸 물어왔다.

"근데 선생님 사직하신다는 거 사실이에요?"

순간 나도 모르게 입술이 동그랗게 벌어지면서 헛 하고 웃음이 났다. 그걸 얘가 어떻게 알지.

"하여튼 소문 빨라. 어디서 들었어, 그건?"

"동기한테요. 교수님 잘 계시냐고 물어보니까 말해 주던데요. 내년부터 강의 안 하신다고."

"강의는 계속 할 거야. 학교 수업을 안 하는 거지."

대답하면서도 나는 피식 헛웃음을 웃었다. 최전방에서 갓 전역한 휴학생까지 알고 있다면 이미 모든 학생들이 다 알고 있다는 소리. 대단한 기밀은 아니지만 이렇게 빨리 퍼질 소식도 아니라서 나는 내심 정말로 놀랐다.

"갑자기 왜요? 저 내년에 복학인데 그만두시면 어떡해요. 대학원 가서 교수님한테 지도받고 싶었는데."

"대학원? 석사 하게? 정말?"

나는 과장되게 정색하면서 농담조로 물었다. 철학으로 석사과정을 밟겠다는, 꽤나 희귀한 진로 계획을 지닌 청년이 조금 멋쩍게 웃는다. 너 제정신이니, 하는 내 표정은 어느 정도 진심이기도 했다. 순수학문이 경제적 도태의 동의어로 인식되는 것이 슬프지만 현실이니까. 인문학 교수들 중에는 대놓고 이렇게 물어보는 사람도 적지 않단다. 자네 집에 돈 좀 있나?

"가능하면 박사까지 할 생각도 하고 있어요."

"왜 철학 공부를 더 하고 싶은지 물어봐도 돼?"

"음, 영원히 변치 않는 사랑이 진리 탐구뿐이라서요?"

꽤 재치 있는 대답에 픽 웃음이 났다. 소리 없이 따라 웃은 석준이 두 눈을 내리깔았다. 푸르른 스물두 살. 곧 이 학년으로 복학할 학부생. 앞으로 그는 중요한 문제들을 고민할 시간을 충분히 갖게 될 것이다. 원하는 답을 찾지 못해 방황하는 시간도 못지않게 많을 것이다.

'그래서 사랑이 변하는 거 아닙니까?'

"석준."

부르자 그가 눈을 들었다. 나는 근 이 년 만에 본 그 얼굴이 여전히 앳되다고 생각했다.

"변해도 돼."

"……"

"실패해도 되고."

"……"

"그러니까 마음 놓고 사랑해."

겁내지 말고. 영원히 변치 않기를 바라지 말고.

"어차피 우리는 영원히 살지도 못하잖아."

그는 무어라 대꾸하지 않았다. 그저 생각하듯 연구실 바닥 어딘가를 응시했다. 나는 사유하는 자 특유의 우묵한 시선을, 반듯한 이마를 바라보았다.

내 뒤에 오는 사람들은 부디 나보다 더 현명했으면 좋겠다. 내가 저질렀던 잘못이나 어리석은 결정들을 그들은 피해 갔으면 좋겠다. 그러나 아쉽게도 대부분의 지혜는 스스로 체득해야만 한다. 천 년 전의 철학자가 깨친 것들을 나는 이제야 더듬더듬 찾아가고 있는 것처럼. 지혜도 지식처럼 계승할 수 있는 거였다면 인류는 진즉에 유토피아를 건설했을 것이다.

그래도 너무 먼 길을 돌아가지는 않기를. 멋쩍게 웃는 스물두 살을 나는 조용히 축복했다.

"선생님 혹시 다른 학교로 옮기시는 거예요?"

"아니요."

"그럼 왜 그만두세요?"

"음, 나도 영원히 살 수 없으니까?"

선문답 조의 대답을 따라 하자 이번에는 석준이 그런 표정을 지었다. 교수님 제정신이세요? 혹은, 집에 돈 좀 있으세요?

"왜. 서운해?"

"당연하죠. 다른 애들도 다 엄청 서운해할걸요."

"다행이네. 삼 년 동안 헛수고하진 않았구나."

"혹시 해외 나가시는 건 아니죠?"

"내 나라 놔두고 어딜 가요."

"그럼 저 나중에 궁금한 거 생기면 메일 드려도 돼요?"

"그럼. 집으로 와도 되고."

"진짜요?"

"응, 미리 약속만 잡고 와. 우리 집 알지, 어딘지."

"알죠."

그가 망설임 없이 고개를 끄덕였다. 그래, 다 알지, 우리 집 어딘지. 나는 피식 웃으면서 책상 위 스마트폰을 눌러 시간을 확인했다.

"질문 더 없어? 나 곧 나가 봐야 돼서."

"예, 일어날게요. 감사합니다."

"그래. 당분간은 좀 편하게 지내, 맛있는 것도 많이 먹고. 추운 데서 나라 지키느라 고생했는데."

추켜세우자 그가 씩 웃었다. 말년 병장다운 여유를 안고.

"그럼 가 보겠습니다. 시간 내주셔서 감사합니다."

"네, 와 줘서 고마워요."

짧은 눈 맞춤으로 화답한 뒤 내려놓은 안경을 집어 펼쳤다. 꾸벅 인사하고 문을 연 석준이 걸음을 멈추더니 다시 이쪽으로 몸을 돌렸다.

"교수님, 응원합니다."

나는 노트북을 펼치다 고개를 들었다. 눈이 마주치자 별수 없이 번지는 웃음들.

"나도 응원한다."

대구하며 한쪽 손바닥을 펼쳐 보였다. 그는 좀 더 환하게 웃으면서 또 고개를 꾸벅 숙인다. 책상 앞에 앉은 채로 나는 천천히 문 닫히는 모습을 지켜보았다. 그리고 보니 저 친구, 일 학년 때보다 키가 좀 큰 것 같기도 하고. 어쩌면 그저 내 착각인지도 모르겠지만.

─

언젠가 곰곰이 생각해 보았다. 내 인생의 목적은 무엇이었을까.

나는 회의주의자고 무신론자이며 철학을 사랑한다. 지혜는 끝이 없으므로 지혜와 한번 사랑에 빠진 사람은 영원히 결별하지 못한다. 그렇다면 그것과 평생 열애하는 것이 내 삶의 목적이었나.

길고 깊은 생각 끝에 얻은 결론은, 내게는 목적이 없었다는 것이다.

나는 지금껏 목표만을 좇아 왔다. 등급과 숫자로 가늠할 수 있는 것들. 성적과 학위, 논문의 종수와 등재 기관, 피인용 횟수처럼 객관적 지표로 나타나는 것들. 굳이 먼 외국에 나가 공부한 것도 그곳에 더 빛나는 진리가 있기 때문이 아니라, 타인에게 더 깊은 인상을 남길 수 있는 학위증을 얻기 위해서였다. 교수라는 목표에 도달하려면 그런 것들이 필요했으니까.

지금껏 내 삶에는 오직 그런 목표만이 가득했다.

"미리 말씀드리지만 저는 언론 종사자들한테 약간의 편견을 갖고 있습니다. 이해하시죠?"

마이크에 대고 너스레를 떨자 청중이 낮은 웃음으로 화답했다. 무대 위에 선 나는 미소를 유지한 채로,

"일반화의 오류 죄송합니다. 그럼 강연 시작할까요."

왼손에 쥔 프리젠터의 키를 누른다.

신문사 지하 강당은 규모가 번듯했다. 편집국 기자 백여 명을 대상으로 한 인식론 강연은 오후 여섯 시에 시작됐다. 한 시간짜리 강연을 시작하기엔 조금 애매한 시간이지만 사측은 편집 마감 일정상 불가피하다며 양해를 구해 왔다. 나보다도 이 시간에 사내 특강, 그것도 철학 강연을 듣겠다고 앉아 있는 직장인들이 더 안됐지만.

"그러니 언론이 대중을 현혹하기 위해서 꼭 사실을 날조할 필요는 없죠. 팩트를 전달하면서도 현실은 충분히 왜곡할 수 있으니까요. 이것은 팩트의 형태가 점이 아니라 구이기 때문입니다."

아마 기자분들이 더 잘 아실 거예요. 나는 덧붙이면서 오른손을 가볍게 주먹

쥐어 눈높이로 들어 올렸다.

"하나의 사건이나 사실은 이렇게 구 형태를 띠고 있습니다. 여기에 어떤 조명을 비추느냐에 따라서 인식되는 범위와 부위가 달라져요. 조명을 쥔 쪽은 여러분이고, 대중은 여러분이 비추는 만큼만 볼 수 있죠. 타인의 인식 범위를 조종할 수 있다는 것. 이것이 언론이 지닌 권력의 본질입니다."

따져 보면 나는 아직 한 번도 세상에 나간 적이 없다. 철학과에 입학한 스무 살 때부터 지금까지 이십 년 가까이 학교에만 머물러 있었다. 문득 연구실에 앉아 그런 생각을 하면서 나는 약간의 허탈함을 느꼈다. 일층 강의실에서 오층 교수실로. 겨우 이만큼 이동하기 위해 나는 그토록 많은 것들을 바친 거구나.

"원론적인 이야기일 수도 있지만 원래 이런 강연의 목적이 리마인드예요. 우리가 꼭 알아야 할 진리들은 대부분 우리가 이미 알고 있는 것들입니다. 의식하고 깨닫기까지 시간과 노력이 필요할 뿐이죠."

그래서 학교를 벗어나 세상으로 나가 보기로 했다. 앞으로 내가 찾으려는 지혜는 논문과 학회에 있지 않은 것 같아서. 탑 속에 갇혀서 바깥세상을 쪼개 보는 것이 아니라 세상 속에 뛰어들어 겪어 보고 싶었다. 지적 허영심, 공허한 논리, 난해한 이론 말고 진짜 지혜를.

"철학자와 과학자들에게는 회의주의적 태도가 요구됩니다. 이게 정말 진리인지 끊임없이 의심해야 진리를 찾을 수 있으니까요. 여기 계신 분들도 마찬가지겠죠. 진실을 보려면 특히 스스로를 의심해야 합니다. 목적에 맞춰 사실을 왜곡하고 있지는 않은지. 용기가 필요한 일이잖아요, 진실을 다루는 건."

그러니 용기를 내야 한다. 같은 실수를 반복하지 않으려면.

질의응답이 길어져서 강연은 예정보다 늦게 끝났다. 나는 무대 뒤로 나오자마자 꺼 뒀던 전화기부터 켰다. 부팅이 끝나기 무섭게 채팅앱을 열고, 늘 그렇듯 맨 위에 떠 있는 대화창을 열어서 빠르게 글자를 써넣었다.

[좀 늦게 끝났어. 지금 출발해]

[10분쯤 걸릴 거야]

휴대폰을 가방에 집어넣는 순간 갑자기 가슴이 쿵쾅거렸다. 강연 다 끝났는데 이제 와서 긴장을 하나. 나는 심장이 있을 법한 곳에 오른손을 대고 가볍게 누른다. 그리고 두근두근하는 박동을 느끼면서 좀 간지러운 생각을 해 본다.

설마 너 볼 생각에 좋아서 이러나.

미쳤네, 미쳤어. 혼자 피실피실 웃으면서 코트를 걸쳤을 때 담당 직원이 나타났다. 교수님, 수고 많으셨습니다. 그의 안내로 무대를 내려온 뒤에는 편집 국장이며 부장 몇과 악수를 나누고 감사 인사를 받았다. 소셜미디어에 게재할 사진까지 찍고 난 뒤에야 완전히 놓여날 수 있었다. 나도 요즘은 여기저기 최대한 얼굴을 알리려 한다. 이제 프리랜서로 살아가려면 자기 홍보가 기본이니까.

[배고프지]

[천천히 와]

[운전조심]

네가 보내온 메시지들을 확인하며 지하 주차장으로 향했다. 또각또각 구두 굽 울리는 소리가 조금씩 빨라졌다. 기억해 둔 위치에 선 차를 찾아내 잠금을 풀고, 조수석에 가방을 둔 뒤 안전벨트를 매면서 생각한다. 얼른 가야지.

집으로.

시내 도로는 평일 저녁 일곱 시 반의 평균적인 상태였다. 집까지는 그리 멀지 않으므로 나는 라디오도 틀지 않고 차를 몰았다. 아현 교차로에서 막 신호 대기에 걸렸을 때 전화가 들어왔다. 액정에 뜬 발신자명은 공혜경.

"어."

— 집이야?

"가는 중. 왜."

— 왜긴. 목소리 듣고 싶어서 전화했지.

"나 운전 중이야. 놀래키지 마."

혜경이 카오디오 안에서 킬킬 웃더니,

— 조만간 뵙자고 전화드렸습니다. 이번 주 토요일 너 생일이잖아.

"너는 바쁜 애가 그런 건 어떻게 그렇게 잘 챙겨?"

— 언니는 너와 달리 세심한 여자거든.

"인정하지 않을 수 없네."

— 주말은 안 될 거고, 다음 주 목요일 어때? 나 그날 점심 저녁 다 괜찮아.

"음, 금요일 점심은 안 되나? 나 금요일 대학로에 외강 있는데."

— 난 그날 외래야.

"그래, 그럼 목요일로 해. 내가 병원 쪽으로 갈게."

— 어딜 와, 딴 데 가. 대학로만 아니면 난 땅끝마을도 괜찮아.

일에 찌든 여자의 너스레에 나는 웃음을 터뜨리면서 우회전했다. 집까지 이제 삼 분 거리.

"알았어. 어디 좋은 데 가자, 그럼."

— 호텔 같은 데.

"그래. 호텔 가."

— 내 참, 같이 호텔 갈 사람이 없어서 여고 동창한테 이러고 있다, 나도.

"사람이 왜 없어. 너 저번에 누구 만난다고 하지 않았어?"

— 누구.

"무슨 변호사라고 했던 것 같은데."

— 변호사? 아, 송변? 야, 너는 그게 언제 적인데.

혜경은 아이비리그 출신이라는 남자의 독특한 정신세계를 도저히 감당할 자신이 없었다는 것, 피지컬이 괜찮아서 호텔은 한번 가 보고 싶었으나 엄마 지인 소개라 꾹 참았다는 얘기까지 한 뒤에야 아 참, 너 운전 중이랬지, 서둘러 전화를 끊었다. 어느 호텔 식당에 갈지는 생일자가 정하라는 말과 함께.

그리고 저만치 우리 집이 보이기 시작했다.

집에는 불이 켜져 있다. 현관 위 외등이 노랗게 밝혀졌고 일층의 거실과 주방 쪽에서도 실금처럼 빛이 새어 나온다. 창문마다 우드 블라인드가 내려져 있지만 나는 안쪽에서 움직이는 너를 볼 수 있었다.

우리 집은 큐브형이다. 가장 안정적으로 균형 잡힌 형태. 이데아를 도형으로 구현하면 이렇지 않을까. 네가 맨 처음 스케치를 보여 주면서 했던 말이 나는 무척 마음에 들었었다.

'이데아는 완벽한 정육면체로 정직하고 견고하다. 자칫 밋밋할 수 있는 형태의 단순성은 외장벽돌로 해결했다. 수평과 수직, 사선, 모쌓기 등을 과감히 혼합해 역동적인 예술성을 부여했다. 강물의 흐름에서 모티브를 얻었다는 것이 건축가의 설명. 단순한 형태와 추상적인 디테일은 이웃의 오래된 집들과도 조화를 이룬다.'

건축 잡지에 실렸던 기사를 떠올리면서 나는 우리 집을 바라본다. 유적지에서 가져온 것 같은 회색과 미색 벽돌은 해가 쨍쨍한 날이면 거친 대리석처럼 보이기도 했다. 이십일세기 버전 타지마할 같아. 네가 외장재 설명을 위해 그래픽 도안을 보여 줬을 때 나는 그렇게 감상을 표현했었다.

이 집에는 앞마당이 없다. 높은 담장이나 멋진 대문, 거대한 유리창을 낀 테라스도 없다. 창은 최대한의 채광을 고려해 최소한만 넣었고 담은 뒷집과의 경계를 위해 뒤쪽에만 쌓았다. 만든 사람과 사는 사람의 자의식이 거의 보이지 않는 집. 이 집은 무엇보다 으스대지 않는다.

외형은 그렇게 단순하지만 안으로 들어가면 다른 풍경이 펼쳐진다. 시원하게 트인 천장을 중심으로 계단과 복도가 사선으로 배치돼 있다. 마감재는 주로 목재를 썼고 대들보 몇 개는 공중에 노출돼 있다. 개방적인 공간 곳곳에 숨어 있는 사각지대들.

이 집에 들어오면 나는 목소리를 돋워 귀가부터 알린다.

"나 왔어."

그럼 집 안 어디선가 들리는 너의 목소리.

"어, 차 소리 들었어."

"음악을 이렇게 틀어 놓고? 개 맞나 봐."

"네, 주인님."

슬리퍼로 갈아 신다 웃음을 터뜨렸다. 여기 현관에서는 주방이 보이지 않는다. 그러나 집 안에 흐르는 더운 음식 냄새와 부드러운 음악이 이미 너였다. 나는 슬리퍼를 끌면서 안으로 걸어 들어갔다.

주방과 거실 사이에는 긴 수조가 놓여 있다. 화려한 산호들이 꽃처럼 피어 있는 수조에 나는 습관처럼 눈길을 주었다. 산호초 사이를 헤엄치는 열대어들. 엔젤피쉬, 테트라, 알비노 플래티넘 구피. 저 노란 애는 이름이 뭐였더라. 매번 들어도 왜 이렇게 안 외워지는지 모르겠다.

"빨리 왔네. 차 안 막혔어?"

"괜찮았어."

소공동에서 십 분이면 오잖아. 나는 덧붙이면서 가방을 든 채 주방을 기웃거렸다. 개수대 안을 힐끗 보니 각종 식재료의 잔해가 낭자하다. 끓는 냄비 앞에 선 네가 이쪽으로 고개를 돌렸다. 집에서 입는 편한 차림에 머리카락이 조금 덜 말랐다.

"언제 들어왔어?"

"일곱 시 좀 안 돼서. 샤워하고 나와. 거의 다 됐어."

"응. 뭐야? 냄새 좋다."

"버섯전골."

"오오."

"먹어 보면 깜짝 놀란다, 너무 맛있어서."

하여간 자신감은 넘쳐요. 나는 픽 웃어 준 뒤 몸을 돌려 이층으로 향했다.

이 집은 천장고가 높다. 방이 여러 개라 거실 면적이 넓지 않은데도 공간이 시원스러운 건 그래서일 것이다. 반면 사적인 공간들의 배치는 은밀하다. 방들을 잇는 계단과 복도 또한 여기저기 꺾임이 있다.

너는 이렇게 불필요한 동선을 섞은 것이 의도적이라고 했다. 집은 일터와 달라서 효율과 합리만으로 채우고 싶지 않다고. 현관에서 침실까지 몇 걸음 더 걷고, 침실에서 서재로 가려면 좀 돌아가고. 너는 사람을 기꺼이 움직이게 하는 집이 좋은 집이라고 했다. 함께 사는 사람을 자주 볼 수 있는 집에서 살고 싶다고.

나는 침실에 딸린 욕실에서 몸을 씻었다. 편한 옷으로 갈아입고 젖은 머리를 말린 뒤 방을 나섰다. 이층의 마스터 침실과 일층의 주방은 가장 짧은 계단으로 통한다. 반쯤 눈을 감은 상태로도 오갈 수 있도록 직관적인 동선. 너는 아직도 이 집 곳곳에서 나를 감동시킨다.

다음 달이면 여기 산 지도 꼭 한 해가 된다. 벌써 그렇게 됐나. 나는 시간의 축적을 새삼 의식하면서 식탁 곁에 선 너를 보았다. 너는 스크류에 박힌 코르크 마개를 반대로 돌려 빼고 있었다. 식탁 위에는 갓 딴 와인 한 병과 유리잔 두 개. 저녁 식사는 이미 차려져 있다.

"무슨 날이야? 잔칫상인데."

"축하하게."

"축하?"

나는 되물으며 재빨리 생각했다. 축하할 게 뭐 있더라. 내 생일은 아직 이틀 남았고 쓰는 논문은 탈고하려면 한참 멀었고. 설마 신문사에서 강연한 걸 축하하자는 건가. 오리무중인 내 얼굴을 너는 웃으며 바라보다가,

"너 책 왔어."

소파 곁에 놓인 종이 박스를 가리켰다. 아. 나는 그제야 출판사가 오늘 증정본을 보냈단 사실을 상기해 냈다.

"아침에 연락 받았는데 그새 까먹었네."

"얼른 열어 봐. 나 궁금해 죽을 거 같아."

"먼저 열지 그랬어."

"네가 열어야지. 네 책인데."

빨리 열어 봐. 너는 재촉하면서 두 개의 잔에 와인을 따랐다. 얼른 열어 보라고 박스 위에 커터 칼까지 놓여 있었다. 소포를 들여놓고 쳐다만 보다가 작업실에 가서 커터를 가져다 놓은 너. 생각하니 귀여워서 비실비실 웃음이 났다.

나는 칼로 테이프를 가르고 박스를 열었다. 포장 종이를 젖히자 똑같은 책 열 권이 가지런히 들어 있다. 한 권을 꺼내 표지를 열고 책장을 대강 넘겨 본다. 출간은 처음이 아니지만 처음보다 더 가슴이 뿌듯했다.

"잘 나왔어?"

나는 대답 대신 손에 든 책을 네게 내밀었다. 꽤 두툼한 책인데도 네 손에 들어가자 그리 크지 않아 보였다. 너는 표지 시안을 미리 봐서 알고 있는데도 꼭 처음 본 것처럼 이리저리 책을 돌려 본다.

한참을 그러다 표지를 열었다. 속지를 한 장 넘긴 뒤 다시 첫 장을 넘기는 모습을 보면서 나는 조금 긴장했다. 그리고 세 번째 페이지에서 손이 멈췄을 때, 나는 너의 눈빛과 눈꺼풀의 깜빡임, 입술의 모양과 입매의 변화까지 면밀하게 살피고 있었다.

그리고 부드럽게 올라가는 입꼬리. 다행이다. 나는 속으로 안도하면서 네 곁에 바짝 다가섰다.

"맘에 들어?"

너는 얼른 대답하지 않는다. 헌사가 인쇄된 페이지만 뚫어져라 쳐다본다. 몇 글자 되지도 않는 걸 한참 읽은 후에야 입술을 뗐다.

"깜빡한 줄 알았어."

"깜빡할 게 따로 있지."

웃음기를 섞어 대꾸하자 너는 그제 나를 돌아보았다. 감동이 그득 고인 눈을 향해서 나는 다시 한 번 말해 주었다. 약속했잖아. 너는 한숨처럼 웃으면서 천천히 나를 당겨 안는다. 얼굴에 닿은 네 티셔츠 아래로 익숙한 체온과 냄새.

"고마워."

왼쪽 귓가에 낮은 목소리.

"출간 축하해."

목 위에 닿는 입술의 감촉.

"작가님."

나는 피시시 웃으면서 두 팔로 너를 끌어안았다.

—

"넌 삶의 목적이 뭐야?"

와인 한 모금을 마시던 네가 눈썹을 치켜들었다. 갑자기 뭔 뜬금없는 소리냐. 그렇게 쓰여 있는 얼굴에 대고 나는 다시 한 번 물었다.

"인생의 의미가 뭐라고 생각해?"

예전이나 지금이나 나는 다양한 화제에 대해 너와 이야기하길 좋아한다. 서로의 생각을 말하고 들으면서 종종 갑작스런 통찰을 얻기 때문이다. 너는 입에 머금은 와인을 천천히 삼키고는,

"인생에 의미가 꼭 있어야 되나."

식탁 위에 잔을 내려 두고 말을 이었다.

"이 집은 존재하는 의미가 있지. 너랑 나랑 살려고 지은 거니까. 그럼 나는 존재하는 의미가 뭔데. 내가 이 집 지으려고 태어난 건 아니잖아."

나는 곰곰이 네 말을 들었다.

"우리는 그냥, 존재하는 거지. 의미 같은 건 각자 만드는 거고. 그때그때 달

라질 수도 있고."

"실존주의네."

"그게 실존주의야?"

"응. 사르트르. 실존은 본질에 앞선다."

철학자야. 나보다 낫다. 웃으며 탄복하자 너도 따라 웃었다.

"너한테 배운 거야."

"뭘?"

"예전에 너 독일 갔을 때, 진짜 다 의미 없이 느껴지더라고."

말하며 와인 잔을 천천히 돌리는 너.

"세상이 텅 빈 것 같고, 인생이 다 무의미해지고. 학교도 공부도 서울에 혼자 사는 것도 이게 다 무슨 소용인가 싶고."

"……."

"내 인생의 의미를 너한테 두고 있던 거지. 나도 모르는 사이에."

둥근 유리잔 안에서 흔들리는 레드와인.

"꼭, 널 만나는 게 내 삶의 목적이었던 것처럼."

네가 눈을 들었다. 식탁을 가로질러 시선이 맞닿았다. 나는 가볍게 입을 다문 채 너를 바라보았다.

우리는 분명 서로를 만나기 위해 이 세상에 태어난 건 아닐 것이다. 그저 태어났고, 그러니 존재하고, 그러다 서로를 발견해 의미를 부여하는 것일 테다. 인생은 완전히 무의미한 우연의 산물인지도 모른다. 우연히 같은 길을 걷게 된 존재들끼리 서로에게서 의미를 찾으려 애쓰는 건지도.

사랑이라는 이름을 붙여서.

"난 이게 다야. 너랑 같이 살고, 돈 벌어서 맛있는 거 해 먹고, 가끔 좋은 일 생기면 축하하고. 그거 말고 인생에 또 무슨 의미가 필요해."

너는 명료한 결론으로 끝을 맺었다. 그리고 논평을 기다리듯 나를 본다. 그

러나 나는 얼른 아무 말도 할 수 없었다. 방금 들은 것들을 곱씹으면서 감동하
느라.

"음, 약간의 오류를 지적해도 될까?"

"뭐."

"방금 한 말 중에 맛있는 거 해 먹고, 라는 건 참이 아니야."

그리고 너무 감격하기 전에 슬쩍 화제를 돌리기로 한다.

"사실 너 요리에 별로 소질 없어."

이거 간도 내가 다시 맞췄잖아. 나는 깨끗하게 먹어 치운 전골냄비를 가리키
며 생색을 냈다.

"그리고 사실 너 떡볶이도 별로야."

"야, 너 맨날 맛있다고 했잖아."

"그건 주관적 평가 백 프로를 기준으로 했을 때. 그리고 내가 유일한 평가자
일 때."

허. 충격적이라는 표정으로 네가 웃었다. 고개를 살짝 기울이면서 미간을 좁
혔다. 찡그린 눈과 웃는 입의 조화에서 나는 뜬금없게도 새삼 깨닫는다. 애 진
짜 잘생겼네.

"뭐야. 나 십 년 넘게 속고 있었어."

"진실을 말해 줄 사람이 없었나 봐."

"내가 너 말고 누구한테 그런 걸 해 줘."

"자기 객관화가 그렇게 안 돼서 어떡하냐, 유진욱."

허허. 너는 연이어 헛웃음을 웃으면서 나를 빤히 쳐다본다. 요 맹랑한 것 좀
보게, 하는 얼굴로.

"그래, 뭐, 괜찮아. 난 딴 거 잘하니까."

"그래. 넌 집을 잘 짓지."

"그거 말고. 더 잘하는 거 있잖아."

"뭐."

"알면서."

"아니, 전혀 모르겠는데?"

너는 얼굴색 하나 안 바꾸고 아주 태연하게 나를 본다. 허허. 덕분에 이번에는 내가 헛웃음을 터뜨렸다. 와인을 너무 많이 마셨나. 얼굴에 열이 오른다.

"웃기시네. 남중 남고 공대가."

"그게 왜."

"환경이 한계를 설정하는 거라며."

"그러는 넌 뭐 되게 유리한 것처럼 말한다? 여고에 여대면서."

"중학교는 공학이었어."

"와, 그래, 엄청난 차이네."

너는 내 속을 다 안다는 얼굴로 픽 웃더니,

"너 이렇게 유치한 거 학생들 모르지."

"알겠니."

"알면 안 되지. 나만 알 건데."

와인병을 들어 남은 술을 몽땅 네 잔에 부었다.

흐리고 쌀쌀한 목요일 밤이 깊어 간다. 우리의 대화는 계속해서 이어진다. 너는 일 년 가까이 매달렸던 고층 건물이 다음 주 완공될 예정이라는 이야기를 해 주었다. 나는 이제 근생, 양생, 매스감 같은 용어들을 익숙하게 알아듣는다. 너도 학생 관리, 조교 관리, 커리큘럼 관리 같은 학과 잡무의 번거로움을 익히 알고 있다.

"아까 낮에 휴학생 하나가 찾아왔는데, 나 학교 그만두냐고 묻더라."

"휴학생이? 어떻게 알고?"

"그러니까. 깜짝 놀랐어. 근데 걔가 나를 이렇게 보는데, 너 정신 나갔냐는 얼굴인 거야. 딱 우리 엄마가 짓던 표정."

"교수님 굶을까 봐 걱정됐나."

"좀 그런 모양이던데."

"별걱정을 다 하네."

"내 말이. 정 안 되면 이 집 팔면 되는데."

와인 잔을 입술에 댄 채로 네가 나를 쳐다본다. 이 집 팔게? 그렇게 쓰인 얼굴을 나는 좀 더 놀려 주고 싶어졌다.

"웃돈 넉넉히 받아야지. 우수상 받은 집이니까."

이 집은 지난가을에 서울시 건축상을 받았다. '개인주택의 개성을 포기하지 않으면서 상생의 아이디어를 제시했다'는 심사평과 함께. 너는 친환경 패시브 하우스라서 가산점이 컸을 거라고 겸손하게 말했지만, 덕분에 너의 사무소는 올해 직원 채용을 두 번이나 했다. 사무소를 나와야 되나 고민하던 너는 여전히 오층짜리 건물의 사층에 상주해 있다.

"그래, 뭐, 다른 집 또 만들어 주면 되지."

애써 아무렇지 않은 척하는 게 귀여워서 나는 웃음을 참았다. 새 집 같은 건 필요 없다고, 너랑 같이 살면 원룸 오피스텔도 충분하다는 말은 속으로만 했다. 나는 너처럼 간지럽고 민망한 말을 막 던지는 성격이 못 된다. 어떻게 자기 입으로 자기가 잘한다는 소리를 할 수가 있지.

"우리 주말에 통영 가자."

"갑자기?"

"너 생일이잖아."

너는 와인 잔에 고인 마지막 한 모금을 훌쩍 마시고는,

"점수 좀 따게."

얼른 읽어 낼 수 없는 얼굴로 말했다.

지금의 우리는 공식적인 연인이다. 그러니까, 동거 중이다.

동거와 결혼의 가장 큰 차이는 서로의 가족에 대한 의무를 지지 않는다는 것

이다. 바꿔 말해 서로의 가족으로부터 남으로 간주되므로 거기에서 오는 약간의 껄끄러움은 피할 수 없는 문제였다. 결혼이라는 절차를 건너뛰기로 한 건 우리에겐 합리적인 합의였고, 양쪽 집에도 사전에 양해를 구하고 지지도 받았지만 그것과는 별개로, 부모 세대에겐 이해하기 좀 어려운 일이라는 걸 또한 잘 알고 있으니까.

그런데 갑자기 아빠 집에 가자니.

거기까지 생각이 닿았을 때 식탁 위 전등이 꺼졌다. 갑작스런 어둠에 어리둥절한 찰나 계단 쪽 조명 하나가 켜졌다. 실내의 조도가 확 낮아지면서 청각이 예민해진다. 작게 틀어 놓은 음악 소리가 새삼 귓가를 길게 핥았다.

너는 조작하던 스마트폰을 내려놓고 자리에서 일어선다.

"불은 왜 꺼."

나는 별 의미도 없는 소리를 중얼거리고,

"안고 싶어서."

너는 당당하게 설명하면서 손을 뻗어 왔다.

너의 몸에서는 늘 좋은 냄새가 난다. 세제와 섬유유연제를 같이 쓰는데도, 샴푸와 비누까지 공유하는데도 너에게서는 늘 나와 다른 냄새가 난다. 향긋한 로션 냄새와 서늘한 향수의 잔향. 너에게서만 맡을 수 있는 체취를 나는 천천히 들이마셨다. 오른쪽 얼굴 전체로 너의 짙은 체온이 느껴졌다.

너는 선 채로 내 몸을 깊이 끌어안는다. 깊다, 라고밖에는 표현할 수 없도록 양팔을 교차해 완전히 가둔다. 어깨에 닿은 머리칼을 쓸어 넘기고 드러난 목덜미에 얼굴을 댄다. 그리고 천천히 냄새를 들이마신다. 지금 내가 너의 가슴에 대고 하는 것처럼.

네 손이 내 등을 쓸어내릴 동안 너의 입술은 내 어깨를 느리게 더듬었다. 등에서 허리로 내려간 손이 옷 위로 엉덩이를 쥐면 끝까지 가겠다는 뜻이다. 이러면 더 열이 오르기 전에 침대로 가는 게 낫다.

"방으로 가."

"거기까지 못 가."

너는 달라붙은 몸을 떼어 내고 내 손목을 잡았다. 그리고 푸른 조명이 켜진 수조 쪽으로 나를 끌었다. 거실에 놓인 소파는 가로로 긴 기역 자 모양이다. 거기 다다르자 너는 조금 성급하게 내 옷부터 끌어 내렸다. 카디건과 원피스 어깨끈이 한꺼번에 내려가면서 가슴이 절반쯤 드러나고, 너는 상체를 숙여 쇄골 위 맨 살갗에 입술을 댄다.

그로부터 낯설지 않은 자극이 쏟아지기 시작했다.

우리는 서로의 몸을 아주 잘 알고 있다. 예민한 곳과 담담한 곳, 무조건 반응하는 곳과 그렇지 않은 곳을 거의 낱낱이 안다. 알몸의 나는 여전히 네 앞에서 누드모델처럼 당당하진 못하지만 적어도 긴장은 하지 않는다. 너는 지금도 매번 나를 흥분시키고, 예측 가능한 너의 자극들도 여전히 같은 값을 지닌다.

내 몸을 만지는 커다란 손. 벌어진 입술과 매끄러운 혀, 뜨거운 호흡. 나는 교성 섞인 숨을 몰아쉬면서 감았던 눈을 떴다. 더 깊숙이 들어오도록 너를 바짝 끌어당겼다. 그러고도 부족해서 자세를 역전해 너를 내 아래에 뒀다. 숨이 차고 땀이 흐르고 힘이 완전히 소진되자 체위는 다시 쉽게 역전됐다. 너에게 주도권을 빼앗긴 후에도 내 심장은 아주 빠르게 뛰었다.

너를 향한 갈망은 마르지 않는다. 나는 아직도 너의 모든 것을 원하고 있다. 너의 육체, 너의 영혼, 너의 꿈과 열정과 미래까지도. 나는 여전히 너의 모든 것을 모조리 삼켜 버리고 싶다.

이토록 빈틈없이 끌어안은 순간마저도.

"아."

절정이 폭풍처럼 몸을 휩쓸고 지났다. 이제 나의 세계를 메운 것은 완전한 충족감이다. 세속과 완벽히 단절된 듯한 나른함. 그로부터 한참이 지나고 나서야 나는, 우리가 엎어지듯 겹쳐 누운 이곳이 거실에 놓인 소파라는 사실을 새삼 인지했다.

"너 이러려고 소파 넓게 짠 거지."

네 품에 축 늘어진 채로 내가 중얼거렸다.

"어."

너는 너무 당당한 대답으로 나를 웃긴다. 앞으로도 자주 애용해 줘, 덧붙여서 한 번 더 웃긴다. 우리는 넓고 긴 소파에 알몸으로 붙어 누워서 서로의 심장소리를 들었다. 내 심장은 제멋대로 뛰다가 조만간 밖으로 튀어나올 것 같았다. 사춘기도 아니고 왜 이래. 나는 스스로 면박을 주면서 가만히 숨을 몰아쉬었다.

"오늘 눈 온댔는데."

당황했을 때 엉뚱한 소리를 앞세우는 건 나의 오랜 습관이다.

"십일월인데?"

"십일월에도 눈 올 때 있잖아."

"으음, 오늘 계속 흐리긴 하던데."

너는 확인하려는 듯 몸을 일으켜 세웠다. 바닥에 흩어진 옷가지 중에서 쉽게 바지를 찾아 입고는 창가를 향해 걸어갔다. 나는 역시 바닥에 널브러진 면 원피스를 주워서 머리부터 꿰어 입고, 카디건을 끌어다 걸치면서 네 쪽을 바라보았다.

우드 블라인드 틈을 벌려 바깥을 살피는 너. 든든한 어깨와 단단한 팔. 벗은 상반신의 균형 잡힌 뒷모습.

"어, 진짜 눈 온다."

감탄하며 이쪽으로 돌아서는 모습. 소년처럼 밝게 웃는 모습. 나는 너의 그 모습들을 처음 본 것처럼 부시게 바라보았다.

너는 하나 남은 전등마저 껐다. 실내를 완전히 캄캄하게 만든 뒤 블라인드를 걷어 올렸다. 네모난 유리창이 액자처럼 바깥 풍경을 보여 주었다. 오래되고 아늑한 골목. 주황색 가로등이 비추는 골목에 가루 같은 가랑눈이 흩날리고 있었다.

올해의 첫눈.

오십 퍼센트의 확률이라던 첫눈이었다.

에필로그 2.

우리 집

해 뜨기 전의 바다는 온통 캄캄해서 원근감을 느낄 수 없다. 느린 파도가 철썩철썩 바위에 부딪히는 소리만 아주 가까이 들린다. 바람은 없어도 물가라 공기가 제법 맵싸했다. 남해의 갯냄새는 상쾌했다.

"감성돔은 새벽에 잘 잡힌다."

나는 낚시를 전혀 할 줄 모른다. 내려오기 전 서울에서 아주 기본적인 것들만 검색해 훑어본 게 다였다. 그러니 감성돔이라는 물고기가 정말로 새벽에 잘 잡히는지, 아니면 꼭두새벽에 나온 이 출사가 어젯밤 폭음에 이은 극기 훈련의 일환인지 나로서는 알 수가 없는 것이다.

"진득허니 기다려야 문다. 눈치가 빨라가 금세 도망가 버리거든. 여우야, 여우."

물고기가 소리에 예민하다고 해서 나는 거의 한 시간째 입을 다물고 있다. 빛도 싫어한다고 해서 전화기도 함부로 못 켜고 있다. 그저 보이지도 않는 바다를 향해 너의 아버지와 나란히 앉아서, 철썩거리는 파도 소리를 들으며 출렁이는 초록색 야광찌만 하릴없이 쳐다보고 있는 중이다.

"유 실장."

"예."

"춥냐."

"아뇨, 괜찮습니다."

깍듯이 대답하면서 나는 마치 상무님 수행하는 부하 직원이 된 기분이다. 너의 부모님이 여전히 나를 그렇게 부르는 것은 달리 마땅한 호칭이 없기 때문일 것이다. 내 부모님도 너를 최 교수라고 부르니까. 다 큰 남의 집 자식을 어떻게 막 부르냐? 언젠가 누나가 그랬었다. 나이나 어리면 또 몰라. 니들 낼모레 마흔이야.

새 집이 완공되자마자 입주했으니 우리가 동거한 지도 다음 달이면 꼭 일 년이 된다.

이 집에 들어올 때 나는 결혼이 급하지 않다고 생각했다. 자립한 성인들이 같이 살기 위해서 굳이 법적 절차까지 갖출 필요는 없으니까. 당장 필요한 것도 아니고. 그러나 '당장 필요한 것이 아니'라는 것은 곧 '나중에는 필요하게 될 것'이란 뜻이다. 그러니까 나는 그때, 언젠가는 너와 당연히 결혼할 거라 확신하고 있던 것이다.

네 생각은 좀 다르다는 걸 알기 전까지는.

'난 그냥 이대로 좋아. 결혼은, 부담스러워.'

지난여름. 간신히 시간 맞춰 휴가를 떠났던 강원도에서의 일이었다. 덕분에 나는 한 달 넘게 기획한 서프라이즈를 고이 접어야 했다. 호주머니 속에서 뱅뱅 돌던 반지는 꺼내 보지도 못하고. 부담스럽다는 애한테 덮어놓고 청혼을 할 수는 없는 노릇 아닌가. 그 소릴 듣지 않았다면 또 몰라도.

따지고 보면 우리는 굳이 결혼할 필요가 없다. 함께 낳은 아이도 없고 앞으로 가질 계획도 없는 데다 각자의 직업과 수입이 있다. 생활비는 공동명의 계좌에서 지출하고 남은 돈과 보험 등은 각자 알아서 관리한다. 실생활에 아무런 불편함이 없기 때문에 결혼은 우리에게 무용한 것이 맞다. 효용성으로 따지면 확실히, 결혼은 번거롭고 불필요했다.

문제는 그럼에도 나는 너랑 결혼이 하고 싶다는 거다. 무용하고 번거롭고 효용성도 없는 그걸 나는 아무래도 하고 싶다는 거.

'정 안 되면 이 집 팔면 되는데.'

그런 소리도 다시는 안 하게. 내가 설마 너 굶길까 봐.

네 생일을 구실로 통영까지 내려온 목적도 실은 그것이었다.

"아버님."

일단 든든한 아군부터 포섭하려고.

"저 민주랑 결혼하고 싶습니다."

다짜고짜 고백하자 너의 아버지는 좀 당혹한 것 같았다. 어두워서 잘 보이진 않았지만 언뜻 황당하다는 표정이 스친 것도 같다. 너무 갑작스러웠나. 뒤늦게 긴장하며 말을 덧붙이려던 찰나,

"그걸 왜 나한테 얘기해."

그만 선수를 빼앗기고 말았다.

"그런 건 둘이 알아서 해야지. 어린애도 아이고."

무뚝뚝하게 대꾸하면서 너의 아버지는 내 쪽을 한 번도 보지 않았다. 시종일관 저 바다 위에 떠 있는 야광찌만 묵묵히 응시했다. 그래서 나는 슬며시 당황하기 시작했다. 이게 아닌데. 든든한 아군이 돼 주셔야 하는데. 조언은커녕 허락도 못 받은 내가 다시 대화를 이어 가려 했을 때,

"어, 물었다."

내 낚싯대가 팽팽하게 휘었다.

너의 아버지는 거의 반사적으로 자리에서 일어났다. 그리고 신속하게도 나를 향해 지시를 내렸다. 지시에 따라 낚싯대를 수직으로 들자 강한 반동이 전

해졌다. 물고기가 아래로 마구 끌어당기는 힘이 느껴진다. 상상했던 것보다도 훨씬 더 큰 힘이었다.

"천천히, 천천히 감아라. 갑자기 당기면 줄 터진다."

나는 검색으로 훑어봤던 낚시법을 떠올리면서 줄을 조금씩 감고 풀었다. 한계까지 팽팽해진 낚싯줄에서 날카롭게 우는 소리가 났다. 너의 아버지는 권투 코치처럼 잔뜩 흥분한 채 곁에서 응원하다가, 물고기가 수면 위까지 끌려왔을 때 달려가 뜰채로 건져 올렸다. 플래시 조명 아래서 물고기가 마구 펄떡였다. 은빛 비늘의 감성돔이었다.

"와, 크다. 사 짜는 되겠다."

월척이야, 월척. 갯바위 위에 선 너의 아버지가 어린애처럼 입을 벌리고 웃는다. 얼결에 고기를 낚은 나는 얼떨떨하게 따라 웃는다. 저 큼직한 걸 내가 잡았다는 실감이 없었다. 그냥 운수 사나운 고기가 어쩌다 잡혀 준 거라고 생각했을 때,

"진욱이 니 낚시 쫌 하네."

호탕한 말씨와 웃음소리가 새벽의 적막을 깼다. 예민하다는 바다 속 물고기들이 몽땅 도망갈 정도로 큰 소리였다. 너의 아버지는 매우 흡족한 얼굴로 나를 보고 있었다. 그리고 나는 비로소 온몸이 짜릿해지면서, 당장 엎드려 절이라도 하고 싶은 심정이 됐다.

감성돔 한 마리를 빼앗기고도 바다는 초연히 웃는다. 어느덧 먼동이 터 오면서 사위가 조금씩 식별되고 있었다. 추운데 그만 들어가자. 물고기 처리를 마친 너의 아버지가 낚싯대를 걷기 시작하고, 그로써 나는 극기 훈련을 무사히 통과했음을 알았다.

집으로 돌아가는 차 안에서 너의 아버지는 라디오를 켰다. 지역방송에 주파수를 맞추고는 즐겨듣는 프로그램이라고 소개를 해 주었다. 낯선 음성의 진행자가 틀어 주는 노래를 흥얼흥얼 따라 부르는 소리. 나는 그 콧노래를 즐겁게

들으면서 한산한 도로로 차를 몰았다.

　이른 새벽의 남해 바다는 바람 없이 잔잔했다. 오늘도 날씨가 좋을 모양이다.

─

　우리 집은 설계할 때부터 두 명의 입주자를 염두에 뒀다. 너를 위한 서재와 내가 쓰는 작업실이 가까이 붙어 있는 것은 그래서다. 다투고 각자의 공간에 틀어박힐 경우 신속한 화해를 돕기 위한, 맞춤형 설계라는 설명에 너는 웃으며 동의했었다.

　그 서재에서 너는 종종 늦게까지 나오지 않는다. 논문이나 글을 쓸 때 특히 그렇다. 그러면 나는 방해하지 않고 먼저 자는데, 아침에 일어날 때까지 네가 들어오지 않는 날도 많았다.

　지금처럼.

　나는 한번 잠들면 여간해선 중간에 깨지 않는다. 그러나 이따금씩, 깊은 물속을 편안히 유영하다가 문득 수심이 훌쩍 얕아질 때가 있다. 바닥의 자갈이 몸에 부대끼는 기분이 들어 눈을 뜨면 시간은 아득한 새벽. 네가 있어야 할 내 왼쪽은 어김없이 비어 있다.

　손을 뻗어 전화기를 확인하니 새벽 두 시를 넘어 있었다. 설마 아직까지 안 자는 건 아니겠지. 나는 부스스 몸을 일으켜 침대에서 내려와 슬리퍼에 발을 꿰었다.

　마스터 침실에서 서재까지는 그리 가깝지 않다. 잠자는 곳과 일하는 곳은 되도록 떨어뜨려 분리시키는 게 좋으니까. 침실 문을 열고 나오자 은은한 센서등이 켜졌다. 복도 끝을 향해 걷는 동안 천장의 등이 하나씩 밝아졌다. 새벽의 집 안은 완전히 고요하다. 내 발소리만 점점이 떠다니다 사라졌다.

서재 앞에서 작게 노크를 하고 문을 열었다. 역시나 불은 캄캄하게 꺼져 있고, 나는 뭉툭하게 한숨 쉬면서 안으로 걸어 들어갔다. 책장으로 둘러싸인 책상을 지나 벽으로 분리시킨 공간을 들여다봤다. 예상대로 너는 일인용 침대 위에 새우처럼 웅크린 채 잠들어 있었다.

흐음. 나는 다시 얕은 한숨을 쉰다.

서재에 어두운 공간을 만들어 침대를 놓은 이유는 쪽잠을 위해서였다. 피곤할 때 학교 보건실처럼 잠깐씩 눈 붙이라고 만든 건데, 밤에도 여기서 자느라 너는 자꾸 방엘 안 들어온다. 이럴 줄 알았으면 이인용으로 놓을걸. 나까지는 도저히 누울 수 없는 침대를 내려다보면서 나는 속으로 조금 투덜거렸다. 몰래 안아다 데려가고 싶지만 꾹 참고 돌아섰다. 너는 나와 달리 예민해서 조금만 건드려도 금세 눈을 뜬다. 지금도 분명 귀에 이어플러그를 꽂고 있을 것이다.

조용히 벽을 돌아 나와서 책상 쪽으로 다가갔다. 스탠드를 더듬어 켜자 노란 불빛 아래 너의 흔적이 드러났다. 전원이 꺼진 노트북 컴퓨터와 포개진 책 몇 권, 가지런한 인쇄용지들. 어제저녁 내가 가져다준 머그 안에서 허브티 티백이 말라 가고 있었다.

그리고 갓 출간된 너의 책.

나는 두께가 손가락 한마디쯤 되는 양장본을 집어 든다. 〈당신이 인식할 수 없는 것들〉. 제목과 저자명을 눈으로 쓰다듬은 뒤 책장을 넘긴다. 깨끗한 종이 한 장을 통째로 차지한 헌사를 찾아낸다.

유진욱에게. 온 마음으로.

몇 번을 봤는데도 다시 한 번 감동한다.

아직 서점에 채 깔리지도 않은 책이지만 나는 내용을 이미 알고 있다. 나는 너의 편집자보다도 훨씬 먼저 원고를 읽었으니까. 이 책에는 너와 나의 이야기들, 남들은 결코 알 수 없는 우리만의 시간들이 암호처럼 드문드문 스며 있다. 단정한 문장 사이사이로 그 흔적들을 발견할 때마다 나는 또 어김없이 감동한다.

어둠 속에서 잠깐 시간이 멈춘 것 같았다. 나는 책을 덮어 제자리에 내려 두었다. 스탠드를 끄고 서재를 빠져나왔다. 그리고 혹시라도 네가 깰까 봐, 소리 나지 않게 조심조심 문을 닫았다.

—

오랜만에 와도 학교는 변함이 없다. 사람은 매년 바뀌어도 건물들이 똑같으니까. 나는 문과대 앞에 차를 세우고 시동을 껐다. 시간을 보니 너는 끝나려면 아직 십오 분쯤 더 있어야 한다.

글로브박스를 열고 깊숙이 손을 집어넣었다. 물티슈와 선글라스를 헤치고 구석에 놓인 반지 케이스를 끄집어냈다. 뻑뻑한 케이스를 열어 안에 든 반지를 확인한다. 일단은 차 안에 두고 적당한 타이밍을 노려 봐야지, 그렇게 미뤄 둔게 어느새 석 달을 넘겨 버렸다. 너에게도 나에게도 올해는 작년보다도 바빴다. 서로의 직장이 이렇게나 가까운데도 점심시간 맞추기조차 쉽지 않았을 만큼.

그래서 오늘은 내가 학교로 왔다. 교직원 식당에서 밥 얻어먹으려고. 거기서 같이 밥 먹을 기회도 이제 얼마 남지 않았으니까.

너는 임용 후 첫 삼 년이 끝나는 이번 학기까지만 근무한다. 십이월은 학기 말이라 가장 바쁠 때고, 지난 이 년간 지켜본 바에 의하면 학생상담이며 성적 처리가 세밑까지 이어진다. 하지만 그렇다고 해서 내 계획을 내년으로 넘길 생각은 없었다. 학과 업무 끝나는 날 프러포즈해야지. 디데이로 정한 날을 다시

한 번 곱씹은 뒤 나는 반지 케이스를 닫아서 제자리에 넣어 두었다.

시간을 다시 확인하고 차에서 내렸다. 문과대 건물 안으로 들어가 아무 방향이나 잡고 걸었다. 오층에 있는 연구실은 몇 번 가 봤지만 지금 네가 있는 강의실이 어디인지는 모른다. 강의실은 안쪽을 들여다볼 수 없는 구조이므로 너를 찾을 수 있는 단서는 소리뿐이었다. 나는 천천히 복도를 걸으면서 귀를 기울였다.

낯선 학생 둘과 마주친 건 일층 오른쪽 복도 끝에 도달했을 때였다.

"어, 안녕하세요."

초면의 여학생이 반갑게 알은척하더니 고개를 꾸벅 숙였다. 누구지. 나를 아나.

"지금 교수님 강의실 백십호인데."

아는구나.

"로비로 돌아가셔서 반대쪽이요."

같이 있던 남학생도 친절하게 보충 설명. 그제야 나는 조금 웃으면서 고맙습니다, 인사를 했다. 그들은 호기심이 그득한 얼굴로 고개를 꾸벅 숙이고는 가던 방향으로 사라졌다. 나는 아마 철학과 학생들인가 보다 했다가, 꼭 그렇진 않을 거라고 생각을 고쳤다.

너는 이제 진짜 유명 인사다. 포털 사이트에 네 이름을 검색하면 프로필 아래로 각종 강연과 방송 출연 영상의 썸네일, 블로그 후기 글까지 줄줄이 나온다. 서울 시내 번화한 곳에 나가면 누군가는 반드시 너를 알아본다. 네가 적극적으로 외부 활동을 시작한 건 작년 중순. 학교를 그만두기로 결정했을 즈음이었다.

'너무 이론만 파고 있는 것 같아서. 관념에 매몰돼서 실재랑 단절된 기분이야. 왜 예전에 그런 광고 카피 있었잖아, 연애를 글로 배웠어요. 딱 그 느낌.'

너는 교수직 업무가 각오했던 것보다도 버겁다고 했다. 학과 잡무에 빼앗기는 시간이 너무 많고 승진을 위한 실적 압박은 너무 크고. 무엇보다 너를 고민하게 만든 건 갑갑함. 일찍부터 한군데 고여 버린 느낌. 진짜 중요한 무언가를 놓치고 있는 기분이라고 했다.

'그래야, 내 마음이 더 편할 것 같기도 하고.'

다시 교수 되고 싶으면 나중에 또 지원하지 뭐. 너는 그러면서 가볍게 웃었다. 나는 어느 쪽이든 찬성이었다.

친절한 학생들이 일러 준 대로 백십호 강의실을 찾아냈다. 닫혀 있는 회색 문 틈으로 틀림없는 네 목소리가 흘러나오고 있다. 나는 천천히 걸음을 멈추고 가만히 귀를 기울였다.

"어려운 책일수록 권위를 획득하기 쉬워요. 우리는 저자가 나보다 더 똑똑해서 내가 모르는 걸 알 거라고 생각하니까. 하지만 진리는 결코 난해하지 않습니다. 어렵게 쓰인 문장에 너무 좌절할 필요 없다는 말이에요."

나는 팔짱을 끼고 문 앞에 서서 조용히 미소 지었다. 그리고 강단에 선 너를 머릿속으로 상상했다. 눈으로 보고 싶지만 수업 중인 강의실에 함부로 들어갈 수 없으니 아쉬운 노릇이다.

"직접 체득해야 내 것이 됩니다. 남의 글도 자기 머리로 다시 생각할 것, 꼭 기억해요."

네에. 누군가 착하게 대답하는 소리를 끝으로 강의는 끝났다. 북적거리는 소리가 들리기 시작하자 나는 문에서 몇 걸음 떨어져 복도 창가로 물러섰다. 앞문과 뒷문 사이 거리를 보니 규모가 꽤 되는 강의실이었다. 두 개의 문이 잇달아 열리면서 학생들이 하나둘 나오기 시작했다. 나는 앞문 쪽으로 걸어가 슬쩍 안쪽을 들여다본다.

"어, 안녕하세요."

앞문을 통해 나오던 여학생들이 붙임성 좋게 또 나를 알은척하고 지나갔다. 이 학년 이상으론 보이지 않는 앳된 얼굴들에게 나는 어색하게 웃으면서 묵례

했다. 교수님 남자 친구. 고맙게도 속닥속닥 대신 소개해 주는 소리에 나는 또 웃음이 났다. 인간은 어쨌거나 적응하기 마련인가 보다. 내가 모르는 사람이 나를 아는 불편함도 이제는 거의 느껴지지 않는다.

"뭐야. 여기서 기다렸어?"

너는 수십 명의 학생들이 모두 나가고 난 뒤, 앞문을 통해 거의 가장 마지막으로 나왔다. 교재와 파일을 품에 안고서 나를 향해 눈을 동그랗게 떴다. 오늘 아침에 본 차림 그대로인데도 나는 네게서 눈을 뗄 수 없다. 더 예쁘네. 밖에서 보니까.

"좀 일찍 도착해서."

"방에 올라가 있지."

"차에 있다 지금 들어왔어. 구경도 할 겸."

강의실에서 마지막으로 나온 학생 하나가 우리를 향해 꾸벅 인사하고 지나갔다. 안녕하세요. 나는 이번에도 가볍게 묵례로 답한 뒤 너에게 속삭인다.

"나 여기 있으니까 무슨 셀럽 된 거 같아."

엘리베이터 쪽으로 앞서 걸으면서 네가 피식 웃었다.

"애들이 알아봐서?"

"어. 기분 묘하네."

"적응됐다며."

"여긴 학교잖아. 아, 그거 된 기분이다. 고등학교 일진짱. 전교생이 다 알아봐."

"뭐래. 자꾸 나이 인증할래?"

언제 적 일진짱이야. 너는 엘리베이터 앞에 다다를 때까지 허리를 꺾어 가며 웃었다. 나는 네가 소리 내 웃으면 아직도 가슴이 뿌듯해진다.

"무슨 수업이었어? 학생 되게 많던데."

"철학적 인식의 이해. 교양이라 수강생이 좀 많아."

"아. 철학 교양수업 재밌는 거 많지."

"너 후배들도 있어. 건축학과 애들."

"역시. 좋은 수업 듣네."

너는 오층 연구실에 들어가 코트와 지갑을 챙겨 나왔다. 교직원 식당이 멀지 않으므로 우리는 당연히 걸어갔다. 공기가 박하처럼 상쾌한 날이다. 초겨울이지만 상록수와 상록관목 덕에 캠퍼스의 녹음이 짙었다.

"최민주."

"응."

"너 왜 자꾸 밤에 서재에서 자."

대뜸 꺼낸 말이었지만 너는 아무렇지 않은 얼굴이었다. 경사가 완만한 비탈길을 걸어 내려가며 태연히 대답한다.

"시간이 늦어서. 너 깰까 봐."

"나 잘 안 깨잖아."

그리고 깨면 어때. 나는 숨김없이 투덜거린 뒤,

"한 번만 더 밤에 안 들어와. 서재 침대 확 치워 버린다."

유치한 협박까지 서슴지 않았다. 허. 결국 허공을 향해 웃는 너.

"왜 대답 안 해."

"새벽에 서재 왔었어?"

"어."

"웬일이야, 잠탱이가. 잠들면 업어 가도 모르면서."

"그러니까 오죽 허전하면 내가 새벽에 다 깨겠냐고."

"누가 들으면 한 십 년은 같이 산 줄 알겠네."

코웃음 치며 타박하는 소리를 나는 못 들은 척했다.

"봐 봐, 너 일주일에 못해도 두 번은 서재에서 자. 한 달이면 팔 일이고 십일 개월이면 팔십팔 일이니까 아주 보수적으로 계산해도 최소 아흔 번은 안 들어

393

왔어. 우리 같이 산 지 아직 일 년도 안 됐는데 나는 독수공방일이 백 일에 육박한단 말이야. 너 이거 되게 심각한 문제다?"

말을 해 놓고 보니 울컥 억울해졌다. 나름의 설득력 확보를 위해 수치를 제시한 건데 계산하고 보니까 진짜 너무하잖아. 백 일이라니. 아직 일 년도 안 됐는데 무려 백 일이라니. 너는 대꾸 없이 또각또각 앞으로 걷고, 나는 보조를 맞추면서 쐐기를 박는다.

"아무튼 이제 밤엔 거기서 자지 마. 늦어도 방에 들어와서 자."

"유진욱."

"왜."

"나 무슨 외박하고 들어와서 혼나는 기분이야."

"미쳤어?"

나도 모르게 꽥 소리를 질렀다. 너는 걸으면서 내 쪽으로 홱 고개를 돌린다. 웃는 듯 놀란 듯 오묘한 얼굴.

"너 그런 불경한 단어는 입에도 올리지 마."

애가 진짜 큰일 날 소리를 하네. 듣기만 해도 머리털이 쭈뼛 서는 기분이라 나는 도저히 정색하지 않을 수 없었다. 외박이라니. 입 속으로 곱씹은 그 짧은 순간에 내 상상력은 그만 끝장을 봐 버린다. 뒤통수가 써늘해지면서 심장이 뛰었다.

"너 이제 그 단어는 없어. 세상에 아주 없는 거야. 알았지."

대답해, 빨리. 재촉하면서 나는 발을 멈췄다. 관성으로 두어 발짝 앞서간 네가 걸음을 멈추고 이쪽을 돌아봤다. 어처구니없다는 표정. 덕분에 나는 장난감 매대 앞에서 떼쓰는 아이가 된 기분이었다. 그리고 여차하면 이대로 드러누울 수도 있다고 생각한다.

하아. 너는 벌어진 입술 새로 한숨 같은 웃음을 흘리면서 이쪽으로 걸어왔다. 그리고 왼손을 뻗어 내 오른손을 붙들었다. 손바닥과 손바닥이 맞닿고 열

개의 손가락이 얽혔다. 내 손을 꼭 쥐고 끌어당기는 힘. 그 귀여운 악력이 간지러워서 나는 웃음을 꾹 참았다.

"알았어."

네가 달래듯 말끝을 휘어뜨렸다. 덕분에 나는 이제 웃음을 참을 이유가 없어진다. 저만치 나무들로 둘러싸인 교직원 식당이 보였다. 붉은 벽돌의 단층 건물은 숲속의 오두막처럼 호젓했다.

그리고 우리는 손을 맞잡은 채 목적지를 향해 걷는다.

─

누나에게서 긴급구호 요청이 온 것은 한 시간 전쯤이었다. 원청업체 사람들과 식사 약속이 되어 있는데 매형 회사에 급한 일이 생겼다는 게 요지였다. 희준이를 몇 시간만 봐 줄 있을 수 있냐는 부탁에 너는 흔쾌히 고개를 끄덕였다.

그래서 이렇게 여섯 살짜리 조카가 우리 집에 배달되어 온 것이다.

"민주 씨 미안해요. 갑자기 애 맡길 데가 있어야지."

"아니에요, 잘 오셨어요."

"진짜 고마워. 그럼 부탁 좀 할게요."

"수원엔 식당이 없어? 무슨 회식을 이렇게 멀리서 해."

"별수 있냐. 하청이 원청 계신 데로 와야지."

"술 많이 마시지 마. 누나 아들 이미 기분 안 좋아 보이는데."

"나 땜에 그런 거 아니야."

누나는 내 어깨 너머로 안쪽을 힐끗 확인하더니,

"우리 집 근처에 초등학교가 있는데, 며칠 전에 거기서 병아리를 사 온 거 있지."

"요새도 학교 앞에서 병아리 팔아?"

"내 말이. 여튼 그래서 쟤가 지극정성으로 모이 주고 물 주고 했는데,"

설마.

"오늘 아침에 죽었어."

이런.

"그래서 저러는 거니까 알고 있으라고. 애가 상당히 우울하시다, 지금."

거기까지 설명한 누나가 시계를 들여다본다. 야, 나 가야겠다. 민주 씨, 부탁할게요. 누나가 허둥지둥 차를 몰고 사라진 뒤에야 우리는 현관문을 닫았다.

희준이는 우리 집에 처음 왔지만 너를 만난 적은 몇 번 있었다. 우리는 누나네랑 밖에서 밥을 먹은 적도 있고 부모님 집에서 다 같이 본 적도 있으니까. 그래서 내 조카는 네가 누구고 어떻게 불러야 하는지 아주 정확히 알고 있다.

"교수님."

외할머니 외할아버지가 부르는 걸 듣고 따라 하는 모양이지만 우리는 아무도 고쳐 주지 않았다. 마땅한 대안이 없으니 달리 고쳐 줄 수 없었다. 외삼촌의 여자 친구를 위한 호칭은 아쉽게도 우리 전통에 없으니까.

"병아리가 죽으면 어디로 가요?"

장난감으로 쓸 태블릿을 찾아 내려오던 나는 계단에서 멈칫했다. 저렇게 어려운 질문을 하다니. 너는 아이와 소파에 나란히 앉아서 흥미로운 얼굴을 하고 있었다.

"엄마는 모른대요. 어려운 건 다 교수님한테 물어보랬어요."

이 누나가 진짜.

"저는 죽으면 어디로 가요?"

여섯 살짜리의 미성으로 듣는 그 질문은 뜻밖의 파장이 있었다. 죽으면 어디로 가요. 모두에게 해당되면서도 거의 모두로부터 외면당하는 질문. 나는 마지막 층계를 내려오면서 네가 어떤 대답을 할지 궁금해졌다. 집 안의 분위기가 갑자기 사당처럼 심오해졌다.

너는 길게 고민 않고 말을 시작했다.

"희준이랑 나는 지금 집 안에 있지?"

"네."

"이렇게 같이 놀다가 내가 밖으로 나가 버렸다고 하자. 그럼 희준이는 내가 어디 갔는지 알 수 있을까?"

"어디 갔다 왔냐고 물어보면 되잖아요."

"못 물어봐."

"왜요?"

"다시는 안 올 거거든."

나는 두 사람을 방해하지 않도록 식탁 쪽으로 걸어갔다.

"그럼 내가 밖으로 나가면 교수님 만날 수 있어요?"

"그건 모르지. 나갔다가 다시 들어온 사람이 아무도 없어서 물어볼 데가 없어. 밖에 뭐가 있는지는 희준이가 직접 나가야만 알 수 있는 거야."

재가 저걸 알아들을까. 내 우려와 달리 조카는 잠깐 입을 다물고 곰곰이 뭔가를 생각하더니,

"그럼 병아리가 어디 갔는지는 병아리만 아는 거네요."

"그렇지."

너의 소리 없는 감탄을 샀다.

"그럼 이제 나는 여기서 혼자 놀아요?"

"아니."

"교수님은 나갔잖아요."

"삼촌이랑 놀면 되지."

둘이 동시에 내 쪽으로 고개를 돌렸다. 식탁 앞에 서 있던 나는 한쪽 손을 들어 화답해 준다.

"누구나 한 번은 밖으로 나가야 돼. 희준이도 언젠가는 나가게 될 거야. 그

때까진 삼촌이랑 재밌게 놀고 있으면 되지 않을까?"

조카는 설명을 듣고도 즉시 대답하지 않았다. 늘 그렇듯 잠잠히 뭔가를 생각한 뒤에야 네, 하면서 고개를 끄덕였다. 너는 무척 흥미로운 얼굴로 아이를 관찰했다. 그리고 나는 그런 너를 관찰했다. 나도 모르게 입가에 웃음이 밴다.

"애가 벌써부터 실존적 고민을 하네."

사고력이 좋아. 너는 진귀한 연구 대상을 발견한 학자처럼 팔짱을 끼고 서서 눈을 빛냈다. 희준이는 수조에 바짝 붙어서 안쪽을 들여다보고 있다. 열대어에 정신 팔린 얼굴이 영락없는 여섯 살이었다.

"가서 조카랑 놀아 줘. 내가 저녁 할게."

"너 나가지 마."

"응?"

무슨 소리냐는 듯이 되물은 네가 곧 어처구니없다는 얼굴을 했다. 뭐라는 거야. 그러나 나는 진지하게 다시 한 번 강조한다.

"나가기만 해 봐."

"다시 끌고라도 올 기세다?"

"어. 확 쫓아가서 잡아올 거야."

너는 입을 살짝 벌리며 나를 보더니 곧 피식 코웃음을 쳤다. 농담같이 들리겠지만 진심이었다. 지금 나는 여태껏 한 번도 해 본 적 없는 상상을 하고 있다. 이 집에 나 혼자 남은 모습. 네가 없는 우리 집에 혼자 서 있는 상상. 나는 생각만으로도 끔찍해서 가슴이 다 싸늘해지는데, 너는 유치원생 재롱이라도 보듯이 웃고 있었다.

"자, 진욱이는 가서 희준이랑 놀고 있자, 응?"

목소리를 낮춰 속삭인 네가 냉장고 쪽으로 몸을 돌렸다. 달걀과 채소 몇 가지를 꺼내고 전기밥솥을 열어 남은 밥을 확인했다. 나는 조리대 앞을 오가는 네 뒷모습을 보다가 손에 든 태블릿을 식탁 서랍 속에 집어넣었다. 조카, 삼촌 작업실 구경할래? 큰 소리로 물으면서 나는 다시 생각한다.

하여간에 너는 나가기만 해 봐. 진짜로 쫓아가서 잡아올 거야.

—

"소장님이 가요."

"왜 내가 가. 설계한 사람이 가야지."

"원래 그런 데는 대표님이 가는 거죠."

"말은 잘 한다. 귀찮으니까 나한테 떠넘기는 거면서."

소장이 핏 웃으면서 투명한 일회용 컵을 흔들었다. 달각달각 얼음 소리를 들으며 나는 손에 쥔 펜을 빙글빙글 돌렸다.

"유진욱이 많이 컸다. 옛날엔 주택 완공에도 꼬박꼬박 얼굴 비치더니."

그땐 저녁에 할 일이 없었으니까. 나는 속으로 대꾸하면서 건성으로 웃어 보였다.

프로젝트가 완공되면 기념 파티를 여는 건축주들이 많다. 상업용 건물은 홍보와 인적 네트워크를 위해, 개인주택은 새 집의 완성을 축하하기 위해 파티를 연다. 건축주의 성향과 목적에 따라서 대규모 리셉션으로 열기도 하고 소소하게 앞마당에서 고기를 굽기도 하는데, 소장 말대로 나는 초대받은 자리라면 잠깐이라도 가서 꼭 인사를 했었다. 그때만 해도 설계 수임의 대부분이 소개를 통했으니 말하자면 영업활동의 일환이기도 했고.

"그럼 내가 갈 테니까 따로 전화나 한번 드려."

"예."

"그럼 회의는 이걸로 끝내고, 우리 다음 주에 셋이서 소주 한잔 할까?"

"좋죠. 전 수요일 금요일 콜이요."

"전 안 돼요."

"왜에."

"집에 가야죠. 평일에 무슨 회식이야."

소장이 허, 바람 빠지는 소리를 냈다. 선태 형은 이미 초탈한 표정이다.

"너는 인마, 지금 우리한테 술을 사야 되는 상황이야."

"왜요."

"왜요오?"

소장이 눈을 크게 뜨면서 말끝을 높이 올렸다.

"우리 내년 하반기까지 스케줄 꽉 찬 거 알지? 쉴 틈이 없어. 그거 누구 덕일까?"

"난 워라밸이 아작 났어. 와이프가 자꾸 집에 일 가져올 거면 그냥 들어오지 말래."

"그러니까 팀 하나 더 늘리자니까."

"팀 늘리면 장은 누가 맡을 건데. 사람 데려오는 게 쉽냐? 쉬워?"

"아니, 내 덕에 일이 많아졌으면 예뻐해 줘야지. 왜 자꾸 쫓아낼라 그래?"

내가 투덜대자 선태 형이 푸후 웃는다. 소장은 비슷한 표정으로,

"너는 네 사무소 차리고 싶지 않아?"

"이니요."

"야망도 없는 자식."

"언젠 말뚝박으라며. 끝까지 같이 가자면서요."

"어이고, 언제부터 제 말을 그렇게 잘 들으셨어요?"

비아냥과 함께 얼음만 남은 커피를 빨대로 쭉쭉 빨았다.

소장이 나가라고 등 떠밀기 시작한 건 일 년도 넘었다. 너와의 관계로 잠깐 유명세를 탄 덕에, 이데아가 수상하고 주목받은 덕에 우리 사무소에도 상담과 의뢰가 더 많아졌다. 설계자의 포트폴리오가 쌓인다는 건 지인에게 그를 추천해 줄 건축주도 늘어난단 뜻이다. 이래저래 업계에선 아직도 내가 독립하지 않

는 걸 이상하게 여길 정도이므로, 나는 소장의 저런 구박조가 나를 위한 배려라는 걸 알고 있었다. 언제든 부담 없이 나가도 된다는 격려라는 것도.

그러나 나는 자영업자가 될 생각이 없다. 내 야망은 건축이지 사업이 아니니까. 무엇보다 사무소를 차리면 지금보다 바빠질 테고 그러면 너랑 보내는 시간이 더 줄게 된다. 사람 데려오기도 쉽지 않고 워라벨 아작 날 게 뻔한데 미쳤다고 독립을 해.

"수요일에 시간 뺄게. 회식해요."

나는 말하고 펜 뒤꼭지를 딸깍딸깍 눌렀다. 오케이, 그럼 다음 주 수요일 마포갈비. 소장의 흥겨운 대답과 동시에 내 전화기가 진동하기 시작했다. 민주. 액정에 크게 떠오른 너의 이름에 나는 멈칫했다. 근무시간에 전화라니. 전에 없던 일이다.

"받아. 회의 끝났어."

소장이 턱짓을 하면서 씩 웃었다. 나는 전화기를 집어 들면서 재빨리 너의 일정을 떠올렸다. 오후에 외부 강연이 있고 마친 뒤엔 수산물 시장에 들를 거라고 했다. 조개 사다가 저녁에 조개찜 해 보려고. 그럼 지금 시장에서 전화하는 건가. 찰나에 이런저런 생각을 하면서 통화 버튼을 눌렀다.

"어. 어디야?"

— 진욱 씨, 저 공혜경이에요. 민주 친구요.

낯선 여자 목소리가 귀에 닿는 순간 목덜미가 서늘해졌다. 공혜경. 그 이름을 듣는 순간 몹시 불길한 무언가가 검은 잉크처럼 팍하고 터졌다. 나는 순간적으로 예감을 부정한다.

— 민주 지금 저희 병원에 있어요.

큰 사고는 아니고, 대학로에서 강연이 있었는데, 끝나고 갑자기 실신한 모양이에요, 지금은 안정된 상태니까 너무 놀라지 마시고,

나는 자리에서 벌떡 일어섰다.

"지금 가겠습니다."

바로 갈게요. 응급실로 가면 되나요. 예, 알겠습니다. 통화를 마치고 전화기를 끄자 입 안이 바짝 마른다. 뭐야, 교수님 병원에 있대? 빨리 가 봐. 소장과 선태 형의 목소리가 귓바퀴를 스치고 지나간다. 머릿속이 진공처럼 비워지고 내 심장 뛰는 소리만 쿵쿵 울린다.

"저 좀 나갔다 올게요."

나는 회의실을 박차고 나간다.

—

대학병원 응급실에 와 본 건 처음이었다. 구급차 사이렌 소리가 요란하게 다가오고 멀어졌다. 침대 바퀴 굴러가는 소리와 여러 사람이 뛰는 소리, 알 수 없는 용어들을 주고받는 소리가 여기저기 끊임없었다. 섞여 있는 것만으로도 신경이 곤두서는 곳이었다.

나는 접수처에서 너의 이름을 대고 보호자 출입증을 받았다. 친구 덕에 너는 이미 접수가 되어 있었고 나는 어렵지 않게 네가 누운 침대를 찾을 수 있었다. 너는 오늘 아침에 본 차림 그대로 죽은 듯 누워 있었다. 나는 무거운 숨을 뱉으며 손으로 내 얼굴을 쓸어내렸다.

그리고 차분해지려 노력한다.

수액 링거를 꽂고 누운 너는 창백했다. 머리맡에 놓인 의료용 모니터에서 규칙적인 기계음이 삑삑거렸다. 나는 꺾은선 그래프 같은 선과 숫자 몇 개에서 너의 상태를 읽어 내려 시도해 보았다. 소용없는 일이었다.

"저 이 사람 보호잔데요, 담당 의사 선생님 어디 계시죠?"

내 또래쯤 되어 보이는 간호사는 아무렇지 않은 얼굴이었다. 다분히 직업적인, 얼마쯤은 지친 기색으로 마지못해 너를 힐끗 들여다봤다. 피가 타는 것 같은 나는 그 냉담한 태도마저 꽉 부여잡고 싶다.

"지금 어떤 상태인지만 좀,"

"가족이신가요?"

나를 똑바로 바라보며 묻는 말에 그만 말문이 막혔다. 간호사가 묻는 가족의 범주에 내가 포함되지 않는다는 걸 알고 있기 때문에. 또한 우리가 서로에게 어떤 존재라는 건 지금 이 자리에서 아무 의미도 없다는 걸 알아서. 그래서 나는 어떤 대답도 할 수 없었다. 나는 너의 가족이 아니라고도, 맞다고도 할 수 없었다. ·

"그럼 좀 기다리세요. 이따 환자분 깨어나면 설명드릴 거예요."

간호사는 오래 기다리지 않고 몸을 돌렸다. 이곳은 매우 바쁘고 할 일이 많다는 것쯤 알고 있었으므로 나는 무턱대고 더 붙잡을 수가 없었다. 나는 너의 가족이 아니라서. 너와의 관계를 증명할 수 없는 타인이라서. 그 갑작스런 깨달음에 울컥 화가 치밀어 감정을 삭이는 찰나,

"교수님."

침대 발치를 지나려던 간호사가 우뚝 걸음을 멈췄다.

그녀의 시선이 닿은 곳엔 낯선 얼굴의 남자 의사가 서 있었다. 여윈 체격에 은테 안경을 썼고 인상이 날카로웠다. 의심의 여지 없이 초면이었지만 그와 눈이 마주친 순간 나는 어떤 직감이 들었다. 의사 가운에 새겨진 이름에 눈길을 준 건 그래서였다.

역시나 예상했던 이름이었다.

"직접 오셨어요? 누구 콜이요?"

"콜 아니에요."

그가 대답하면서 이쪽으로 가까이 걸어왔다. 내 얼굴을 스쳤다가 다시 간호사에게 향하는 눈길.

"여기 보호자분한텐 내가 말씀드릴게요."

"네? 이 환자 씨에이(순환기계분과) 환잔데요."

"차트 봤습니다. 가서 일 봐요."

간호사는 아무래도 의아한 표정이었지만 알아서 하라는 듯 바쁘게 사라졌고, 그로써 나는 너를 사이에 둔 채 그와 둘만 남게 되었다. 모든 것이 너무나 갑작스러웠다. 의식 없이 응급실 침대에 누운 너도. 이런 상황에 대뜸 나타난 너의 전남편도. 이름과 직업과 근무지는 알지만 얼굴은 모르던 사람.

"환자 삼십 분 전에 들어왔습니다."

그는 가운 호주머니에 양손을 찌른 채 차분한 어조로 설명하기 시작했다.

"심전도 검사 진행했고, 심방세동 소견이 있는데 자세한 건 정밀검사가 필요합니다. 지금은…… 호흡 맥박 다 정상이네요. 잠들어 있는 거니까 깨어나면 귀가하실 수 있을 겁니다."

그는 막힘없이 설명하는 내도록 내 얼굴만 쳐다봤다. 아무런 감정도 품지 않은, 그리 다정하지 않은 의사가 환자 보호자를 대하듯 무감동한 표정이었다. 마치 본인은 내가 누군지 알고 있지만 그런 건 중요한 게 아니라는 투였다. 그리고 그건 내 쪽도 마찬가지였다.

"심방, 뭐라고 하셨죠?"

"심방세동이라고 부정맥의 일종입니다. 심방이 과도하게 뛰어서 맥박이 불규칙해지는 질환인데, 심전도 결과상으로는 발작성 심방세동 같습니다. 일시적으로 맥이 너무 빨리 뛰면 어지럽고 실신할 수 있거든요. 부정맥 중에서는 치명률이 낮은 편이지만 나중에 심혈관 쪽으로 합병증이 생길 수 있어서 치료하셔야 합니다."

아. 나는 고개를 떨구고 짧게 탄식했다. 터질 듯 팽팽하던 불안감에서 조금씩 바람이 빠져나가기 시작했다.

"심장에 기질적 질환이 있던 것도 아니고, 제가 알기론 고혈압이나 갑상선 문제도 없는데……. 혹시 최근에 환자가 이상을 호소한 적이 있습니까? 가슴에 압박감이 느껴진다던가. 갑자기 두근거리고 어지럽다던가."

"글쎄요. 저한테 그런 말 한 적은 없었는데……."

예. 그는 알겠다는 듯 고개를 끄덕이면서,

"자세한 건 검사를 해 봐야 아니까 순환기내과 진료 잡으시고 정밀검사 받으세요. 케이스에 따라서 약물 관리나 시술을 할 수도 있고, 외과수술이 필요한 경우도 있습니다."

잠깐 너를 내려다보다가 호주머니에 꽂았던 왼손을 빼내 손목시계를 힐끗 봤다. 그리고 다시 시선은 내 쪽으로.

"공 선생은 외래가 있어서 올라갔습니다. 두세 시간은 더 있어야 끝날 거예요. 그럼 저는 이만 수술이 있어서."

"감사합니다."

나는 진심으로 고개를 꾸벅 숙였다. 맞절하듯이 답례한 그가 반쯤 몸을 돌렸다가 다시 나를 돌아본다. 그리고 아주 잠깐 머뭇거리나 싶더니,

"환자, 깨어나면 담당 의사가 보고 퇴원시킬 테니까, 너무 걱정하지 마세요."

나는 얼른 대꾸하는 대신 잠시 그를 마주 보았다. 그리고 처음으로 약간 웃어 보였다. 감사합니다. 인사하자 그는 어색하게 미소 비슷한 걸 지어 보이더니 곧 몸을 돌려 빠른 걸음으로 응급실을 빠져나갔다.

혼자 남은 나는 읽을 줄도 모르는 모니터를 다시 한 번 들여다봤다. 규칙적인 소리와 변함없는 형태의 곡선이 비로소 완전히 안정적으로 보였다. 침대 곁에 놓인 스툴에 걸터앉아서 네 팔을 덮은 시트 끝을 살짝 들췄다. 왼쪽 팔에 붙은 테이프와 투명한 튜브. 얘 왼손잡이라 오른쪽에 꽂았어야 하는데. 생각하면서 조심스럽게 네 손을 잡았다. 식물처럼 가늘고 흰 손가락들. 나는 아주 굵고 큰 바늘이 스무 개쯤 가슴에 꽂힌 기분이다.

너는 거의 한 시간이 지난 뒤에 눈을 떴다. 느리게 한 방울씩 떨어지는 수액

이 절반가량 들어갔을 때. 퀭한 얼굴의 담당 의사는 내가 들었던 것과 비슷한 설명을 아주 간략한 버전으로 해 준 다음 최대한 빨리 진료받으라는 말과 함께 쫓기듯 사라졌다. 남아 있던 간호사가 퇴원 수속을 설명해 주었다. 그때부터 나는 비로소 네 보호자 노릇을 할 수 있었다.

"집에 가자."

주차장까지 너를 업고 갈 생각이었지만 네가 질겁해서 그만둬야 했다. 너는 네가 실신해서 응급실에 왔다는 사실에 나 못지않게 놀란 것 같았다. 진짜 걸을 수 있겠어? 나는 몇 번이나 확인한 뒤에야 너의 손을 잡고 병원을 나섰다. 소독약 냄새나는 공간을 벗어나자 좀 살 것 같았다. 눈을 찌르던 형광등 불빛 대신 저물녘의 부드러운 하늘.

병원 밖 세상은 온통 분홍빛 노을이 한창이었다.

—

집 앞에 차를 세웠을 때는 이미 해가 완전히 넘어간 뒤였다. 가로등에서 노랗게 쏟아진 빛이 보닛 표면에 흩어져 있다. 나는 시동을 끄고 안전벨트 버클을 푼 뒤에도 차에서 내리지 않았다. 운전석에 앉아서 정면의 전등 빛을 바라보다가 네 쪽으로 고개를 돌렸다.

"민주야."

조수석의 네가 이쪽을 마주 본다. 평온한 얼굴에 희미한 미소를 지으면서. 괜찮아, 이제 정말 괜찮다니까. 병원에서 여기까지 오는 내내 열 번은 되풀이한 그 말을 너는 다시 꺼낼 준비가 된 것 같았다.

그래서 나는 선수를 친다.

"결혼하자."

맞닿은 시선 사이로 시간이 잠깐 정지했다. 그리고 나는 입술을 닫아서 목

아래 우글대는 말들을 막아 냈다.

나는 아직도 너에게 공식적인 사람이 아니다. 우리가 함께 사는 집, 그 바깥의 세상에서 나는 여전히 인정받을 수 없는 사람이었다. 네가 의식을 잃고 누워 있어도 설명을 요구할 권리가 없고, 어느 의사의 호의에 기대지 않으면 네 몸에서 무슨 일이 일어났는지조차 들을 수 없다. 네가 나의 목숨이고 나의 세상이라는 것이 오직 우리에게만, 우리 집 안에서만 유의미하단 사실을 깨달은 순간 나는 커다랗고 단단한 둔기에 머리를 쾅 얻어맞은 기분이었다.

네가 깨어나길 기다리면서 나는 생각했다. 보호자도 못 되는 주제에 보호자용 스툴에 앉아서 분개하고 걱정했다. 너의 심장 어딘가가 고장 난 게 맞다면 이런 일이 또 생기지 말란 법 있나. 나 같은 사람을 위한 법안이 나왔다지만 언제 통과될지 기약도 없고 그런 걸 기다릴 생각도 없다. 그래서 그만 마음이 급해졌다. 나는 최소한 너를 보호할 권리는 갖고 싶어. 지금 당장. 하루라도 빨리. 그러니까,

"결혼해 줘."

나는 그 모든 말들을 삼킨 채, 다만 너의 눈을 바라보며 다시 한 번 말했다.

너는 아무 말도 하지 않았다. 갑작스런 청혼에 당혹한 것 같기도 했고, 혹은 모든 것을 이미 알고 있으며 이해한다는 얼굴 같기도 했다. 두 번이나 연거푸 의사를 전달한 나는 이제 네가 입을 열길 기다리는 수밖에 없었다. 미안, 결혼은 아무래도 부담스러워. 네가 어색하게 웃으며 그렇게 말할까 봐 나는 아주 약간 불안해진다.

"이번엔 셋 안 세?"

"하나."

말 나오기 무섭게 냉큼 따르자 네가 피식 웃었다.

"둘."

너는 한 번 더 웃더니 가볍게 타박한다.

"뭐야. 왜 이렇게 천천히 세."

"내 맘이야."

그리고 웃는 너와 달리, 나는 웃지도 못한 채 이만 입을 다물어 버렸다.

둘까지 셌는데도 너는 대답하지 않는다. 여전히 내 쪽으로 고개만 돌리고 앉아서 물끄러미 바라볼 뿐이다. 설마 진짜로 거절인가 싶어 초조해질 무렵, 네가 글로브박스를 열더니 어렵지 않게 뭔가를 찾아 내 코앞에 내밀며 그런다.

"셋."

너의 웃는 얼굴과 반지 케이스를 번갈아 보면서 나는 어떤 표정을 지어야 할지 얼른 결정하지 못했다.

"……언제부터 알았어?"

내가 멍청하게 물었다.

"보라고 여기 둔 거 아니었어?"

네가 반쯤 웃으며 되물었다.

"예쁘더라. 내 취향이던데."

그리고 조금 더 밝게 웃으며 왼손을 내민다.

—

입맛 없어 하는 너를 달래기 위해 나는 저녁밥으로 떡볶이를 먹어야 했다. 실신해서 응급실에 실려 간 날, 거기다 결혼 프러포즈까지 한 날 집에서 떡볶이 시켜 먹은 커플은 우리밖에 없을 거라고 한탄하면서. 먹고 싶은 게 이거밖에 없는데 어떡해. 너는 그나마도 내키지 않는 기색이 역력했지만 나를 의식해서 꾸역꾸역 음식을 삼키는 것 같았다. 떡볶이든 라면땅이든 네가 먹어 주는 것만으로도 나는 고마웠다.

그 후로도 나는 네게서 눈을 떼지 못했다. 씻겠다고 했을 때는 욕실까지 따라 들어가고 싶었지만 네가 질색해서 참았다. 나 진짜 잘 씻겨 줄 수 있는데. 생각하면서 침대 끝에 걸터앉아 가만히 귀를 기울였다. 물소리가 그치고 가운 차림의 네가 나온 뒤에야 비로소 안심했다.

텔레비전도 스피커도 없는 침실은 스마트폰을 켜지 않는 한 언제나 조용하다. 워낙에 차분한 주택가였다. 소음이라 해 봤자 넓지 않은 골목으로 가끔 승용차 지나는 소리, 출퇴근 시간이면 또각또각 경쾌한 여자 구두 소리, 밤에는 멀찌감치 개 짖는 소리가 어쩌다 컹컹 들리는 것 정도였다.

이곳은 네가 아주 어릴 때부터 살던 동네라서 이웃 중에 알고 지내는 사람이 제법 있다. 그중 몇몇과는 나도 안면을 익혔는데, 아침마다 구두 소리를 내며 출근하는 여자가 두 집 건너 이층집 막내딸이라는 것도 음식물 쓰레기통 앞에서 마주친 앞집 아주머니한테 들어서 알게 되었다.

평생을 계단식 아파트에 산 나는 이웃이라는 단어의 이미지를 주로 소설과 영화에서 익혔다. 가까이 사는 타인과 목례 이상의 인사를 나누는 것, 대뜸 초인종을 누른 옆집 할머니로부터 뜨끈뜨끈한 부침개를 얻어먹는 것, 빈 접시 위에 과일이나 떡 따위를 담아 되돌려주는 것 모두 나로서는 처음 겪는 일이었다. 서울 시내에 아직도 이런 풍경이 가능하다는 것은 내게 상당한 놀라움과 감동을 주었다. 각자의 개성을 포기하지 않으면서 더욱 밀접하게 상생하는 건축. 이 집에 살게 된 이후로 나는 그런 것들을 더 많이 고민하게 되었다.

"왜 웃어?"

"옆집 할머니 생각나서."

"할머니?"

"어. 그분 나한테 맨날 새신랑이라고 하시잖아."

아이고, 새신랑 일찍 출근하는구나. 그럴듯하게 말투를 흉내 내자 네가 킥하고 따라 웃었다.

"실은 그 소리 들을 때마다 나 좀 고민했거든. 사실이 아닌데 또 아니라고 할 수도 없고. 뭔가 본의 아니게 거짓말하는 것 같아서."

"아실걸. 우리 결혼 안 한 거."

"아셔?"

우리는 일찌감치 침대에 누워 있다. 나는 왼쪽의 너를 향해 팔을 괴고 누워서 두 눈을 조금 크게 떴다. 아셨구나. 하긴 오래된 이웃이면 그 정도는 알겠구나. 너의 부모님과도 아는 사이였겠고, 그 집 딸이 남편과 함께 온 걸 봤을 수도 있겠고. 그러고 보니 순진한 건 오히려 나였다는 생각이 들어서 조금 허탈한 웃음이 났다. 사람들은 내 생각보다 더 많은 것을 알고, 알면서도 모른 척하고, 그렇게 제 나름으로 서로를 배려한다는 걸 나는 아직도 종종 잊어버린다.

그로부터 대화가 잠깐 멎었다. 나는 계속해서 팔을 괴고 네 쪽으로 누워서 너의 옆얼굴을 바라보았다. 너는 천장에 시선을 둔 채로 천천히 눈꺼풀을 깜빡인다. 그 느리고도 평온한 움직임이 나를 안심하게 만들었다.

그리고 침묵 끝에 네가 말했다.

"나 이혼했을 때, 나한테 많이 실망했었어."

나는 여전히 똑같은 자세로 누워서 미동 없이 듣는다.

"결혼할 때 혼인 서약 하잖아. 평생 지키겠다고 장담하면서. 그걸 못 지켜서가 아니라 내가 그런 서약을 했었다는 게 실망스러웠어. 평생의 시간을 그렇게 쉽게 걸었구나 싶어서. 사랑에 미쳐 있던 것도 아니고 어려서 철이 없던 것도 아니고. 충분히 분별할 수 있었는데도 그런 결정을 했다는 게, 부끄럽기도 했고."

너는 차분하게 말을 이었다. 아무 데나 펼친 책의 어느 문단을 조심조심 낭독하듯이.

"그래서 다시 결혼하는 게 망설여졌어. ……너한테 미안해서."

그동안 나는 네가 결혼을 꺼려한 이유에 대해 좀 더 대의적이고 타산적인 것들을 생각해 왔었다. 이를테면 관습과 법률적 구속에 불과한 제도에 굳이 복종

하고 싶지 않다던가. 우리의 결속은 이미 충분히 단단하므로 구태여 다른 장치를 끼워 넣을 필요가 없다던가. 서로의 가족들로부터 새로운 호칭과 역할을 얻고, 그럼으로써 우리의 관계가 우리 밖으로 확장되는 것이 부담스럽다던가. 우리에게 결혼이 무용함을 증명할 수 있는 논리적 근거는 많았다. 너와 나는 그런 것들에 대한 대화와 공감을 그간 충분히 나눠 왔으니까.

그러니 나한테 미안해서라는 게 가장 큰 이유였다면, 나는 오히려 마음이 가벼워질 것 같다.

"안 미안해도 돼. 나는 절대 이혼 안 해 줄 거니까."

"……."

"미리 얘기했다. 죽어도 안 해 줘. 그 단어도 이제 세상에 없는 거야."

그러니까 너는 전혀 걱정할 필요가 없다. 너한테 실망할 일 같은 건 이제 두 번 다시 없게 해 줄 거니까.

반듯하게 누워서 천장을 보던 네가 내 쪽으로 고개를 돌렸다. 웃는 듯 마는 듯 오묘한 얼굴을 향해 나는 말을 이었다.

"다음 주에 혼인신고 하자."

"뭘 그렇게 서둘러."

"또 언제 무슨 일 생길 줄 알고. 증인 사인은 소장이랑 선태 형한테 해 달라고 하면 돼. 월요일에 구청 가서 바로 접수할게."

"혼인신고 하는 법은 언제 알아봤어?"

"아까. 너 잘 동안."

등받이도 없이 불편한 보호자용 스툴에 앉아서. 배터리가 거의 바닥날 때까지 얼마나 열심히 검색했는데. 덕분에 나는 한국 국적을 지닌 성인들에게 혼인신고가 매우 간단하다는 걸 잘 알게 되었다. 합법적 가족관계가 아닌 사람에게 병원은 환자의 상태를 설명할 의무가 없다는 것도, 심방세동은 사람에 따라 원인과 치료법이 다르지만 대체로 예후가 좋다는 것까지 나는 검색을 통해 알아냈다.

"너 최근에 이상 징후 느낀 적 있었어?"

"어떤 징후?"

"빈맥 증상. 가슴에 압박감이나 두근거림, 어지럼증 같은 거."

나는 의사의 질문을 상기해 너에게 물었다. 너는 기억을 되짚듯 눈을 잠깐 내리깔더니,

"요즘 한 번씩 가슴이 심하게 뛴단 생각은 했는데,"

약간 망설이다 거의 속삭이듯 말을 이었다.

"너 때문에 그런 줄 알았지."

그건 너무나도 너답지 않은 말이라서 나는 내 귀를 의심할 수밖에 없었다. 잘못 이해한 게 아니라는 확신은 금세 뒤따랐다. 지금 네 얼굴엔 괜히 말했다고 후회하는 기색이 역력하니까.

"너 아직도 나 때문에 심장 뛰어?"

되묻는 내가 작정하고 놀릴 의도라는 걸 네가 모를 리 없다. 난처하게 웃으며 입술을 핥는 모습. 미치겠네. 얘는 진짜 어쩌려고 아직도 이렇게 예쁘지.

"아아, 그러니까 원인이 나였구나. 이런, 내가 무려 심장을 망가뜨린 거네. 나 그렇게까지 치명적이었어?"

아, 그만해. 네가 몸부림치면서 손을 뻗어 내 입을 막았다. 나는 입술에 닿은 네 손바닥 위에 웃음을 터뜨린다.

"민주야."

"그만 놀려."

"왜 재밌는데."

"이미 충분히 민망했어."

"여보."

이번에는 네가 네 귀를 의심하는 것 같았다. 뭘 들었지 싶은 얼굴로 입술을

살짝 벌린다. 나는 뻔뻔한 얼굴로 빙글거리고, 너는 가슴 위로 팔을 교차시켜 네 양쪽 팔꿈치를 붙잡았다.

"야, 나 진짜로 소름 돋았어."

"왜, 여보."

"하지 마."

"왜에."

"너무 이상해."

"금방 익숙해질 거야, 여보."

아, 하지 말라니까. 웃음과 애원이 뒤섞여 침실은 잠시 소란스럽다. 나를 막으려는 듯 팔을 뻗은 너는 곧 자연스럽고도 가볍게 내 품으로 안겨 온다. 밀착된 가슴을 통해 선명한 웃음들. 그 진동과 소리가 잦아들 때쯤 나는 너의 어깨와 목 사이에 얼굴을 묻었다. 민주야. 한숨처럼 부른 뒤 깊은 숨을 들이마셨다. 안도감과 충족감이 몸속으로 쏟아졌다.

"우리 오래 살자."

오래 같이 살자.

"혼자 두지 않을게."

절대로.

"그러니까 너도 나 혼자 두지 마."

네가 해 줄 수 있는 최대한. 가능한 오래오래. 지금처럼 이렇게 나를 안아 줘.

"알았지."

대답을 재촉하며 너의 목덜미에 입술을 댔다. 응. 귓가에 닿는 네 목소리는 나를 다시 웃게 한다. 맞물리듯 서로를 끌어안았던 우리는 한참 후에야 상대를 놓아주었다. 침대 위에 마주 누운 우리의 거리는 여전히 충분히 가까웠다.

너는 물끄러미 나를 바라보다 가만히 팔을 뻗었다. 너의 왼손이 내 오른쪽 얼굴을 부드럽게 쓰다듬었다. 그 따스한 눈길과 손길 속에서 나는 또다시 감동한다. 이제 나는 정말 안 될 것 같다고, 너 없이는 살아갈 수 없을 것 같다고 다시 한 번 확신한다.

"진욱아."

"응."

"사랑해."

물처럼 출렁이는 감정 속에서 너를 바라보았다. 그 감정이 밖으로 흘러 버릴까 내심 애써 추슬러 가면서. 그리고 대답 대신 오른쪽 얼굴에 닿은 네 손을 잡았다. 약지에 낀 반지의 강도가 기분 좋게 손에 닿았다.

세상 무엇보다 너를 사랑한다. 너를 제외한 모든 것에 미안해질 만큼.

"민주야."

"응."

"그럼 여보 해 봐."

네가 미간을 찌푸리더니 입을 벌려 웃기 시작했다. 한번 해 봐, 딱 한 번만. 나도 웃음을 앞세워 다시 너를 조른다. 해 줄 때까지 안 재울 거야. 협박 비슷한 걸 하자 네가 기막힌 얼굴을 하고, 그게 너무 사랑스러워서 나는 결국 너에게 입 맞추기 시작했다.

지금껏 그래 왔듯, 앞으로도 우리의 생은 우리의 뜻대로만 흘러가진 않을 것이다. 우리는 어쩌면 원하는 만큼 오랫동안 서로를 지키지 못할 수도 있다. 간절히 바라도 허락되지 않는 것들이, 원치 않아도 겪어 내야만 하는 일들이 너와 나의 생에는 아직 남아 있을 것이다.

그럼에도 나는 영원을 꿈꾼다. 우리를 만든 기적들을 기억한다. 지루한 길의 모퉁이에서 뜻밖의 행운을 발견하고, 그런 것들을 너와 함께 주우면서 살아갈 수 있기를 원한다. 다만 바라건대 우리, 아직 오지 않은 시간에 대한 걱정은 하지 말자.

지금 우리는 여기 함께 있고
내일은 토요일이고
나는 하루 종일 집에서 너랑 놀 거니까.
마음껏 꿈꿀 수 있는 이곳.
우리 집에서.

이
데
아
Idea

1판 3쇄 찍음 2020년 12월 29일
1판 3쇄 펴냄 2021년 1월 6일

지은이 | 이유월
펴낸이 | 정 필
펴낸곳 | (주)뿔미디어

기획·편집 | 박경희 권자영 감신혜
표지 디자인 | 우 물

출판등록 | 2002년 9월 11일 (제1081-1-132호)
주소 | 경기도 부천시 소향로 17, 303(두성프라자)
전화 | 032)651-6513 팩스 | 032)651-6094
E-mail | scarlets2012@hanmail.net
블로그 | http://blog.naver.com/dahyangs
비북스 | http://b-books.co.kr

값 12,000원

ISBN 979-11-6565-494-8 03810